D1926155

Wie gut ist Ihr Arzt?

Wie gut ist Ihr Arzt?

Der große *stern*-Ärzte-Check

stern buch

Weltbild

Herausgeber: Thomas Osterkorn und Andreas Petzold
Konzeption und Redaktion: Dagmar Gassen und Christoph Koch
Projekt-Assistenz: Inga Olfen
Art Director: Tom Jacobi
Fotodirektion: Andrea Gothe
Gestaltung: Markus Dixius
Dokumentation: Jochen Murken
Schlussredaktion: *stern*-Schlussredaktion

Ein Buch der Partner *stern* und Verlagsgruppe Weltbild GmbH
stern-Buch im Verlag
Gruner + Jahr AG & Co.
Am Baumwall 11
20459 Hamburg

Weltbild Buchverlag
-Originalausgaben-

Projektleitung: Gerald Fiebig
Register: Dr. Sibylle Tönjes
Umschlaggestaltung: X-Design, München
Umschlagfoto: ProjectPhotos
Layoutrealisation und Satz: avak Publikationsdesign, München
Reproduktion: Point of Media GmbH, Augsburg
Druck und Bindung: Offizin Andersen Nexö Leipzig GmbH,
Spenglerallee 26-30, 04442 Zwenkau

Gedruckt auf chlorfrei gebleichtem Papier

Printed in Germany

3-89897-472-3

Inhalt

Der große Ärzte-Check

Rund 120 000 niedergelassene Ärzte kümmern sich um die Gesundheit der Deutschen. Es sind Allgemeinmediziner, hausärztlich tätige Internisten und Fachärzte zahlreicher Spezialisierungen, vom Orthopäden bis zum Kardiologen. Hinzu kommen gut 55 000 niedergelassene Zahnärzte. Über Mangel an Nachfrage nach seinen Dienstleistungen kann sich der weiße Stand nicht beklagen: Die Deutschen suchen Arztpraxen mit entschiedenem Eifer auf – sie konsultieren die Doktoren mehr als dreimal so häufig wie beispielsweise die Schweden.

Der Medizinbetrieb hat seinen Preis: 11,3 Prozent des Bruttoinlandsprodukts geben wir insgesamt für unser Gesundheitswesen aus – und das ist, in Europas größter Industrienation, eine ziemlich riesige Menge Geld. Höhere Ausgaben verzeichnen weltweit lediglich die USA und die Schweiz. Und die Geschichte der Gesundheitsreformen der vergangenen Jahrzehnte spricht dafür, dass die Ausgaben auch in Zukunft kräftig steigen werden.

Aber bekommen wir für die vielen Milliarden auch genug Qualität? Daran muss man ernsthaft zweifeln. Denn Fakt ist: Es geht dem durchschnittlichen Deutschen nicht besser als dem durchschnittlichen Dänen oder Österreicher – und das, obwohl beide Länder deutlich weniger Geld in ihr Versorgungssystem pumpen.

Der für unser Gesundheitswesen zuständige Sachverständigenrat, das höchste Fachberatungsgremium der Politik in medizinischen Fragen, zeichnete bereits vor einigen Jahren ein düsteres Bild: Unterversorgung, Überversorgung und Fehlversorgung von Patienten seien in Deutschland an der Tagesordnung, stellten die Experten fest. Viele Untersuchungen und Therapien, die deutsche Ärzte ihren Patienten angedeihen lassen, sind wissenschaftlich nur unzureichend abgesichert. Manche teure Diagnose oder Behandlung bringt kaum zusätzlichen Nutzen – schlimmstenfalls schadet sie sogar dem Patienten.

Was im Argen liegt

Die Gründe für die Missstände sind vielfältig: Zum einen ist nicht jeder Arzt auf der Höhe der wissenschaftlichen Erkenntnis. Jedes Jahr erscheinen in über 10 000 medizinischen Fachzeitschriften mehr als zwei Millionen Artikel. Nach Schätzungen müsste ein Internist täglich rund 19 davon lesen, um sich auf dem neuesten Stand zu halten, ein Pensum, das schwerlich unter zwei Stunden zu schaffen ist. Tatsächlich kommen Ärzte meistens jedoch nicht einmal auf 30 Minuten für die Lektüre von Fachliteratur – und das nicht pro Tag, sondern pro Woche.

Noch problematischer ist der Umstand, dass Mediziner einen guten Teil ihrer Informationen über Therapien entweder direkt von den Referenten der Pharmakonzerne beziehen oder doch auf Veranstaltungen, die von den Unternehmen bezahlt werden. Wer als Mediziner auf der sicheren Seite sein will, müsste alle Informationen, die er auf solchem Wege bekommt, noch einmal anhand neutraler Daten überprüfen. Aber das kostet viel Zeit und ist bei Neuentwicklungen auch nicht immer möglich.

Selbst Ärzte, die ausreichend und seriös informiert sind, bieten noch keine Garantie für die bestmögliche Behandlung. Denn vieles in der Medizin ist nicht allein eine Frage der Literaturkenntnis, sondern auch der Erfahrung. Und schließlich lässt sich nicht verhehlen, dass Ärzte auch deshalb nicht immer das blinde Vertrauen der Patienten verdienen, weil sie nicht allein an deren Wohl interessiert sind, sondern auch an ihrem eigenen. Während die Gesundheitspolitik in den vergangenen Jahren immer neue Anläufe gemacht hat, die Ausgaben der Gesetzlichen Krankenversicherung zu begrenzen, haben viele Fachärzte ihr Selbstzahler-Angebot beträchtlich ausgeweitet. Auch wenn einige der so genannten »Individuellen Gesundheitsleistungen« (IGeL) ihre Berechtigung haben, gilt Experten vieles als kaum begründet, einiges als komplett überflüssig.

Was Patienten tun können

Die Konsequenz aus all dem ist: Wer heute so gut wie möglich behandelt werden will, muss versuchen, sich selbst gewisse Kenntnisse zu verschaffen. Nur wer weiß, dass die Hormonersatztherapie in den Wechseljahren sehr umstritten ist, ist in der Lage, die richtigen Fragen zu stellen, wenn der Arzt diese Behandlung empfiehlt – und kann daraus Rückschlüsse auf die Kompetenz und Seriosität des Mediziners ziehen. Nur wer sich darüber im Klaren ist, dass der Nutzen von Kniespülungen bei Entzündung weitestgehend unerforscht ist, wird eine solche Prozedur hinterfragen.

Haben Sie keine Angst, dass Ihr Arzt pikiert ist, wenn er merkt, dass Sie selbst etwas über Ihre Krankheit gelesen haben, wenn Sie detailliert nachfragen. Viele gute Mediziner ermutigen ihre Patienten dazu, sich schlauer zu machen. Denn gerade sie sehen ihre Rolle oft nicht mehr darin, für ihr Gegenüber zu entscheiden, sondern wollen mit ihm gemeinsam den richtigen Weg zur Behandlung eines Leidens finden.

Allerdings ist es leider gar nicht so leicht, sich klug zu machen. Eine Flut von Zei-

tungen, Zeitschriften und Büchern präsentiert dem Laien mutmaßliche Wahrheiten über Gesundheit, Krankheit und Heilung. Nahezu jeder Radio- und TV-Sender produziert spezielle Beiträge zum Thema, und das Angebot im Internet ist längst nicht mehr zu überschauen.
Für jede Form von Informationsangeboten gilt: Nicht alles, was professionell aussieht, verdient Vertrauen. Mancher Anbieter hat einfach nur anderswo abgeschrieben, ohne sich darum zu scheren, wie gut seine Quelle war. Andere glauben jedem, der einen Professorentitel vorzuweisen hat. Wieder andere versuchen ihr Publikum regelrecht zu täuschen, indem sie wider besseres Wissen Inhalte verbreiten, die ihren Geldgebern genehm sind. Sogar mutmaßlich besonders glaubwürdige Vereinigungen wie Selbsthilfegruppen sind über solche Zweifel nicht durchweg erhaben.

Evidenzbasierte Medizin

Dieses Buch möchte Ihnen helfen, durch das Dickicht der Medizin-Informationen zu finden. Es stützt sich in weiten Teilen auf die so genannte evidenzbasierte Medizin. Sie besagt, dass Ärzte nicht allein nach Maßgabe ihrer eigenen Erfahrung handeln, sondern die besten verfügbaren Beweise für den Nutzen von Diagnose- und Therapiemethoden zu Rate ziehen sollten. In der Regel arbeiten sie dabei mit medizinischen Studien – und zwar bevorzugt mit jenen, die den jeweils höchsten methodischen Ansprüchen genügen.
Auch wenn die Idee der evidenzbasierten Medizin sich bis ins 18. Jahrhundert zurückverfolgen lässt, konnte sie sich erst im 20. Jahrhundert zu einer wissenschaftlichen Schule entwickeln – und das ist nicht zuletzt dem britischen Epidemiologen Archie Cochrane zu verdanken. Als Cochrane in den 40er Jahren in deutscher Gefangenschaft war und sich dort um erkrankte Landsleute kümmerte, machte er eine irritierende Feststellung: Patienten, die er wegen Medikamentenmangels nicht auf die übliche Art therapieren konnte, hatten gegenüber traditionell behandelten gesundheitliche Vorteile. Es sah ganz so aus, als seien die gängigen, Arzneien fragwürdig. Für Cochrane war das ein Schlüsselerlebnis: Er wurde nicht müde, Beweise für die Wirksamkeit medizinischer Behandlungen zu verlangen und fand zunehmend wissenschaftliche Mitstreiter. Als im Jahre 1993 endlich ein internationales Netzwerk von Ärzten und Wissenschaftlern gegründet wurde, das sich dem Ziel verschrieben hat, alle verfügbaren Beweise für die Wirksamkeit von Therapien zusammenzutragen und sie zu bewerten, benannte man

sie nach dem fünf Jahre zuvor verstorbenen Epidemiologen aus Cardiff: die Cochrane Collaboration.

Heute sind die Mitglieder der Collaboration in mehr als 90 Ländern aktiv - oft in Kooperation mit weiteren Vereinigungen, die daran arbeiten, die Idee noch populärer zu machen, wie dem Deutschen Netzwerk Evidenzbasierte Medizin e.V. Die *stern*-Serie »Der große Ärzte-Check« und dieses Buch, das daraus entstanden ist, hätte es ohne die Unterstützung des Deutschen Cochrane Zentrums in Freiburg und seines Leiters Dr. Gerd Antes in dieser Form nicht gegeben. Denn hier wird nicht allein gezeigt, wie der Alltag von Ärzten verschiedener Fachrichtungen aussieht. Sie bekommen ein Rüstzeug, das Ihnen hilft, die Diagnose- und Behandlungsmethoden Ihres eigenen Arztes zu beurteilen - um so letztlich sagen zu können, wie gut er ist. Wendet er Untersuchungsverfahren an, die längst als überholt gelten? Rät er zu Therapien, deren Nutzen gar nicht belegt ist? Verordnet er Medikamente, deren Wirksamkeit umstritten ist? Oder stimmen seine Empfehlungen mit dem derzeitigen Stand der Forschung überein?

Um die Informationen zusammenzutragen, die Sie für ein solides Urteil brauchen, haben mehrere Dutzend Fachleute aus verschiedenen Institutionen zusammengearbeitet. Das Wissenschaftliche Insitut der AOK (WIdO) hat Daten über die in deutschen Praxen besonders häufig angewandten Verfahren zur Verfügung gestellt. Sie waren die Basis für die Arbeit von Experten für die einzelnen ärztlichen Fachbereiche, die uns von Dr. Antes vermittelt wurden. Sie haben für besonders häufig angewandte Diagnose- und Behandlungsverfahren, meist auch für gängige Arzneien, die Evidenz geprüft und ihre Ergebnisse zu allgemein verständlichen Beurteilungen und Empfehlungen zusammengefasst. Zwei Sprecher des Deutschen Netzwerks Evidenzbasierte Medizin haben darüber hinaus aufgeschrieben, wie Sie weitere seriöse Informationen über medizinische Themen finden können und wie Sie sie richtig verstehen. Das Ergebnis der Kooperation all dieser Fachleute mit *stern*-Journalisten, Fotografen und Infografikern ist ein im deutschen Sprachraum bislang einmaliges Buch: Sie finden anschauliche Porträts von Vertretern zehn wichtiger Facharztrichtungen, detailgetreue Zeichnungen ihres Handwerkzeugs, eine evidenzbasierte Bewertung ihrer Verfahren sowie vielfältige Anregungen, wie man sich selbst darüber hinaus informieren kann - den Grundkurs für den mündigen Patienten der Zukunft.

Dagmar Gassen und Christoph Koch

Leiter des Ressorts »Wissenschaft und Medizin« in der *stern*-Redaktion

Mit wenig Gerät und viel Gefühl

Kaum ein anderer Arzt arbeitet mit so wenig Technik wie der Allgemeinmediziner. Und kaum ein anderer muss ein derart breites Feld überblicken. Er sollte sich in der Kinderheilkunde genauso gut auskennen wie bei Alterskrankheiten, sollte wissen, welches Medikament am besten bei Magenschleimhautentzündung hilft, welches Schmerzmittel nach neuesten Studien riskant ist. Eigentlich kaum zu schaffen …

Landarzt Enno Strohbehn leuchtet in den Rachen von Susann Claasen, die unter Halsschmerzen leidet. Auch ihr Sohn Michel ist krank: Er hat Husten, Schnupfen und einen Hautausschlag.

Rosengarten, eine Gemeinde mit zehn Ortschaften, 25 Kilometer südlich von Hamburg. Hier grüßt man sich mit »Moin«, hier kreuzen Trecker und Pferde die Straße, hier ist man Mitglied bei der Freiwilligen Feuerwehr oder im Schützenverein, und alles, was wehtut, ist ein Fall für Enno Strohbehn. Wenn der Doktor und seine Frau morgens um sieben die Tür ihres roten Backsteinhauses aufsperren, warten draußen oft schon die ersten Patienten. Von da an bis abends um neun steht Enno Strohbehn unter Strom – fragt, verordnet, pfeift ausgelassen, wenn er ins nächste Sprechzimmer sprintet oder zu Hausbesuchen über die Landstraßen fährt. An manchen Tagen geben sich 120 Patienten in der Praxis die Klinke in die Hand, einige lassen sich nur Blut abnehmen oder holen Überweisungen ab, aber rund 80 sieht der Doktor selbst.

Wahrscheinlich hätte Strohbehn im Krankenhaus Karriere machen können. Schon als Medizinstudent war er beherzt und besonnen, der Chefarzt einer Inneren Abteilung sagte: »Wenn Sie mit dem Studium fertig sind, dann rufen Sie zuerst bei mir an.« Genau an jener Klinik arbeitete Enno Strohbehn später auch einige Jahre, dann aber tat er das, was heute immer weniger Ärzte tun: Er wurde Allgemeinmediziner, Hausarzt, Fachmann für A wie Angina bis Z wie Zeckenbiss. Herr Heitmann kommt zu ihm zur Fettstoffwechselkontrolle. Frau Bultrowicz macht sich Gedanken über ihre brüchigen Nägel, der kleine Michel hat Husten und Ausschlag. Strohbehns Patienten sind Lehrer und Landwirte, Polizisten und Apotheker, Mütter mit ihren Kindern und Berufsschüler. Mit 90 Prozent von ihnen ist er per Du. »Die kennen mich von klein auf, weil ich schon als Kind in der Praxis herumgesprungen bin«, sagt der 51-jährige Mediziner, der vor 14 Jahren in die Fußstapfen seiner Mutter getreten ist. »Oder ich kenne sie eben von Kindesbeinen an.«

Schlechte Bezahlung, guter Ruf

Allgemeinmedizin – das ist Basisarbeit mit wenig Gerät und viel Gefühl. 59 000 Hausärzte gibt es in Deutschland, und die meisten haben lange Tage. Dafür bekommen sie zwar deutlich mehr als ein Kfz-Mechaniker oder eine Verkäuferin – aber deutlich weniger als andere Fachärzte. Nach einer Datenauswertung der Kassenärztlichen Bundesvereinigung hat der durchschnittliche Allgemeinmediziner im Jahr 2003 mit seinem Einsatz als Kassenarzt 179 000 Euro eingenommen – vor Abzug der Praxismiete, der Arzthelferinnengehälter und anderer Betriebskosten sowie aller Steuern. Nur Nerven- und Hautärzte hatten weniger in

Bei seinen Hausbesuchen im ländlichen Niedersachsen hat Enno Strohbehn immer mehrere Arztkoffer im Auto, um für alle Fälle ausgerüstet zu sein.

der Kasse. Dagegen kamen etwa Orthopäden auf 244 000, Internisten auf 263 000, Radiologen gar auf 469 000 Euro.

Es mag auch an diesem drittletzten Platz im Umsatzranking liegen, dass der Nachwuchs für Allgemeinmediziner derzeit knapp ist. Vor allem in Ostdeutschland müssen laufend Hausarztpraxen geschlossen werden, weil sich in den einsamen Landstrichen keine Nachfolger finden. Schon jetzt fehlen in den neuen Bundesländern mehr als 600 Allgemeinmediziner, in den kommenden fünf Jahren werden bis zu 3500 weitere in den Ruhestand gehen.

Bei ihren Patienten genießen Hausärzte ein hohes Ansehen. In Hessen beispielsweise waren mehr als 90 Prozent der Teilnehmer einer Befragung vom »Institut für angewandte Qualitätsförderung und Forschung im Gesundheitswesen« (Aqua) aus Göttingen »zufrieden« oder »sehr zufrieden« mit ihrem Doktor. Bei ihren Standeskollegen hingegen hatten Allgemeinmediziner lange Zeit den Ruf, von allem ein bisschen zu können, aber nichts richtig. Einer der Gründe: Bis Mitte der 90er-Jahre war der Begriff »Hausarzt« sehr schwammig definiert. Bis dahin

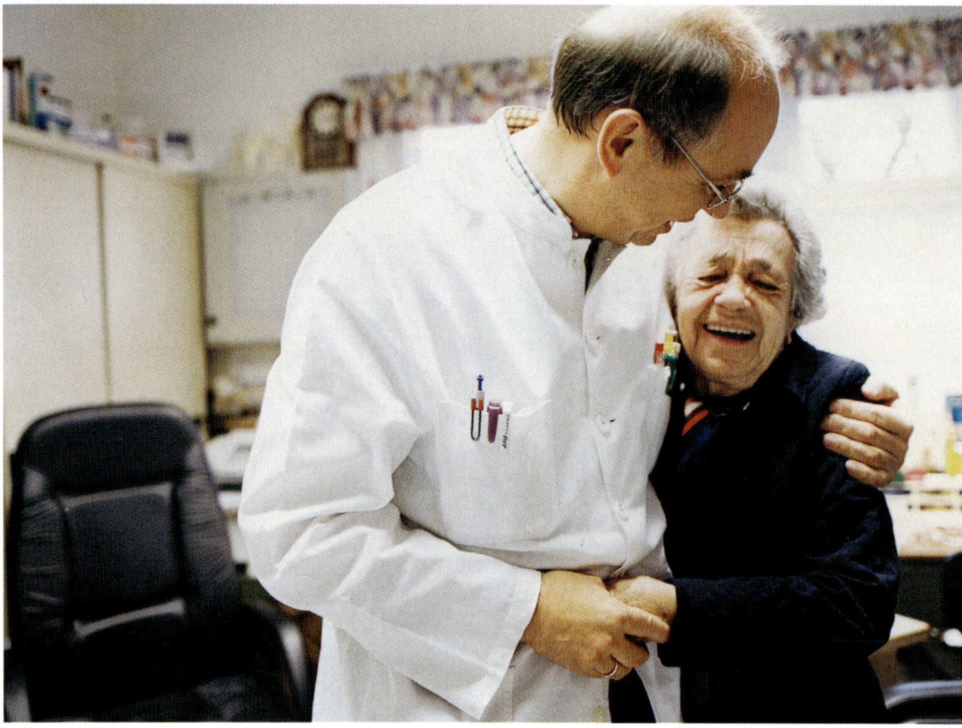

Allgemeinmedizin – das heißt auch, Kranke über Jahre zu betreuen. Irma Bultrowicz ist mit ihrem Doktor per Du und freut sich, wenn er sie zum Abschied in den Arm nimmt.

durfte auch ein frisch gebackener Uni-Absolvent oder ein in Ehren ergrauter Krankenhausanästhesist nach ein paar Monaten Vorbereitungskurs als »praktischer Arzt« arbeiten. Später wurde eine dreijährige Weiterbildung zum Facharzt für Allgemeinmedizin Voraussetzung, und seit 2006 gilt sogar: Wer sich als Hausarzt neu niederlassen will, muss nach dem Studium eine fünfjährige Spezialweiterbildung zum Facharzt für Allgemeinmedizin absolviert haben.

Noch wichtiger für die Imagepolitur des Allrounders ist, dass er zum Lieblingsmediziner vieler Gesundheitspolitiker avanciert ist. Sie haben ihm eine zentrale Rolle in der Versorgung der Bevölkerung zugedacht: Der Hausarzt soll der Hauptansprechpartner des Patienten sein, der Lotse, der durch den Praxen- und Klinikendschungel führt. Er soll entscheiden, wer wann zu welchem Facharzt geht, soll den Überblick behalten über alle Untersuchungen und Arzneien, damit es nicht zu teuren Doppelchecks oder gefährlichen Medikamentenkombinationen kommt.

Um diese Arbeit gut zu machen, muss der Hausarzt vor allem eines leisten: Gesundheitsprobleme erkennen und richtig diagnostizieren. Die Mittel, die ihm dafür zur Verfügung stehen, sind unspektakulär und doch äußerst tauglich: die Augen für die Blickdiagnose, die Hände zum Abtasten, dazu Stethoskop und Spatel, Blutdruckmessgerät, Lämpchen und andere schlichte Gerätschaften (→ Grafik Seite 24–25). Vor allem aber zählt das Gespräch mit dem Patienten. Studien zeigen, dass damit rund drei Viertel aller Diagnosen gestellt werden können. Und je besser der Arzt seine Klientel kennt, je mehr er von ihr weiß, umso besser kann er Symptome einordnen.

Bei der Familie Strohbehn ist die Nähe zum Patienten seit jeher Programm. Die Behandlungsräume liegen im Wohnhaus der Strohbehns: zwei im Erdgeschoss, gegenüber von Küche und Wohnzimmer, zwei im ersten Stock, wo Pferdefotos und Turnierauszeichnungen der passionierten Reiterfamilie die Wände des Flures zieren. Sabine Strohbehn hat bei Ennos Mutter Arzthelferin gelernt und unterstützt heute ihren Mann in der Praxis. Tochter Tina, 24, wohnt mit ihrem Sohn im selben Haus, macht auch eine Arzthelferinnen-Ausbildung bei ihrem Vater und wartet auf einen Medizinstudienplatz. Beide Frauen kennen jede Krankengeschichte, wissen, wer wann in der Klinik war und wer welche Tabletten braucht. Sie scherzen mit den Patienten und drohen ihrem Chef spaßhaft, wenn das Wartezimmer überquillt, weil er sich mit einem Patienten festgequatscht hat.

Gespräch als Schlüssel zur Diagnose

Das kommt immer wieder vor, denn der Arzt interessiert sich nicht nur für die körperlichen Gebrechen seiner Patienten.

Er weiß, was die Leute bewegt, wie es in den Familien aussieht. »Dadurch, dass ich die meisten schon lange kenne, habe ich viele Informationen, die auch wichtig für ein Krankheitsbild sein können«, sagt er. »Nimmt derjenige seine Tabletten wirklich – der Nachbar hat mir nämlich was anderes erzählt? Gibt's da eine böse Schwiegermutter, die das Leben schwer macht und Grund für die Kopfschmerzen sein könnte?«

Aber selbst ein Hausarzt, der viel über seine Patienten weiß, kann mit seinen Diagnosen danebenliegen, kann untaugliche oder veraltete Therapien empfehlen. Kein anderer Facharzt hat mit einem solchen Spektrum von Leiden zu tun, muss sich in so vielen Bereichen auf dem Laufenden halten. Im Idealfall sollte sich der Allgemeinmediziner eben in der Kinderheilkunde genauso gut auskennen wie bei Alterskrankheiten, sollte parat haben, welche Medikamente bei Mittelohrentzündung sinnvoll sind und welche bei Rheuma als überholt gelten. Das können die Mediziner kaum leisten – zumal das Fachwissen ihrer Zunft sich mit atemberaubender Geschwindigkeit vermehrt. Jedes Jahr werden rund 9000 Studien durchgeführt, erscheinen in mehr als 10000 medizinischen Fachzeitschriften über zwei Millionen Artikel. Nach Schätzungen müsste ein Internist täglich 19 davon lesen, um sich auf dem neuesten Stand zu halten.

Tatsächlich wenden Ärzte durchschnittlich 30 Minuten pro Woche für das Studium von Fachliteratur auf. »Mich fortbilden und lesen, das schaffe ich meist erst spätabends nach den Hausbesuchen oder am Wochenende«, sagt Enno Strohbehn. Und seine Tochter Tina erzählt, dass er als Beifahrer im Auto viel liest, weil er dann endlich mal dazu kommt.

Das Weiterbildungsproblem

Verschärft wird das Weiterbildungsproblem durch interessengeleitete Informationen, mit denen mehr als 10000 Pharmavertreter die Mediziner füttern. Hausärzte bekommen fast täglich Besuch von den Abgesandten der Hersteller, die mit beeindruckenden Broschüren und neuesten Studienergebnissen für ihre Produkte werben, manchmal sogar mit mehr. Wer nicht die Zeit hat, alle Angaben selbst zu überprüfen, der kann kaum beurteilen, ob die mutmaßlichen Neuerungen aus dem Koffer des Pharmareferenten tatsächlich einen zusätzlichen Nutzen für den Patienten bringen – oder nur für den Produzenten.

Natürlich müssen Hausärzte wie alle niedergelassenen Ärzte regelmäßig Fortbildungsveranstaltungen besuchen, damit ihr Wissensstand nicht veraltet, und dabei nach Sozialgesetzbuch V, Paragraf 95d innerhalb von fünf Jahren 250 so genannte Fortbildungspunkte nachweisen. Wer das versäumt, dem drohen Strafen wie Honorarkürzungen oder gar der Entzug der Zulassung. Welche Schwerpunkte die Mediziner bei solchen Veranstaltungen belegen, ist ihnen allerdings freigestellt. »Viele Hausärzte haben sich zusätzlich auf bestimmte Themen spezialisiert, zum Beispiel auf psychische Erkrankungen oder Naturheilverfahren oder bestimmte chronische Krankheiten«, sagt Ferdinand Gerlach, Professor für Allgemeinmedizin an der Universität Frankfurt.

Ob die Patientennähe und das medizinische Wissen der deutschen Allgemeinärzte insgesamt ausreichen, lässt sich schwer prüfen. Es gibt keine Zahlen über die Qualität ihrer Diagnosen und Therapien. Aber mehrere Studien zum Thema Blut-

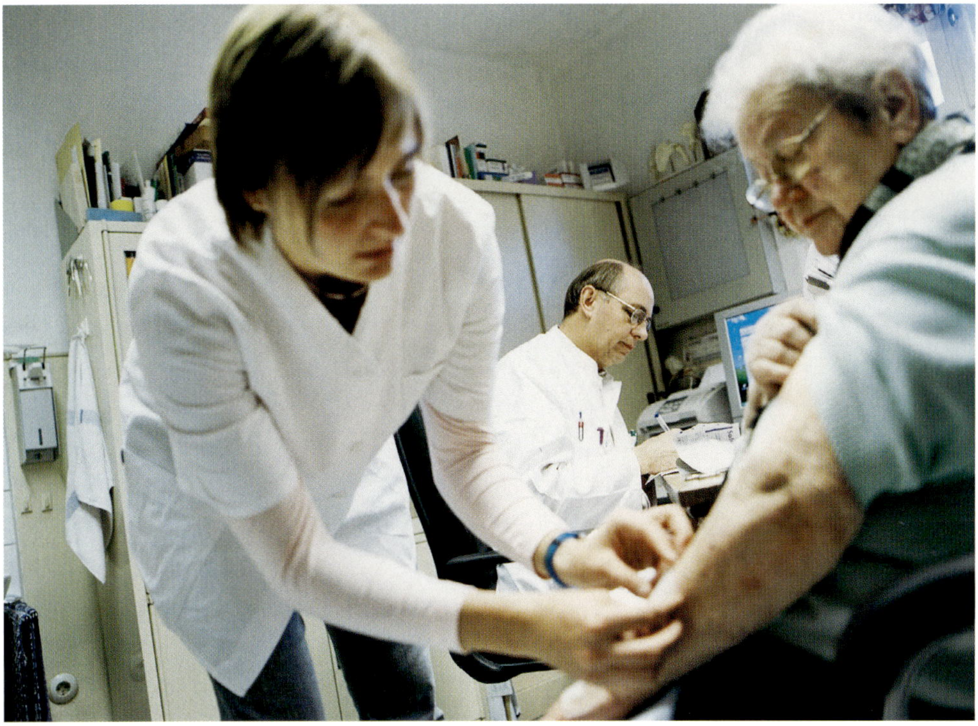

Tina Strohbehn (links) lernt in der Praxis ihres Vaters Arzthelferin. Bei einer Patientin, die zu Hause gestürzt ist, wechselt die 24-Jährige den Verband am Arm.

hochdruck offenbaren, wie gravierend die Versorgungslücken selbst bei Volkskrankheiten sein können: So wissen überhaupt nur 60 Prozent der Frauen und 50 Prozent der Männer, die zu hohe Werte haben, von ihrer Erkrankung. Lediglich ein Viertel wird gegen das Leiden behandelt, und nur 15 Prozent erreichen die angestrebten Normalwerte. »Zum Teil liegt das zwar an den Betroffenen, die häufig ihre Erkrankung bagatellisieren oder ihre Medikamente nicht regelmäßig einnehmen«, sagt Ferdinand Gerlach. »Aber wahr ist auch: Wir Hausärzte müssen die Betreuung dieser Menschen ganz eindeutig verbessern.«

Glaubt man den Klagen anderer Fachärzte, liegt der eine oder andere Allgemeinmediziner auch bei weiteren Erkrankungen daneben. Dermatologen beschweren sich, weil sie Patienten sehen, deren Hausarzt ein Ekzem viel zu lang fälschlicherweise mit einer Pilzsalbe behandelt hat. Neurologen schlagen Alarm, dass die Allrounder zu lange zu viele Schmerzmittel verschreiben, welche wiederum selbst schwere Kopfschmerzen auslösen können.

Nicht zu wenig untersuchen – und nicht zu viel

Und auch bei der Diagnose psychischer Erkrankungen gibt es mancherorts Defizite. Untersuchungen haben ergeben, dass bis zu zehn Prozent der Patienten in deutschen Hausarztpraxen depressiv sind. Psychologen monieren, dass Allgemeinmediziner trotz der engen Bindung zum Patienten zu wenige seelische Leiden erkennen – und sie nicht immer richtig und hinreichend behandeln.

Wie die Betreuung verbessert werden könnte, will das Depressionsprojekt »Prompt« in Hessen zeigen, für das Doktoren und Helferinnen in 70 Allgemeinarztpraxen speziell geschult wurden. »Man verliert im normalen Praxisalltag depressive Patienten leicht aus den Augen«, sagt Monika Peitz, Psychologin am Institut für Allgemeinmedizin der Universität Frankfurt, die das Projekt betreut. »Wem es psychisch schlecht geht, der geht nicht mehr aus dem Haus, kommt nicht mehr von alleine zum Arzt und fällt irgendwann durch das medizinische Raster.« Bei »Prompt« rufen die Helferinnen die depressiven Patienten regelmäßig an und erfragen nach einem genau festgelegten Schema ihre Befindlichkeit. Je nachdem, wie die Antworten ausfallen, vereinbaren sie einen späteren Termin, bestellen die Patienten schnell wieder ein oder verbinden sofort mit dem Arzt – der in jedem Fall über das Gespräch informiert wird.

Von dem Projekt, das 2007 ausgewertet wird, erhoffen sich die Forscher eine engere Bindung und damit eine erfolgreichere Behandlung von depressiven Patienten. Das System könnte aber auch Modell für den Umgang mit anderen chronischen Erkrankungen wie Bluthochdruck oder Diabetes werden: Eine gut geschulte Arzthelferin hält den Kontakt zu den Patienten, informiert laufend den Arzt darüber und verhindert so, dass die Behandlung im Sande verläuft.

Patientennähe, ein breites und aktuelles medizinisches Wissen, Zeit – das braucht der Allgemeinmediziner. Aber das ist noch nicht alles: Der gute Arzt sollte den Mut haben, nichts zu tun. »Von hundert Patienten, die im Wartezimmer sitzen und husten und schniefen, hat vielleicht einer eine gefährliche Lungenentzündung. Den muss er herausfinden«, erklärt Ferdinand Gerlach. »In den anderen Fällen aber bringt es nichts, eine Diagnose erzwingen zu wollen und die ganze Untersuchungsmaschinerie anzuwerfen oder unnötige Tabletten zu verschreiben. Jede Diagnostik oder Therapie kann schließlich auch Nebenwirkungen haben.« – »Watchful waiting«, wachsames Abwarten, plus »Vermeidung abwendbar gefährlicher Verläufe« nennen die Allgemeinmedizinexperten so ein zurückhaltendes Vorgehen, das den Patienten schont. Viele Symptome bessern sich schließ-

lich von selbst wieder, wie beispielsweise die meisten Formen von Rückenschmerzen.
Überflüssige Untersuchungen wie vorschnelles Röntgen, Punktionen oder Biopsien schaden nicht nur der Gesundheit des Patienten. Sie verursachen auch unnötige Kosten: Im deutschen Gesundheitswesen wird deutlich mehr Geld für Laboruntersuchungen, Apparatemedizin und Medikamente ausgegeben als in anderen europäischen Ländern. Hierzulande verschreiben die Hausärzte mit knapp 55 Prozent aller Verordnungen die meisten Medikamente. Neben der medizinischen Notwendigkeit oftmals auch aus dem Glauben heraus, der Patient müsse schnell mit einem Rezept zufrieden gestellt werden. Ein Denkfehler. Eine Untersuchung des Göttinger Aqua-Instituts ergab, dass viele Patienten in Wirklichkeit keineswegs so scharf auf Medikamente sind, wie ihre Ärzte zumeist vermuten.

Hausbesuche

Am Nachmittag und Abend macht sich Enno Strohbehn auf zu denen, die oftmals mehr von einem Gespräch profitieren als von Tabletten. Zu den schwer Kranken,

Enno Strohbehn macht sich Sorgen über die zu hohen Blutdruckwerte einer langjährigen Patientin.

zu den ganz Alten, zu denen, die sich den ganzen Tag auf den Besuch des Doktors freuen. Für die ein Händedruck mehr ist als eine bloße Begrüßung.
Stundenlang ist Enno Strohbehn für seine Hausbesuche unterwegs. Dann holpert er mit seinem weißen Geländewagen über dunkle Wege, den Kofferraum vollgestopft mit sechs Arztkoffern, tastet sich vor in unbeleuchtete Hauseingänge und taucht ein in Welten voller Glasvitrinen, Wandteller oder Kunstblumen. Bei Mutter Schöttler, 87, begutachtet er das tränende Auge und misst den Blutdruck. Herrn Hoheisel, 42 und an Multipler Sklerose erkrankt, impft er gegen Grippe und diskutiert mit ihm und seinen Eltern die neuesten Therapiemöglichkeiten gegen MS. Bei Frau Cakmakli wechselt er den Verband am gebrochenen Knöchel, und gemeinsam erinnern sie sich an die letzte große Schneekatastrophe, als man nur mit Langlaufskiern über die Dörfer fahren konnte.
Vor allem bei chronischen Krankheiten, die man nicht heilen, sondern nur lindern kann, muss er seine Patienten immer wieder aufs Neue motivieren, anspornen und manchmal auch ermahnen: Hören Sie auf zu rauchen. Nehmen Sie ab. Bewegen Sie sich mehr. Ein mühsames Unterfangen.
»Ich erkenne jeden Tag, dass meine Möglichkeiten begrenzt sind, gerade bei solchen Themen«, sagt Strohbehn. Und berichtet von der Frau, die erst mal nicht glauben will, dass ihr Bluthochdruck mit dem Übergewicht und das plötzliche Nasenbluten wiederum mit dem Bluthochdruck zu tun hat. Oder vom Maurermeister mit den verengten Gefäßen, der aufs Rauchen nicht verzichten will. Aber Enno Strohbehn weiß, dass sich auch lange eingeschliffene Gewohnheiten ändern lassen. Und er hat gelernt, was neben Fachwissen, Opferbereitschaft und einer stabilen Konstitution am wichtigsten ist in seinem Beruf: Geduld und Beharrlichkeit.

MEHR INFORMATIONEN

Internet: An der Frankfurter Universität erproben Wissenschaftler um den Allgemeinmedizin-Professor Ferdinand Gerlach, wie sich die Qualität von Diagnostik und Therapie in Hausarztpraxen verbessern lässt. Die Erkenntnisse, die für die Ärzte und Patienten am wichtigsten sind, finden sich in den so genannten Leitlinien der Deutschen Gesellschaft für Allgemeinmedizin und Familienmedizin (Degam) wieder. Es sind Empfehlungen für das richtige Vorgehen bei bestimmten Beschwerden, ausführlich und in Fachsprache formuliert für die Mediziner, kurz und verständlich für die Patienten. Sie finden die Leitlinien unter: www.degam-leitlinien.de.

Methoden-Check: Allgemeinmedizin

Dr. Ferdinand Gerlach, Professor für Allgemeinmedizin an der Universität Frankfurt am Main, hat die gängigen Diagnose- und Behandlungsverfahren und häufig verordnete Arzneien auf der Basis der besten verfügbaren Studien bewertet.

Diagnosemethoden

Erfragung der Krankengeschichte (Anamnese-Gespräch)

Der Arzt erkundigt sich nach Art, Beginn und Verlauf der aktuellen Beschwerden, aber auch nach früheren Erkrankungen und dem persönlichen Umfeld des Patienten.

Experten-Einschätzung: Das Anamnesegespräch ist mit weitem Abstand die wichtigste diagnostische Methode. Studien zeigen, dass damit bereits etwa drei Viertel aller abschließenden Diagnosen gestellt werden können. Allgemeinmediziner kennen ihre - oft langjährigen - Patienten und deren Umfeld besonders gut. Das hilft, Symptome und Patientenanliegen richtig ein- und zuzuordnen.

Leistung der Gesetzlichen Krankenversicherung (GKV)

Abhorchen (Auskultation) der Lunge

Mit einem Stethoskop hört der Arzt die Lunge ab. So lassen sich unterschiedliche Geräusche feststellen, die Rückschlüsse auf Erkrankungen wie Bronchitis, Lungenentzündung oder Asthma ermöglichen.

Experten-Einschätzung: Eine einfache, wichtige und ungefährliche Untersuchung, mit der der erfahrene Arzt zahlreiche Diagnosen überprüfen kann. In der Regel wird gleichzeitig auch das Herz abgehört, wobei sich zum Beispiel Hinweise auf Fehler bzw. Veränderungen an den Herzklappen ergeben können.

Leistung der GKV

Abtasten des Bauchs

Mit den Fingerkuppen drückt der Arzt beim liegenden Patienten vorsichtig in die Bauchdecke. Dabei kann er die verschiedenen Areale im Bauchraum abtasten, etwa die Region, in der die Leber liegt (unter dem rechten Rippenbogen), die Milz (unter dem linken Rippenbogen), die Magenregion (unter dem Ende des Brustbeins), den Blinddarmbereich (rechts unten) und die Regionen, in denen Dünn- und Dickdarm verlaufen. Die Untersuchung soll dem Arzt helfen herauszufinden, von welchem Areal Bauchschmerzen ausgehen.

Das Handwerkszeug des Hausarztes

Zum Patientenbesuch nimmt der Allgemeinmediziner seinen Hausarztkoffer 1 mit. Er birgt wichtige Untersuchungsgeräte wie das Blutdruckmessgerät und das Stethoskop, aber auch Mittel zur Behandlung verschiedener Leiden wie Tabletten, Zäpfchen oder Medikamente in Ampullen. Auch bei kleinen chirurgisch behebbaren Problemen, etwa bei Splittern in der Haut, bei offenen Wunden oder Brüchen, kann der Allgemeinarzt mit seinen Utensilien erste Hilfe leisten. Hier eine Auswahl der verschiedenen Gegenstände, die sich in einem Hausarztkoffer befinden können:

Untersuchen

2 **Stethoskop**

3 **Ohrenspiegel**

4 **Reflexhammer**

5 **Holzspatel**

6 **Lampe,** um in die Pupillen oder in den Rachen zu leuchten

Messen

7 **Blutdruckmessgerät**

8 **Urinteststreifen**

9 **Fieberthermometer**

10 **Blutzuckermessgerät mit Zubehör**

11 **Nadel (Kanüle)**

12 **Entnahme-Röhrchen** für eine Blutuntersuchung

13 **Stauschlauch**

Behandeln

14 **Tropfen** gegen Schmerzen und niedrigen Blutdruck

15 **Nitrospray** bei Angina Pectoris

16 **Tabletten** gegen hohen Blutdruck und Schmerzen, Placebotabletten

17 **Asthmaspray**

18 **Zäpfchen und Rektaltuben** gegen Übelkeit, Fieber, Krämpfe, Schmerzen und zur Beruhigung

19 **Kleiner Kunststoffschlauch** (Venenverweilkanüle)

20 **Kochsalzlösung**, etwa für eine Infusion, mit der Medikamente verabreicht werden sollen

21 **Ringerlösung**, etwa für eine Infusion bei starkem Blutverlust

22 **Infusionssystem**

23 **Ampullen mit Medikamenten** gegen Schmerzen, Krämpfe, Übelkeit, allergische Reaktionen, Kreislauf- und Herzrhythmusstörungen, zum Entwässern, zur Beruhigung und Blutverdünnung

24 **Einwegspritzen**

25 **Einwegkanülen**

26 **Insulin** gegen hohen Blutzucker

27 **Traubenzucker** als Lösung oder in Täfelchen gegen Unterzuckerung

28 **Heparinspritzen** zur Thrombosebehandlung

29 **Flexible Kunststoffschiene** für Knochenbrüche

30 **Wunddesinfektionsmittel** (Povidon-Jod)

31 **Prellungssalbe**

32 **Mullbinden und Pflasterrolle**

33 **Einwegrasierer**

34 **Splitterpinzette**, steril verpackt

35 **Schere**

36 **Einwegskalpell**, steril verpackt

37 **Pflaster und Klammerpflaster** für Platzwunden

38 **Tupfer und Desinfektionsspray**

39 **Kanülenbox** für spitze und scharfe Abfälle

40 **Einweghandschuhe**

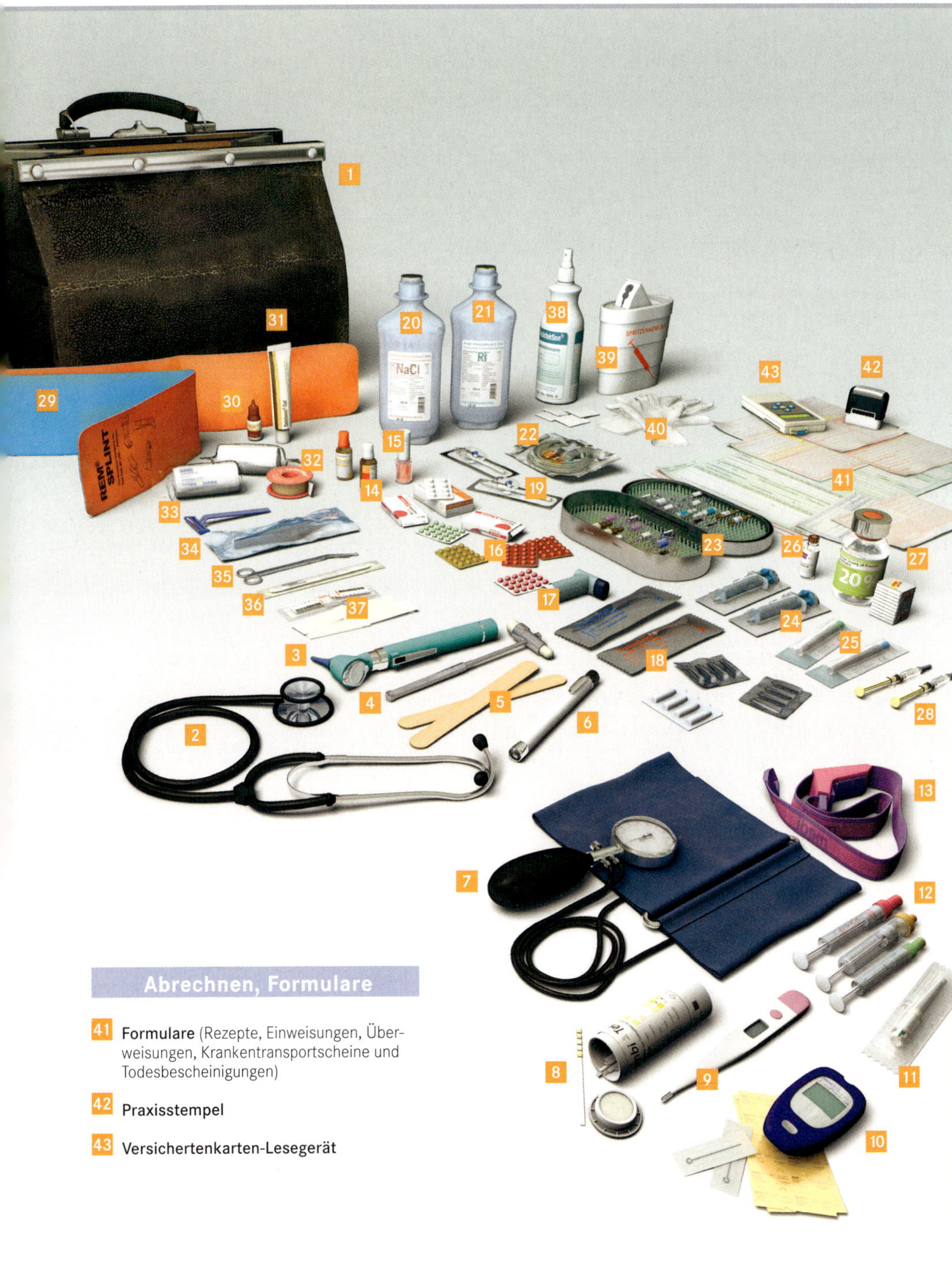

Abrechnen, Formulare

41 **Formulare** (Rezepte, Einweisungen, Überweisungen, Krankentransportscheine und Todesbescheinigungen)

42 **Praxisstempel**

43 **Versichertenkarten-Lesegerät**

Experten-Einschätzung: Ebenfalls eine wichtige, ungefährliche und aussagekräftige Untersuchung. Vergrößerungen von Leber und Milz oder akute Entzündungen des Bauchfells lassen sich relativ gut erkennen, die Diagnose kann dann durch zusätzliche Untersuchungen abgesichert werden. In der Regel hört der Arzt den Bauch auch mit einem Stethoskop ab, um veränderte Darmgeräusche zu erkennen, wie sie etwa bei einem Darmverschluss vorkommen.
Leistung der GKV

Blutdruckmessung

Der Arzt misst zumeist mit einer aufpumpbaren Manschette und dem Stethoskop am Arm des Patienten den systolischen (höherer Wert) und diastolischen (niedrigerer Wert) Blutdruck. Zurzeit geht man in Deutschland davon aus, dass der Wert in Ruhe maximal bei 140/90 Millimeter Quecksilbersäule (mmHg) liegen sollte. Bei Patienten mit Vorerkrankungen (mit Zuckerkrankheit oder nach Herzinfarkt) werden niedrigere Werte angestrebt. In der Praxis oder in der Klinik können die Werte höher sein als sonst. Das liegt meist an der Aufregung beim Arztbesuch und wird »Weißkittel-Phänomen« genannt.

Experten-Einschätzung: Die Blutdruckmessung ist eine einfache, aber sehr wichtige Maßnahme. Mehrfach erhöhte Werte müssen von Arzt und Patient sehr ernst genommen werden. Bluthochdruck wird oft unterschätzt.
Leistung der GKV

Test auf unsichtbares Blut im Stuhl (z. B. Hämoccult)

An drei verschiedenen Tagen streicht der Patient einen kleinen Teil seines Kots auf ein spezielles Filterpapier, in der Praxis wird später eine Indikatorlösung daraufgetropft, die dafür sorgt, dass sich der Teststreifen selbst bei kleinsten Mengen von Blut verfärbt. Die Untersuchung wird zur Darmkrebsfrüherkennung eingesetzt und um Blutverluste aus dem Magen-Darm-Trakt nachzuweisen.

Experten-Einschätzung: Ein einfach durchzuführender Test zur Früherkennung von Darmerkrankungen, der für Männer und Frauen ab dem 50. Lebensjahr vorgesehen ist. Wie alle diagnostischen Tests kann aber auch dieser fälschlicherweise zu einem positiven Ergebnis führen – oder negativ ausfallen, obwohl Blut vorhanden ist. Deswegen wird ab dem 56. Lebensjahr eine zusätzliche Früherkennungsuntersuchung auf Darmkrebs mittels Darmspiegelung angeboten.
Leistung der GKV

Blutuntersuchungen

Zumeist nehmen der Arzt oder die Arzthelferin mittels Nadel und Röhrchen aus einer Vene am Arm Blut ab. Die Röhrchen werden in ein Labor geschickt, das je nach Anfrage verschiedene Werte bestimmt (→ Seiten 34–39).

Experten-Einschätzung: Blutuntersuchungen sind in der Regel nur dann sinnvoll, wenn es konkrete Hinweise auf eine Erkrankung gibt. Ungezielte Untersuchungen, insbesondere Dutzende von Werten umfassende »Laborlatten«, führen nicht selten zu rein zufälligen Auffälligkeiten ohne Krankheitswert, die dann weiter abgeklärt werden und den Patienten unnötig belasten.

In den meisten Fällen Leistung der GKV

Check-up-Untersuchung ab 35 Jahren

Ab dem 35. Lebensjahr steht jedem, der in einer gesetzlichen Krankenkasse versichert ist, alle zwei Jahre eine Gesundheitsuntersuchung beim Facharzt für Allgemeinmedizin oder Innere Medizin zu. Dazu gehören: die Erfragung der Krankengeschichte, eine körperliche Untersuchung (inklusive Abtasten des Enddarms), eine Urin- und Blutanalyse (etwa Blutzucker und Gesamtcholesterinspiegel). So sollen Risikofaktoren für Herz-Kreislauf-Erkrankungen, Fettstoffwechselstörungen und Zuckerkrankheit ermittelt werden.

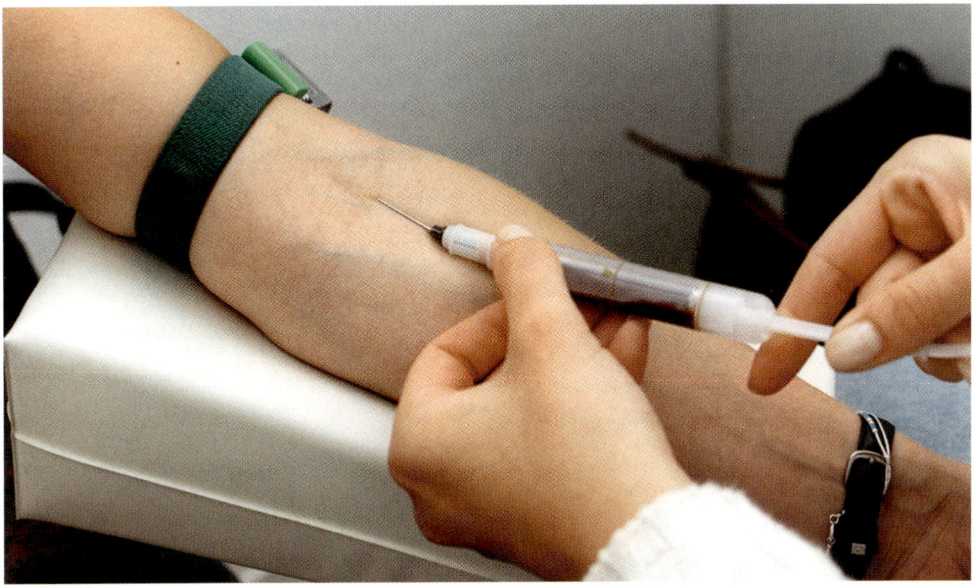

Blutabnahme in der Praxis: Nicht jede Untersuchung ist sinnvoll.

Elektrokardiogramm (EKG)

Die Arzthelferin befestigt Elektroden auf dem Brustkorb sowie an Armen und Beinen des Patienten. Sie leiten die elektrischen Ströme ab, die während der Erregung des Herzmuskels entstehen. Das EKG-Gerät zeichnet mehrere Kurven untereinander auf ein Papier, die die unterschiedlichen Bereiche des Herzens wiedergeben.

Experten-Einschätzung:
Für Patienten mit Beschwerden bzw. konkretem Verdacht auf eine Herzerkrankung ist das EKG ein wichtiges, sehr aussagekräftiges Diagnosemittel - auch wenn ein unauffälliges EKG eine Herzerkrankung nicht sicher ausschließt. Weniger sinnvoll ist die Untersuchung für Gesunde ohne Beschwerden, da ein EKG in Ruhe häufig fälschlicherweise positive Befunde zeigt, d. h. es finden sich zufällige EKG-Veränderungen, ohne dass tatsächlich eine Erkrankung vorliegt.

Die wichtigsten Abschnitte der EKG-Kurve

Ende des 19. Jahrhunderts wurden die Wellen und Zacken der Kurve willkürlich mit P, Q, R, S und T bezeichnet.

1 Die so genannte **P-Welle** zeigt die elektrische Aktivität des Herzens, die das Zusammenziehen der Vorhöfe auslöst.

2 Der **QRS-Komplex** bildet ab, wie sich die Erregung in den Herzkammern ausbreitet.

3 Die **T-Welle** zeigt die »Erholungsphase«, an deren Ende die Herzmuskelzellen für den nächsten Schlag wieder erregbar sind.

Normale Herztätigkeit

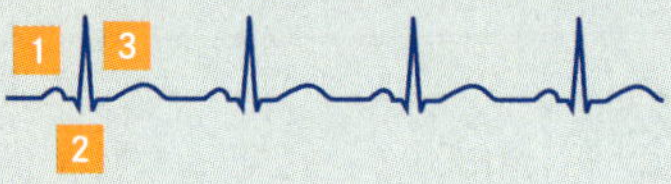

P-Welle, QRS-Komplex und T-Welle sind normal, der Abstand zwischen den EKG-Zacken ist regelmäßig.

Kammerextrasystole

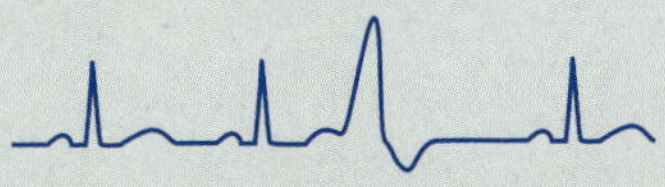

Ein kleiner Extraschlag lässt das Herz stolpern.

Kammerflimmern

Eine lebensbedrohliche Herzrhythmusstörung, bei der kein Blut mehr in den Kreislauf gepumpt wird. Die Herzkammer zuckt nur noch.

Vorhofflimmern

Muskelzellen in den Vorhöfen geben elektrische Impulse ab, die mit dem Hauptrhythmus des Herzens nicht harmonieren.

Akuter Infarkt

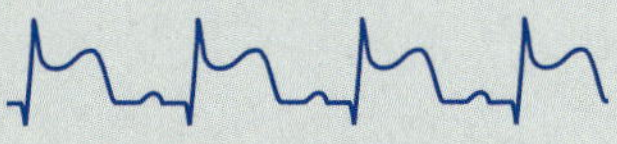

Die so genannte ST-Hebung zeigt einen frischen Infarkt an – ein Herzkranzgefäß wird nicht mehr durchblutet, Herzmuskelzellen können absterben.

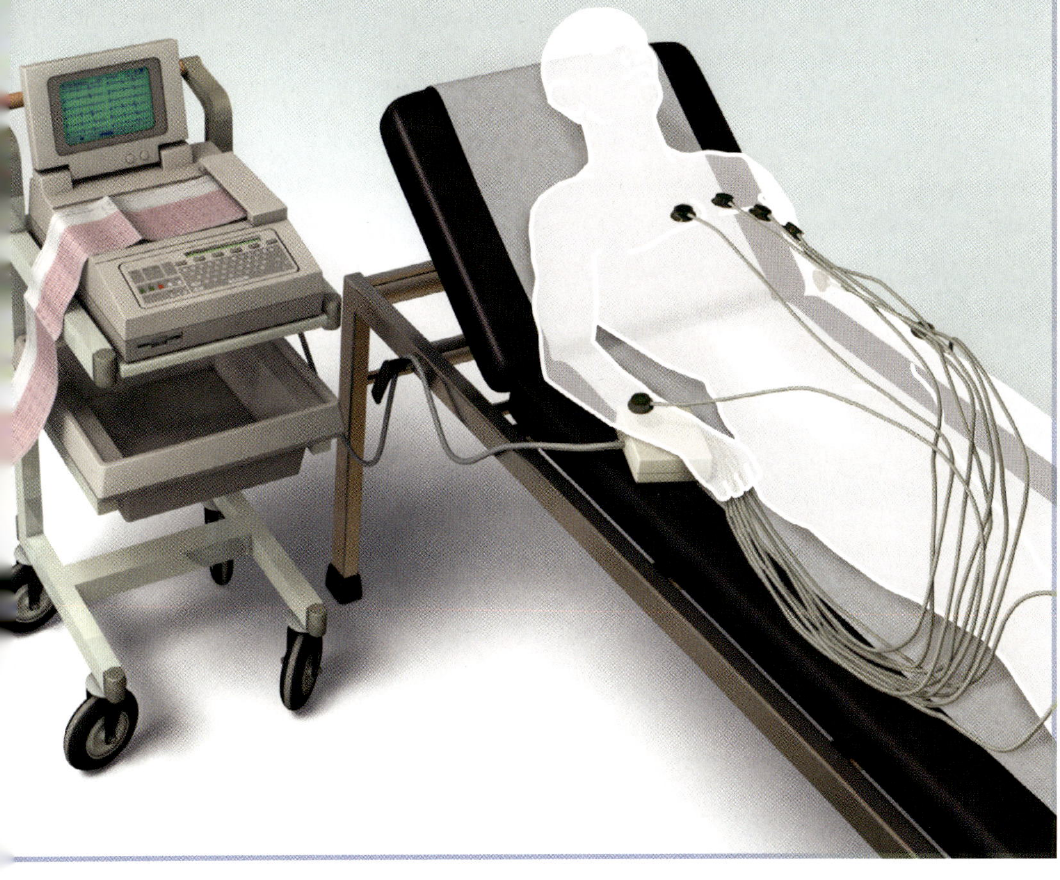

Experten-Einschätzung: Der Sinn einer ungezielten Untersuchung bei beschwerdefreien, mutmaßlich gesunden Menschen ist begrenzt bzw. unklar.
Leistung der GKV

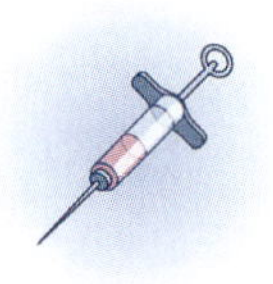

Behandlungsmethoden

Das therapeutische Gespräch

Der Arzt bespricht mit dem Patienten, was der über seine Erkrankung wissen sollte. Je nach Art des Leidens können das unterschiedliche Punkte sein: etwa die Gründe für die Beschwerden, die Befunde, die Prognose – und Ratschläge, wie der Patient sich künftig verhalten sollte.
Experten-Einschätzung: Es gibt kaum etwas Wichtigeres. Hier wirkt die »Droge Arzt«. Wie zahlreiche Studien zeigen, ist insbesondere in der Hausarztpraxis das vertrauensvolle Gespräch bereits ein wichtiger Teil der Therapie.
Leistung der GKV

Impfungen, z.B. Grippeimpfung

Die jährliche Grippeschutzimpfung wird für Ältere (über 60 Jahre) und chronisch Kranke empfohlen, außerdem für Menschen, die im medizinischen Bereich arbeiten. Sie schützt vor Influenza, aber nicht vor Vogelgrippe oder Erkältungen.
Experten-Einschätzung: Eine für den genannten Personenkreis äußerst sinnvolle Maßnahme, die allgemein sehr gut vertragen wird. Der Nutzen ist deutlich größer als potenzielle Risiken.
In vielen Fällen Leistung der GKV

Wundbehandlung, z.B. bei diabetischem Fuß

Gerade bei Zuckerkranken sind häufig die Gefäße angegriffen, die Durchblutung ist eingeschränkt. Die Folge: Oftmals heilen kleine Risse in der Haut an den Beinen und Füßen schlecht und infizieren sich leicht – es entstehen Geschwüre und hartnäckige Wunden. Der Arzt versorgt diese regelmäßig mit Desinfektionsmitteln, Salben, Wundgittern und Verbandsmaterial.
Experten-Einschätzung: Die konsequente Behandlung auch kleinster Verletzungen ist insbesondere für Patienten mit Zuckerkrankheit sehr wichtig. Wenn Infektionen und chronische Wunden bei Diabetikern von vornherein vermieden werden, lassen sich Komplikationen verhindern.
Leistung der GKV

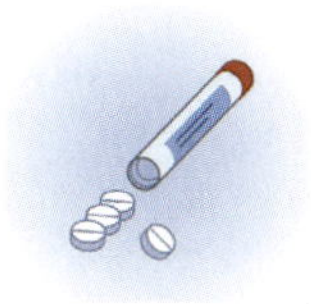

Medikamente

Schmerzmittel

Es gibt verschiedene Arten von Schmerzmitteln, die an unterschiedlichen Angriffspunkten wirken und unterschiedlich stark sind. Morphine bzw. Opioide wirken auf das Nervensystem im Gehirn und Rückenmark; so genannte nichtsteroidale Antiphlogistika (Acetylsalicylsäure, Ibuprofen, Diclofenac) hemmen zusätzlich zur Schmerzlinderung die Bildung von Entzündungsstoffen; Paracetamol ist auch ein guter Fiebersenker.

Experten-Einschätzung: Schmerzmittel sind unverzichtbar und wirken in der Regel zuverlässig. Bei jeder Substanz können aber auch unerwünschte Wirkungen auftreten (z.B. Magen-Darm-Blutungen, bei Dauergebrauch auch Nierenschäden). Eine wenig bekannte Nebenwirkung von lang anhaltendem und regelmäßigem Schmerzmittelgebrauch ist die Entstehung von Kopfschmerzen. Faustregel: Einnahme nicht länger als unbedingt nötig. Der Arzt muss wissen, welche (auch frei verkäuflichen) Schmerzmittel der Patient nimmt. So können Doppeleinnahmen von Medikamenten mit zwar anderen Namen, aber gleichen Inhaltsstoffen vermieden werden.

Teilweise Leistung der GKV

Beruhigungsmittel (Benzodiazepine)

Diese Medikamente nehmen Ängste, beruhigen, entspannen in höherer Dosierung die Muskulatur und werden auch bei Krampfanfällen eingesetzt. Häufig verschreibt der Arzt sie bei Schlafstörungen. Die Gefahr, nach längerer Einnahme nicht mehr auf sie verzichten zu können, ist bei diesen Medikamenten groß.

Experten-Einschätzung: Sehr wirksame, allgemein gut verträgliche Mittel. Was oft verkannt wird: Die Substanzen bleiben zumeist lange im Körper. Bei älteren Menschen erhöht sich die nächtliche Sturzneigung (Knochenbrüche!). Wegen der Gefahr der Abhängigkeit sollten Hausarzt und Patient von vornherein eine zeitliche Begrenzung der Therapie vereinbaren. Auch frei verkäufliche Schlafmittel nur nach Rücksprache mit dem Arzt einnehmen.

Teilweise Leistung der GKV

Antibiotika

Antibiotika sind Medikamente, die gegen Infektionen mit Bakterien helfen. Nicht jedes Antibiotikum wirkt gegen jedes Bakterium. Es gibt Erkrankungen, bei de-

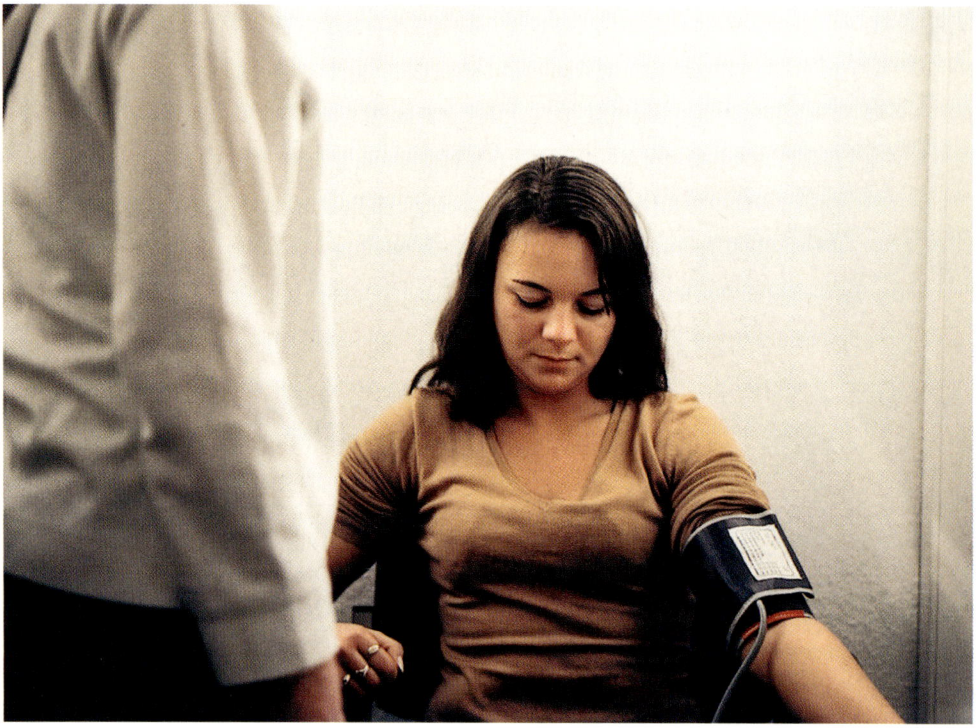

Blutdruckmessungen sind ein wichtiges Diagnoseinstrument. Bluthochdruck muss häufig medikamentös behandelt werden.

nen der Arzt weiß, welche Erreger häufig die Ursache sind, z. B. bei Blasenentzündung – dann setzt er eine bestimmte Antibiotika-Art sofort ein. Manchmal muss er aber erst untersuchen, um welche Bakterienart es sich handelt, um dann ein spezielles Antibiotikum verordnen zu können. Fieber allein ist kein ausreichender Grund für die Gabe von Antibiotika. Gegen Viren helfen sie nicht.

Experten-Einschätzung: Antibiotika sind unverzichtbar und – richtig eingesetzt – lebensrettend. Zahlreiche Studien und internationale Vergleiche zeigen aber, dass viele bakterielle Infektionen auch ohne Antibiotika ausheilen. Da der häufige Einsatz zu unerwünschten Wirkungen und zu zunehmender Resistenz der Bakterien führen kann, sollten Antibiotika nur sehr gezielt eingesetzt werden.

Wichtig! Wer eine Antibiotika-Allergie hat, sollte alle behandelnden Ärzte darüber informieren. Sonst kann es zu schweren Reaktionen wie Kreislaufzusammenbrüchen kommen, wenn unwissende Mediziner die Mittel verabreichen.

Leistung der GKV

Mittel gegen zu hohen Blutdruck (Antihypertonika)

Es gibt viele unterschiedliche Bluthochdruck-Medikamente: Die wichtigsten sind Beta-Blocker, ACE-Hemmer und Entwässerungsmittel (Diuretika). Bei zu hohen Blutdruckwerten, die nicht mittels Gewichtsabnahme und Bewegung in den Griff zu bekommen sind, werden diese einzeln oder in Kombination eingesetzt.

Experten-Einschätzung: Es ist enorm wichtig, dass Menschen mit anderweitig nicht behandelbarem Bluthochdruck Medikamente bekommen und diese konsequent und dauerhaft einnehmen. Die langfristigen Schäden eines ungebremst erhöhten Blutdrucks sind gravierend (etwa Herzinfarkt, Herzschwäche, Schlaganfall) und können durch die Medikamente sehr gut vermieden werden.

Beta-Blocker eignen sich besonders gut für Menschen, die bereits einen Herzinfarkt hatten oder an einer Herzkranzgefäßerkrankung oder Herzschwäche leiden.

Diuretika sind die ältesten und bewährtesten Hochdruckmittel. Sie wirken Wassereinlagerungen entgegen und taugen deshalb besonders für Patienten mit einer Herz- oder Niereninsuffizienz.

ACE-Hemmer sind vor allem für Patienten mit Herzschwäche, Luftnot und Wassereinlagerungen geeignet.

Leistung der GKV

Cholesterinsenker (Statine)

Diese Medikamente verschreiben Hausärzte häufig, wenn im Blut von Patienten zu viel »schlechtes« LDL-Cholesterin nachgewiesen wurde.

Experten-Einschätzung: Sie sind Mittel der ersten Wahl bei Patienten, die neben einem erhöhten LDL-Cholesterinspiegel Risikofaktoren wie Zuckerkrankheit, Bluthochdruck oder Rauchen aufweisen. Zudem sollten alle Patienten mit einer nachgewiesenen Herzkranzgefäßerkrankung Statine einnehmen - unabhängig davon, wie hoch ihr LDL-Cholesterin ist -, da sich so ihre Prognose deutlich verbessert. Entscheidend für eine Therapie mit Statinen ist also vor allem das Gesamtrisiko eines Patienten.

Trotz des Lipobay-Skandals gilt: Für die genannten Risikogruppen sind Statine sehr wirksame, gut verträgliche Medikamente. Ihr Nutzen ist sehr viel höher, als es ihre potenziellen Nebenwirkungen sind. Aber natürlich gilt zudem: Eine vernünftige, mediterrane Ernährung und regelmäßiges körperliches Training sollten die Therapie unterstützen.

Leistung der GKV

Laborwerte

Warum wird welche Blutuntersuchung gemacht? Was bedeutet es, wenn Ihre Ergebnisse besonders hoch oder besonders niedrig ausfallen? Welche Faktoren können die Resultate verzerren?

Die Normbereiche von Laborwerten sind bei Männern und Frauen zum Teil unterschiedlich. Zudem können die Normalwerte variieren, da verschiedene Institute mit unterschiedlichen Bestimmungsmethoden arbeiten. Deshalb sind hier keine absoluten Zahlen angegeben, sondern nur die Kategorien »erniedrigt« oder »erhöht«. Als Quellen dienten »Labor und Diagnose« von Lothar Thomas, TH-Books Verlagsgesellschaft, »Laborwerte« von Nicole Schaenzler und Wilfried Bieger, Gräfe und Unzer Verlag, sowie die Experteneinschätzung des Instituts für Allgemeinmedizin der Universität Frankfurt am Main.

Rote Blutkörperchen (Erythrozyten)

Sie transportieren Sauerstoff zu den Körperzellen.

Untersuchungsanlass: Verdacht auf Blutarmut (Anämie) oder Vermehrung der roten Blutkörperchen (Polyglobulie)

Erhöht bei chronischen Lungen- oder Herzleiden, bei Missbrauch von Erythropoetin (illegale Verwendung im Leistungssport)

Erniedrigt bei Blutarmut (Anämie), oft hervorgerufen durch Eisenmangel infolge chronischer Blutverluste oder bei nicht gedecktem Eisenmehrbedarf (z.B. in der Schwangerschaft)

Beeinflussung: Sauerstoffmangel (Aufenthalte im Hochgebirge, Rauchen) und Flüssigkeitsmangel (Erbrechen, Durchfall) können den Wert erhöhen; Überwässerung des Körpers kann ihn senken.

Weiße Blutkörperchen (Leukozyten)

Darunter versteht man unterschiedliche Zellen des Abwehrsystems.

Untersuchungsanlass: Verdacht auf Infektionen, Entzündungen

Erhöht bei Infektionen (vor allem bakteriell) und chronischen Entzündungsprozessen, auch bei Leukämie (Blutkrebs)

Erniedrigt bei Virusinfektionen und Erkrankungen bzw. Schädigungen des Knochenmarks, etwa durch Medikamente

Beeinflussung: Schwangerschaft, körperlicher und seelischer Stress sowie bestimmte Medikamente (Cortisonpräparate) können den Wert erhöhen.

Blutplättchen (Thrombozyten)

Sie spielen eine wichtige Rolle in der Blutgerinnung.

Untersuchungsanlass: unklare Blutungen, Blutungsneigung, Knochenmarkerkrankungen, Verlaufskontrollen unter medikamentöser Therapie

Erhöht bei Infektionen, Leukämie, nach großen Operationen, Verletzungen

Erniedrigt bei verschiedensten Störungen oder Erkrankungen, etwa bei Vitamin B-12- oder Folsäuremangel, bei Knochenmarkerkrankungen, Leberzirrhose und nach Einnahme bestimmter Medikamente

Beeinflussung: Nach körperlicher Anstrengung kann der Wert um bis zu 50 Prozent ansteigen, häufig finden sich allerdings auch fälschlich erniedrigte Werte, die kein Hinweis auf Krankheiten sind, sondern den Laborbestimmungstechniken zugeschrieben werden müssen (sog. Pseudothrombozytopenie).

Blutanalyse: Die Laborantinnen tragen Masken und Handschuhe, um Infektionen und Verunreinigungen zu verhindern.

Hämoglobin (HB)

Der Farbstoff in den roten Blutkörperchen bindet Sauerstoff für den Transport.
Untersuchungsanlass: Verdacht auf Blutarmut
Erhöht bei schweren Lungen-, Herz- oder Nierenerkrankungen
Erniedrigt bei Blutverlust, Blutarmut, Eisenmangel, verstärkter Regelblutung der Frau
Beeinflussung: Starkes Rauchen lässt den Wert ansteigen, in der Schwangerschaft sinkt er.

Blutsenkungsgeschwindigkeit (BSG)

Dabei wird die Geschwindigkeit gemessen, mit der die roten Blutkörperchen in einer dünnen Glasröhre nach unten sinken.
Untersuchungsanlass: unspezifisches Suchverfahren bei Verdacht auf entzündliche Prozesse
Erhöht bei akuten oder chronischen Entzündungen, bei Tumorerkrankungen, manchmal bei Fettstoffwechselstörungen
Beeinflussung: Im Alter und durch Einnahme der Pille steigt der Wert an, er kann je nach Zeitpunkt im Menstruationszyklus sowie in der Schwangerschaft stark schwanken.
Wichtig! Eine normale Blutsenkung schließt Tumoren oder eine Organerkrankung keineswegs aus; eine erhöhte Blutsenkung deutet nicht automatisch auf das Vorliegen einer schweren Erkrankung hin!

C-reaktives Protein (CRP)

Eiweiß aus der Leber, das besonders bei akuten Entzündungen vermehrt gebildet wird, um für den Körper gefährliches Material (z.B. Mikroben) unschädlich zu machen; CRP ist ein empfindlicherer Parameter für bakterielle Infektionen als die Blutsenkung (→ oben).
Untersuchungsanlass: Diagnose eines entzündlichen Prozesses, vor allem bei Verdacht auf eine bakterielle Infektion, Unterscheidung zwischen bakterieller und viraler Infektion allerdings manchmal unsicher
Erhöht bei bakteriellen Infektionen, aber auch nach Herzinfarkt und anderen Erkrankungen, in denen es zu Gewebeuntergängen kommt, bei bösartigen Tumoren
Beeinflussung: Anders als bei der Blutsenkung hat eine Schwangerschaft keinen Einfluss auf den Wert.

Gesamtcholesterin

Cholesterin ist ein Bestandteil von Zellhüllen, Lipoproteinen sowie ein Ausgangsstoff für die Bildung von Hormonen.

Untersuchungsanlass: Früherkennung eines erhöhten Risikos für (Herzkranz-) Gefäßerkrankungen (Arteriosklerose); Kontrolle bei Therapie mit fettsenkenden Medikamenten

Erhöht bei fett- und cholesterinreicher Ernährung und bei angeborener Cholesterinerhöhung

Beeinflussung: Schwangerschaft, aber auch eine zu lange Stauung vor der Blutabnahme erhöht den Wert.

Wichtig! Der absolute Cholesterin-Wert ist nach heutigen Erkenntnissen weniger aussagekräftig. Relevanter ist die Zusammenschau des wiederholt bestimmten Werts mit anderen Risikofaktoren wie Rauchen, Bluthochdruck, Zuckerkrankheit, Herzkranzgefäßerkrankungen, Alter und Geschlecht. Je mehr Risikofaktoren gleichzeitig vorliegen, desto höher ist das Gesamtrisiko. Die Beurteilung und Abwägung der einzelnen Faktoren durch den behandelnden Arzt bestimmt das weitere Vorgehen.

HDL-Cholesterin (»gutes« Cholesterin)

Es nimmt abgelagertes Cholesterin von den Gefäßwänden auf und transportiert es zur Leber.

Untersuchungsanlass: Früherkennung des Arteriosklerose- und Herzkranzgefäßerkrankungs-Risikos

Erhöhte Werte gelten als ein Faktor, der vor Arteriosklerose und Herzkranzgefäßerkrankung schützt.

Erniedrigte Werte zeigen ein erhöhtes Risiko für Herzkranzgefäßerkrankung an.

Beeinflussung: Eine so genannte mediterrane Kost mit viel Fisch, Gemüse und Olivenöl erhöht nachweislich den HDL-Wert.

LDL-Cholesterin (»schlechtes« Cholesterin)

Bei erhöhter Konzentration im Blut lagert sich vermehrt LDL-Cholesterin an den Gefäßwänden ab.

Untersuchungsanlass: Früherkennung des Arteriosklerose- und Herzkranzgefäßerkrankungs-Risikos, Kontrolle der Therapie mit blutfettsenkenden Medikamenten

Erhöhte Werte zeigen ein höheres Risiko für Arteriosklerose, Herzkranzgefäßerkrankung, Herzinfarkt an.
Erniedrigt bei Magersucht, Lebererkrankungen
Beeinflussung: Fettreiche Ernährung und Rauchen erhöhen den Wert, fettarme Kost und fettsenkende Medikamente senken ihn.

Triglyceride

Triglyceride sind Blutfette, die teils mit der Nahrung aufgenommen, teils im Körper gebildet werden.
Untersuchungsanlass: Früherkennung eines erhöhten Risikos für Gefäßerkrankungen und koronare Herzkrankheit; Diagnose einer Fettstoffwechselstörung; Kontrolle bei Diäten oder bei Behandlung mit fettsenkenden Medikamenten
Erhöht bei Fettstoffwechselstörung durch zu viel fett- oder zuckerreiche Kost, bei hohem Alkoholkonsum, bei schlecht eingestellter Zuckerkrankheit, Übergewicht, Alkoholmissbrauch, Schilddrüsenunterfunktion, familiärer Fettstoffwechselstörung

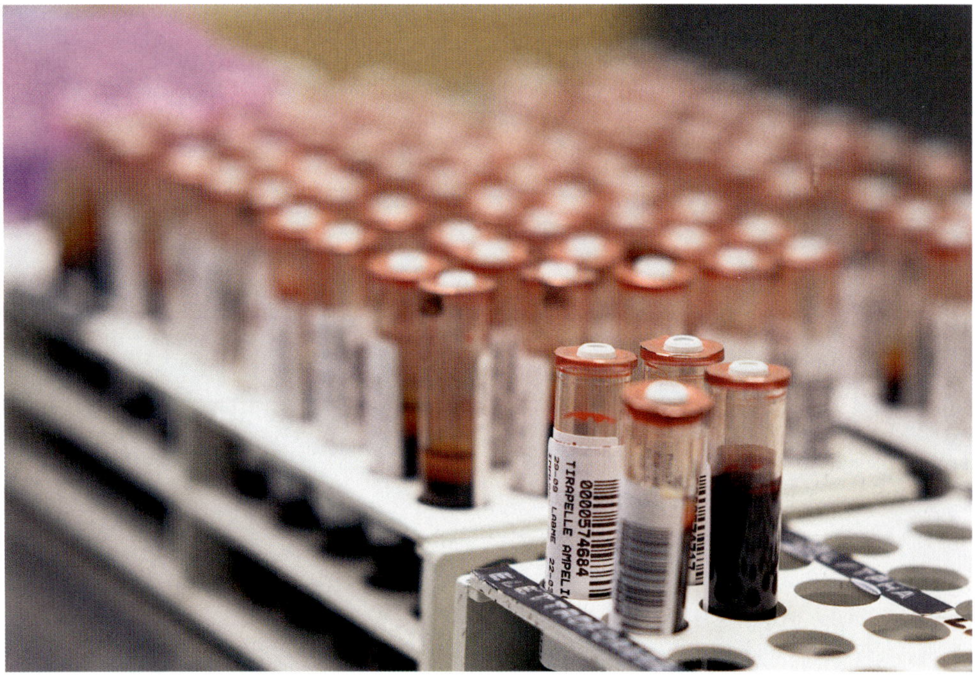

Blutproben können im Labor mit modernen wissenschaftlichen Methoden auf eine Vielzahl von Fragen hin untersucht werden.

Beeinflussung: Der Wert ist stark abhängig von der Ernährung. Außerdem ist er erhöht während der Schwangerschaft, bei Einnahme von Cortisonpräparaten, Betablockern, harntreibenden Mitteln und der Pille. Zu langes Stauen vor der Blutabnahme und zu langes Stehenlassen der Blutprobe führen zu fälschlicherweise erhöhten Werten.
Wichtig! Erhöhte Triglyceride in Kombination mit erhöhtem LDL-Cholesterin zeigen ein besonders hohes Risiko für koronare Herzerkrankung an.

Blutzucker

Die Glukose ist der Energieträger, den alle Zellen zum Leben brauchen.
Untersuchungsanlass: Verdacht auf oder Kontrolle von Zuckerkrankheit, Suchtest bei Menschen mit Risikofaktoren für eine (Herzkranz-)Gefäßerkrankung wie etwa Fettstoffwechselstörung, Bluthochdruck, Rauchen, Übergewicht
Erhöht bei Zuckerkrankheit Typ I oder Typ II – die Diagnose Diabetes erfolgt erst, wenn die Werte zweimal hintereinander über 120 mg/dl bzw. 6,66 mmol/l liegen; zusätzlich wird ein so genannter Langzeitblutzucker (HbA1c) bestimmt, der Aussagen über die längerfristige Stoffwechsellage zulässt. Der Blutzucker ist auch erhöht bei Schwangerschaftsdiabetes.
Erniedrigt bei Überdosierung von blutzuckersenkenden Medikamenten beim Diabetiker; bei Insulin produzierendem Tumor
Beeinflussung: Nach Stresssituationen wie Herzinfarkt, Schlaganfall, Operationen kann der Wert kurzfristig ansteigen.

Quick-Wert

Funktionstest, der die Verminderung bestimmter Gerinnungsfaktoren erfasst; zusätzlich wird auch der so genannte INR-Wert angegeben, dessen Höhe unabhängig von der Bestimmungsmethode für alle Labors standardisiert wurde.
Untersuchungsanlass: Überwachung von Patienten, die blutverdünnende Mittel wie Marcumar-Tabletten einnehmen
Erniedrigt bei schweren Lebererkrankungen, bei Vitamin-K-Mangel, bei Einnahme einiger frei verkäuflicher pflanzlicher Präparate (z.B. Rosskastanienextrakte oder verschiedene Rezepturen der traditionellen chinesischen Medizin) – außerdem, dann jedoch gewollt, bei der kontrollierten Einnahme von Blutverdünnungsmitteln
Beeinflussung: Zu lange Stauung vor der Blutabnahme erhöht den Wert.

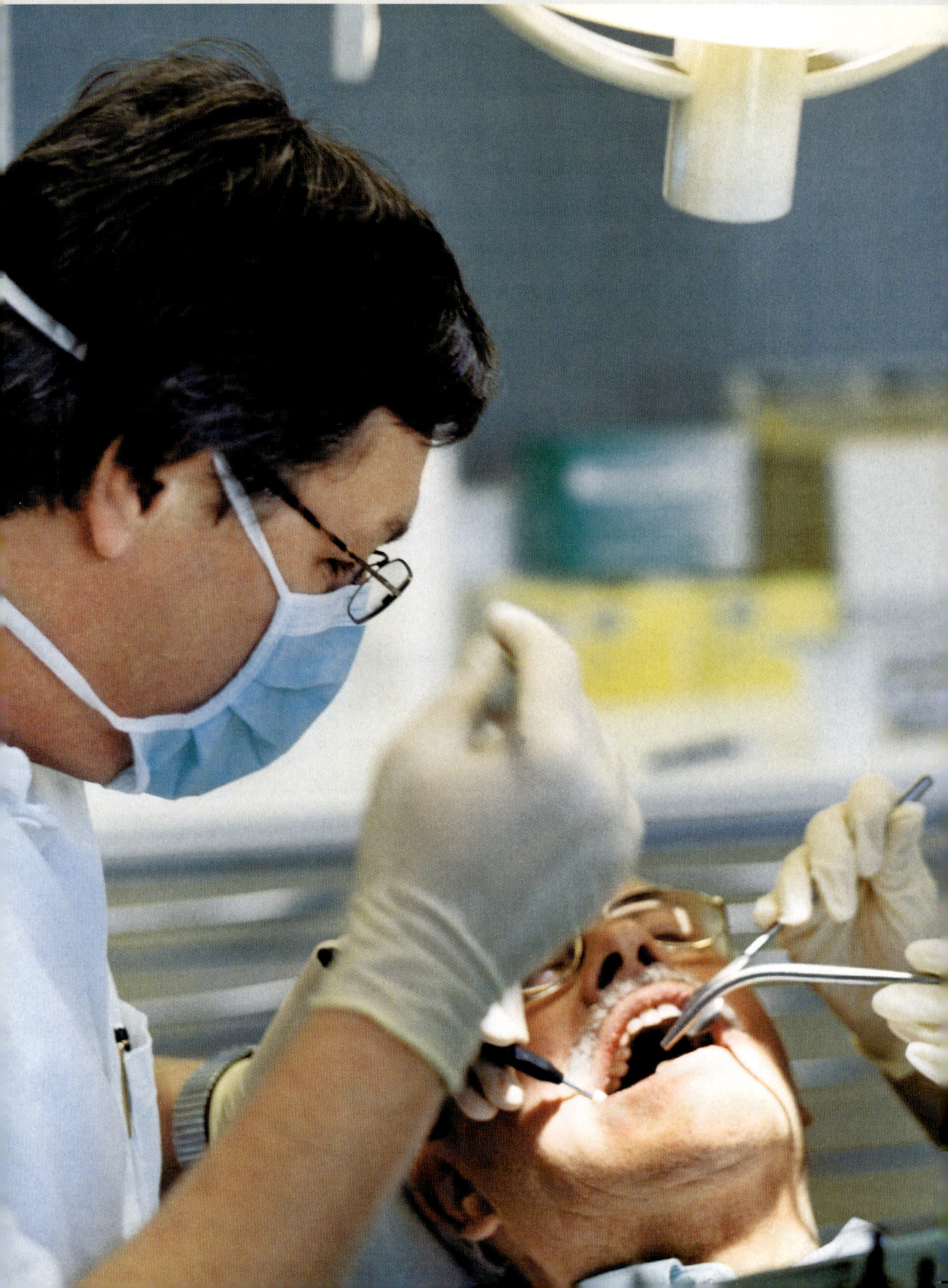

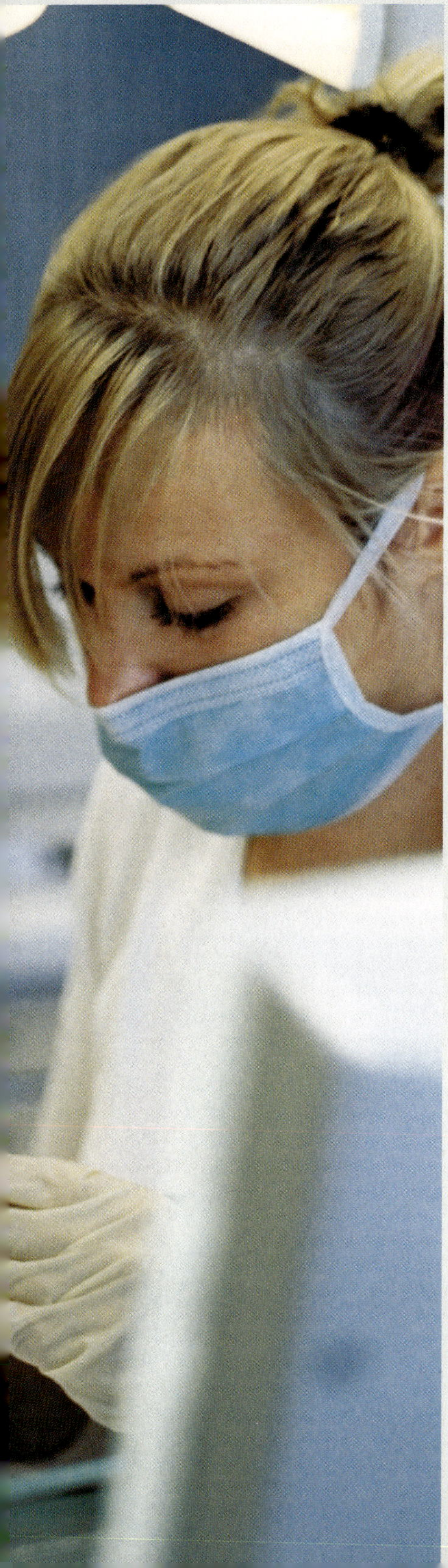

Vorbeugen statt nachbohren

Die Zahnmedizin hat beachtliche Fortschritte gemacht: Während früher ganz selbstverständlich geflickt und gezogen wurde, setzen moderne Zahnärzte auf Prävention und Erhaltung. Dieses Kapitel hilft Ihnen bei der schwierigen Suche nach der richtigen Praxis.

»Nirgends fühlt sich der Patient dem Arzt so ausgeliefert wie auf dem Zahnarztstuhl«, sagt Michael Heering (links), hier bei der Arbeit mit seiner Assistentin Melany Dei. Deshalb erklärt der Hamburger Zahnarzt genau, was er als Nächstes tun wird und warum.

Markus Bach (Name geändert) hat lange gebraucht, um dahin zu kommen, wo er heute ist: auf den Zahnarztstuhl. Viele Jahre war die Angst vor Bohrern und Spritzen größer als der Schmerz. Nun sind die vier oberen Frontzähne von Karies zerfressen. Mit kleinen Eingriffen ist es nicht mehr getan.

Trotzdem ist der 25-jährige Hamburger guter Dinge – und das liegt vor allem an seinem Arzt. Während er darauf wartet, dass die Betäubungsspritze wirkt, erzählt Bach, wie Michael Heering ihm die Furcht genommen hat – mit Humor, handwerklichem Geschick und viel Information.

Nirgends fühle sich der Patient seinem Arzt so ausgeliefert wie auf dem Zahnarztstuhl, sagt der Gelobte. Tatsächlich zeigen Studien, dass sich drei von vier Personen mehr oder weniger vor der Behandlung fürchten – auch, weil sie nur selten nachvollziehen können, was in ihrem Mund geschieht. »Wir arbeiten mit einem besonders sensiblen Bereich des Körpers«, sagt Heering, »und das erfordert behutsames, respektvolles Vorgehen.«

Für ihn heißt das vor allem: reden, reden, reden. Er erläutert dem hilf- und sprachlos vor ihm Liegenden, was er in seiner Mundhöhle sieht, was er als Nächstes tun und wie es sich anfühlen wird. Natürlich hat er auch vorher schon viel erklärt, hat dem Zahnkranken auseinander gesetzt, wo sein Problem liegt, was man dagegen unternehmen könnte, was welche Behandlung kosten würde und wie viel er selbst zu übernehmen hätte.

Bei alledem muss er das Budget des Patienten im Auge behalten. So hatte er Markus Bach zunächst geraten, vier Kronen aus einer langlebigen, hochwertigen Gold-Platin-Legierung einzusetzen, voll verblendet mit Keramik, sodass sie von echten Zähnen kaum zu unterscheiden sind. Doch weil der 25-Jährige vor Kurzem arbeitslos wurde, war das finanziell nicht drin. Denn er hätte bei dieser Ideallösung rund 1200 Euro zuzahlen müssen. Stattdessen bekommt er nun eine auf allergene Wirkung getestete, keramisch voll verblendete Nichtedelmetall-Legierung eingesetzt – »statt eines Porsche einen hübschen, sportlichen Kleinwagen«, sagt Heering. 10 bis 15 Jahre könne bei guter Pflege auch solch eine »preiswerte, aber solide Arbeit« halten, versichert der Zahnarzt. Dennoch kommen auch jetzt noch 308 Euro außervertragliche Eigenleistung auf Markus Bach zu, weil er aus ästhetischen Gründen eine Keramikummantelung anstelle von Kunststoff und eine Vollverblendung anstelle einer Teilverblendung gewählt hat. Damit sich der Preis möglichst günstig gestaltet, hat sich Heering in mehreren Anrufen bei der Kasse des Patienten dafür eingesetzt, dass er als Härtefall eine maximale Kosten-

Nicht alles macht der Doktor selbst: Während Heering das Gebiss eines Patienten prüft, entfernt Assistentin Monique Pohle nebenan bei einem anderen den Zahnstein.

erstattung von 100 Prozent der so genannten Regelversorgung erhält – üblich sind 50 bis 65 Prozent, je nachdem, ob der Patient in den vergangenen Jahren regelmäßig zu Kontrolluntersuchungen erschienen ist oder nicht. »Solch ein Einsatz ist schon außergewöhnlich«, lobt Markus Bach. Er freut sich darauf, endlich wieder unbeschwert lachen zu können, ohne sich für seine maroden Zähne schämen zu müssen. Dann lehnt er sich im Stuhl zurück, öffnet den Mund und wartet gelassen auf die ersten Handgriffe des Doktors. Jetzt geht es erst mal ans Abschleifen.

Falsche und unvollständige Diagnosen

»Zahnbehandlung ist Vertrauenssache«, ist einer der Wahlsprüche von Michael Heering. Aber leider wird das Vertrauen häufig enttäuscht. Ein von *stern*-TV durchgeführter Test zeigte: Manchmal ist es reine Glückssache, wie man therapiert wird und was man dafür zahlt. Das Fernsehmagazin hatte den Medizinjournalisten Hans-Jürgen Richter in 13 zufällig ausgewählte Praxen geschickt. Er wollte von den Ärzten wissen, welche Behandlung medizinisch notwendig sei,

und bat um entsprechende Kostenvoranschläge. Nach Einschätzung des Gerichtsgutachters Georg Schlehhuber aus München, der *stern*-TV als Berater und Gutachter zur Seite stand, ist das Gebiss des Journalisten stark angegriffen. Eine Zahnbehandlung mit zwei neuen Brücken, neun Kronen, zwei Wurzelfüllungen und Füllungen an den Frontzähnen sei dringend angeraten. Außerdem liege eine problematische Kieferfehlstellung vor. Die Gesamtkosten der Behandlung schätzte Schlehhuber auf etwa 8200 Euro.
Zusammen mit Uta Blank, Zahnärztin und Gebührenexpertin, nahm Schlehhuber die Diagnosen sowie die Heil- und Kostenpläne seiner Kollegen unter die Lupe. Ergebnis: Die Beurteilungen reichten von »kein Behandlungsbedarf« bis hin zum Vorschlag einer Luxussanierung, die 21 393 Euro verschlungen hätte. Viele Diagnosen waren fehlerhaft oder unvollständig. 12 der 13 Zahnärzte übersahen die Fehlstellung des Kiefers. Mehr als die Hälfte schlug Behandlungen vor, die nach Ansicht beider Gutachter unnötig waren, und es wurden 20 überflüssige Röntgenbilder angefertigt.
Eine Untersuchung der Zeitschrift »Ökotest« kam 2004 zu einem ähnlichen Resultat: Bei einem Vergleich von 20 Zahnärzten erhielt der Testpatient nur in zwei

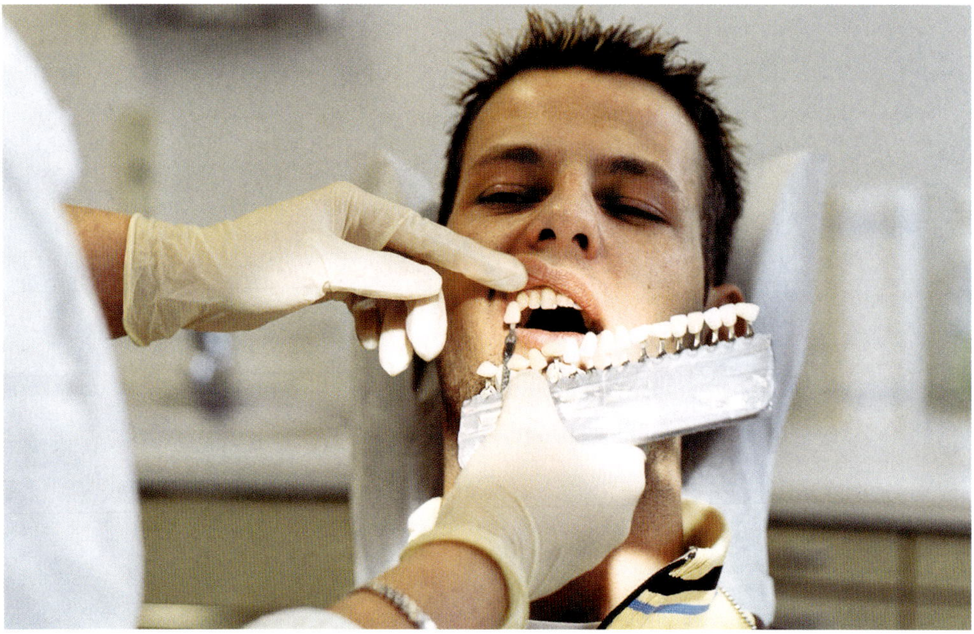

Manche Kronen sind kaum noch von echten Zähnen zu unterscheiden. Vor der Anfertigung im Labor wird anhand einer Musterpalette der passende Farbton ausgewählt.

Praxen eine ordentliche und umfangreiche Erstuntersuchung. Fast die Hälfte der Zahnmediziner übersah eine fortgeschrittene so genannte Sekundärkaries unter der maroden Amalgamfüllung eines Backenzahns. Ebenso viele wollten Zähne im rechten Unterkiefer, die akut überhaupt nicht behandelt werden mussten, mit neuen Füllungen oder Kronen versorgen. Insgesamt sechs Zahnsteinentfernungen ließ der duldsame Tester nacheinander über sich ergehen. Tatsächlich hätte die erste genügt.

Solche Untersuchungen sind nicht repräsentativ, aber auch von offizieller Seite kommt heftige Kritik: Bereits 2001 bemängelte der Sachverständigenrat für die Konzertierte Aktion im Gesundheitswesen »die Beliebigkeit der Diagnosestellung und den hohen Anteil substanzopfernder Interventionen«. Gründe dafür seien »Mängel in der Aus-, Fort- und Weiterbildung«, aber auch »professionell gesteuerte Tendenzen zur Überversorgung« und »Marketing am Patienten«.

Fragwürdige Luxusbehandlungen

Tatsache ist: In der Branche, die von der Hand in den Mund lebt, sind die goldenen Zeiten vorbei. Die durchschnittlichen Kosten für die Neugründung einer Einzelpraxis haben mit rund 335 000 Euro Rekordhöhe erreicht, und bei vielen Ärzten ist die Zahl der Patienten gesunken. Das liegt zum Teil daran, dass sich die Zahnarztdichte seit den 70er-Jahren in Deutschland fast verdoppelt hat. Auch die verschiedenen Anläufe zur Gesundheitsreform mit Kostendämpfungsgesetzen, Budgetierung, Praxisgebühr und befundorientierten Festzuschüssen hatten Auswirkungen. So sind die Zahnarztbesuche 2005 im Vergleich zum Vorjahr je nach Region um bis zu zehn Prozent zurückgegangen. Für Hamburg beispielsweise heißt das, dass den 1400 Zahnarztpraxen 130 000 Patienten fehlten.

Viele Praxen sind in den vergangenen Jahren nur über die Runden gekommen, weil sie Privatpatienten hatten, mit denen sich weit höhere Gewinnspannen erzielen lassen als mit der Kassen-Kundschaft. Andere setzten verstärkt auf Zusatzleistungen, die auch der privat versicherte Patient oft selbst bezahlt. Dazu zählen äußerst sinnvolle Vorbeugemaßnahmen wie die »professionelle Zahnreinigung« (→ »Methoden-Check« ab Seite 51), aber auch Exotisches wie die spritzenfreie Behandlung unter Hypnose und die boomende Zahnbleichung. In »Dentolarien« oder »White Rooms« kann man für etwa 500 Euro einen filmtauglichen Zahnglanz erwerben, ein Glas Champagner inklusive. Erreicht wird das unnatürliche Strahlen durch Bleichen mit einem speziellen Wasserstoffperoxidgel, das bei fachgerechter Handhabung ungefährlich ist, bei kariösen Zähnen und Rissen im Zahnschmelz aber erhebliche Schäden verursachen kann. Richtig Geld verdient der Zahnarzt mit den Folgebehandlungen. Denn Füllungen und Kronen lassen sich nicht bleichen, sie müssen gegen neues Material im passenden Weißton ausgetauscht werden.

Voll im Trend liegt auch die so genannte ganzheitliche Zahnmedizin - ein Prädikat, das sich immer häufiger auf Praxisschildern findet, das aber weder geschützt noch genau definiert ist. In den schätzungsweise 2000 ganzheitlichen Zahnpraxen Deutschlands kommen Verfahren wie die so genannte Bioresonanztherapie, die Elektroakupunktur nach Voll (EAV) oder die angewandte Kinesiologie zum Einsatz, deren Wirksamkeit trotz mehrerer internationaler Vergleichsstudien bislang nicht nachgewiesen werden konnte. Gemeinsam ist ihnen die Annahme von körper- oder organspezifischen »Biofeldern« - häufig angelehnt an Energiebahnen aus der chinesischen Medizin -, die man manuell oder mit Geräten zu messen versucht, um Materialunverträglichkeiten, Krankheitsherde oder »energetische Schwächen« im Gebiss aufzuspüren.

Hans Jörg Staehle, Präsident der Deutschen Gesellschaft für Zahnerhaltung und Ärztlicher Direktor der Poliklinik für Zahnerhaltungskunde am Uni-Klinikum Heidelberg, warnt vor solchen Praktiken. Er hat in den vergangenen Jahren zahlreiche Fälle untersucht, in denen Zahnärzte aufgrund »bioenergetischer« Diagnosemethoden nicht nur intakte zahnärztliche Restaurationen zur vermeintlichen »Entgiftung« unnötigerweise entfernten, sondern oft auch erhaltungswürdige Zähne wegen angeblicher »Herde« zogen. In der Hoffnung, »mysteriöse Negativenergien« auszuleiten, wurden teilweise sogar Kieferknochen ausgefräst, ohne

ZAHNERSATZ: WAS ZAHLT DIE KASSE?

Seit 2005 erhalten gesetzlich Krankenversicherte von ihrer Kasse einen festen Zuschuss von mindestens 50 Prozent der so genannten Regelversorgung - das ist eine festgelegte, meist kostengünstige Standardtherapie für einen bestimmten Befund. So übernimmt die Kasse etwa bei einer Einzelzahnlücke nur die Hälfte der Kosten für eine einfache Brücke, ganz egal, ob der Patient die Lücke tatsächlich durch diese oder durch eine hochwertige implantatgestützte Krone schließen lässt. Bei perfekter Vorsorge (jährlicher Zahnarzt-Check über fünf Jahre) kann der gezahlte Anteil an der Regelversorgung auf bis zu 65 Prozent steigen, Härtefälle erhalten bis zu 100 Prozent.

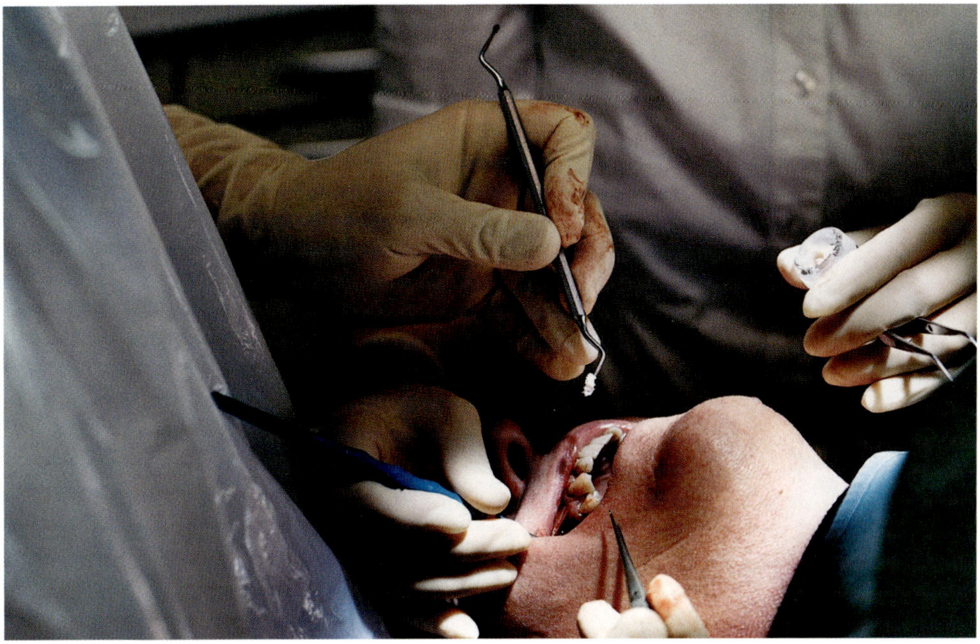

Heering füllt ein Loch im Kiefer von Klaus-Heinrich Lübber mit speziellem Granulat, das den zurückgebildeten Knochen wieder aufbauen soll.

dass sich die Ausgangsprobleme danach gebessert hätten. »Manche dieser bedauernswerten Opfer alternativmedizinischer Praktiken«, so Staehle, »wurden regelrecht zu Gebisskrüppeln verunstaltet. Und sie haben für unsinnige Untersuchungen und schädliche Behandlungen auch noch viel Geld bezahlt.«

»Der grundsolide, zuverlässige Zahnarzt von nebenan ist immer schwerer zu finden«, klagt Christoph Kranich von der Verbraucherzentrale Hamburg. Was also kann der Patient tun? Es gibt Anhaltspunkte, die schon vom Augenschein her ein erstes Urteil erlauben (→ Kasten Seite 66). Experten raten, vor aufwendigeren Eingriffen zum Vergleich die Meinung eines zweiten Arztes einzuholen. Wer Zweifel an der Qualität seiner Behandlung hat, solle seine Kasse informieren, über die gegebenenfalls ein Gutachterverfahren eingeleitet werden könne. »Leider existieren kaum offizielle Anlaufstellen, die sowohl kompetent als auch unabhängig sind«, bedauert Kranich. Zwar gebe es in vielen Großstädten Beratungsstellen der Zahnärztekammern, diese seien im Konfliktfall aber erfahrungsgemäß nicht wirklich neutral. Eine unabhängige Patientenberatung gibt es bundesweit bislang nur im Kreisgesundheitsamt des Rhein-Neckar-Kreises in Heidelberg.

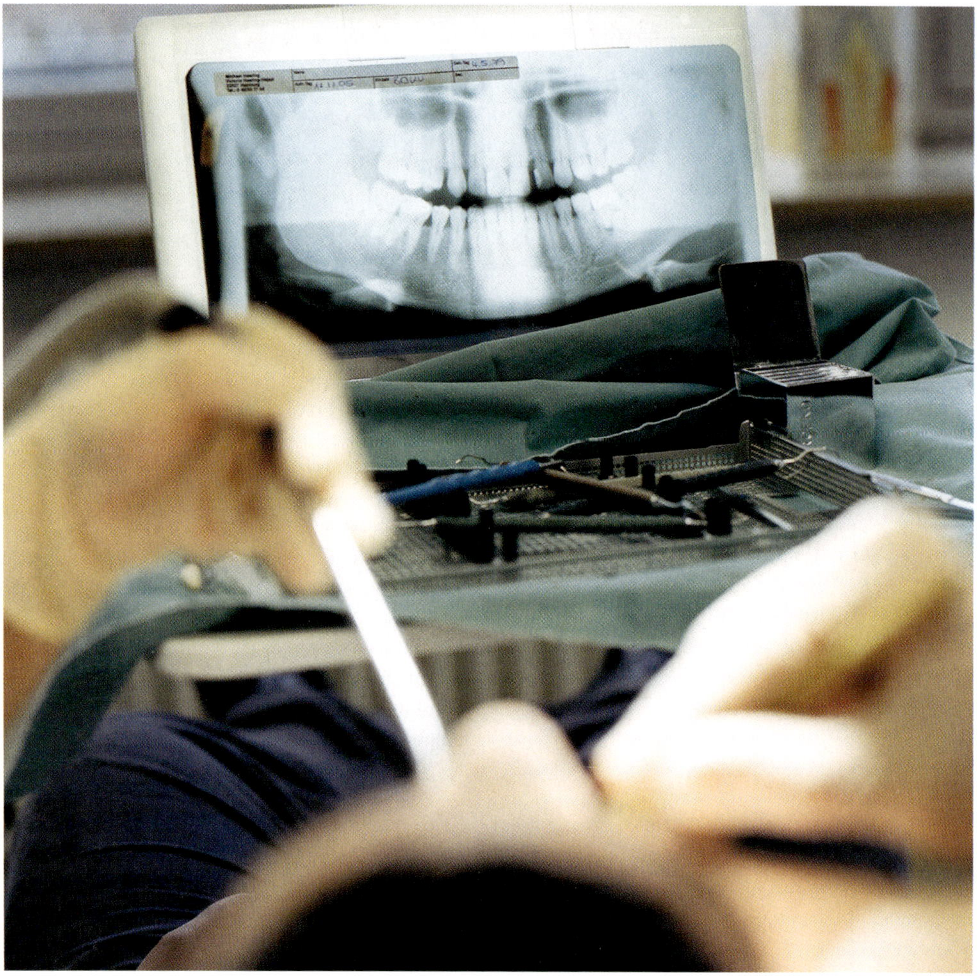

Auf Panorama-Röntgen-Aufnahmen kann der Arzt den gesamten Kieferbereich begutachten. Hier zeigt sich beim Bild eines jungen Patienten eine Knochenrückbildung.

Neue Behandlungsmöglichkeiten

Es gibt auch erfreuliche Fortschritte und positiven Wandel. So hat die Zahnmedizin in den vergangenen Jahren vielversprechende Methoden entwickelt, von denen immerhin Selbstzahler und Privatpatienten profitieren können. Durch aufwendige Wurzelkanalbehandlungen sind Zahnärzte heute in der Lage, Zähne zu erhalten, die sie früher in jedem Fall hätten ziehen müssen. Selbst zurückgebildeter Kieferknochen lässt sich teilweise wieder regenerieren. Was alles möglich ist, wenn die Finanzen nicht das Kriterium der Therapieentscheidung sind, demonstriert in Hamburg Michael Heering an seinem Patienten Klaus-Heinrich Lübber (Name geändert). »Bei ihm kann ich zaubern«, sagt Heering zufrieden. Der Bahnbeamte soll eine Brücke erhalten, weil er vor Kurzem einen Zahn verloren hat. Doch damit der Zahnersatz auch wirklich guten Halt findet, will Heering zuvor die zurückgebildete Knochensubstanz unter der Zahnlücke neu aufbauen. Er verwendet dafür ein neu entwickeltes Granulat aus sterilem, hoch gereinigtem Rinderknochen, das er Klümpchen für Klümpchen in das geöffnete Zahnfleisch schiebt und schließlich mit einer Kollagenmembran abdeckt. »In das poröse Material wachsen rasch Blutgefäße ein, und körpereigene Knochenzellen setzen sich darin fest«, erklärt der Zahnarzt begeistert. Nach spätestens sechs Monaten sei das Ganze fest verwachsen, und das Fremdmaterial werde langsam vom Körper abgebaut. Zurück bleibe stabile Knochensubstanz.

Der wichtigste Fortschritt ist eine Entwicklung, von der langfristig alle Patienten etwas haben: Die Zahn-, Mund- und Kieferheilkunde hat sich zunehmend vom Reparaturbetrieb hin zur Vorsorgemedizin gewandelt, die sich darum kümmert, dass gar nicht erst gebohrt, gefüllt und gezogen werden muss. Ziel ist eine minimalinvasive Zahnmedizin, die größere Schäden verhindert und frühzeitig mit kleinen Maßnahmen eingreift, um die Zahnsubstanz zu erhalten. »Schützen und bewahren« ist das oberste Prinzip.

Vor allem bei der Kariesvorbeugung gab es einen großen Sprung nach vorn. Eine aktuelle bundesweite Studie zeigt, dass sich der Zustand der Zähne insbesondere bei Kindern und Jugendlichen enorm verbessert hat. Während bei Zwölfjährigen vor zehn Jahren im Schnitt schon drei Zähne defekt waren oder ganz fehlten, ist heute nur noch ein Zahn betroffen. Mehr als die Hälfte dieser Altersgruppe ist heute sogar komplett kariesfrei. Auch bei jungen Erwachsenen bis zum 24. Lebensjahr hat sich der Gebisszustand deutlich verbessert. Deutschland hat sich im internationalen Vergleich von einer Position im Mittelfeld auf einen Spitzenplatz katapultiert.

Den Grund für diesen Erfolg sieht Ulrich Schiffner, Professor der Zahnheilkunde am Universitätsklinikum Hamburg-Eppendorf und Präsident der Deutschen Gesellschaft für Kinderzahnheilkunde, in erster Linie in der regelmäßigen Verwendung von fluoridhaltigen Zahnpasten und in der Fluoridierung von Speisesalz. Aber auch zahnärztliche Maßnahmen wie häufigere Check-ups, Versiegelungen von gesunden Zähnen und die frühzeitige Reparatur von feinen Rissen im Zahnschmelz mit Fluoridlacken hätten viel gebracht.

Eine andere Volkskrankheit droht indes der Karies den Rang abzulaufen, die Parodontitis. Sie beginnt mit gerötetem Zahnfleisch und Zahnfleischbluten und endet unbehandelt mit Kieferschwund und ausfallenden Zähnen. Jenseits der 35 gehen durch Zahnbetterkrankungen mehr Zähne verloren als durch Karies. Zahnarzt Michael Heering beobachtet, dass zunehmend auch jüngere Patienten mit schweren Zahnfleischentzündungen in der Praxis erscheinen, wie Sergej Fein, 26 (Name geändert). Die Prophylaxeassistentin hat dem Patienten kurz zuvor bereits den oberflächlichen Zahnstein entfernt. Nach kurzem Begrüßungsgeplauder, bei dem es um Sergejs Informatikstudium geht, wird der Arzt ernst: Auf dem Panorama-Röntgenbild, das vor einen Lichtkasten am Behandlungsstuhl geheftet ist, zeigt er, dass sich an mehreren Stellen der Knochen ungewöhnlich stark zurückgebildet hat. Deshalb sollte Sergej nach der Parodontalbehandlung aufwendigere Mundpflege betreiben und möglichst viermal im Jahr zur Kontrolle und zur Reinigung erscheinen. »Bei ihm ist das dringend angeraten«, sagt Heering, doch leider übernehme seine Kasse nicht die Kosten, obwohl es die einzige Möglichkeit sei, seine Zähne langfristig zu erhalten. Mit einer Sonde prüft der Zahnarzt die Tiefe der Zahnfleischtaschen. Teilweise reicht das Instrument sieben Millimeter unter den Zahnfleischsaum. »Viel zu viel! Zwei bis drei Millimeter wäre normal.« Vorsichtig beginnt er mit einer Kürette, einem feinen Schabemesser, feste Ablagerungen von den Zahnwurzeln zu schaben und entzündete Zellen aus dem Zahnfleisch zu schälen – eine Geduldsprobe für Arzt und Patient.

Plötzlich taucht ein achtjähriger Junge in der Tür auf. »Na, Alexander, wie klappt es mit dem Putzen?«, fragt Heering. »Ganz gut«, antwortet der Junge, nur mittags sei es schwierig, wegen der Schule, und weil er dann immer schnell zum Fußball, zum Musikunterricht oder zum Schachtraining müsse. »Das ist mein coolster Patient«, sagt der Zahnarzt: »Er kommt gerade von der Kontrolle und vom Zahnputztraining. Er hat völlig gesunde Zähne, und ich habe den persönlichen Ehrgeiz, dass das so bleibt.«

MEHR INFORMATIONEN

Literatur: Stiftung Warentest (Hrsg.): »Zähne«, 2005, 190 Seiten, 12,90 Euro

Internet: Umfangreiche Info-Plattformen, zum Teil mit Zahnarztsuchfunktionen, finden Sie auf folgenden Webseiten: www.agz-rnk.de (Webseite der Arbeitsgemeinschaft Zahngesundheit in Heidelberg, mehrfach prämiert); www.zahn-online.de; www.zahnwissen.de

Methoden-Check: Zahnmedizin

Prof. Dr. Jens Christoph Türp von den Universitätskliniken für Zahnmedizin in Basel hat die gängigen zahnärztlichen Diagnose- und Behandlungsverfahren auf der Basis der besten verfügbaren Studien bewertet - gemeinsam mit drei Kollegen: Oberarzt Dr. Gabriel Krastl und Dr. Clemens Walter, beide ebenfalls von den Universitätskliniken für Zahnmedizin in Basel, und Siegbert Witkowski, Zahntechnikermeister, von der Universitätsklinik für Zahn-, Mund- und Kieferheilkunde Freiburg im Breisgau.

Diagnosemethoden

Erfragung der Krankengeschichte (Anamnese-Gespräch)

Der Arzt erkundigt sich nach Art, Beginn und Verlauf der aktuellen Beschwerden, nach früheren Erkrankungen, nach den Ernährungs- und Rauchgewohnheiten sowie nach dem privaten und beruflichen Umfeld. Manchmal arbeitet er dabei mit einem Fragebogen.

Experten-Einschätzung: Ein ausführliches Anamnesegespräch ist der Beginn einer jeden zahnärztlichen Behandlung und ein unentbehrliches diagnostisches Instrument.

Auch eine individuelle Prophylaxebetreuung baut auf dieser Grundlage auf. Darüber hinaus dient das Gespräch dem Aufbau eines Vertrauensverhältnisses zwischen Zahnarzt und Patient.

Leistung der Gesetzlichen Krankenversicherung (GKV)

Sichtdiagnose

Der Zahnarzt nimmt eine visuelle Untersuchung der Mundhöhle und der Kopf-Hals-Region vor und verwendet dabei Spiegel, Licht und eventuell Vergrößerungsgläser.

Experten-Einschätzung: Die Inspektion mit bloßem Auge ist die Standardmethode zur Begutachtung der sichtbaren Zahnanteile, insbesondere der Kauflächen. Hierbei stellt der Zahnarzt nicht nur fest, ob Karies oder parodontale Erkrankungen vorliegen, sondern prüft im Idealfall auch, ob die Lymphknoten des Halses angeschwollen sind und ob Mundhöhlentumoren oder Vorstufen dazu vorliegen.

Die Trockenlegung von Problemstellen und gegebenenfalls die Entfernung von Zahnbelägen und Zahnstein sind Voraussetzungen für eine gründliche Untersu-

Was surrt denn da?

Zahnärzte verfügen über ein ganzes Arsenal von Gerätschaften, die nicht so aussehen, als würden sie den Patienten am Ende gesünder machen. Aber das täuscht natürlich. Lesen Sie hier, wozu Sonden, Birnen und Rosenbohrer gut sind.

1 Sprühpistole
Mit einem Gemisch aus Wasser und Luft spült sie die Karieskrümel aus dem aufgebohrten Zahn.

2 Großer Absauger
Er nimmt das Wasser auf, das die Bohrer versprühen, damit sie nicht heißlaufen.

3 Speichelzieher
Die Helferin hängt ihn in den Mundwinkel, er saugt Speichel und Wasser ab.

Untersuchen

10 Sonde **11 Pinzette** **12 Spiegel**

Diese drei Instrumente werden für jede Untersuchung gebraucht: Mit der Sonde prüft der Arzt die Kanten der Füllungen. Mit der Pinzette steckt er Watterollen in den Mund. Der Spiegel zeigt die Rückseite der Zähne.

13 Matrize **14 Modellierinstrumente**

Der Matrizenspanner zieht wie ein Korsett ein Stahlband um die Stelle, an der die Füllung eingefügt wird. Mit Modellierinstrumenten bringt der Zahnarzt die Füllung dann in Form.

Füllen

15 Applikator **16 Polymerisationslampe**

Mit der Applikatorspritze füllt der Arzt Kunststoff in das vorher ausgebohrte Loch. Das blaue Licht der Polymerisationslampe härtet den Kunststoff in wenigen Sekunden.

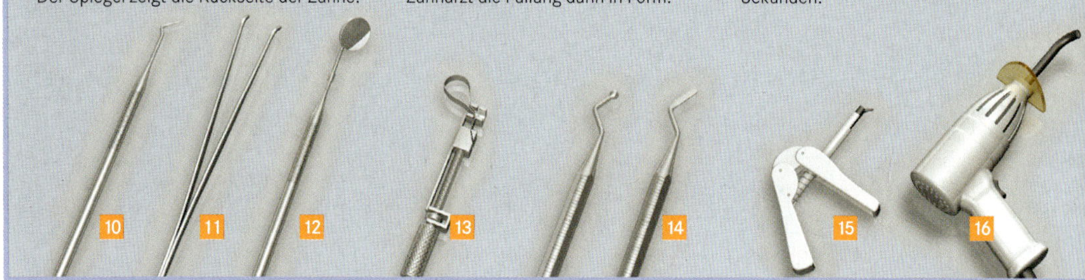

Zahnstein entfernen, bohren und polieren

17 Ultraschallgerät
Bei diesem Zahnsteinentferner vibriert die Stahlspitze mit Ultraschall. Berührt die Spitze den Zahnstein, sprengt sie ihn weg.

18 Bohrer-Winkelstück
Mit bis zu 420 000 Umdrehungen pro Minute durchdringen die Bohrer den Zahnschmelz. Der Zahnarzt kann unterschiedliche Modelle auswählen (→ rechts). Wasser wird zur Kühlung aufgesprüht.

19 Hartmetallbohrer
Ist eine Krone notwendig, glättet der Arzt mit diesem Bohrer zuvor den betroffenen Zahn.

20 Rosenbohrer
Er bohrt mit wenigen Umdrehungen Karies aus dem Zahnbein und sieht wie die Blüte einer Rose aus.

21 Zylinder
Er schleift die Zahninnenwände, bis sie parallel stehen. Dann kann der Arzt ein Inlay einsetzen.

22 Birne
Sie bohrt das Loch für Amalgam - diese Füllungen halten im Zahn, weil sie unten breiter sind als oben.

23 Polierbürste
Bei der professionellen Zahnreinigung entfernen ihre Kunststoffhaare die Beläge.

24 Polieraufsätze
Sie sind geformt wie ein Kegel oder eine flache Scheibe - damit glättet der Zahnarzt Füllungen.

Sprühen und saugen

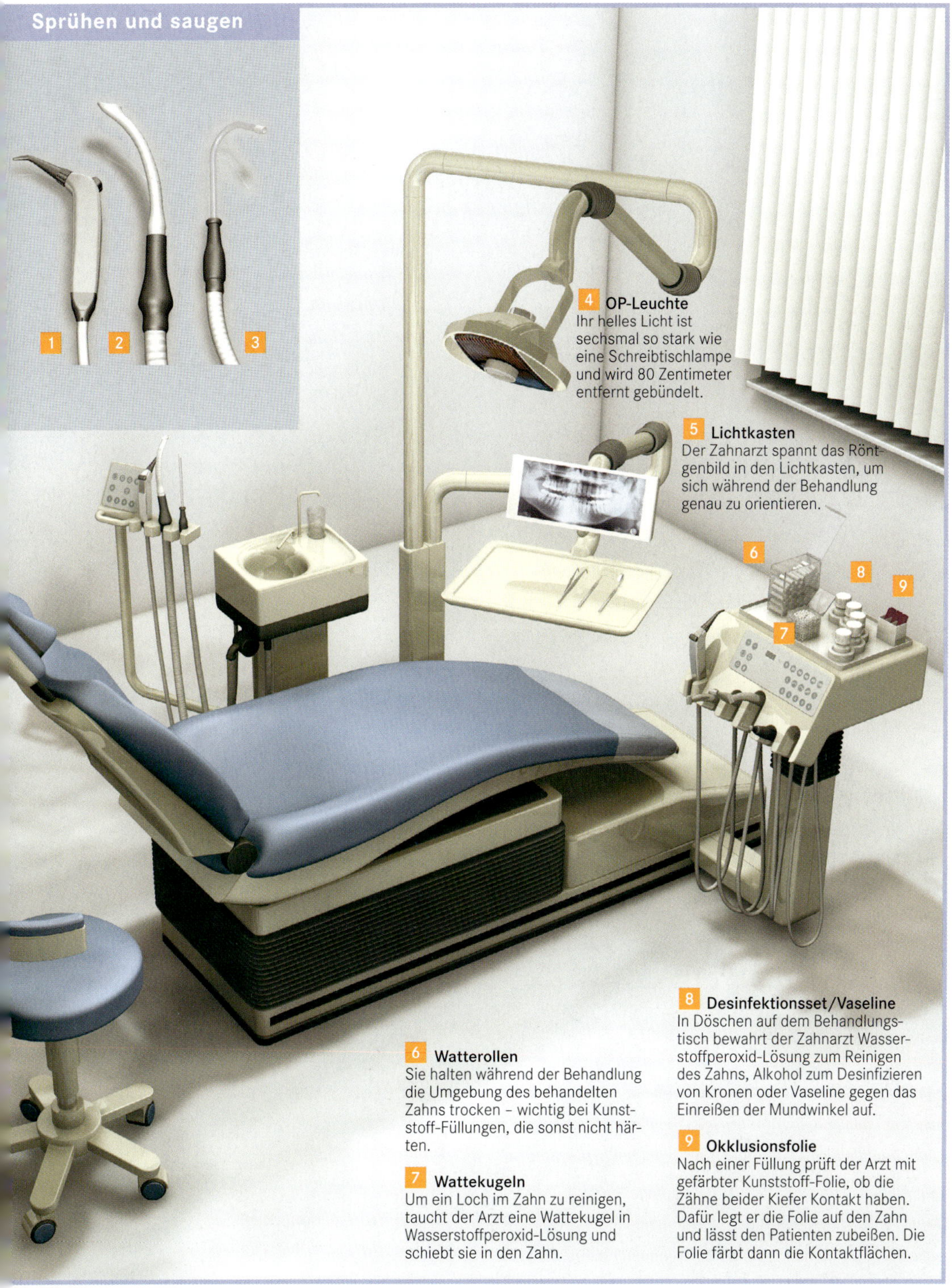

4 OP-Leuchte
Ihr helles Licht ist sechsmal so stark wie eine Schreibtischlampe und wird 80 Zentimeter entfernt gebündelt.

5 Lichtkasten
Der Zahnarzt spannt das Röntgenbild in den Lichtkasten, um sich während der Behandlung genau zu orientieren.

6 Watterollen
Sie halten während der Behandlung die Umgebung des behandelten Zahns trocken – wichtig bei Kunststoff-Füllungen, die sonst nicht härten.

7 Wattekugeln
Um ein Loch im Zahn zu reinigen, taucht der Arzt eine Wattekugel in Wasserstoffperoxid-Lösung und schiebt sie in den Zahn.

8 Desinfektionsset/Vaseline
In Döschen auf dem Behandlungstisch bewahrt der Zahnarzt Wasserstoffperoxid-Lösung zum Reinigen des Zahns, Alkohol zum Desinfizieren von Kronen oder Vaseline gegen das Einreißen der Mundwinkel auf.

9 Okklusionsfolie
Nach einer Füllung prüft der Arzt mit gefärbter Kunststoff-Folie, ob die Zähne beider Kiefer Kontakt haben. Dafür legt er die Folie auf den Zahn und lässt den Patienten zubeißen. Die Folie färbt dann die Kontaktflächen.

chung. Fehleinschätzungen sind bei der Sichtdiagnose recht häufig, deshalb ist eine weiterführende Diagnostik erforderlich.
Leistung der GKV

Allgemeiner Zahnbefund

Der Arzt untersucht das Gebiss mit einer spitzen Edelstahlsonde: Wo fehlt ein Zahn? Wo sind kariöse Stellen erkennbar? Wo wurden Zähne gefüllt, überkront oder ersetzt? Außerdem ertastet er Defekte an den Zähnen sowie am Rand von Füllungen, Überkronungen oder Brücken. Notwendig ist dabei auch die Untersuchung der Zahnsensibilität. Hierzu setzt der Arzt mit einem speziellen Spray oder mit CO_2-Schnee einen Kältereiz.
○ Experten-Einschätzung: Früher wurde die spitze zahnärztliche Sonde routinemäßig zur Feststellung von Defekten im Zahn verwendet. Da es dabei zu einer Verletzung der intakten Oberflächenschicht über einer kariösen Stelle kommen kann, sollte die Untersuchung nur beschränkt eingesetzt werden – nämlich für die Diagnose von Zahnhalskaries und um Randspalten an Kronen, Brücken und Füllungen ausfindig zu machen. Diese erschweren die Mundhygiene und können zur Entstehung von Zahnbelägen und in der Folge zu Karies und zu Entzündungen des Zahnstützgewebes führen.
Leistung der GKV

Röntgen

Das bildgebende Verfahren zeigt krankhafte Veränderungen an Zähnen, Zahnhalteapparat und Kieferknochen. Auch Entzündungen an den Wurzelspitzen lassen sich aufspüren. Die Strahlenbelastung bei modernen Geräten mit extrem empfindlichen Filmen ist bei Einhaltung der Sicherheitsvorschriften sehr gering.
○ Experten-Einschätzung: Röntgenaufnahmen sind unumgänglich zur Diagnostik von Schäden, die man mit bloßem Auge nicht erkennen kann. Auch zur Einschätzung der knöchernen Strukturen und der Zahnhartsubstanz sowie der Qualität von Wurzelkanalfüllungen, Kronen- und Füllungsrändern ist die Röntgenuntersuchung meist das Mittel der Wahl. Je nach Parodontitis- bzw. Kariesrisiko sollten Röntgenbilder in regelmäßigen Abständen angefertigt werden. Wenn ähnliche Aufnahmen innerhalb weniger Monate wiederholt werden, sollte der Arzt das jedoch gut begründen können.
Leistung der GKV

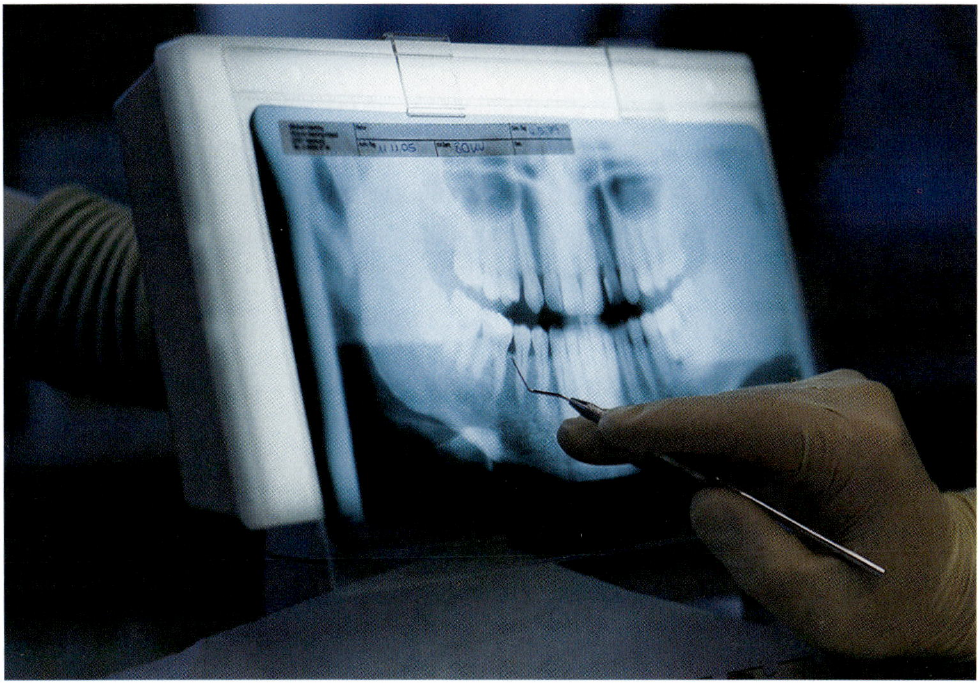

Röntgenbilder sind für die Diagnose unverzichtbar.

Bisskontrolle

Mit einer dünnen Metallfolie oder einem farbigen Band kontrolliert der Arzt, ob die Zahnkontakte beim Zubeißen gleichmäßig sind.

Experten-Einschätzung: Sinnvolle Maßnahme. Folie und Band dürfen aber nicht zu dick sein, weil sonst an den Zähnen Kontakte markiert werden, die in Wirklichkeit nicht bestehen.

Leistung der GKV

Kontrolle der Zahnfleischtaschen

Mit einer in Millimeter eingeteilten speziellen Sonde wird der Abstand vom Zahnfleischrand zum Boden der Zahnfleischtasche an jedem Zahn an mehreren Punkten gemessen.

Experten-Einschätzung: Eine äußerst sinnvolle Maßnahme. Nur so lassen sich größere Vertiefungen neben den Zähnen feststellen, die ein Schlüsselmerkmal parodontaler Erkrankungen sind. Die regelmäßige Sondenkontrolle ist auch Teil der Parodontalbehandlung. Tritt beim Sondieren eine Blutung auf, so ist dies ein

relativ sicheres Anzeichen für eine akute Entzündung des Zahnhalteapparates. Bei Rauchern ist allerdings zu berücksichtigen, dass ihre Blutungsneigung meist reduziert ist. Das heißt jedoch nicht, dass keine Entzündung besteht.
Leistung der GKV

Bakterientests

Wenn eine Zahnfleischentzündung vorliegt, bieten zahlreiche Ärzte Bakterientests an. Sie nehmen einen Abstrich und lassen die Anzahl der Erreger, die Art und die Empfindlichkeit der Bakterien gegenüber Antibiotika im Labor überprüfen.
Experten-Einschätzung: Dieser Test ist für Routinebehandlungen unnötig. In einigen wenigen Fällen kann eine mikrobiologische Analyse zur weiteren Diagnostik und Therapieplanung jedoch hilfreich sein. Dies betrifft zumeist hartnäckige Erkrankungen des Zahnhalteapparats. Möglicherweise sind hier antibiotikaresistente Bakterien oder eine ungewöhnliche Bakterienzusammensetzung Ursache für die Entzündung.
Muss in der Regel vom Patienten selbst bezahlt werden

Das hat Folgen: Karies im Zahnschmelz, aufgenommen vom Rasterelektronenmikroskop.

Speicheltests

Der Arzt nimmt Proben von Speichel oder Zahntaschenflüssigkeit, die dann im Labor untersucht werden. Dort lassen sich verschiedene Entzündungsparameter analysieren. Außerdem wird festgestellt, inwieweit der Speichel schädliche, Karies verursachende Säuren neutralisieren kann.

Experten-Einschätzung: Diese Tests sind noch verhältnismäßig ungenau und nur begrenzt aussagefähig.

Muss vom Patienten selbst bezahlt werden

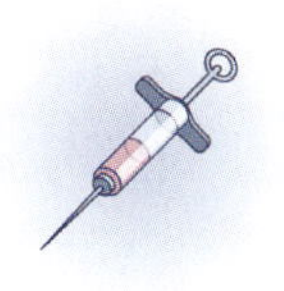

Behandlungsmethoden

Professionelle Zahnreinigung

Sie wird entweder von speziell ausgebildeten Prophylaxe-Assistentinnen, zahnmedizinischen Fachassistentinnen, Dentalhygienikerinnen oder von Zahnärzt(inn)en durchgeführt. Manchmal färben diese zunächst die Zahnbeläge mit einem speziellen Farbstoff an und fragen nach den Zahnputzgewohnheiten. Dann ermitteln sie die Tiefe der Zahnfleischtaschen und entfernen mit verschiedenen Schabemessern oder speziellen Ultraschallgeräten Zahnstein und Zahnbeläge. Die Zahnzwischenräume reinigen sie mit Zahnseide. Zum Abschluss der Behandlung wird ein Fluoridgel, -schaum oder -lack auf die Zähne aufgetragen.

Experten-Einschätzung: Die professionelle Zahnreinigung ist eine wirksame Maßnahme. Sie beugt der Entstehung schwerer Schäden an Zähnen und Zahnfleisch vor und ist ein wichtiger Bestandteil der Parodontaltherapie. Gesunde Patienten sollten sich ihr ein- bis zweimal pro Jahr unterziehen, Patienten, die unter Zahnfleischbluten leiden und deren Zahnfleischtaschen tiefer als drei Millimeter reichen, die also eine Parodontalerkrankung aufweisen, eher drei- bis viermal jährlich. Wenn sich die Entzündung des Zahnfleisches und des Zahnbetts dadurch nicht aufhalten lässt, ist eine weiterführende, eventuell operative Parodontalbehandlung notwendig.

Muss als Prophylaxe vom Patienten selbst bezahlt werden, bei schweren parodontalen Erkrankungen übernimmt die GKV die Kosten.

Nichtinvasive Kariestherapie

Nicht jede Karies muss invasiv (mit dem Bohrer) behandelt werden. Im Frühstadium kann der Arzt auf kleine Schäden Fluoridgel, -schaum oder -lack auftragen.

Experten-Einschätzung: Moderne Methoden der Diagnostik vereinfachen die Erkennung der Karies im Frühstadium. Diese Entkalkungen der Zahnhartsubstanz können - optimale Mundhygiene vorausgesetzt - durch Fluoridierungsmaßnahmen zum Stillstand gebracht oder teilweise sogar rückgängig gemacht werden.
GKV-Leistung bis zum 18. Lebensjahr

Bohren

Bei einer fortgeschrittenen Karies muss der Arzt die kranke Zahnsubstanz ausbohren, damit die Erkrankung nicht fortschreitet. Zunächst bohrt er mit einem schnell drehenden Instrument den harten äußeren Zahnschmelz weg. Das von der Karies angegriffene Zahnbein (Dentin) entfernt er normalerweise mit einem langsameren Bohrer. Dann wird die Höhlung an ihren Rändern sorgfältig geglättet sowie gereinigt und getrocknet. Damit der Patient wieder kraftvoll zubeißen kann, muss das Loch möglichst dicht und dauerhaft verschlossen werden (→ Füllungen, diese und folgende Seiten).

Experten-Einschätzung: Das gefürchtete Bohren ist bislang für die Zahnmedizin unverzichtbar. Es wird jedoch zunehmend minimalinvasiv durchgeführt, das heißt: Ein guter Zahnarzt wird immer versuchen, nur kleine Löcher zu bohren und so viel Zahnsubstanz wie möglich zu erhalten.
Leistung der GKV

Amalgamfüllung

Zuerst trägt der Arzt auf den Boden der ausgebohrten Höhlung eine Unterfüllung auf, die das Zahnmark (Pulpa) vor Hitze und Kälte schützt. Anschließend stopft er gerade noch knetbares Amalgam in das Loch. Zum Schluss bildet er mit dem Material die natürliche Oberfläche des Zahns nach.

Experten-Einschätzung: Obwohl Amalgam nach wie vor zu den bewährtesten Füllungsmaterialien für kleine und mittlere Zahnschäden zählt, ist seine Verwendung in den vergangenen Jahren stark rückläufig. Dies liegt zum einen an der Diskussion über mögliche, aber wissenschaftlich nicht nachgewiesene Zusammenhänge mit verschiedenen Erkrankungen und zum anderen an gestiegenen ästhetischen Ansprüchen der Patienten. Die silbriggrauen Amalgamfüllungen halten etwa acht bis zehn Jahre. Bei einer nachgewiesenen Allergie gegen Amalgambestandteile (z.B. Quecksilber) darf das Material nicht verwendet werden.
Leistung der GKV

Kompositfüllung

Die Trockenlegung des behandelten Zahns ist bei der Verarbeitung von Kompositen besonders wichtig. Zu diesem Zweck arbeitet der Zahnarzt meist mit einem so genannten Kofferdam, einem Spanngummi, das über den Zahn gestülpt wird und diesen von der feuchten Mundhöhle abschirmt. Dann ätzt der Arzt Zahnschmelz und -bein mit Phosphorsäure an. Auf die dadurch aufgeraute Oberfläche trägt er einen dünnen Klebefilm auf. Darüber kommt dann Schicht für Schicht der Kompositkunststoff. Jede Schicht muss mit blauem Licht gehärtet werden. Sobald die Füllung komplett ist, wird das Material noch einmal in Form gebracht und poliert. Die aufwendige Schichttechnik ist notwendig, um die Entstehung von Randspalten zwischen Zahn und Füllung zu vermeiden.

Experten-Einschätzung: Füllungen mit Kompositkunststoffen sind belastbar, stabil und optisch kaum von der Zahnsubstanz zu unterscheiden. Sie kommen vor allem im vorderen Zahnbereich zum Einsatz, aber auch zunehmend als Amalgamersatz bei kleineren und mittleren Schäden im Backenzahnbereich. Ihre Verwendung ist zahnschonend, da im Idealfall nur erkrankte Zahnsubstanz weggebohrt

Vor dem Füllen muss gebohrt werden, ganz zum Schluss wird poliert – alles mit dem passenden Spezialwerkzeug.

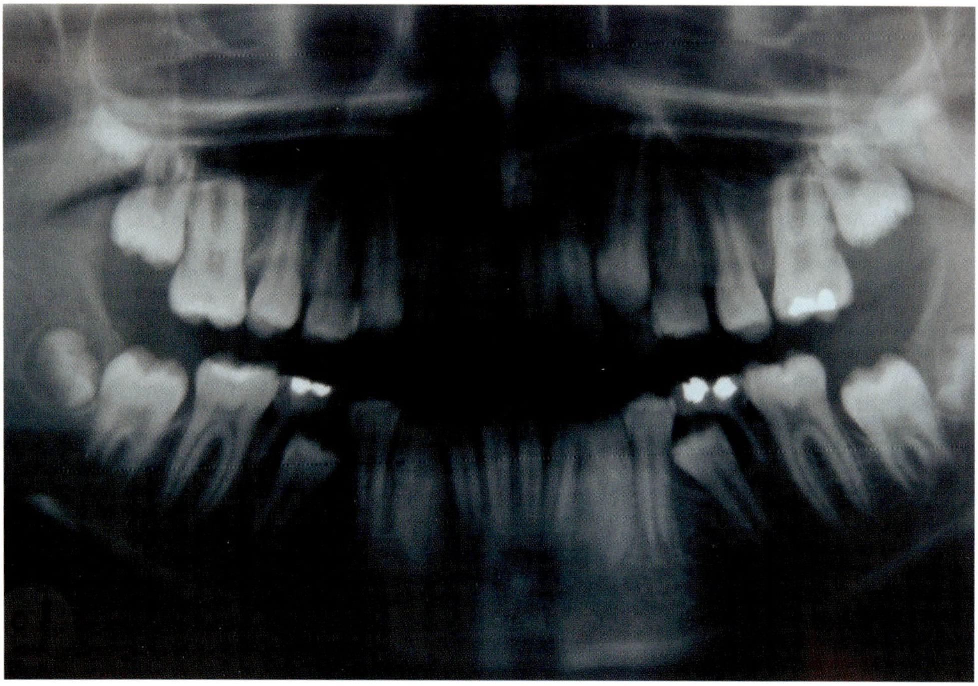

Das Röntgenbild auf dem Schirm dient als Orientierungshilfe bei den Arbeiten im Mundraum.

werden muss. Problematisch ist, dass das Material beim Aushärten schrumpfen kann. Dadurch entstehen gelegentlich - insbesondere bei nicht fachgerechter Verarbeitung - größere Randspalten zwischen Zahn und Füllung, in denen sich Kariesbakterien festsetzen können (Sekundärkaries). Bei richtiger Verarbeitung halten Kompositfüllungen etwa so lange wie Amalgamfüllungen.
GKV-Leistung normalerweise nur bei Frontzähnen, bei nachgewiesener Amalgamallergie auch im seitlichen Zahnbereich

Einlagefüllung aus einer (hoch) goldhaltigen Legierung

Nachdem der Zahnarzt in der Praxis einen genauen Abdruck der Zahnhöhlung vorgenommen hat, fertigt ein zahntechnisches Labor eine passgenaue Einlage (Inlay) aus einer mehr oder weniger goldhaltigen Legierung. Als hoch goldhaltig - und damit besonders gut haltbar und verträglich - gilt eine Legierung mit einem Goldanteil von über 70 Prozent. Die vorgefertigte Füllung wird in der Regel einzementiert.

Experten-Einschätzung: Wenn vom Patienten nicht unbedingt eine zahnfarbene Restauration gewünscht wird, sind laborgefertigte Gold-Inlays eine hochwertige Alternative mit einer sehr hohen Haltbarkeit (15 Jahre und mehr). Sie sind gut für größere Schäden geeignet.
Private Zuzahlung

Laborgefertigte Keramikeinlagefüllung

Herstellung im zahntechnischen Labor, nach Abdrucknahme in der Praxis.
Experten-Einschätzung: Keramikrestaurationen sind die aufwendigste und teuerste Behandlungsmethode in der Kariestherapie und erfüllen höchste ästhetische Anforderungen. Sie sind kaum vom Zahn zu unterscheiden und haben zudem eine ähnliche Wärmeleitfähigkeit wie der Zahnschmelz. Da die Zahnhöhlung nach der Kariesentfernung wie bei allen anderen laborgefertigten Einlagefüllungen aufwendig präpariert werden muss, geht dabei mehr gesunde Zahnsubstanz verloren als bei einer Kompositfüllung. Im Vergleich zu laborgefertigten Inlays aus (hoch) goldhaltigen Legierungen sind die Langzeiterfahrungen geringer. Die Haltbarkeit liegt bei etwa acht bis zwölf Jahren. Keramik-Inlays sind gut für kleinere wie größere Schäden geeignet.
Private Zuzahlung

Computergefertigte Keramikeinlagefüllung (Cerec)

Die keramische Einlagefüllung stellt der Zahnarzt nach optischer Abdrucknahme mit einer speziellen digitalen Kamera selbst in seiner Praxis her. Die Konstruktion des Inlays erfolgt mit Hilfe einer computergesteuerten Spezialfräse.
Experten-Einschätzung: Größter Vorteil der so genannten Cerec-Methode ist, dass die komplette Versorgung des Zahns mit einem keramischen Füllkörper in einer Sitzung erfolgen kann. Die Füllungen halten etwa so lange wie laborgefertigte Keramikrestaurationen, erreichen aber nicht immer die gleiche Farb- und Passgenauigkeit. Sie sind vor allem für größere Schäden geeignet.
Private Zuzahlung

Kronen

Wenn von der Zahnsubstanz schon zu viel zerstört ist, kann nur noch eine Teil- oder Vollkrone helfen. Mit Hilfe von zwei Abdrücken werden diese im zahntechnischen Labor hergestellt und anschließend eingeklebt oder -zementiert. Es gibt

Hunderte von Metalllegierungen, Kunststoffen und Keramiksorten, aus denen Kronen gefertigt werden – und ständig kommen neue hinzu.

Experten-Einschätzung: Bei vielen Stoffen und Verbindungen kann niemand zuverlässig Auskunft über die Verträglichkeit geben. Denn anders als die Hersteller von Medikamenten sind die Produzenten von Dentalmaterialien nicht gezwungen, ihre Produkte in klinischen Studien an einer großen Zahl von Patienten zu testen, bevor diese auf den Markt kommen. Die längste Erfahrung hat die Wissenschaft mit Metalllegierungen. Edelmetallmischungen, in denen der Goldgehalt über 70 Prozent liegt, Kobalt-Chrom-Legierungen, Titan und dessen Legierungen gelten als besonders verträglich. Wegen eines erhöhten Allergierisikos ist abzuraten von Legierungen, die Kupfer, Cadmium, Nickel oder Palladium in Verbindung mit Silber und Kupfer enthalten. Noch wichtiger als das Material sind die Passgenauigkeit und die Sorgfalt, mit der der Zahnarzt die Überkronung vorbereitet. Zunächst muss er kariöse Stellen entfernen, prüfen, ob der Kieferknochen noch gesund ist, und – was häufig vergessen wird – das Zahnfleisch und den Zahnhalteapparat sanieren. Die Teil- oder Vollkrone, die der Arzt dann einsetzt, sollte möglichst eng mit dem Zahn abschließen, damit sich darunter keine Sekundärkaries bilden kann. Der Randspalt ist idealerweise nicht breiter als ein dünnes Haar. Wenn man mit der Zahnseide ständig am Kronenrand hängen bleibt, deutet das auf eine mangelhafte Arbeit hin. Die wichtigsten Kronenarten sind:

Metallkeramik-Kronen Ein Metallkern mit Keramiküberzug, die gebräuchlichste Kronenart. Mittels entsprechender Zahnpräparation und Labortechnik lassen sich dunkle Ränder vermeiden, sodass auch diese Restaurationen exzellent aussehen können. Aufgrund der hohen Stabilität und Haltbarkeit ist die Materialkombination aus Metall und Keramik besonders für den Seitenzahnbereich geeignet. *Private Zuzahlung*

Kronen aus Metalllegierungen mit Kunststoffverblendung Ein Metallkern mit Kunststoffüberzug. Diese Kronen sind verhältnismäßig günstig und lassen sich leicht reparieren. Allerdings können sie sich im Laufe der Jahre farblich verändern. Keramikverblendungen sind oft eine bessere Alternative. Mit Kunststoffen überzogene Kronen werden vor allem im Frontzahnbereich eingesetzt. Das Material eignet sich nicht für Kauflächen.

Als teilverblendete Nichtedelmetall-Legierung Leistung der GKV

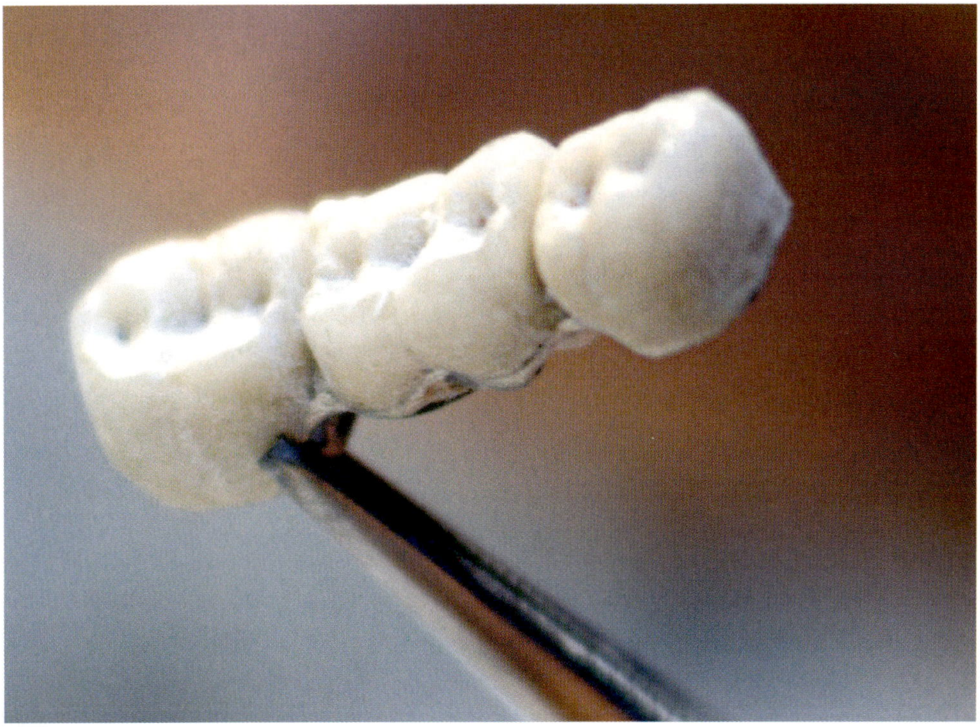

Keramik, hier zur Brücke verarbeitet, sieht nicht nur fast genauso aus wie Naturzahn. Es hat auch eine ähnliche Wärmeleitfähigkeit.

Vollkeramik-Kronen Sie werden im Frontzahnbereich bevorzugt. Wie Metallkeramik-Kronen lassen sie sich im Aussehen von echten Zähnen kaum unterscheiden. Anders als metallhaltiger Zahnersatz haben sie aber eine ähnliche Wärmeleitfähigkeit wie die Zahnsubstanz. Das Material ist sehr gut verträglich, Kauflächen nutzen sich nicht ab. Für eine stabile Dicke der Keramiken ist eine besondere Zahnpräparation erforderlich. Bei stark verfärbten Zahnstümpfen kann Vollkeramik ungeeignet sein. *Private Zuzahlung*

Kronen aus hoch goldhaltigen Legierungen Sie sind ideal, wenn der Patient nicht unbedingt zahnfarbenen Zahnersatz wünscht. Goldkronen halten lange (15 Jahre und mehr), gelten als sehr gut verträglich und schonen den Schmelz des »Gegenzahns«. Außerdem muss für Goldkronen nur eine relativ geringe Schicht der Zahnhartsubstanz wegpräpariert werden. Das Material ist besonders für Patienten mit großen Kaukräften geeignet. *Private Zuzahlung*

Brücken

Wenn einer oder mehrere Zähne fehlen, aber noch genügend feste gesunde Exemplare vorhanden sind, kommen Brücken zum Einsatz. Auch sie gibt es aus Goldlegierungen, aus Vollkeramik und aus keramik- oder kunststoffverblendeten Legierungen. Mit ihnen lassen sich kleine und große Lücken im Gebiss schließen.
Experten-Einschätzung: Brücken sind nur sinnvoll, wenn davon ausgegangen werden kann, dass die Pfeilerzähne noch viele Jahre stabil im Kiefer bleiben. Zwischen der Abdrucknahme und dem Einsetzen darf nicht zu viel Zeit verstreichen, weil sonst die Pfeilerzähne ihre Position ändern können und die Brücke dann nicht mehr passt. Die Materialeigenschaften sind ähnlich zu bewerten wie bei den Kronen.
Überwiegend private Zuzahlung

Implantate

Implantate sind künstliche Zahnwurzeln, auf die Kronen oder Brücken aufgesetzt werden können (= implantatgestützte Krone/Brücke). Voraussetzung für ihre Verwendung ist, dass noch genügend Kieferknochen vorhanden ist. In diesen bohrt der Arzt dann pro Implantat ein Loch, setzt oder schraubt einen Stift, der meist aus einer Titanlegierung besteht, in die Öffnung und vernäht die Wunde. Der Zahnersatz wird später entweder auf die Implantate zementiert oder fest damit verschraubt.
Experten-Einschätzung: Bei implantatgestützten Kronen wird eine Zahnlücke geschlossen, ohne die Zahnsubstanz der Nachbarzähne zu beeinträchtigen. Das ist bei kariesfreien Nachbarzähnen ein großer Vorteil, denn sie müssen dann nicht wie bei einer regulären Brücke überkront werden. Für das Einsetzen eines Implantats ist spezielles Expertenwissen erforderlich, über das nicht jeder Zahnarzt verfügt.
Private Zuzahlung

Wurzelkanalbehandlung

In jeder Zahnwurzel liegt ein Zahnwurzelkanal, der die so genannte Pulpa enthält – Nerven und Gefäße, die den Zahn versorgen. Früher konnte ein Arzt den Zahn nur noch ziehen, wenn die Pulpa entzündet war. Heute gibt es die Möglichkeit, den Wurzelkanal mit feinen Feilen oder desinfizierenden Spülungen zu säubern und ihn anschließend keimfrei und dicht mit einer Füllmasse zu verschließen. Bewährt hat sich hierfür Guttapercha, eine gummiartige Substanz aus Pflanzendicksaft. Dann muss dauerhaft abgedichtet werden, etwa mit einer Krone.

Experten-Einschätzung: Zahnschmerzen entstehen häufig durch eine Entzündung der Pulpa oder durch eine Infektion an der Wurzelspitze des Zahns. Die Wurzelkanalbehandlung ist ein bewährtes Verfahren zur Schmerzbeseitigung und oftmals die letzte Möglichkeit zum Erhalt stärker beschädigter Zähne. Die Therapie kann äußerst aufwendig und schwierig sein. Spezialisierte Zahnärzte (Endodontologen) verfügen über die notwendige apparative Ausstattung (z.B. Spezialmikroskop) und das Know-how im Umgang mit komplexen Fällen. Eine gute Wurzelkanalbehandlung führt je nach Ausgangssituation in etwa 70 bis 95 Prozent der Fälle zum Erfolg.

Je nach Befund Leistung der GKV

Zähne ziehen

Nach einer lokalen Betäubung zieht der Arzt mit Spezialzangen und -hebeln einen Zahn aus seiner Verankerung im Zahnbett.

Experten-Einschätzung: Extraktionen versucht die moderne, präventive Zahnmedizin weitgehend zu vermeiden. Ist der Eingriff unumgänglich, muss in jedem Fall ein aussagefähiges Röntgenbild vorliegen. Schwierige Zahnentfernungen sollte ein speziell ausgebildeter Arzt (Oral- oder Kieferchirurg) durchführen.

Leistung der GKV

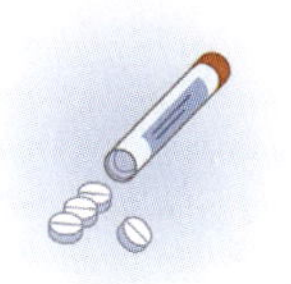

Medikamente

Schmerzmittel

Je nach Wirkstoff setzen Schmerzmittel an unterschiedlichen Punkten im Schmerzleitungs- und -verarbeitungssystem des Körpers an und wirken unterschiedlich stark. Morphine bzw. Opioide wirken auf das Nervensystem in Gehirn und Rückenmark; so genannte nichtsteroidale Antiphlogistika (Acetylsalicylsäure, Ibuprofen, Diclofenac) hemmen zusätzlich zur Schmerzlinderung die Bildung von Entzündungsstoffen; Paracetamol ist auch ein guter Fiebersenker. Acetylsalicylsäure (Aspirin) lindert zusätzlich auch noch Entzündungen.

Experten-Einschätzung: Ohne Schmerzmittel kommt die Zahnmedizin nicht aus. In der Regel helfen sie zuverlässig, etwa nach Zahnentfernungen oder bei Entzündungen. Aber wie bei allen Medikamenten können auch hier Nebenwirkungen auftreten.

TIPPS FÜR DIE ZAHNARZTSUCHE

Ob ein Arzt richtig diagnostiziert und einen seriösen Behandlungsplan entwirft, erkennen Patienten nicht ohne die Hilfe von Fachleuten. Es gibt aber einige offensichtliche Kriterien, die Hinweise auf die Qualität einer Praxis sein können:

- **Praxisorganisation**

Viele Patienten sind irritiert, wenn sie in eine Praxis kommen und dort allein oder nur mit zwei, drei anderen im Wartezimmer sitzen. Ein Warteraum, in dem kein Stuhl mehr frei bleibt, eine Schlange am Anmeldetresen und eine sichtbar überlastete Arzthelferin gelten hingegen oft als Zeichen dafür, dass der Doktor besonders beliebt und fähig ist.
Aber Achtung: Ein zu volles Wartezimmer ist eher ein negatives Zeichen als ein positives.
Wenn Arzt und Helferinnen genervt zwischen den Behandlungsräumen hin- und herhetzen und die Wartezeiten ohne Entschuldigung 30 Minuten deutlich überschreiten, ist das ein Hinweis auf Fließbandarbeit und auf eine schlechte Praxisorganisation. Ein einzelner Arzt sollte niemals mehr als drei bis vier Behandlungsstühle betreuen.

- **Beratungsqualität**

Auch wenn die meisten froh sind, wenn sie die Tür der Zahnarztpraxis hinter sich schließen können, wenn Untersuchung und Gespräch zügig über die Bühne gegangen sind: eine solide Beratung ist nicht in zwei, drei Minuten zu machen. Ein guter Arzt nimmt sich reichlich Zeit für das Patientengespräch und führt es nicht zwischen Tür und Angel. Er informiert Sie umfassend über den Zustand Ihres Gebisses und die notwendige Vorsorge und Behandlung.
Lassen Sie sich nicht vom Expertenjargon beeindrucken oder gar verunsichern. Ein guter Arzt vermeidet Fachchinesisch und erklärt in verständlichen Worten, was getan werden muss und warum. Vor allem aber geht er auf alle Ihre Fragen ein und nimmt Ihre Bedenken und Ängste ernst.
Bei aufwendigen Behandlungen offeriert Ihnen ein solider Zahnarzt nicht nur eine einzige Lösung für Ihr Problem, sondern bietet mehrere Alternativen an. Die Unterschiede in Preis und Qualität müssen dabei leicht nachvollziehbar sein.
Der Arzt sollte Sie am Ende frei entscheiden lassen und Sie nicht zur teuersten Variante drängen.

TIPPS FÜR DIE ZAHNARZTSUCHE

Prophylaxe-Angebot

Die »Reiß ab, bau auf«-Mentalität gehört zur Zahnmedizin von gestern. Ein fortschrittlicher Zahnarzt konzentriert sich darauf, so viel gesunde Zahnsubstanz wie möglich zu erhalten. Er bietet professionelle Zahnreinigung an und lässt Sie in regelmäßigen Abständen von seinen Helferinnen daran erinnern. Er ist sich auch nicht zu schade, Ihnen zu erklären, was Sie vorbeugend gegen Karies und Zahnfleischerkrankungen tun können und wie eine wirkungsvolle Zahnpflege funktioniert.

Es ist kein schlechtes Zeichen, wenn Sie bei Prophylaxeterminen nicht vom Zahnarzt selbst behandelt werden. In manchen Praxen kümmern sich inzwischen speziell ausgebildete Mitarbeiterinnen um viele Vorsorgebehandlungen.

Nicht nur durch falsche Ernährung und mangelnde Hygiene kann das Mundwerkzeug auf die Dauer Schaden nehmen. Ein guter Zahnarzt kontrolliert deshalb auch den Biss des Patienten. Ein falscher Biss führt zu vorzeitigem Verschleiß und macht den Zahn angreifbar.

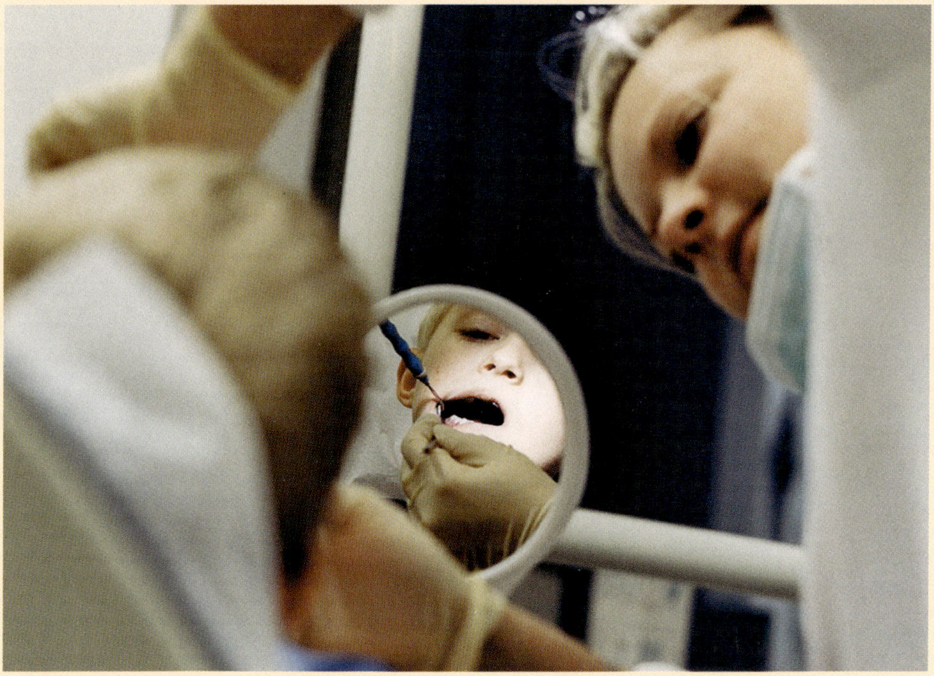

Ein guter Zahnarzt gibt dem Patienten die Möglichkeit, nachzuvollziehen, was bei der Behandlung im Mund geschieht.

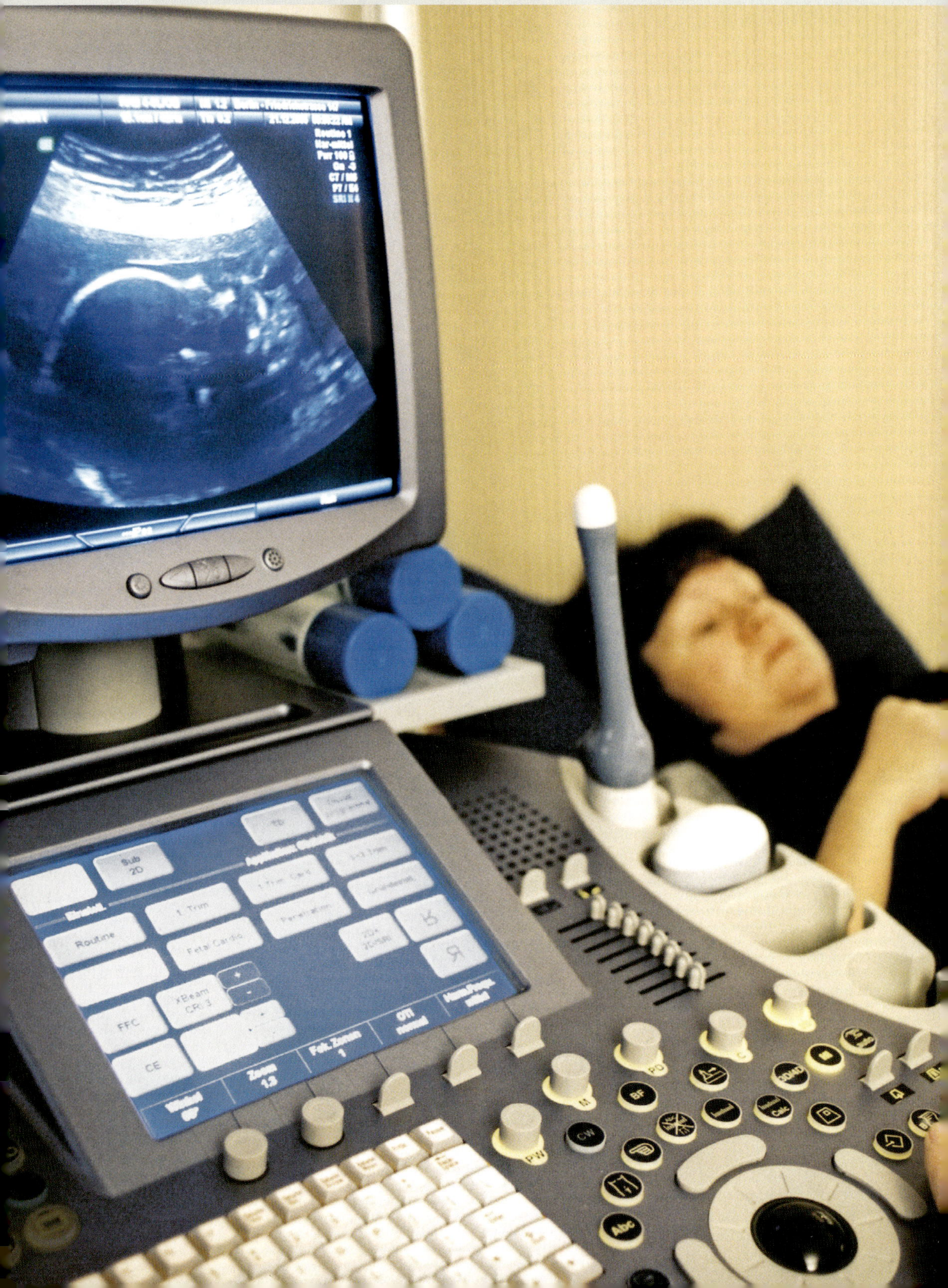
Sub
2D
1. Trim
Routine
Fetal Cardio
FFC
CE
PW
CW
BF

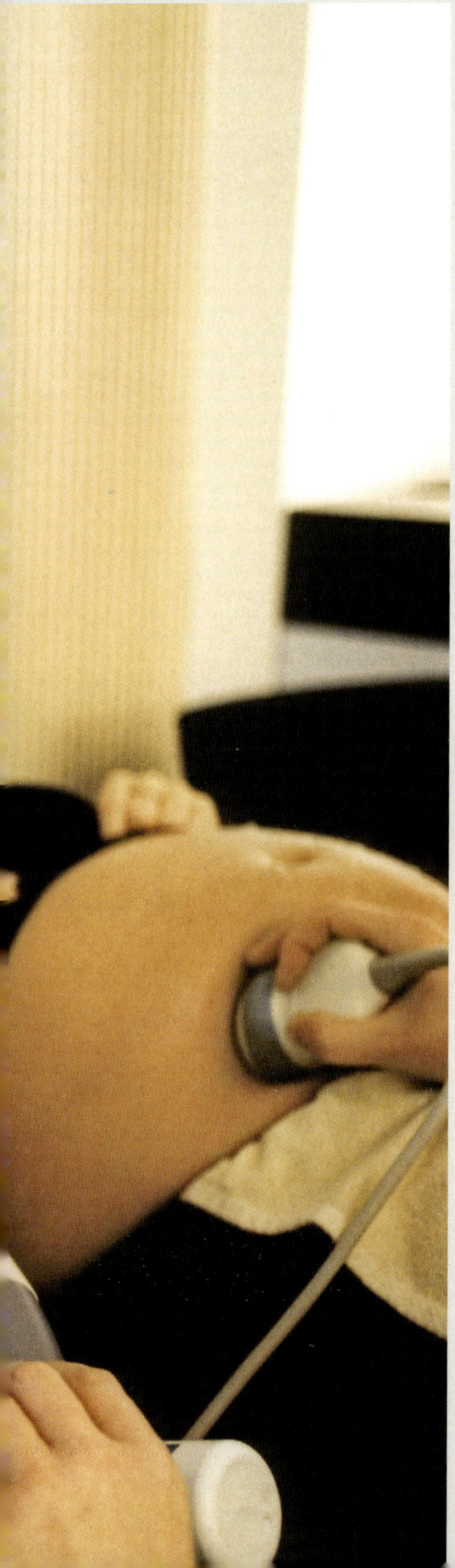

Eine ganz besondere Beziehung

... verbindet Frauen mit ihren Gynäkologen. Denn oft sind die Ärzte nicht nur Spezialisten für den kranken Leib, sondern auch Ratgeber in Sachen Sex, Familienplanung, Wechseljahre. Nicht alle haben so viel Vertrauen verdient. Dieses Kapitel hilft bei der richtigen Wahl.

Schwangerschaft ist keine Krankheit, zum Arzt gehen werdende Mütter trotzdem regelmäßig – etwa zu den Ultraschallchecks, bei denen kontrolliert wird, ob sich das Kind richtig entwickelt und wie es liegt.

Alles beginnt mit diesem seltsamen Gefühl in der Brust. Die rosa Pünktchen spannen und zwicken, plötzlich wächst der Busen. Es folgen: Pickel auf der Nase, Schmetterlinge im Bauch, die erste Regel, der erste Sex. Und irgendwann dazwischen die Premiere beim Gynäkologen. Spätestens im Wartezimmer, umgeben von Infos über Pillen, Pilze und PEKiP-Gruppen, ist jedem Mädchen klar: Kindheit war gestern, ab heute bin ich Frau.

Denn der Gang zum Gynäkologen ist nicht wie jeder andere Arztbesuch - und wird es auch später nie sein. Weil man sich meist kerngesund fühlt und trotzdem ein wenig unsicher. Weil hier nicht über Schniefnasen oder Sportunfälle geredet wird, sondern über Gummis, Lust und Jungfernhäutchen. Es geht um Körperteile, die selbst dem Liebsten verborgen bleiben; um Probleme, die nicht einmal die beste Freundin ahnt. Und ein paar Jahre später um entscheidende Fragen eines Frauenlebens: Wie finde ich eine erfüllte Sexualität? Will ich Kinder oder keine? Wie kann ich gesund reifen, ohne Angst vor dem Alter oder gar vor Krebs?

Egal, ob in der Pubertät, den fruchtbaren Jahren oder in den Wechseljahren: Keinen Facharzt konsultieren Frauen so häufig und regelmäßig wie ihre Gynäkologin

Erst unterhalten, dann untersuchen: Die Berliner Frauenärztin Beate Greitzke beim Gespräch in ihrer Praxis in Alt-Tegel.

oder ihren Gynäkologen; nur ihnen erlauben sie so tiefe Einblicke in die Seele – und zwischen die Beine. Umso dunkler der Schatten, der über der Beziehung liegt: Laut einer repräsentativen Umfrage des Meinungsforschungsinstituts Ipsos für die Zeitschrift »Brigitte« erleben 40 Prozent aller Frauen den Termin beim Gynäkologen »mit gemischten Gefühlen« oder als »sehr unangenehm«. Bei den unter 30-Jährigen empfindet ihn sogar fast jede Zweite als belastend.

»Halbnackt auf einen Stuhl zur Untersuchung zu steigen, deren Ergebnis das Leben verändern kann, das kostet Überwindung – gerade, weil viele Frauen mit ihrem Körper unsicher sind«, sagt Cornelia Burgert, Beraterin am Feministischen Frauengesundheitszentrum e.V. Berlin (FFGZ). »Umso wichtiger ist es, einen Arzt zu finden, bei dem die Chemie stimmt.« Werde ich respektvoll behandelt, einfühlsam befragt? Oder fühle ich mich unwohl, beschämt, ausgeliefert?

Entspannte Atmosphäre

In der Praxis von Beate Greitzke, Gynäkologin im Berliner Stadtteil Alt-Tegel, haben schlechte Gefühle kaum eine Chance. Die Wände im Wartezimmer sind in freundlichem Gelb gestrichen, Palmen recken sich über eine Kinderspielecke, im Hintergrund läuft leise Musik, am Tresen lacht eine Hochschwangere mit der Arzthelferin über das Kickbox-Talent in ihrem Bauch. Da kommt Beate Greitzke herein und ruft Anita Meißner (Name geändert) aus dem Wartezimmer.

Sechs Jahre hat die Ärztin studiert, den Facharzt für Frauenheilkunde und Geburtshilfe gemacht, lange als Assistenzärztin im Humboldt-Klinikum gearbeitet und sich schließlich gemeinsam mit einer Kollegin niedergelassen. Anita Meißner kennt sie, seit diese mit 17 zur »Teenager-Sprechstunde« kam.

»Damals war mein Freund dabei, wir wollten die Pille und waren ziemlich nervös«, erinnert sich die junge Frau. Diese peinlichen Fragen! Der Stuhl! »Umsonst gezittert«, sagt sie heute. »Die Ärztin hörte uns freundlich zu und erklärte, was wir noch nicht wussten – etwa dass ich meine häufigen Blasenentzündungen vermeiden könnte, wenn ich nach dem Sex auf die Toilette gehe und so neu eingeschleuste Keime schnell wieder rausspüle.«

Was Anita Meißner noch immer schätzt: Bei der Untersuchung auf dem gynäkologischen Stuhl kündigt Beate Greitzke stets an, was sie warum macht: vom Abtasten der Genitalien über die Spekulum-Untersuchung bis zum Abstrich. »Beim ersten Mal bekam ich sogar ein Tuch zum Umbinden, damit ich mich nicht so nackt fühlte«, erzählt sie. »Mein Arzt davor war da weniger sensibel.«

Mit dieser Erfahrung ist die Studentin nicht allein, wie die Ipsos-Umfrage zeigt. Anders als vor 20, 30 Jahren beherzigen zwar inzwischen die meisten Frauenärzte, was ihre Patientinnen unter einer würdevollen Behandlung verstehen – persönliche Begrüßung, Gespräche nur bekleidet am Schreibtisch statt nackt auf dem Stuhl, keine Untersuchung ohne Erläuterung. Dennoch hat fast jede zehnte Frau zwischen 30 und 40 schon den Arzt gewechselt, weil sie sich in ihrem Schamgefühl verletzt sah – hochgerechnet sind das in Deutschland mehrere Millionen.

»Die jungen Patientinnen sind heute selbstbewusster«, stellt auch Beate Greitzke fest. »Die wissen viel über Verhütung oder die Wichtigkeit von Kondomen.« In der Praxis hapert es jedoch weiterhin: Das »erste Mal« passiert bei etwa einem Viertel aller Mädchen und einem Drittel der Jungen ungeplant – und bei jedem achten Pärchen auch ungeschützt.

Eine Schwangerschaft ist da nur eine von verschiedenen unerwünschten Folgen. So ergab eine Studie unter 17-jährigen Berliner Schülerinnen, dass im Schnitt jede zehnte mit Chlamydien infiziert ist, einer Bakterienart, die durch ungeschützten Verkehr übertragen wird und die zu starken Entzündungen der Eierstöcke führt, bei jeder fünften Infizierten sogar zur Unfruchtbarkeit.

Neutrale Aufklärung

Je älter Frauen werden, umso vertrauter gehen sie mit ihrem Körper um, umso selbstbewusster mit ihrer Sexualität. Kinder werden meist geplant und kommen immer später, im Schnitt mit knapp 28 Jahren. Während die Babys im Bauch wachsen, werden die künftigen Mütter regelmäßig im Rahmen der Schwangerschaftsvorsorge untersucht, aber immer häufiger bieten Gynäkologen zusätzliche Checks als »Individuelle Gesundheitsleistungen« (IGeL) an, zum Selbstzahlen also. Mit großem Erfolg – zumindest für die Ärztekassen.

Frauenärzte stehen nach den Zahnärzten ganz oben auf der Liste der Mediziner, die ihren Patientinnen oder Patienten Leistungen anbieten, die die Krankenkassen nicht bezahlen. Bei einer Untersuchung der Verbraucherzentrale Nordrhein-Westfalen und des Wissenschaftlichen Instituts der AOK gaben 32,4 Prozent der Befragten an, dass ihnen entsprechende Angebote beim Frauenarzt gemacht wurden – bei Allgemeinärzten war das nur 16 Prozent der Patienten passiert.

Zu den sinnvollen Offerten gehören etwa Chlamydientests, völlig unsinnig sind in Pubertät oder Wechseljahren hingegen Hormonspiegelmessungen, da vom Er-

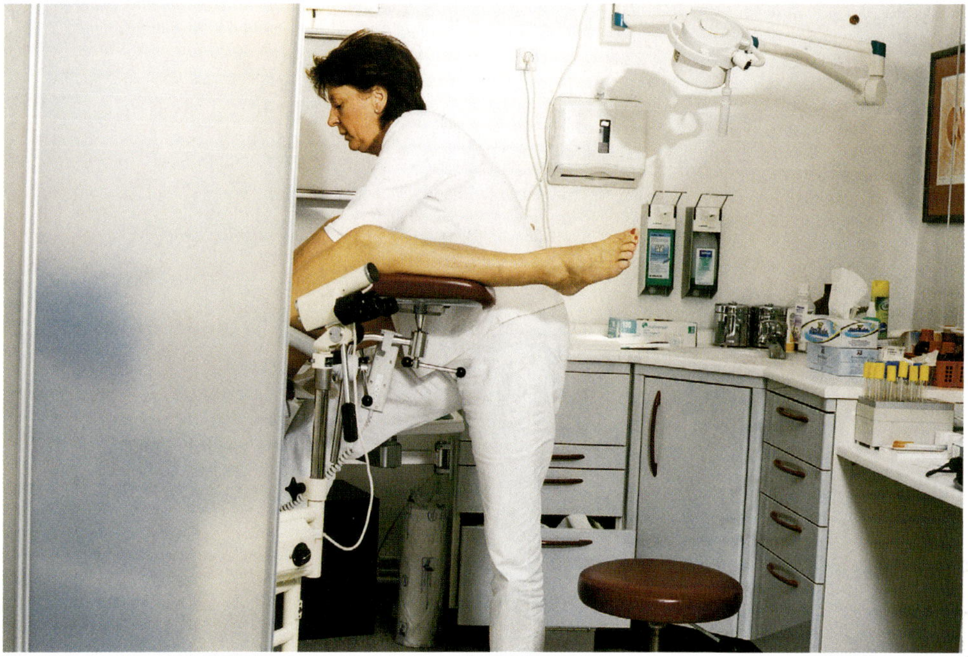

Auf dem gynäkologischen Stuhl: Beate Greitze erklärt Anita Meißner genau, was sie beim Unterleibs-Check tut.

gebnis keinerlei Behandlung ableitbar ist. Gerade Schwangeren werden gern zusätzliche, aber nicht notwendige Untersuchungen angeboten, »dem Kind zuliebe«. Da ist es für die werdenden Mütter schwer, nein zu sagen. Fairer sind offensichtliche »Luxus-IGeL« wie das dreidimensionale Babyfernsehen, da von vornherein klar ist, dass sie Dienstleistungen des Arztes ohne medizinische Notwendigkeit sind.

Aufklären, aber nicht aufdrängen, das hat sich die Frauenärztin Beate Greitzke vorgenommen. Vor ihr liegt Regina Rugova (Name geändert), die künftige Mutter des Kickbox-Talents, am Kardiotokografen (CTG), und gemeinsam lauschen sie den Herztönen des Ungeborenen. 39 ist Rugova jetzt, in vier Wochen ist der Geburtstermin, einen Dreijährigen hat sie schon. »Beim ersten Kind wollte ich auf Nummer sicher gehen und habe fast jede Pränataldiagnostik mitgemacht. Diesmal habe ich es sein lassen und bin viel entspannter«, sagt sie. Was Regina Rugova sich erneut gönnt, ist eine Beleghebamme, die sie vor, während und nach der Geburt persönlich betreut, in Kooperation mit Beate Greitzke, die dadurch Honorare für Vorsorgeleistungen abtritt – wozu beileibe nicht jeder Gynäkologe bereit ist.

Früherkennung von Krebserkrankungen

IGeL-verunsichert erlebt Cornelia Burgert vom FFGZ ihre Klientinnen auch beim Thema Krebsfrüherkennung. Ab 20 Jahren bezahlt die Krankenkasse einmal jährlich den Abstrich, aus dem sich Krebszellen im Gebärmutterhals identifizieren lassen, ab 30 das Abtasten der Lymphknoten und Brüste, ab 45 eine Untersuchung des Mastdarms sowie des Stuhls auf Blut. Doch reicht das? Sollte man sich nicht gerade beim Thema Tumoren besser noch ein paar IGeL-Checks leisten, die in vielen Praxen als »Krebsvorsorge plus« vermarktet werden?

»Vorsorge ist schon mal das falsche Wort«, betont Cornelia Burgert. Wer vorsorgen wolle, müsse zum Beispiel aufhören zu rauchen. Tatsächlich gehe es um Früherkennung, und das heiße, kritische Befunde möglichst früh zu erkennen. »Das macht im Endeffekt aber nur Sinn, wenn dadurch weniger Frauen sterben oder zumindest ihre Erkrankung besser behandelbar wäre als bei einer späteren Entdeckung – was nicht immer erwiesen ist.«

Die größte Angst haben Frauen vor Brustkrebs – bleibt er bei ihnen doch trotz leichter Rückgänge in den vergangenen Jahren die häufigste bösartige Krebsart. Im Jahr 2001 beklagte der Sachverständigenrat für die Konzertierte Aktion im Gesundheitswesen »gravierende Missstände« in der Diagnostik und Behandlung des Mammakarzinoms: Nur etwa die Hälfte der Patientinnen werde gemäß den anerkannten und hochwertigen Leitlinien behandelt. Und: Zu viele unqualifizierte und unerfahrene Ärzte diagnostizierten mit zu alten Mammografiegeräten. Dieses so genannte graue Screening habe neben dem Übersehen bösartiger Karzinome auch die Folge, dass bei 100 000 Frauen aufgrund falsch-positiver Befunde (falscher Alarm) völlig unnötige operative Biopsien durchgeführt würden. Der Rat bemängelte, dass in Deutschland – anders als in vielen Nachbarländern – weder ein systematisches Früherkennungsprogramm (Mammografie-Screening) für Frauen ab 50 noch interdisziplinäre Brustzentren etabliert seien, in denen ausschließlich Experten diagnostizieren, operieren und therapieren.

Als erste Gegenmaßnahme wurde daher im Jahr 2004 ein Disease Management Programme (DMP) gestartet, bei dem sich Frauenärzte zertifizieren lassen können, sofern sie die Therapie nach den Behandlungsleitlinien beherrschen. Zudem wird in Deutschland derzeit ein Screening-Programm vorbereitet: Alle Frauen von 50 bis 69 sollen alle zwei Jahre in 86 regionale, nach europäischen Qualitätsrichtlinien zertifizierte Brustzentren eingeladen werden, um sich röntgen zu lassen. Nehmen über 70 Prozent der Frauen an dieser Früherkennung teil, besteht die Hoffnung, die Zahl der Brustkrebstoten in Deutschland von jährlich etwa 17 000 um schätzungsweise 3500 zu senken. Denn: »Je früher der Krebs entdeckt wird, umso besser sind die Heilungschancen«, betont der Berliner Radiologe Hans-Dieter Ledwa, der sich auf Mammadiagnostik spezialisiert hat. »Wenn man ein Karzinom ertasten kann, hat es meist schon 2,5 Zentimeter Durchmesser. Kommen die Frauen dann zu mir, haben die Hälfte davon bereits Metastasen entwickelt; 43 Prozent werden am Brustkrebs sterben. Durch Mammografie lassen sich Tumoren schon ab einer Größe von fünf Millimetern entdecken.«

Gleichwohl haben Studien aus dem Ausland gezeigt, dass die Teilnahme am Screening durchaus keine rechtzeitige Tumorentdeckung garantiert: Von 1000 Frauen zwischen 50 und 70 sterben demnach ohne Screening innerhalb von zehn Jahren etwa acht an Brustkrebs – mit Screening reduziert sich die Zahl auf sechs. Bei Frauen mit einem erhöhten Risiko (genetisch belastet, starke Raucherinnen) reduziere sich die Opferzahl von 16 auf 12 von 1000. Dem steht gegenüber, dass alle Screening-Teilnehmerinnen das Risiko falsch-positiver Befunde auf sich nehmen, mit allen möglichen Folgen bis hin zu Biopsien.

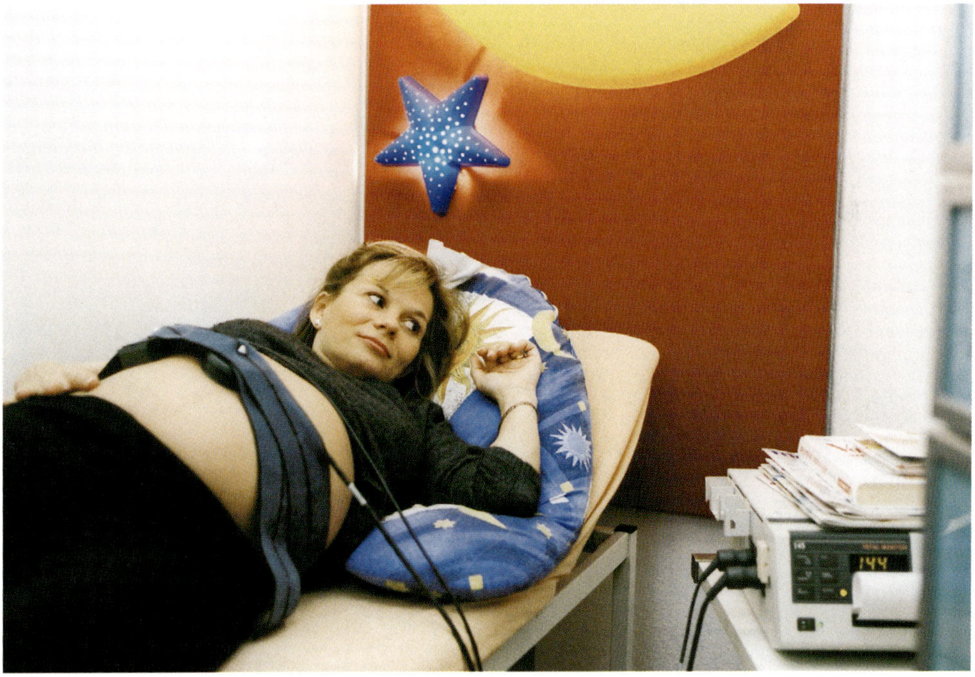

Regina Rugova lässt in der Praxis von Beate Greitzke am Kardiotokografen die Herztöne ihres Ungeborenen überprüfen.

Was also tun? Regelmäßig abtasten? Regelmäßig IGeL-mammografieren, womöglich schon in jungen Jahren? Am Screening teilnehmen oder nicht, wenn es endlich deutschlandweit etabliert ist? »Es gibt keinen allgemeingültigen Rat für alle Frauen. Wir können nur empfehlen, die vermeidbaren Risikofaktoren zu verringern und nur wirklich qualifizierte Ärzte aufzusuchen, die zudem sachlich einwandfrei informieren«, sagt Cornelia Burgert. »Auf dieser Basis muss dann jede Frau für sich entscheiden – je nach familiärer Vorbelastung und ihrem individuellen Sicherheitsbedürfnis« (→ auch Seite 79).

Die Wechseljahre

Den größten Beratungsbedarf haben derzeit Frauen in den Wechseljahren. Der Grund: Als im Jahr 2002 die amerikanische WHI-Studie (Women's Health Initiative) abgebrochen wurde und im folgenden Jahr die Ergebnisse der britischen One-Million-Women-Study veröffentlicht wurden, mussten sich auch die deutschen Frauen mitsamt ihren Gynäkologen von einem Mythos verabschieden: von der Vorstellung, eine Hormonbehandlung sei ein ewiger Jungbrunnen, ein Allroundmittel gegen Wechseljahressymptome von Schweißausbrüchen bis Haarausfall, das auch noch präventiv gegen Demenz oder Osteoporose wirke.

Fakt ist: Wie die Pubertät sind die Wechseljahre eine Zeit des Übergangs – und nicht etwa, wie das Wort Klimakterium suggeriert, die Lebensphase nach dem Höhepunkt, in der es nur noch bergab geht. Die Regelblutung tanzt aus der Reihe und hört irgendwann auf, weil sich im Körper das Zusammenspiel von Östrogenen und Progesteron ändert. In dieser Zeit leiden in westlichen Ländern ein Drittel aller Frauen unter starken Beschwerden, ein weiteres Drittel unter mäßigen, das letzte Drittel ist beschwerdefrei. Unabhängig davon schluckten, spritzten oder klebten Anfang des neuen Jahrtausends fast 60 Prozent aller Frauen in den Wechseljahren Hormone; die Zahl der ärztlichen Verschreibungen hat sich unter massivem Werbeeinsatz der Pharmaindustrie von 1984 bis 2003 verzehnfacht.

Heute ist jedoch eindeutig belegt: Zwar beseitigen Hormone effektiv Beschwerden der Wechseljahre, nämlich Hitzewallungen und Schlafstörungen, und senken das Risiko für Osteoporose; sie erhöhen aber gleichzeitig das Risiko für eine ganze Reihe von Krankheiten wie Brustkrebs, Thrombose, Herzinfarkt, Schlaganfall oder Lungenembolie. Sie schützen weder vor Demenz, Depressionen und Inkontinenz, noch können sie sexuelle Unlust kurieren. Kurz: Hormone können Frauen mehr schaden als nützen. Das Bundesministerium für Gesundheit und die Arz-

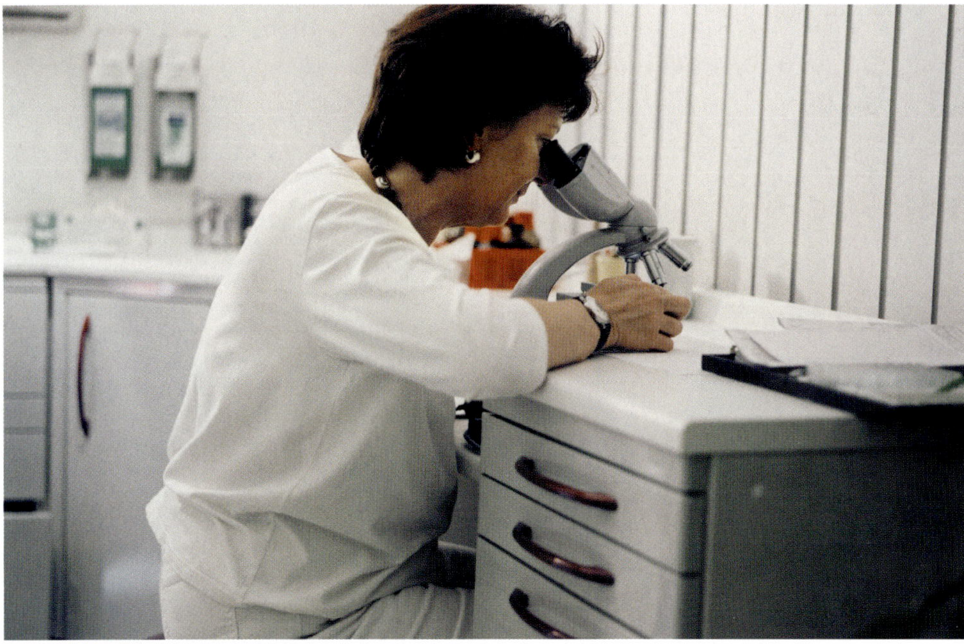

Nicht alles wird ins Labor geschickt. Bestimmte Abstriche sieht sich die Gynäkologin Greitzke unter dem Mikroskop selbst an.

neimittelkommission der deutschen Ärzteschaft empfehlen daher, Hormone nur noch zur Behandlung schwerer Wechseljahresbeschwerden einzunehmen (dann möglichst niedrig dosiert und möglichst kurz, bis zu einem Jahr), aber nicht mehr zur Prävention und nicht mehr als Ersatz für den natürlichen Hormonrückgang.
Damit könnte die Diskussion eigentlich beendet sein – wenn sich die Frauenärzte in Deutschland die neuen Erkenntnisse zu Herzen nehmen würden. Nach einer Studie des Wissenschaftlichen Instituts der AOK vom Sommer 2005 vertreten aber drei Viertel der deutschen Gynäkologen die Ansicht, dass »die Risiken der Hormontherapie überbewertet werden«. 43 Prozent meinen, dass in Deutschland zu wenige Frauen Hormone verordnet bekommen. Kein Wunder, dass der Rückgang der Verschreibungen mit nur knapp 30 Prozent im Vergleich zum Ausland erschreckend gering war.
Ein weiteres Ergebnis der AOK-Studie: Ältere, männliche Ärzte sind am resistentesten gegen die neuen Erkenntnisse. Eine andere Befragung ergab aber, dass sogar Frauenärztinnen, die selbst Hormone einnehmen, ihre Eigenbehandlung wesentlich seltener verändern als Frauen ohne medizinische Vorkenntnisse. Und

auch führende Vertreter gynäkologischer Berufsverbände stellen laut AOK-Studie die zweifelsfrei dokumentierte Nutzen-Risiko-Bilanz weiterhin infrage. Schlimmer noch: In einer 2004 veröffentlichten Informationsbroschüre für Patientinnen »werden Wechseljahrsbeschwerden stark betont und die Risiken heruntergespielt, um die breite Verschreibung von Hormonen fortsetzen zu können«, so die AOK-Studie. Der bittere Schluss: »Die bestehende Erkenntnis- und Empfehlungslage ist keineswegs in der therapeutischen Praxis verankert.«

Ein mögliches Motiv dafür liefert die Studie gleich mit: Bei der Frage, wo sich Gynäkologen im Jahr 2004 zur Hormontherapie weiter- oder fortgebildet haben, antworteten 42 Prozent mit »Veranstaltungen der Hersteller«, also der Pharmaindustrie. Cornelia Burgert vermutet einen zweiten Anreiz: »Wie bei der Pille kommen Hormonpatientinnen alle drei Monate für ein Rezept in die Praxis und lassen auch regelmäßig vaginalen Ultraschall durchführen. Fällt all dies weg, nehmen die Ärzte erheblich weniger ein.«

Die Frauenärztin Beate Greitzke kennt derlei Kritik, erlebt aber auch täglich Patientinnen, die an ihren Hormonen festhalten wollen, obwohl sie ihnen die Risiken ausführlich darlegt. »Ich will meinen Lebensstil nicht verändern«, sagt etwa die 59-jährige Paula Merz (Name geändert), die seit fünf Jahren Hormone einnimmt, weil ihr die ständigen Hitzewallungen unerträglich waren. Eine Argumentation, die Beate Greitzke trotz medizinischer Bedenken nachvollziehen kann – und die sie auch von jüngeren Frauen kennt, die stark rauchen, aber auf die Pille nicht verzichten wollen.

Wie Cornelia Burgert vom Berliner Frauengesundheitszentrum appelliert sie dann immer an die Eigenverantwortung der Frauen, an ihre Fähigkeit, den richtigen Weg für sich selbst zu finden. Und zwar mit einem Spruch, der Gynäkologen und Gesellschaft schon einmal aufgerüttelt hat: Überlegen Sie, was Sie tun. Ihr Bauch gehört Ihnen.

MEHR INFORMATIONEN

Literatur: Gabi Hoffbauer: »Gerne Frau! Mein Körper – meine Gesundheit«, Springer, 2005, 381 Seiten, 19,95 Euro. **Internet:** www.laralove.de (Herausgeber ist zwar der Pillenhersteller Grünenthal, aber die Infos für Teenager sind gut); www.ffgz.de (Portal des unabhängigen Feministischen Frauengesundheitszentrums Berlin e. V.); www.dr-claudia-schumann.de (Homepage der *stern*-Expertin)

Methoden-Check: Gynäkologie

Dr. Claudia Schumann, niedergelassene Frauenärztin und Mitglied im Arbeitskreis Frauengesundheit in Medizin, Psychotherapie und Gesellschaft e. V. (AKF), hat die gängigen Diagnose- und Behandlungsverfahren sowie häufig verordnete Arzneien auf der Basis der besten verfügbaren Studien bewertet.
* Mit einem Sternchen markierte Untersuchungen werden auf dem Spezialstuhl für gynäkologische Untersuchungen und Behandlungen durchgeführt (→ Grafik Seite 80/81).

Diagnosemethoden

Anamnese-Gespräch

Der Arzt oder die Ärztin erkundigt sich nach dem Anlass des Besuches, nach Menstruation und Schwangerschaft bzw. Verhütung, fragt nach akuten Beschwerden, nach Vorerkrankungen und Medikamenten sowie nach Beruf und Partnerschaft.
Experten-Einschätzung: Eine sorgfältige und möglichst einfühlsame Anamnese vor der körperlichen Untersuchung ist die Grundvoraussetzung für eine gute Behandlung.
Leistung der Gesetzlichen Krankenversicherung (GKV)

Abtasten des Bauchraums*

Beginn der allgemeinen gynäkologischen Untersuchung: Der Arzt tastet den Bauch und die Leisten ab. Bei diesem und allen folgenden Diagnoseverfahren sollte der Arzt genau erklären, was er macht.
Experten-Einschätzung: Sinnvoll, um bei unklaren Bauchschmerzen festzustellen, ob die Beschwerden eher im Ober- oder im Unterbauch liegen und ob die Lymphknoten in der Leiste geschwollen sind.
Leistung der GKV

Vulva-Untersuchung*

Der Arzt sieht sich die äußeren Geschlechtsorgane (Vulva) an.
Experten-Einschätzung: So können die Schleimhäute nach Auffälligkeiten (Rötung, Bläschen, Feigwarzen) abgesucht und Entzündungen erkannt werden.
Leistung der GKV

Bitte freimachen

Nicht nur junge Mädchen gehen manchmal mit gemischten Gefühlen zum Gynäkologen. Schließlich ist es hier nicht mit Ah-Sagen und Vorhusten getan. Nach dem ersten Gespräch entkleidet die Frau ihren Unterleib und legt sich auf den gynäkologischen Stuhl. Dann untersucht der Arzt mit verschiedenen Hilfsmitteln die Geschlechtsorgane oder den Fortgang einer Schwangerschaft.

Das Ultraschallprinzip

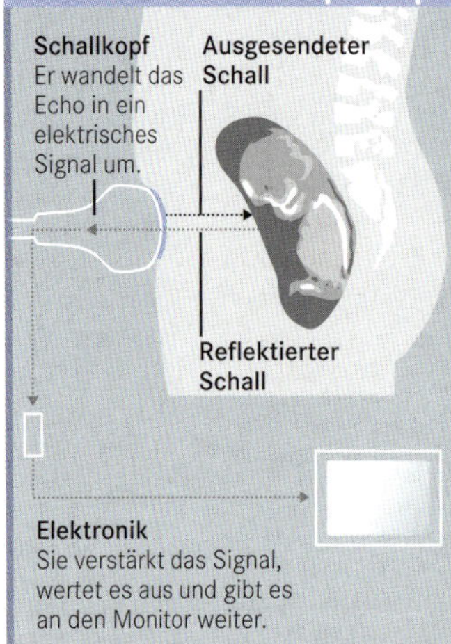

Der Schallkopf sendet Schallwellen jenseits unserer Hörschwelle aus und empfängt sie wieder. Stößt ein solcher Impuls auf einen Übergang zwischen unterschiedlichen Geweben oder Flüssigkeiten, wird der Impuls wie ein Echo reflektiert. Das Ultraschallgerät erarbeitet daraus ein bewegtes Bild. Flüssigkeiten mit nur geringem Echo wie Blut oder Urin sind auf dem Monitor schwarz, Knochen oder Gase mit starkem Echo sehen weiß aus. Gewebe wie Gebärmutter oder Leber sind in Grautönen dargestellt.

Hilfsmittel für die Untersuchung

14 Einmalhandschuhe
Sie sorgen bei der Untersuchung für die notwendige Hygiene.

15 Spekulum
Damit hält der Arzt die Scheide der Frau offen, sodass er den Gebärmuttermund untersuchen kann. Es gibt mehrere Modelle.

16 Dickes Wattestäbchen
zur Sekretentfernung

17 Dünnes Wattestäbchen
Damit entnimmt der Arzt Proben aus den Sekreten oder Zellen aus dem Gebärmuttermund und streicht sie auf dem Objektträger aus. Anschließend untersucht er sie unter dem Mikroskop.

18 pH-Wert-Indikatoren
Die Stäbchen messen den Säuregrad (pH-Wert) in der Scheide. Normal: etwa 4

19 Proberöhrchen
Damit entnimmt der Arzt Zellen oder Sekret und schickt die Proben zum Labor.

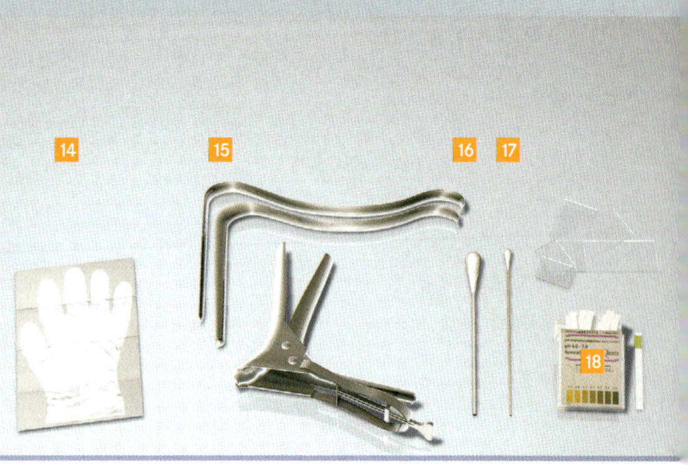

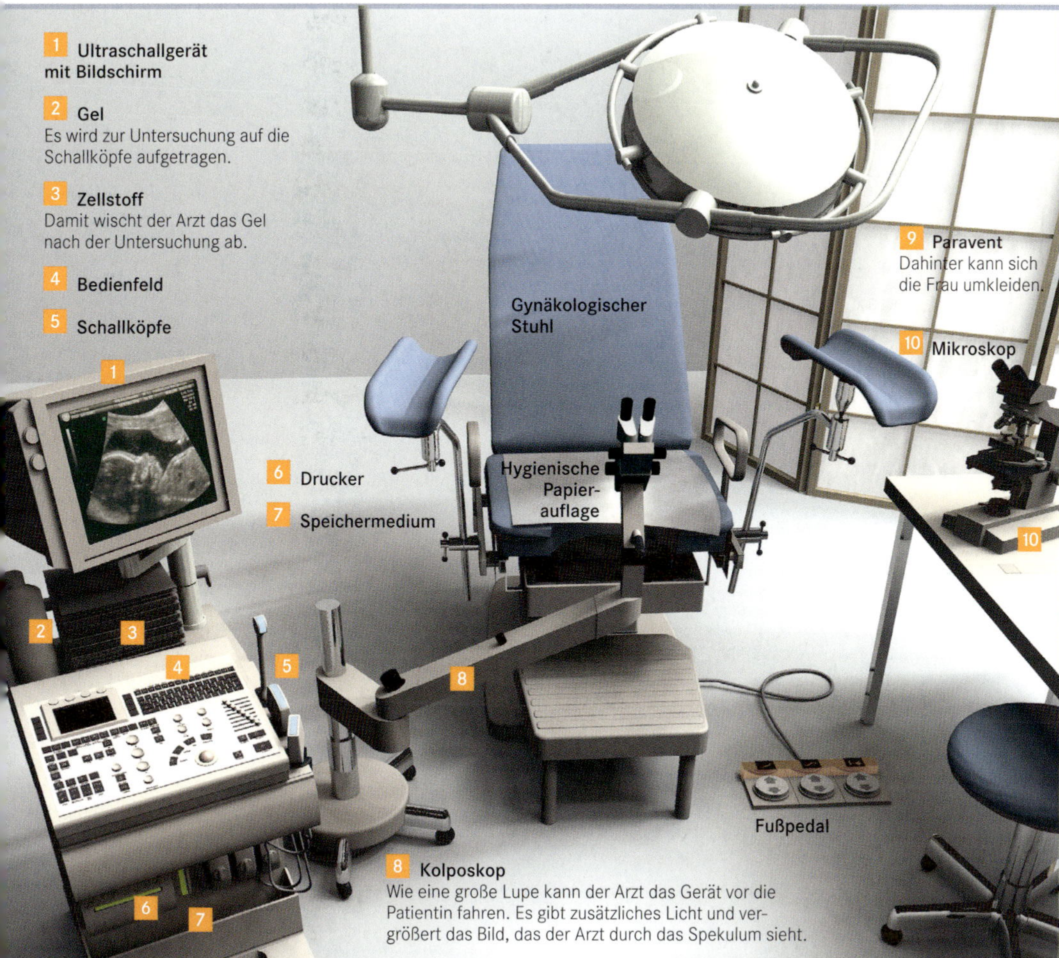

Schallköpfe

11 Sektorscanner
Er zeigt ein dreieckiges Bild. Der Arzt führt den Schallkopf in die Scheide ein und kann die Harnblase, die Eileiter, die Eierstöcke, die Gebärmutter und den dahinter liegenden so genannten Douglas'schen Raum erkennen. Bei Schwangeren liefert der Sektorscanner Detailbilder des ungeborenen Kindes.
Nachteil: Die Auflösung ist nahe am Schallkopf und in der Tiefe schlecht.

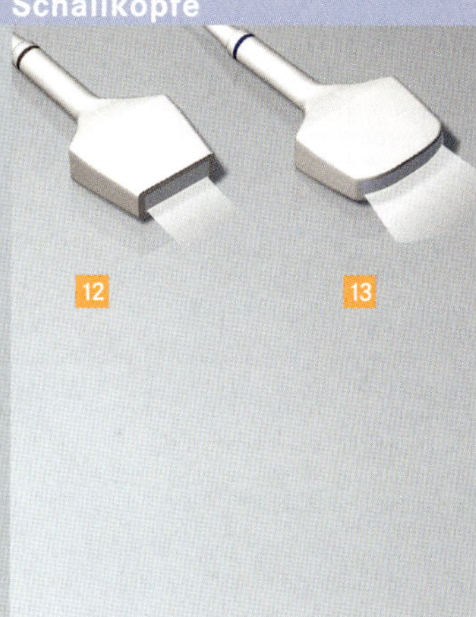

12 Linearscanner
Der Schall breitet sich parallel aus. Es entsteht ein rechteckiges Bild, das nur wenige Zentimeter in die Tiefe reicht. Damit untersucht der Arzt Gewebe unter der Haut wie das Drüsengewebe der Brust.

13 Konvexscanner
Er kombiniert beide Verfahren und verschafft dem Gynäkologen eine gute Übersicht, zum Beispiel über die Bauchorgane. Kann der Arzt den Sektorscanner nicht einsetzen, lassen sich Gebärmutter und Harnblase mit dem Konvexkopf betrachten. In der Schwangerschaft wird er ebenfalls häufig eingesetzt.

Spiegeluntersuchung*

Mit einem speziellen Instrument (Spekulum), das es in verschiedenen Größen gibt, wird die Scheide etwas aufgedehnt. Dann kann der Arzt die Scheideninnenwand sowie den Muttermund begutachten.

○ Experten-Einschätzung: Die Untersuchung ist Vorbedingung für die Entnahme des zytologischen Abstrichs und medizinisch sinnvoll, um zu klären, woher Ausfluss oder Blutungen stammen.
Leistung der GKV

Bimanuelle (= zweihändige) Tastuntersuchung*

Der Arzt legt eine Hand flach auf den Unterbauch der Frau, Zeige- und eventuell Mittelfinger der anderen Hand werden in die Scheide eingeführt. Dann können Gebärmutter und Eierstöcke zwischen den beiden Händen beurteilt werden.

○ Experten-Einschätzung: Sinnvoll, um Gebärmutter und Eierstöcke auf Größe, Beweglichkeit, Entzündungen oder andere Veränderungen zu prüfen. Bei dicken oder angespannten Frauen eventuell problematisch, da die Geschlechtsorgane sich schwerer ertasten lassen. Alternative: Ultraschalluntersuchung.
Leistung der GKV

Abstrichentnahme* (»Krebs-Früherkennungs-Abstrich«)

Mit einem Spatel und/oder einer Abstrichbürste entnimmt der Arzt einen Abstrich vom Gebärmutterhals. Die Proben werden dann im Labor auf Zellveränderungen untersucht (so genannter Pap-Test, benannt nach dem Mediziner Papanicolau).

○ Experten-Einschätzung: Ein jährlicher Abstrich ist Standard der Krebsfrüherkennungsrichtlinien seit 1971. Er ermöglicht es, Zellveränderungen am Gebärmutterhals früh zu erkennen und darauf zu reagieren (→ den Abschnitt »Konisation« auf Seite 90). Neuere evidenzbasierte Studien zur Frage, wie häufig ein Abstrich entnommen werden muss, um die Sterblichkeit zu reduzieren, liegen jedoch nicht vor.
Leistung der GKV

Abstrich aus dem Scheidensekret*

Der Arzt entnimmt den Abstrich mit einem Wattetupfer und beurteilt ihn unter dem Mikroskop.

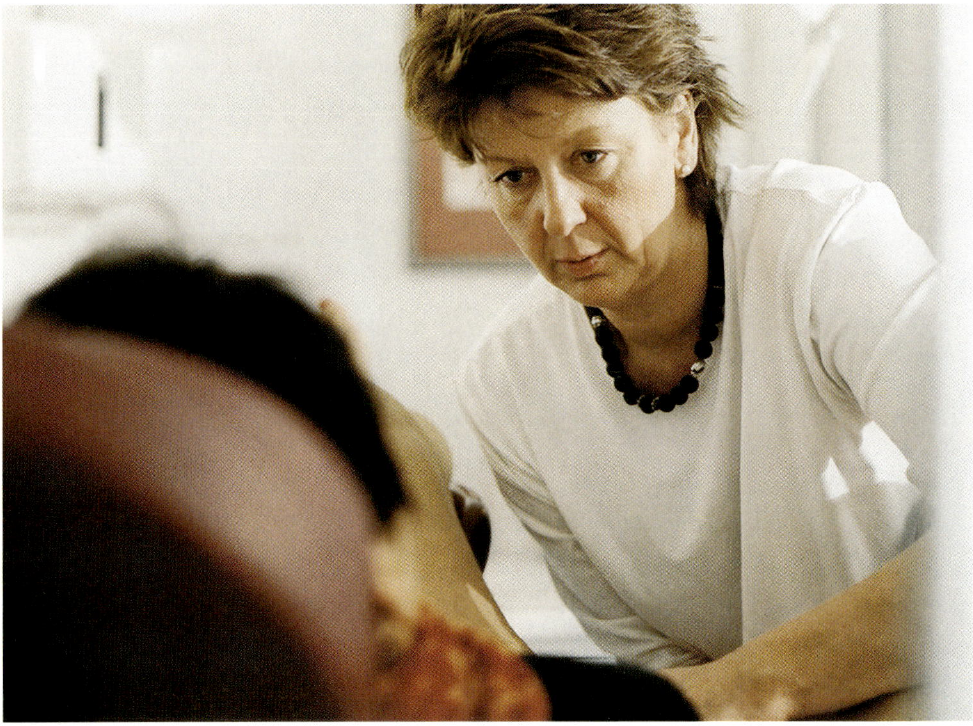

Die Berliner Gynäkologin Beate Greitzke bei einer Tastuntersuchung des Unterleibs.

Experten-Einschätzung: Medizinisch sinnvoll bei Ausfluss und Verdacht auf Infektion der Scheide (Aminkolpitis, Pilz, Trichomonaden).
Leistung der GKV

Spezialabstrich Chlamydien*

Abstriche vom Muttermund und/oder der Harnröhre mit anschließender Laboranalyse
Experten-Einschätzung: Sinnvoll und notwendig bei Unterleibsbeschwerden, Ausfluss und Zwischenblutungen. Chlamydien werden sexuell übertragen, können schwere Entzündungen hervorrufen und zu Unfruchtbarkeit führen. Wenn sie früh erkannt wird, ist die Entzündung wirksam zu behandeln und bleibt ohne Spätfolgen!
Leistung der GKV, sofern Symptome vorhanden.
Ohne Symptome (z. B. bei neuem Partner) zahlt die Patientin selbst. Es handelt sich dann um eine so genannte »Individuelle Gesundheitsleistung«, kurz: IGeL.

Spezialabstrich auf Human-Papilloma-Viren (HPV)*

Abstrich vom Muttermund mit anschließender Laboranalyse

Experten-Einschätzung: Mit HPV ist jede zweite Frau unter 30 vorübergehend infiziert, die Übertragung geschieht fast ausschließlich durch Sex. Das Virus lässt sich nicht bekämpfen, die Infektion heilt aber meist schnell aus.

Sehr selten entwickelt sich aus der Infektion Gebärmutterhalskrebs, aber es gilt auch: Ohne HPV-Infektion kein Zervixkarzinom! Wenn es bei einem Pap-Abstrich zu einem auffälligen Ergebnis kommt, ist es deshalb altersunabhängig sinnvoll, einen HPV-Abstrich durchzuführen, der dann erkennen lässt, ob ein »aggressiver« Typ von HPV vorliegt und ob deshalb möglicherweise eine Gewebeprobe entnommen werden sollte.

Außerdem gilt: Für ältere Frauen kann der HPV-Test zusammen mit dem Pap-Abstrich ausgesprochen sinnvoll sein. Wenn beide unauffällig sind, kann innerhalb der nächsten etwa fünf bis sechs Jahre kein Zervixkarzinom auftreten. Bei jüngeren Frauen mit unauffälligem Pap-Test ist der Sinn des HPV-Tests wegen der hohen (vorübergehenden) Infektionsrate sehr fraglich. Ihnen macht man nur unnötig Krebsangst.

Bei auffälligem Pap-Test Leistung der GKV, sonst IGeL

Ultraschalluntersuchung (Sonografie)*

Der Arzt untersucht die inneren Geschlechtsorgane entweder durch die Bauchdecke oder mittels einer Ultraschallsonde durch die Vagina.

Experten-Einschätzung: Ist sinnvoll, um Schmerzen oder Auffälligkeiten beim Tastbefund abzuklären, oder wenn die bimanuelle Untersuchung kein sicheres Ergebnis ergibt. Als Routine-Screening zur Krebsfrüherkennung ist die Methode nicht geeignet: Bisherige Studien belegen nicht, dass so die Früherkennung schwerer Krebserkrankungen verbessert und die Sterblichkeit reduziert wird – auch wenn eine Frau im Einzelfall durchaus profitieren kann.

Bei Beschwerden oder Auffälligkeiten Leistung der GKV, als »Krebsvorsorge plus« IGeL

Brust abtasten

Die Frau steht mit den Händen in den Hüften und hebt dann die Arme nach oben. Der Arzt beobachtet die Hautelastizität und tastet dann systematisch die Brüste und das Lymphgewebe in den Achselhöhlen ab.

Experten-Einschätzung: Praxis ab dem 30. Lebensjahr – wobei letztlich nicht bewiesen ist, ob sich die Chancen für eine Früherkennung von Brustkrebs wirklich verbessern. Auch ein Rückgang der Sterblichkeit ist nicht belegt.
Leistung der GKV

Mammografie

Die Brust wird vorsichtig, aber fest zwischen zwei Platten zusammengedrückt und dann geröntgt, von oben und schräg von der Seite.
Experten-Einschätzung: Zur Abklärung eines auffälligen Knotens ist eine Mammografie auf jeden Fall sinnvoll.
Als Routineuntersuchung vor den Wechseljahren ist der Nutzen der Mammografie fraglich; eine Senkung der Brustkrebssterblichkeit konnte bisher nicht eindeutig nachgewiesen werden. Ausnahme: bei genetischer Vorbelastung.
Für Frauen zwischen 50 und 70 haben skandinavische Studien eindeutig ergeben: Vorsorgliche Mammografie kann Leben retten. Von 1000 Frauen zwischen

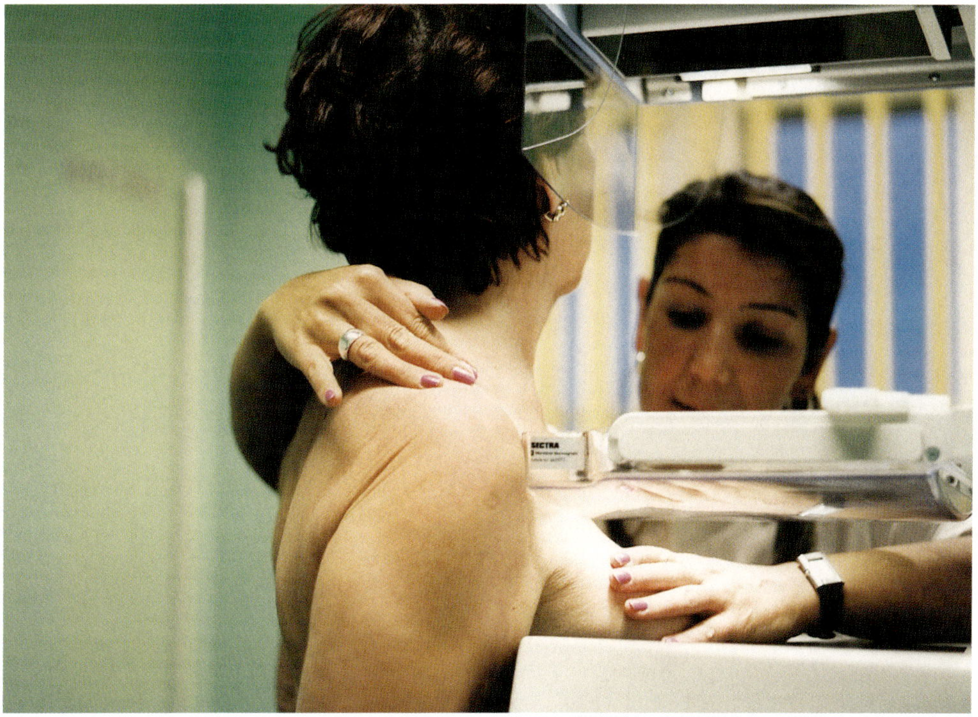

Für eine Mammografie wird die Brust zwischen zwei Platten zusammengedrückt und dann geröntgt.

50 und 70 Jahren sterben innerhalb von zehn Jahren acht an Brustkrebs. Wird alle zwei Jahre eine Mammografie durchgeführt, können von 1000 Frauen etwa zwei vor dem Brustkrebstod gerettet werden. Auch wenn es fälschlicherweise zu positiven Befunden (mit allen Folgen bis hin zur Biopsie) kommen kann, ist die Untersuchung in dieser Altersgruppe sinnvoll. Bei Frauen mit sehr dichtem Drüsenkörper oder Brustimplantaten sowie bei Frauen, die Hormone einnehmen, ist die Beurteilung von Mammografieaufnahmen allerdings schwieriger. Zusätzliche Ultraschalluntersuchungen sind sinnvoll.
Bei der Früherkennung sollten gemäß den europäischen Richtlinien Aufnahmen immer von zwei erfahrenen Fachärzten (müssen mindestens 5000 Aufnahmen pro Jahr befundet haben) unabhängig voneinander beurteilt werden. Es gibt keine eindeutige Studienlage zu den Risiken, durch Röntgenstrahlung an Brustkrebs zu erkranken.
Bislang bezahlt die GKV die Mammografie unabhängig vom Alter nur zum Abklären verdächtiger Veränderungen sowie bei familiärer Vorbelastung. Gesetzlich vorgesehen ist, dass künftig alle Frauen zwischen 50 und 69 Jahren das Angebot bekommen, sich alle zwei Jahre kostenlos in speziellen Zentren röntgen zu lassen (so genanntes Mammografie-Screening). Die Umsetzung läuft jetzt langsam an (→ auch Seite 74, letzter Absatz).

Ultraschalluntersuchung der Brust

Der Arzt fährt mit einer Ultraschallsonde systematisch über die Brust (→ Grafik Seite 80/81).
○ Experten-Einschätzung: Sinnvoll, wenn nach dem Abtasten ein Verdacht auf Zysten oder Abszesse besteht oder zur Verlaufskontrolle bei bindegewebigen Knoten. Ob durch vorsorglichen Ultraschall die Brustkrebssterblichkeit gesenkt werden kann, ist nicht ausreichend belegt.
Bei auffälligem Tastbefund Leistung der GKV, ansonsten IGeL

Stanzbiopsie aus der Brust

Brustgewebe wird mit einer dicken Nadel unter örtlicher Betäubung entnommen.
○ Experten-Einschätzung: Studien belegen: Sinnvoll, um vor einer eventuellen Operation zu prüfen, ob ein verdächtiger Röntgen- oder Ultraschallbefund tatsächlich bösartig ist.
Leistung der GKV

Bauchspiegelung (Laparoskopie)

Ambulante Operation, bei der die Bauchhöhle durch den Bauchnabel (minimalinvasiv) mit Hilfe einer Mini-Kamera (Endoskop) untersucht wird.

○ Experten-Einschätzung: Sinnvolle und schonende Methode, um Schmerzen abzuklären, Verwachsungen zu lösen, Zysten oder Myome zu entfernen oder bei Verdacht auf Endometriose (Wucherung von Gebärmutterschleimhaut außerhalb der Gebärmutter, häufig Ursache für Schmerzen oder Sterilität).

Leistung der GKV

Bestimmung von Tumormarkern

Laboruntersuchung nach Blutabnahme

○ Experten-Einschätzung: Ungeeignet zur Krebsfrüherkennung. Nach einer Krebserkennung (vor allem am Eierstock) kann die Bestimmung im Einzelfall sinnvoll sein, dann zahlen die Krankenkassen die Untersuchung.

Als Früherkennungsmethode IGeL

Allgemeine Schwangerschaftsvorsorge

Drei Ultraschalluntersuchungen sind laut Mutterschaftsrichtlinien Standard. Um die 10. Woche: Herzaktion, Zwillinge?, Terminfestlegung; um die 20. Woche: so genannter Organultraschall zur Beurteilung der inneren Organe, Proportionen von Körper und Kopf, Lage der Plazenta; um die 30. Woche: Wachstum, Lage des Kindes. Es werden oft zusätzliche Ultraschalluntersuchungen als IGeL angeboten und auch gewünscht (z.B. dreidimensionaler Ultraschall).

○ Experten-Einschätzung: Durch Ultraschall kann der Arzt eine Fehlbildung erkennen und das Wachstum des Kindes beurteilen. Mehr als die drei in den Mutterschaftsrichtlinien vorgesehenen Ultraschalluntersuchungen sind bei normalem Schwangerschaftsverlauf jedoch weder notwendig noch sinnvoll.

Die drei Standarduntersuchungen sind Leistungen der GKV, außerdem weitere Kontrollen bei Auffälligkeiten (dafür ist es sinnvoll, einen Ultraschallspezialisten aufzusuchen). Zusatzultraschall auf Wunsch (»Babyfernsehen«) = IGeL

Doppler-Ultraschall

Der Arzt untersucht per Spezialultraschall, ob die Blutzufuhr zum Kind ausreicht.

○ Experten-Einschätzung: Sinnvoll in der späteren Schwangerschaft, wenn das Kind zu klein erscheint und/oder die Frau schon einmal ein Kind wegen Mangel-

ernährung verloren hat, außerdem bei Bluthochdruck oder Diabetes. Mögliche Konsequenz: Geburtseinleitung vor dem errechneten Termin.
Bei Indikation Leistung der GKV

Tests auf Fehlbildungen/Chromosomenanomalien

Untersuchungen zur Abklärung, ob eine schwere Behinderung/Chromosomenstörung vorliegt. Vor jeder Untersuchung ist eine Beratung über mögliche Konsequenzen eines auffälligen Befunds sehr wichtig.

1. Triple-Test und Erstsemester-Screening

Untersuchung von drei Blutwerten bzw. Messen der Nackenfalte per Ultraschall plus Blutuntersuchung
○ Experten-Einschätzung: Beide Methoden liefern nur Risikoberechnungen für das Down-Syndrom und einige andere Auffälligkeiten, keine exakten Aussagen. Für Frauen über 35 Jahre kann die Untersuchung eventuell die Entscheidung für oder gegen eine Fruchtwasseruntersuchung erleichtern. *IGeL*

2. Fruchtwasserpunktion

Durch die Bauchdecke der Schwangeren entnimmt der Arzt mit einer Hohlnadel etwas Fruchtwasser aus der Fruchtblase, daraus werden im Labor kindliche Chromosomen gewonnen und untersucht.
○ Experten-Einschätzung: Mit der Untersuchung werden die Chromosomen eindeutig dargestellt. Chromosomenanomalien lassen sich mit ihr sicher ausschließen oder diagnostizieren. Sie sagt jedoch nichts darüber, wie stark ein Kind tatsächlich beeinträchtigt sein würde. Das Risiko einer Fehlgeburt nach der Punktion beträgt etwa ein Prozent! Die Entscheidung über das Austragen oder einen eventuellen Abbruch der Schwangerschaft kann sehr belastend sein. *Bei Schwangeren über 35 oder nach Auffälligkeiten beim Triple-Test GKV-Leistung, andernfalls IGeL*

Bestimmung des Hormonspiegels im Blut in den Wechseljahren

○ Experten-Einschätzung: Das Ergebnis hat keine Konsequenz, da die Entscheidung für oder gegen eine Hormonbehandlung nicht vom Blutspiegel, sondern von den Beschwerden abhängt. Daher nicht sinnvoll.
IGeL

Behandlungsmethoden

Beratung

Gespräch über alle anliegenden Fragen und eventuelle weitere Untersuchungen oder Behandlungen, bei dem die Schwerpunkte je nach Bedarf oder Befund gesetzt werden.

Experten-Einschätzung: Aufklärung und Beratung gehören zu den wichtigsten Aufgaben des Arztes! Stellen Sie bei Bedarf Fragen über die verschiedenen Phasen des Frauenlebens, über körperliche Veränderungen, gesunde Lebensführung oder Sexualität. Sie können sich auch einen Termin nur zur Beratung (ohne Untersuchung) geben lassen.

Leistung der GKV

Laparoskopische Entfernung von Myomen

Ambulante Operation, bei der Myome minimalinvasiv durch die Bauchdecke aus der Gebärmutter entfernt werden.

Experten-Einschätzung: Myome kommen häufig vor und sind meist harmlos. Eingriffe sind nur notwendig, wenn das Myom starke Blutungen auslöst,

Frauenärztinnen und -ärzte brauchen viel kommunikatives Geschick, um ihre Patientinnen einfühlsam beraten zu können – und ein gutes Praxisteam.

schmerzt, auf Blase oder Darm drückt oder eine erwünschte Schwangerschaft behindert. Die Laparoskopie hat sich als weniger belastend als die Bauchschnitt-OP erwiesen, ist aber nicht in allen Fällen geeignet, z. B. nicht, wenn die ganze Gebärmutter von großen Myomen durchsetzt ist.
Leistung der GKV

Konisation

Auch ambulant durchgeführte Operation, bei der ein kegelförmiges Gewebestück aus dem Muttermund geschnitten wird.
○ Experten-Einschätzung: Sinnvolle Standardbehandlung bei beginnendem Krebs am Gebärmutterhals.
Leistung der GKV

Chirurgischer Schwangerschaftsabbruch

Innerhalb der ersten zwölf Wochen nach der Empfängnis kann die Frau entscheiden, die Schwangerschaft abzubrechen, sofern eine Beratung über Alternativen und über Methoden des Schwangerschaftsabbruchs durch eine anerkannte Stelle erfolgt und bescheinigt ist.
Meist saugt der Arzt dazu das Schwangerschaftsgewebe aus der Gebärmutter ab, nachdem vorher der Muttermund etwas aufgedehnt wurde.
○ Experten-Einschätzung: Eine sorgfältige Behandlung birgt medizinisch kaum Risiken, eine Nachuntersuchung sollte innerhalb von 10 bis 14 Tagen mögliche gesundheitliche Komplikationen (Entzündung, Rückstände in der Gebärmutter) ausschließen.
Bei medizinischer oder kriminologischer Indikation Leistung der GKV; bei Frauen mit geringem Einkommen übernehmen die Länder die Kosten.

Medikamentöser Schwangerschaftsabbruch

Die Schwangere nimmt das Hormonpräparat RU486 (Mifepriston) und zusätzlich Prostaglandin ein. Nach zwei bis drei Tagen stirbt der Embryo ab und wird abgestoßen. Bis zum Ende der siebten Woche möglich.
○ Experten-Einschätzung: Die Behandlung birgt medizinisch kaum Risiken, eine Nachuntersuchung sollte unbedingt die Wirksamkeit überprüfen. Sinnvolle Alternative für Frauen, die keinen operativen Eingriff wollen.
Kostenübernahme: → »Chirurgischer Schwangerschaftsabbruch«

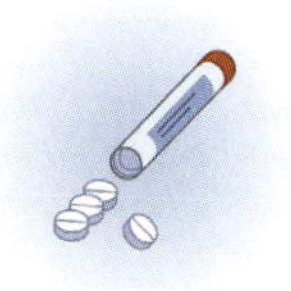

Medikamente

Hormonelle Verhütungsmittel

Sie können geschluckt, gespritzt oder über die Haut aufgenommen werden. Unterschieden werden Kombinationspräparate (enthalten Östrogen und Gestagen, z.B. Mikropille oder Vaginalring) und gestagenhaltige Präparate (wie die Minipille, Gestagenstäbchen oder Dreimonatsspritzen).

Experten-Einschätzung: Hormonelle Verhütungsmittel sind sehr sicher, das Risiko von Thrombosen und Embolien steigt normalerweise nur minimal. Bei Raucherinnen ist der Anstieg jedoch deutlich (bei über 35-Jährigen um das 20-Fache!); Frauen, die bereits eine Thrombose hatten, dürfen keine hormonellen Verhütungsmittel einnehmen. Vorsicht ist auch bei Dreimonatsspritzen geboten: Nach dem Absetzen ist der Zyklus oft lange gestört, außerdem wird ein erhöhtes Osteoporoserisiko diskutiert. Einmal im Jahr zum Frauenarzt!

Bis zum 20. Lebensjahr zahlt die GKV die Verhütungskosten, danach Privatrezept

Hormontherapie in den Wechseljahren

Es werden Östrogen-Gestagen-Kombi-Präparate oder reine Östrogenmedikamente gegen Wechseljahresbeschwerden angeboten.

Experten-Einschätzung: Die Therapie vermindert Wechseljahresbeschwerden relativ zuverlässig. Reine Östrogenpräparate sind nur für Frauen geeignet, denen die Gebärmutter entfernt wurde (sonst erhöhte Gefahr von Gebärmutterkrebs). Bei Östrogen-Gestagen-Kombinationen steigt - wenn auch nur gering - das Risiko für Brustkrebs, Herzinfarkt, Schlaganfälle und Venenthrombosen. Sie sind generell nicht zur Prävention geeignet. Frauen sollten informiert werden und selbst entscheiden, ob ihre Beschwerden so stark sind, dass sie eine Hormonbehandlung brauchen. Alle sechs Monate sollte die Indikation sowie die Dosis überprüft werden. Je geringer die Dosis und je kürzer die Nutzung, umso besser.

Leistung der GKV

Traubensilberkerzen-Präparate gegen Wechseljahresbeschwerden

Naturheilmittel in verschiedenen Darreichungsformen

Experten-Einschätzung: Effekte bei leichten Wechseljahresbeschwerden sind nachgewiesen, über die Ungefährlichkeit bei längerer Einnahme oder nach Brustkrebs gibt es keine ausreichenden Studien.

Leistung der GKV

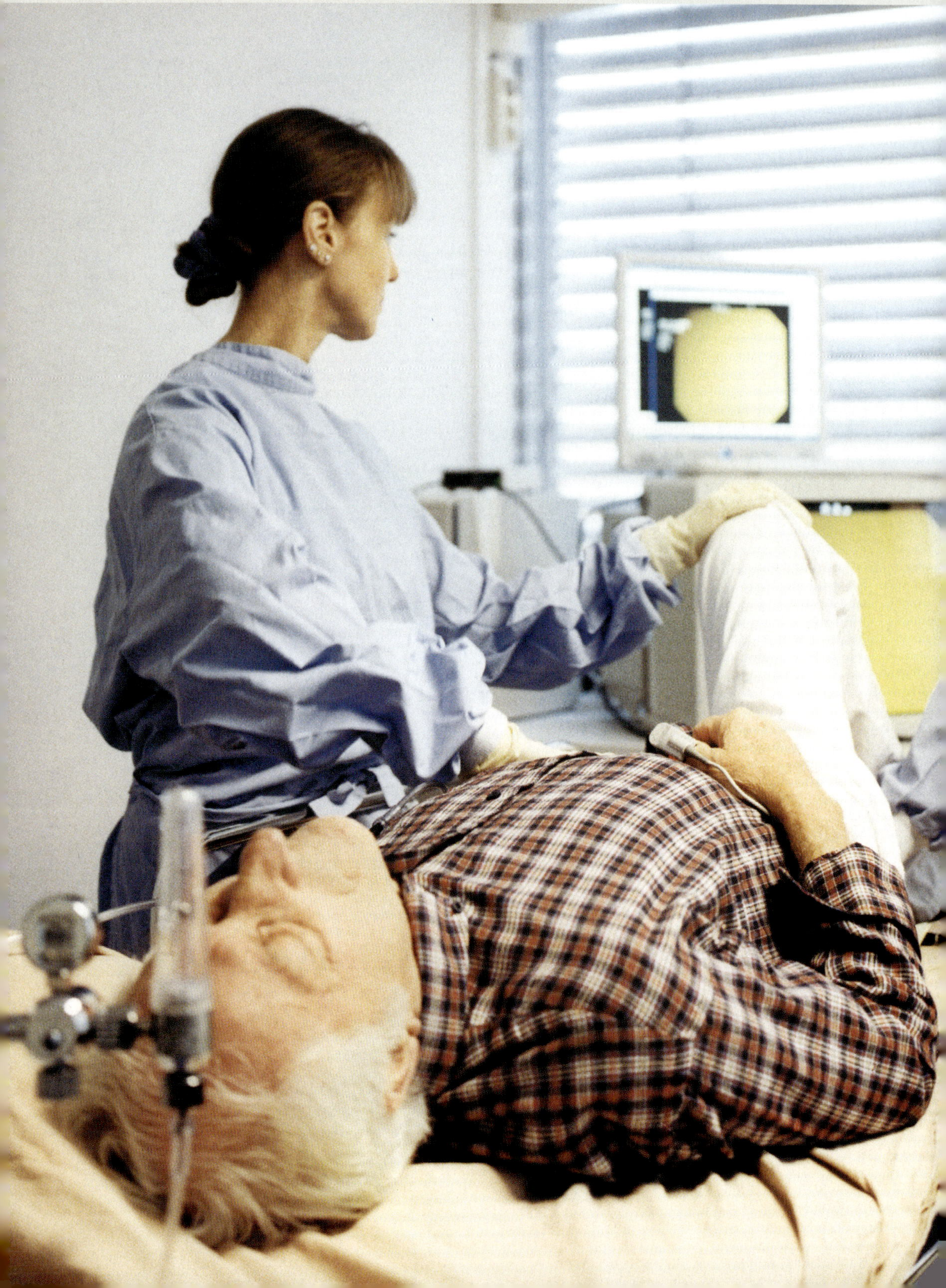

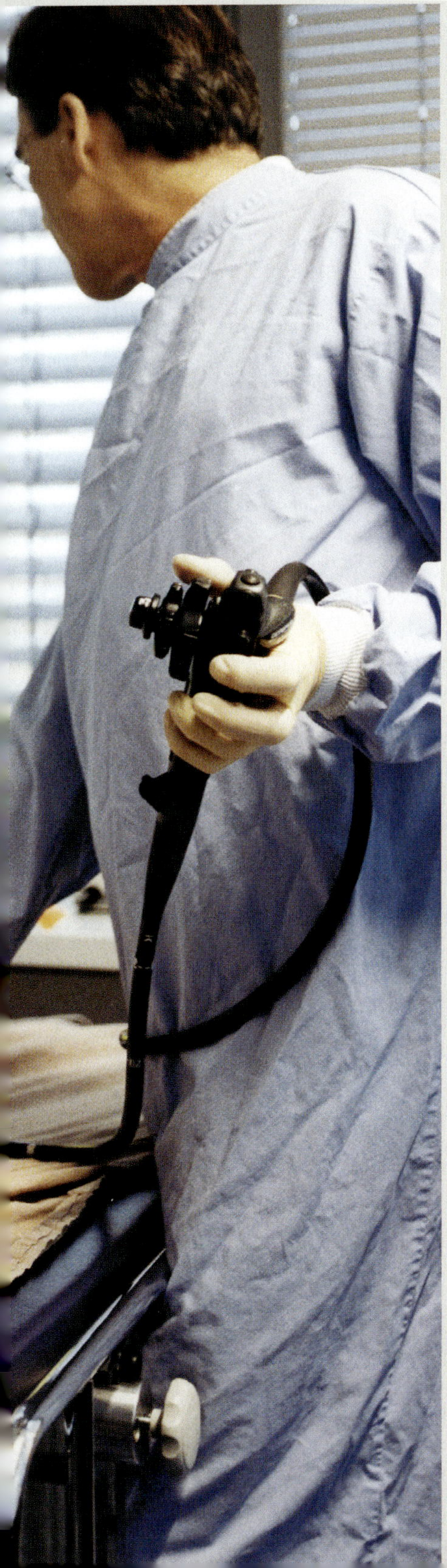

Mit dem Schlauch in den Bauch

Am Anfang war der Wurm, die Grundkonstruktion für alle höheren Tiere: ein Rohr in der Mitte, mancherlei Zubehör rundherum. Wenn es in dieser Röhre zwackt, gibt es jede Menge Kummer – egal ob für kleine Erdwühler oder starke Kerle. Gastroenterologen helfen: Sie sind die Kanalarbeiter unter den Ärzten und sehen tief ins Innere.

Der Freiburger Facharzt Prof. Martin Rössle führt bei Berthold Ruch eine Dickdarmspiegelung durch. Auf Monitoren betrachtet er Bilder, die eine Kameraoptik an der Spitze seines Endoskops aufnimmt. In der Hand hält er dessen Bedienteil. Assistentin Annette Gündel hilft, der Patient ist mit Medikamenten gegen Aufregung und Schmerzen vorbehandelt worden.

Die Reise wird ganz oben beginnen, in einem feuchten Gewölbe mit niedrigen Decken, in das nur selten Licht fällt. Dann geht es scharf um die Ecke und gleich darauf hinunter in einen engen, steilen Schlund. Etwa 25 Zentimeter weiter wird eine größere Höhle in Sicht kommen, mit lang gestreckten Schluchten und Anhöhen: das Ziel des Ausflugs.

Um die Tour zu erleichtern, sprüht eine Arzthelferin der Patientin Hilda Wimmer eine Lösung in den Mund, die den Rachen betäubt. Denn die Reise führt durch Wimmers Körper. Vom Mund über den Rachen in die Speiseröhre, dann in den Magen und den Anfang des Dünndarms wird der Arzt Martin Rössle gleich einen fingerdünnen schwarzen Schlauch schieben, an dessen Ende sich eine Kameraoptik befindet und ein Licht, das deren Blickfeld ausleuchtet. Auf einem Monitor wird Rössle die übertragenen Bilder aus dem Körper genau betrachten.

Mit dieser Magen-Darm-Spiegelung hofft der Mediziner, eine Erklärung zu finden für die ungewöhnlichen Beschwerden seiner Patientin: Schon seit sieben Jahren muss sie immer wieder plötzlich erbrechen und sackt danach ohnmächtig zusammen. Bis heute hat niemand die Ursache entdeckt, nun spürt Rössle ihr nach,

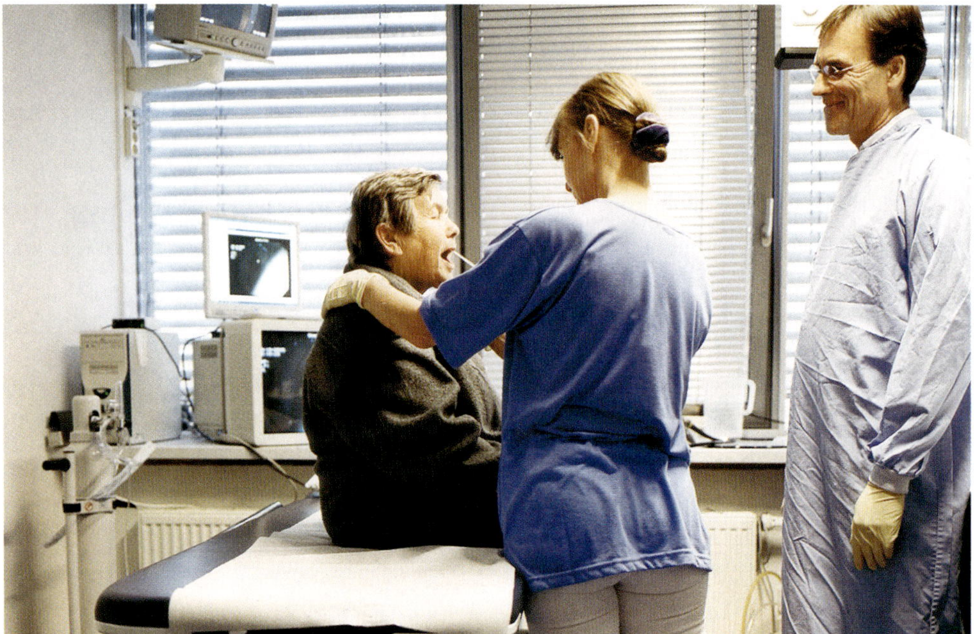

Gleich geht's los: Hilda Wimmer bekommt noch eine Betäubungslösung in den Rachen gesprayt. Dann werden ihr Martin Rössle und Annette Gündel in den Magen blicken.

auch deshalb, weil in letzter Zeit die abrupten Bewusstlosigkeiten häufiger auftraten. Erkennbar ist das an Hilda Wimmers linkem Auge, das blaugrün angelaufen ist nach dem letzten Sturz.
Rössles Reich beginnt in der Speiseröhre. Mund und Rachen sind nur Transitstrecke. Denn der Professor ist Fachmann für Leber- und Magen-Darm-Krankheiten. Mehr als 600 Ärzte seiner Fachrichtung haben 2004 in deutschen Praxen mit Ultraschall Gallenblasen untersucht, mit ihren Händen Bäuche abgetastet und Lebern mit Nadeln Proben entnommen. Und vor allem haben sie gespiegelt, laut Kassenärztlicher Bundesvereinigung 1,7 Millionen Mal per Gastroskopie in den Magen geschaut, ebenso oft den gesamten Dickdarm und 800000-mal Teile davon per Endoskop betrachtet.
Rössle und seine beiden Praxis-Kollegen Michael Huber und Volker Siegerstetter waren bis vor vier Jahren an der Universitätsklinik Freiburg tätig. Alle drei sind Fachärzte für Innere Medizin mit dem Schwerpunkt Gastroenterologie. Um sich so nennen zu dürfen, mussten sie, als sie bereits Fachärzte für Innere Medizin waren, im Laufe ihrer zweijährigen Weiterbildung unter anderem mindestens 200 Darmspiegelungen durchführen und 400 Ultraschalluntersuchungen des Bauches. Sie haben in dieser Zeit wenigstens 50 Patienten mit Tumoren im Magen-Darm-Trakt behandelt und fünf ausführlich begründete Gutachten geschrieben.

Der Alltag eines Gastroenterologen

Die meisten Patienten kommen auf Überweisung in die Gemeinschaftspraxis. Anlass sind oft unerklärliche Bauchschmerzen. Einige Klienten fallen ihrem Hausarzt wegen erhöhter Leberwerte auf oder durch den Hämoccult-Test, der verstecktes Blut im Stuhl nachweist. Am Anfang stehen viele Fragen: Wie geht es Ihnen? Welche Beschwerden haben Sie? Wie und wann äußern sie sich? An diese so genannte Anamnese schließt sich eine körperliche und dann oft eine technische Untersuchung an: Sonografie, Gastroskopie, Sigmoidoskopie, Koloskopie, Blutuntersuchungen, Leberpunktion und manche Spezialuntersuchung führen die drei Ärzte durch – die ganze Bandbreite der gastroenterologischen Diagnostik (→ »Methoden-Check« ab Seite 103).
Auf Rössle wartet ein blasser Mann Mitte 30. Klein und schmächtig ist er, fast ausgemergelt, mit verwuschelten Haaren, als wäre er gerade erst aufgestanden. Er leidet an einer chronisch entzündlichen Darmerkrankung, einer Colitis ulcerosa. Sie treibt ihn nachts alle zwei Stunden auf die Toilette. Es gehe ihm schlechter

in den letzten Wochen, erzählt er. Nur noch 56 Kilogramm wiegt er inzwischen, bei einer Körpergröße von 1,76 Meter. Rössle will den Grund finden.
Ultraschall durchdringt dabei den Bauchraum und zeigt an einem Monitor zweidimensional Leber, Gallenblase, Nieren, Teile von Magen und Darm und die Bauchspeicheldrüse – im Idealfall. Denn überlagert Luft oder zu viel Fettgewebe die Organe, ist von ihnen oft wenig zu sehen. Begleitet wird die Untersuchung dann gelegentlich von leisen Flüchen des Arztes wie »Die Leber ist einfach nicht richtig einzustellen«. In solchen Situationen unterscheidet den Arzt nicht viel vom Taxifahrer, der sich über Baustellen ärgert – sie stören, das Ziel erreicht er trotzdem.
Rössle kann auf dem Monitor des Sonografiegeräts zwar alle Organe des schmächtigen Mannes erkennen, aber nicht, warum es ihm schlechter geht. Wieder und wieder gleitet der Ultraschallkopf über den Bauch. Doch dann erkennt er verdickte Dickdarmabschnitte, die eine akute Entzündung anzeigen. Der Patient ist erleichtert: Der Professor hat ihm bestätigt, dass seine Beschwerden echt sind.

Nur bei konkretem Verdacht untersuchen

Die Sonografie ist eine einfache, harmlose und effektive Methode, Krankheiten aufzuspüren. Aber sie kann auch Probleme machen. Dann nämlich, wenn der Anlass für die Untersuchung allein »Routine« ist, wenn es also keinerlei Symptome gibt, die einen Ultraschall-Check rechtfertigen. Findet der Arzt daraufhin Steine in der Gallenblase, folgt oft die Frage, ob der Patient denn auch Beschwerden habe. Mag der das in diesem Moment vielleicht noch verneinen, wird er beim nächsten Bauchzwacken sicher an seine Gallensteine denken. Und seinem Doktor bei Gelegenheit davon berichten. Ganz schnell wird so aus einem harmlosen, nicht krankhaften Befund eine Diagnose: »symptomatische Cholelithiasis« – eine Kolik durch Steine in der Galle. Zu einer Entfernung der Steine per Operation ist es dann manchmal nicht mehr weit. Obwohl die gar nicht nötig gewesen wäre, wenn der Patient nicht auf die blinden Passagiere in der Galle aufmerksam gemacht worden wäre: »Wenn er keine Beschwerden hat, lässt man die Gallensteine besser drinnen – das ist in Studien klar gezeigt worden«, sagt der Gastroenterologe Yngve Falck-Ytter, Professor an der Case Western Reserve University in Cleveland.
Es ist wie immer in der Medizin: Nicht der Arzt ist der beste, der am meisten macht. Vielmehr zeichnet sich derjenige aus, der sich zurückhält und erst dann tätig wird, wenn es wirklich nötig ist. Denn fast jede Untersuchung hat, wie auch jede Therapie, potenziell nachteilige Folgen, seien es Operationen, die überflüssig

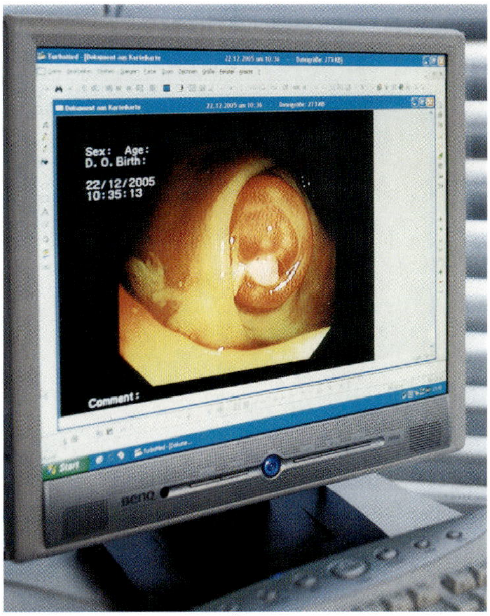

Manchmal bringt eine Dickdarmspiegelung Außergewöhnliches zutage: Hier zeigt sich überraschend eine Blinddarmentzündung.

Alles im Griff – sämtliche Bedienungselemente des Gastroskops sind benutzerfreundlich zusammengefasst.

sind, oder Ängste beim Patienten. Ihr Nichtstun müssen die Ärzte allerdings gut erklären und begründen, denn viele gehen mit der Erwartung zum Arzt, dass der auch etwas unternimmt.

Ob man denn nicht bald wieder eine Spiegelung machen könne, um zu schauen, wie sich die Krankheit entwickelt habe, fragt denn auch der junge Patient. Rössle wehrt sanft ab und erklärt ihm, dass die vorige Untersuchung nicht allzu lange her sei und noch nicht wiederholt werden müsse. Er stellt den Patienten auf ein anderes Medikament um und verabredet einen neuen Termin mit ihm.

Vom abgedunkelten, fast gemütlichen Ultraschallzimmer geht Rössle dann in einen Raum mit Linoleumboden, ein paar Apparaturen am Rand und einer Liege in der Mitte: Der Endoskopieraum hat die Anmutung eines Operationssaals. Berthold Ruch liegt bereit für eine Koloskopie, eine große Dickdarmspiegelung. Der 71-Jährige hat seine Hose gegen die Spezialanfertigung aus der Praxis getauscht, die den Schlitz nicht vorn hat, sondern hinten. Eine Kanüle steckt in seinem linken Arm, um ihm Mittel gegen die Beschwerden während der Untersuchung zu geben oder im Notfall lebensrettende Medikamente.

Denn auch wenn die Koloskopie oft Routine ist: Sie birgt Gefahren. Im deutschen Koloskopieprogramm zur Früherkennung von Darmkrebs kam es bei etwa 4 von 1000 Untersuchungen zu einer ernsten Komplikation, etwa Blutungen oder Verletzungen der Darmwand. Manchmal passiert auch Schlimmeres: »Es ist zwar sehr selten, aber die Patienten können an der Darmspiegelung sterben, auch völlig gesunde, die gar keine Polypen haben«, erklärt Falck-Ytter. Deswegen sollte nur dann untersucht werden, wenn der Nutzen das Risiko überwiegt.
Die letzte Spiegelung bei Ruch ist erst ein Jahr her – eigentlich noch nicht lange genug, um jetzt eine neuerliche Koloskopie zu machen, sagt Rössle. Sein Patient leidet schon seit Längerem an chronischer Verstopfung, deren Ursache ein Tumor sein kann. Der Hausarzt hat ganz auf die Technik vertraut und eine Röntgenuntersuchung durchführen lassen. Auf der hat ein Röntgenologe eine auffällige Struktur gesehen, eine Einengung, der Rössle jetzt nachgehen soll. Er wettet, dass er nichts finden wird an der Stelle, die sein Kollege als verdächtig beschrieben hat. Vor zwölf Monaten war dort nichts, warum sollte da jetzt etwas Großes sein, das den Darm einengt? So schnell wächst kein Tumor.
Den größten Nutzen in der Früherkennung von Darmkrebs, der häufigsten Karzinomart in Deutschland, hat die Koloskopie gezeigt, wenn sie bei über 50-Jährigen alle zehn Jahre durchgeführt wurde. Nur wenn die Ärzte dabei Polypen entdecken, sei eine Wiederholung nach drei bis fünf Jahren angebracht, sagt Falck-Ytter. Die meisten Patienten erkranken, wenn sie älter sind: Bei Männern tritt der Tumor im Durchschnitt mit 68 Jahren auf, bei Frauen mit 73 Jahren. »Wenn Ärzte die Methode einigermaßen gut beherrschen wollen, müssen sie sie schon mindestens 50- bis 100-mal im Jahr machen«, sagt Falck-Ytter.

Sigmoidoskopie

Weniger Risiko birgt die so genannte Sigmoidoskopie. Hier schaut der Arzt nur in den unteren halben Meter des Dickdarms. Er kann dann zwar weniger Polypen entdecken, aber auch weniger anrichten – auch deswegen, weil der Patient vorher meist kein Schmerz- oder Beruhigungsmittel bekommt und daher sagen kann, wenn ihm bei der Untersuchung etwas wehtut. Er ist so sein eigenes Frühwarnsystem. Mit dem Verzicht auf beruhigende Medikamente kann sich auch jeder Koloskopie-Patient schützen – wenn er die manchmal auftretenden Schmerzen aushält. Die sind für Ruch nicht ganz einfach zu ertragen. Rössle hat es schwer, den Schlauch vorzuschieben – trotz seiner großen Erfahrung und seiner Seelenruhe während der Untersuchung. Der Patient stöhnt mitunter auf, obwohl ihm zuvor ein Beruhigungsmedikament gespritzt worden ist. Der Arzt und die Endoskopie-Assistentin Annette Gündel versuchen es mit Tricks: Sie drückt mit einer Hand gegen den Bauch von Ruch, damit das Endoskop die richtige Richtung nimmt. Aber die Sicht ist schlecht, die Biegungen sind zahlreich - der Darm sperrt sich. Doch nach ein paar Minuten ist Rössle angekommen. Er hat Recht behalten mit seiner Prognose: von einer Einengung keine Spur. Stattdessen ragt plötzlich ein Polyp ins Bild, den der Röntgenfacharzt auf seiner Aufnahme nicht beschrieben und den auch Rössle bei der letzten Spiegelung nicht gesehen hat. Gündel bringt ein Zusatzwerkzeug, das Rössle in das Koloskop einführt. An dessen Ende sitzt eine kleine elektrische Schlinge, die der Arzt um die Basis des Polypen legt und zuzieht - ab ist das kleine Gewächs, zurück bleibt eine kleine blutende Stelle, die keinerlei Schmerzen verursacht. Rössle holt das Werkzeug samt Polypen wieder aus dem Koloskop heraus, die Assistentin nimmt das Gewebe in Empfang und steckt es in ein Probenröhrchen, das zu einem Pathologen geschickt wird. Erst nach seiner Untersuchung zeigt sich, ob der Tumor bösartig ist. Sollte das so sein, würde eine Behandlung in einer darauf spezialisierten Klinik folgen.

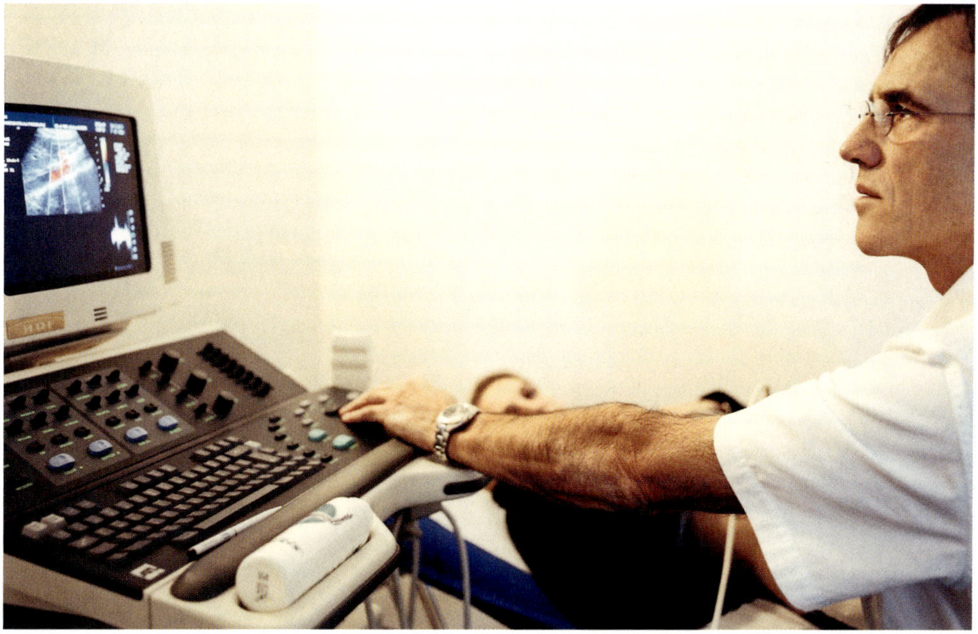

Ultraschall bietet dem Gastroenterologen eine schonende Möglichkeit, nichtinvasiv in das Körperinnere zu blicken.

Verstopfung

Doch die meisten Polypen im Darm sind gutartig und bleiben es auch. Als Grundregel gilt: Je größer der Polyp, desto eher kann sich daraus Krebs entwickeln. Rössle findet noch ein weiteres kleines Gewächs, eine Ursache für die Verstopfung allerdings nicht. Sie wird Ruch weiter begleiten, und er wird auch weiter Medikamente dagegen nehmen müssen – und können. Dachte man bis vor nicht allzu langer Zeit, dass Mittel gegen die Verstopfung nicht ganz unbeteiligt an deren Fortbestehen sind, ist man jetzt anderer Meinung: »Wir sagen nicht mehr: Medikamente gegen Verstopfung soll man nicht nehmen. Denn die sind heutzutage relativ unproblematisch«, sagt Falck-Ytter. Nur seien manche Menschen voreilig und nähmen schon Substanzen ein, wenn sie nur jeden dritten Tag aufs Klo müssen. Dann aber ist alles noch ganz in Ordnung: »Die Zahl drei spielt bei der Definition der richtigen Stuhlfrequenz eine große Rolle: Zwischen dreimal pro Tag und alle drei Tage ist alles völlig normal.«, erklärt Falck-Ytter.

Reizdarmsyndrom

Die eigene Einschätzung, was gesund ist, richtet sich aber nicht nach medizinischen Definitionen. So betrachteten Ärzte etwa das Reizdarmsyndrom lange nicht als Krankheit, sondern als gestörtes Wohlbefinden. Doch bei manchen Betroffenen bestimmt das Leiden das ganze Leben: »Es ist typisch für Menschen mit einem schweren Reizdarmsyndrom, dass sie jede Toilette in jedem McDonald's oder Café auf der Strecke von ihrem Zuhause bis zur Arbeitsstelle kennen«, erzählt Falck-Ytter. Zu den Symptomen zählt neben häufigen krampfartigen Bauchschmerzen bei manchen nämlich ein plötzlicher Drang, zur Toilette zu gehen. Andere wiederum leiden an Verstopfung. Oft wechseln sich Durchfall und Verstopfung auch ab.

Das Reizdarmsyndrom wurde häufig abgetan als rein psychosomatische Reaktion des Magen-Darm-Systems auf Stress, die zwar viele Menschen zeigen, mit der aber viele nicht gleich zum Arzt rennen. Aus neueren Studien wird jedoch klar, dass die Krankheit »nicht nur in den Köpfen der Betroffenen ist, sondern auch etwas mit einer gestörten Darmperistaltik zu tun hat«, sagt Falck-Ytter – die Bewegungsmuster der Darmmuskeln sind nicht normal.

Wirksame Therapien aber sind rar: »Der Reizdarm ist eine der häufigsten Erkrankungen, die Gastroenterologen sehen, aber auch eine, gegen die sie am wenigsten tun können«, kommentiert der Experte. Sie müssen es auch gar nicht: »Bei jungen

Die Anamnese ist eine der wichtigsten Säulen ärztlichen Handelns: Vorgeschichte und Lebenssituation des Patienten müssen sorgfältig erfragt werden.

Patienten mit einem typischen Reizdarmsyndrom sollten die Ärzte schon bei den ersten Untersuchungen wissen, dass sie die nicht nach ein paar Jahren wiederholen. Sie verursachen hohe Kosten und bringen wenig«, sagt Falck-Ytter. Auch Rössle sieht große Aktivitäten kritisch: »Man muss sich bei diesen Patienten immer fragen: Wie weit treibe ich die Diagnostik?«

Diese Frage sollten sich Gastroenterologen häufiger stellen. Etwa dann, wenn Patienten über Sodbrennen klagen. Zwar gibt es einen Zusammenhang zwischen diesem so genannten gastroösophagealen Reflux und dem Entstehen eines Speiseröhrenkrebses: je häufiger und je intensiver die Beschwerden, desto höher das Risiko, an einem Karzinom zu erkranken. Sind die Betroffenen aber jung und klagen nur selten über einen sauren Geschmack, muss man nicht gleich die Speiseröhre spiegeln. Der Arzt kann dann sofort mit Medikamenten behandeln, die die Magensäurebildung hemmen, so genannten Protonenpumpeninhibitoren (PPI).

Anders sieht es aus, wenn die Patienten älter als 50 Jahre sind und schon jahrelang Beschwerden haben. Dann empfiehlt Falck-Ytter die Spiegelung zur genauen Abklärung. »Allerdings gibt es keine ausreichenden Belege dafür, dass man so Krebs verhindern kann«, sagt er. Ebenso wenig konnte bislang in Studien gezeigt werden, dass PPI ein Tumorwachstum abwenden.

Eine Etage tiefer, im Magen, wird der Auslöser für das Sodbrennen produziert:

Magensäure. Sie dient dazu, Speisen vorzuverdauen und darin enthaltene Keime abzutöten. Einem aber kann sie nichts anhaben: dem Bakterium Helicobacter pylori. Der Keim löst im Magen eine chronische Entzündung aus, eine Gastritis, die zu einem Geschwür führen kann, einer Ulkuskrankheit. Die Betroffenen leiden unter starken Bauchschmerzen, die sich häufig nach dem Essen ändern, entweder besser oder schlechter werden. Doch die Diagnose »Ulkuskrankheit« können Ärzte nicht allein aufgrund der Symptome stellen, sondern nur, wenn sie das Geschwür sehen oder das Bakterium nachweisen. Relativ sicher geht das ausschließlich mit einer Magenspiegelung, einer Gastroskopie, bei der der Arzt Proben aus der Magenschleimhaut nimmt. Wenn der Verdacht aber bei einem Patienten unter 50 Jahren besteht, »reicht die Bestimmung von Antikörpern im Blut«, sagt Falck-Ytter. Über 50-Jährige sollten bei Verdacht auf Ulkuskrankheit allerdings immer gastroskopiert werden.

Ist der Keim erst einmal nachgewiesen, egal wie, folgt eine Therapie mit drei verschiedenen Medikamenten über sieben Tage. Die Erfolgsquote ist hoch: Bei etwa 90 Prozent der Betroffenen ist das Bakterium nach der Behandlung ausradiert.

Hilda Wimmer liegt jetzt bereit zur Gastroskopie auf der Liege. Vielleicht findet Rössle ja den Grund für ihre Anfälle mit Erbrechen und Ohnmachten. Er schiebt nun vorsichtig den Schlauch in Wimmers Mund und dirigiert dann das Gastroskop zügig durch die Speiseröhre hin zu Magen und Dünndarm. Eine Ursache für ihre Symptomatik kann er nicht entdecken, zur Vorsicht führt er aber noch ein Instrument ein, das sich in die Magenschleimhaut beißt und dort zwei kleine Proben herausreißt. Sofort blutet es ein wenig. Rössle schaut sich ein bisschen im Magen um, sucht dann noch einmal die Stellen auf, aus denen er die Proben entnommen hat, sieht, dass sie nicht mehr bluten, und zieht den Schlauch heraus.

Kurze Zeit später sitzt Hilda Wimmer auch schon wieder auf der Kante der Liege, noch ein wenig benommen, aber sonst fit. Rössle erklärt ihr, dass er nichts gefunden hat, was ihre Anfälle erklären könnte, dass man aber die Befunde der Proben abwarten müsse. »Was darf ich jetzt essen?«, fragt Hilda Wimmer. »Alles. Lassen Sie es sich richtig gut gehen«, verabschiedet Rössle seine Patientin.

MEHR INFORMATIONEN

Literatur: Klaus Koch: »Untersuchungen zur Früherkennung – Krebs«, Stiftung Warentest, 2005, 288 Seiten, 19,90 Euro. **Internet:** www.patienten-information.de

Methoden-Check: Gastroenterologie

Prof. Dr. Yngve Falck-Ytter von der Case Western Reserve University in Cleveland (Ohio), USA, hat die gängigen Diagnose- und Behandlungsverfahren auf der Basis der besten verfügbaren Studien bewertet.

Diagnosemethoden

Dickdarmspiegelung (Koloskopie)

Der Arzt spiegelt zur Früherkennung von Darmkrebs den gesamten Dickdarm mit einem etwa fingerdicken Schlauch. Bei Patienten ohne erhöhtes Risiko (z.B. wegen Vorerkrankungen oder familiärer Vorgeschichte) wird die Untersuchung alle zehn Jahre wiederholt. Der Darm muss leer sein, damit der Arzt gute Sicht hat. Deswegen dürfen die Patienten 24 Stunden vor dem Eingriff nichts mehr essen und müssen ein Abführmittel zusammen mit viel Flüssigkeit (3 bis 4 Liter) zu sich nehmen.

Unmittelbar vor der Koloskopie führt der Arzt dem Patienten eine kleine Venenverweilkanüle in den Unterarm ein, über die er meistens sogleich ein Beruhigungs- oder Schmerzmittel spritzt. Sie kann aber auch als Zugang für Notfallmedikamente genutzt werden. Bevor der Untersucher den Schlauch einführt, wird der Darm ein wenig mit Luft aufgeblasen, um das Endoskop gut dirigieren zu können.

Das gelingt dennoch nicht immer schmerzfrei. An der Spitze des Schlauchs erhellt eine Lichtquelle die Umgebung. Eine Kamera überträgt Bilder auf einen Monitor, den der Arzt im Blickfeld hat (→ Infografik Seite 104/105). Die gesamte Spiegelung dauert in der Regel etwa 20 bis 30 Minuten.

Experten-Einschätzung: Die Methode hat eindeutig mehr Nutzen als Risiken für alle Patienten, die älter als 50 Jahre sind: Für sie ist sie eindeutig zu empfehlen. Die Gesetzliche Krankenversicherung (GKV) übernimmt die Kosten aber erst für Patienten ab einem Alter von 55 Jahren. Komplikationen können durch das Beruhigungsmittel ausgelöst werden, aber auch durch die Spiegelung selbst: Blutungen und verletzte Darmwände sind hier vor allem zu nennen. Für Patienten von 40 bis 49 Jahren ist die Nutzen-Risiko-Abwägung denn auch nicht ganz so eindeutig, die Untersuchung ist in dieser Gruppe nach heutigem Wissen wahrscheinlich abzulehnen. Sicher auf sie verzichten sollten Patienten ohne erhöhtes Risiko für Darmkrebs, die jünger sind als 40 Jahre: Für sie hat die Koloskopie eindeutig weniger Nutzen als Risiken.

Angst vorm Spiegeln?

Hier ist Vertrauen gefragt. Bei kaum einer anderen Untersuchung spielt das Verhältnis zwischen Arzt und Patient eine so wichtige Rolle, denn: Magen- und Darmspiegelungen gehören zu den intimsten Untersuchungen, die niedergelassene Ärzte durchführen. Wir haben hier die wichtigsten Geräte zusammengestellt.

Wege in den Körper

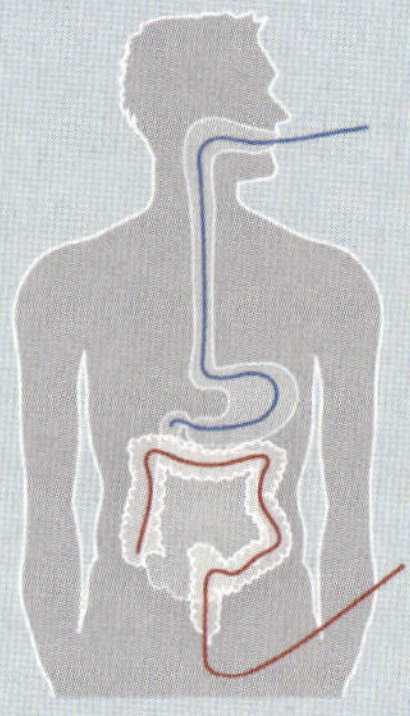

Zur Magenspiegelung (blau) wird das Gastroskop durch die Mundhöhle in die Speiseröhre, den Magen oder den anschließenden Zwölffingerdarm vorgeschoben. Bei der Darmspiegelung (rot) schiebt der Arzt das Koloskop durch den After in den Dickdarm bis zur Mündung des Dünndarms. Auf Wunsch erhält der Patient vor Beginn eine Beruhigungsspritze, die auch schmerzlindernd wirkt. Eine Magenspiegelung dauert im Normalfall fünf Minuten, die Koloskopie rund 15 Minuten. Wenn der Arzt Gewebe entnehmen muss oder Polypen abträgt, dauert es länger.

Polypen abtrennen

Schritt 1
Ist der Polyp in Sicht, wird sein Stiel zunächst mit der Schlinge umfasst.

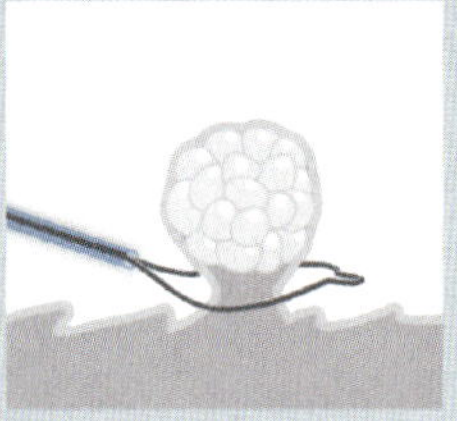

Schritt 2
Über die Schlinge gibt der Arzt schnell hintereinander Schneide- und Verödungsstrom.
So durchschneidet er den Stiel.

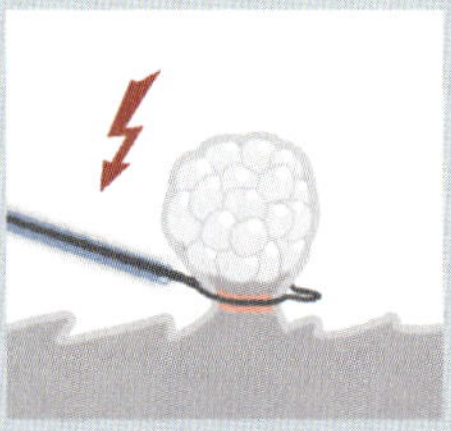

Schritt 3
Der Polyp ist abgetrennt, der Arzt zieht die Schlinge ganz aus dem Endoskop.

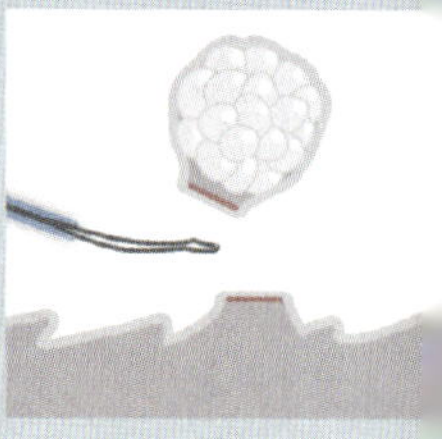

Schritt 4
Mit dem Körbchen fängt der Gastroenterologe den Polypen ein, um ihn im Labor untersuchen zu lassen.

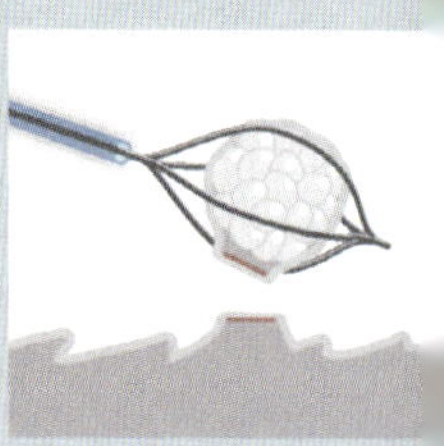

Die Spitze des Endoskops

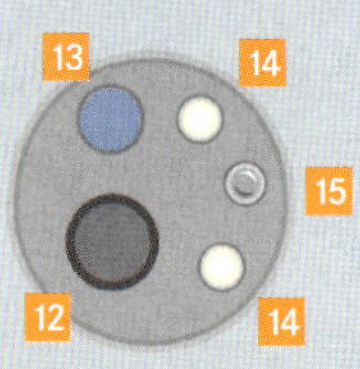

Hier befinden sich: eine Öffnung zum Spülen 13, die Optik 15, auf jeder Seite umgeben von einem Lichtleiter 14, und der größere Kanal 12, durch den Instrumente wie Zange oder Schlinge vorgeschoben werden.

Die Instrumente

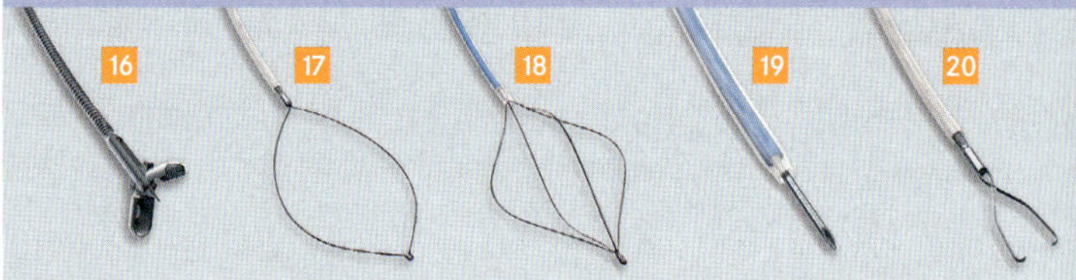

16 Biopsiezange
Bei Verdacht auf eine Entzündung oder einen Tumor entnimmt der Arzt damit kleine Gewebeproben.

17 Schlinge
Sie durchtrennt mit Schneide- und Verödungsstrom den Stiel eines Polypen.

18 Körbchen
Es fängt Polypen ein. Diese werden auch per Ansaugen oder mit der Biopsiezange geborgen.

19 Hohlnadel
Der Arzt spritzt Flüssigkeit oder Medikamente in das Gewebe, beispielsweise, um Krampfadern der Speiseröhre zu veröden.

20 Clip
Blutet es sehr stark, verschließt der Clip das angeschnittene Blutgefäß.

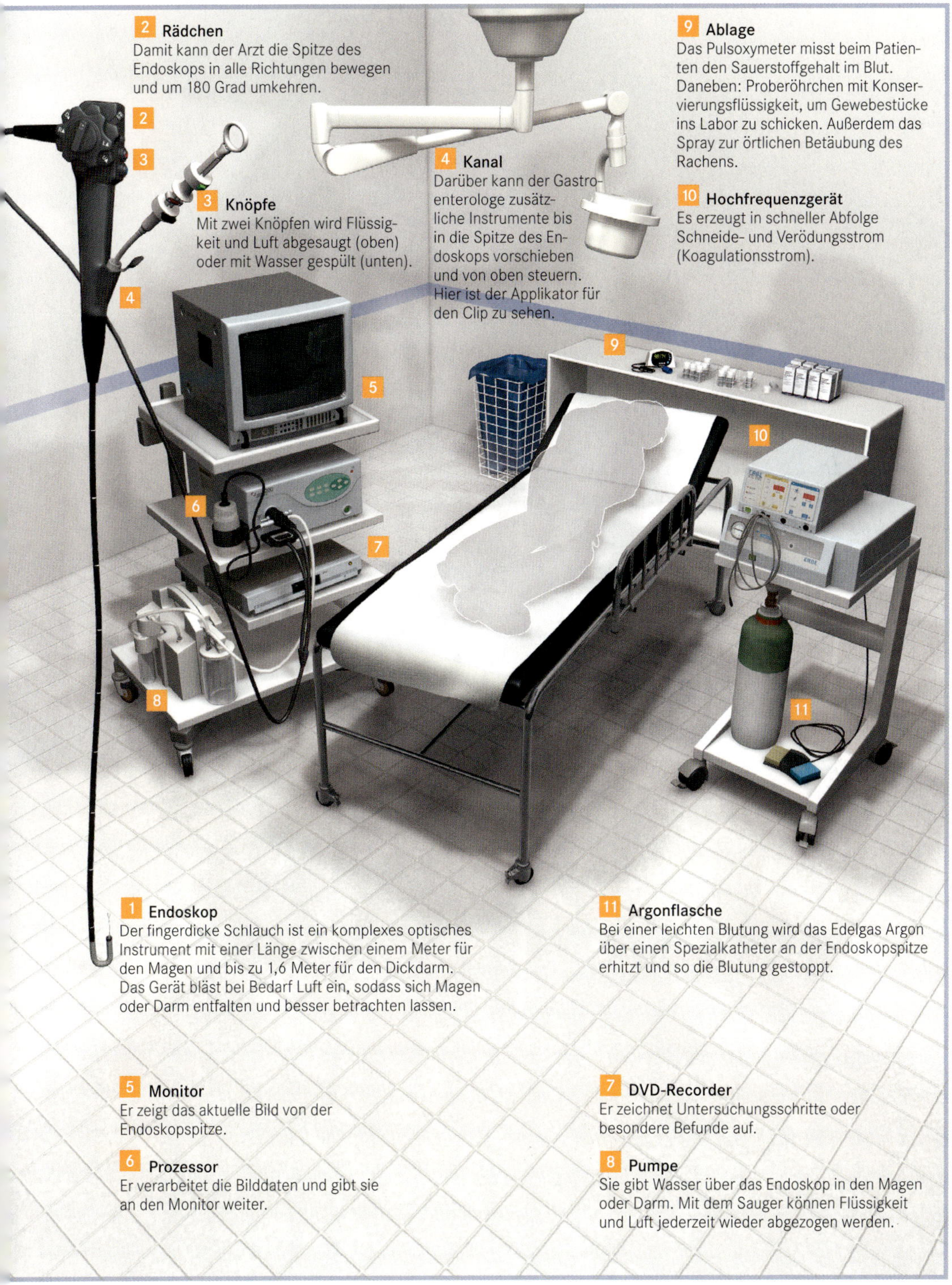
2 Rädchen
Damit kann der Arzt die Spitze des Endoskops in alle Richtungen bewegen und um 180 Grad umkehren.
3 Knöpfe
Mit zwei Knöpfen wird Flüssigkeit und Luft abgesaugt (oben) oder mit Wasser gespült (unten).
4 Kanal
Darüber kann der Gastroenterologe zusätzliche Instrumente bis in die Spitze des Endoskops vorschieben und von oben steuern. Hier ist der Applikator für den Clip zu sehen.
9 Ablage
Das Pulsoxymeter misst beim Patienten den Sauerstoffgehalt im Blut. Daneben: Proberöhrchen mit Konservierungsflüssigkeit, um Gewebestücke ins Labor zu schicken. Außerdem das Spray zur örtlichen Betäubung des Rachens.
10 Hochfrequenzgerät
Es erzeugt in schneller Abfolge Schneide- und Verödungsstrom (Koagulationsstrom).
1 Endoskop
Der fingerdicke Schlauch ist ein komplexes optisches Instrument mit einer Länge zwischen einem Meter für den Magen und bis zu 1,6 Meter für den Dickdarm. Das Gerät bläst bei Bedarf Luft ein, sodass sich Magen oder Darm entfalten und besser betrachten lassen.
11 Argonflasche
Bei einer leichten Blutung wird das Edelgas Argon über einen Spezialkatheter an der Endoskopspitze erhitzt und so die Blutung gestoppt.
5 Monitor
Er zeigt das aktuelle Bild von der Endoskopspitze.
6 Prozessor
Er verarbeitet die Bilddaten und gibt sie an den Monitor weiter.
7 DVD-Recorder
Er zeichnet Untersuchungsschritte oder besondere Befunde auf.
8 Pumpe
Sie gibt Wasser über das Endoskop in den Magen oder Darm. Mit dem Sauger können Flüssigkeit und Luft jederzeit wieder abgezogen werden.

Sigmoidoskopie

Hierbei werden alle fünf Jahre zur Früherkennung von Darmkrebs bei Menschen ohne erhöhtes Risiko nur die unteren 50 Zentimeter des Dickdarms gespiegelt. Entsprechend weniger aufwendig ist die Vorbereitung. Entweder die Patienten trinken zwei Stunden vor der Untersuchung ein Abführmittel, oder sie lassen sich einen Einlauf geben. Die eigentliche Spiegelung läuft ab wie die Koloskopie.

Experten-Einschätzung: Für Menschen, die älter sind als 50, hat die Untersuchung eindeutig mehr Nutzen als Risiken. Die möglichen Komplikationen sind denen der Koloskopie ähnlich, das Risiko ist aber niedriger. Die Sigmoidoskopie kann für Menschen über 50 Jahre eindeutig empfohlen werden.

IGeL: Individuelle Gesundheitsleistung. Sie muss auch von Kassenpatienten gemäß der Gebührenordnung für Privatpatienten selbst bezahlt werden.

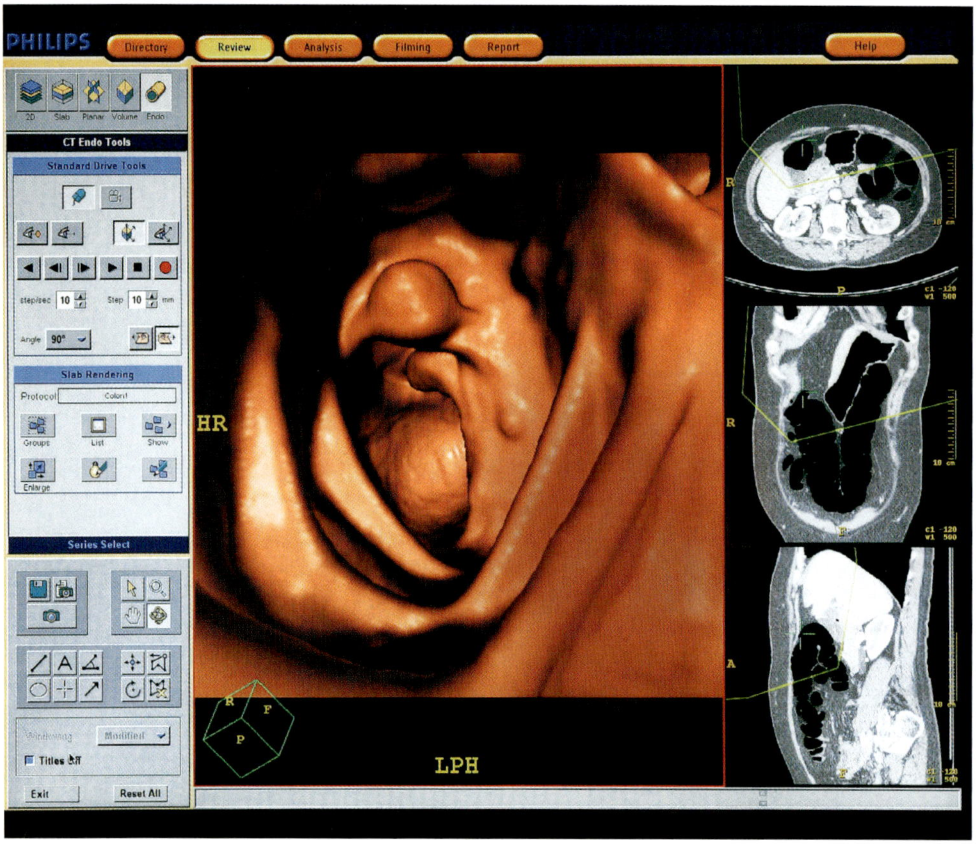

Einblick in die Kanalisation des Körpers: ein Abschnitt des Darms, sichtbar gemacht mittels »virtueller Darmspiegelung«.

Computertomografie-Koloskopie

Mit der auch »virtuelle Darmspiegelung« genannten Untersuchung soll ebenfalls bei Gesunden ohne erhöhtes Risiko Darmkrebs in einer frühen Form erkannt werden. Allerdings soll die Methode nach Angaben ihrer Anhänger schonender sein als die Koloskopie. Die Vorbereitung für die Computertomografie-(CT-)Koloskopie entspricht aber der für die Koloskopie, ist also genauso aufwendig. Bei der Untersuchung wird zunächst der Darm aufgebläht, dann scannt das CT-Gerät zweimal den Darm: in Rücken- und in Bauchlage. Die dabei aufgenommenen Bilder wertet ein Arzt aus. Die Untersuchung darf ohne Verdacht auf eine Erkrankung oder ohne bestimmte Symptome nicht durchgeführt werden, auch nicht als vom Patienten selbst bezahlte IGeL (Individuelle Gesundheitsleistung), weil sie unter die Röntgenverordnung fällt.

Experten-Einschätzung: Die Untersuchung ist nach aktueller Studienlage wahrscheinlich für keine Altersgruppe als Früherkennungsmethode für Darmkrebs zu empfehlen. Zwar werden hierbei keine Beruhigungsmittel benötigt, das damit verbundene Risiko entfällt also. Die CT-Koloskopie verursacht jedoch eine hohe Strahlenbelastung.

Jährliche Untersuchung auf unsichtbares Blut im Stuhl (z. B. Hämoccult-Test)

An drei verschiedenen Tagen streicht der Patient eine kleine Menge seines Stuhls auf ein spezielles Filterpapier. In der Praxis wird später eine Indikatorlösung daraufgetropft, die dafür sorgt, dass sich der Teststreifen selbst bei kleinsten Mengen von Blut verfärbt. Blut im Stuhl kann ein Hinweis auf Darmkrebs sein, es wird daher für Menschen ohne erhöhtes Risiko ab 50 Jahren empfohlen, den Test zur Früherkennung jährlich zu machen.

Experten-Einschätzung: Der Test hat eindeutig mehr Nutzen als Risiken und kann ohne Einschränkung empfohlen werden. Allerdings ist der Test nicht hundertprozentig zuverlässig: Er kann fälschlicherweise zu einem positiven Ergebnis führen, aber auch negativ ausfallen, obwohl Blut im Stuhl ist.

Leistung der GKV ab 50 Jahre, von 55 an nur alle zwei Jahre

Tumormarker CA 19-9 und CEA

Manche Ärzte bieten die Bestimmung dieser beiden Eiweißstoffe als Tumor-Screening an, also um etwa einen Dickdarmkrebs aufzuspüren. Dazu wird dem

Patienten Blut abgenommen und an ein Labor geschickt. Dieses ermittelt, ob die Konzentration der Tumormarker im Blut erhöht ist.

Experten-Einschätzung: Die Bestimmung von CA 19-9 und CEA ist eindeutig abzulehnen als Früherkennungsmethode für Darmkrebs. Die Werte bieten keine Sicherheit: Sind sie normal, kann der Patient trotzdem an Darmkrebs leiden. Sind CA 19-9 oder CEA erhöht, kann dies etwa auch durch gutartige Erkrankungen bedingt sein. Ist aber erst einmal ein auffälliger Tumormarker festgestellt, will der Arzt oft die Ursache dafür finden und sucht unter Umständen mit allen nur erdenklichen diagnostischen Mitteln danach, die eine weitere Belastung für den Patienten darstellen können.

IGeL

Helicobacter-pylori-Nachweis mit Antikörper- oder Atemtest

Das Bakterium Helicobacter pylori ist Auslöser der so genannten Ulkuskrankheit, also die Ursache von Magengeschwüren. Es gilt auch als ein Risikofaktor für die Entstehung von Magenkrebs. Wenn man es bei Patienten nachweist, kann man es mittels einer Medikamententherapie relativ effektiv ausmerzen und damit die Ulkuskrankheit zur Abheilung bringen.

Beim Antikörpertest wird dem Patienten Blut abgenommen. In einem (Groß-) Labor werden darin enthaltene Antikörper gegen das Bakterium bestimmt. Überschreitet deren Konzentration einen gewissen Wert, geht man davon aus, dass der Patient mit Helicobacter pylori infiziert ist oder war.

Beim Atemtest macht man sich zunutze, dass Helicobacter im Magen aus Harnstoff Kohlendioxid produziert, das über die Lunge abgeatmet wird. Zu Beginn des Tests atmet der Patient zunächst einmal kräftig aus. Die ausgestoßene Atemluft wird in einem speziellen Beutel aufgefangen und später untersucht. Dann trinkt der Patient auf nüchternen Magen ein Glas mit einer markierten Harnstoff-Lösung. Nach etwa 30 Minuten atmet er wiederum in einen Beutel aus. Ein Labor kann anhand der veränderten Zusammensetzung des Kohlendioxids im ersten und im zweiten Beutel ermitteln, ob der Patient von dem Bakterium befallen ist.

Experten-Einschätzung: Beide Tests haben eindeutig mehr Nutzen als Risiken für Patienten unter 50 Jahren, die an typischen Symptomen der Ulkuskrankheit leiden, also etwa Bauchschmerzen, die sich nach dem Essen bessern oder verschlechtern. Für diese Menschen sind sie eindeutig zu empfehlen, um Helicobacter pylori nachzuweisen und gegebenenfalls mit einer speziellen Medikamen-

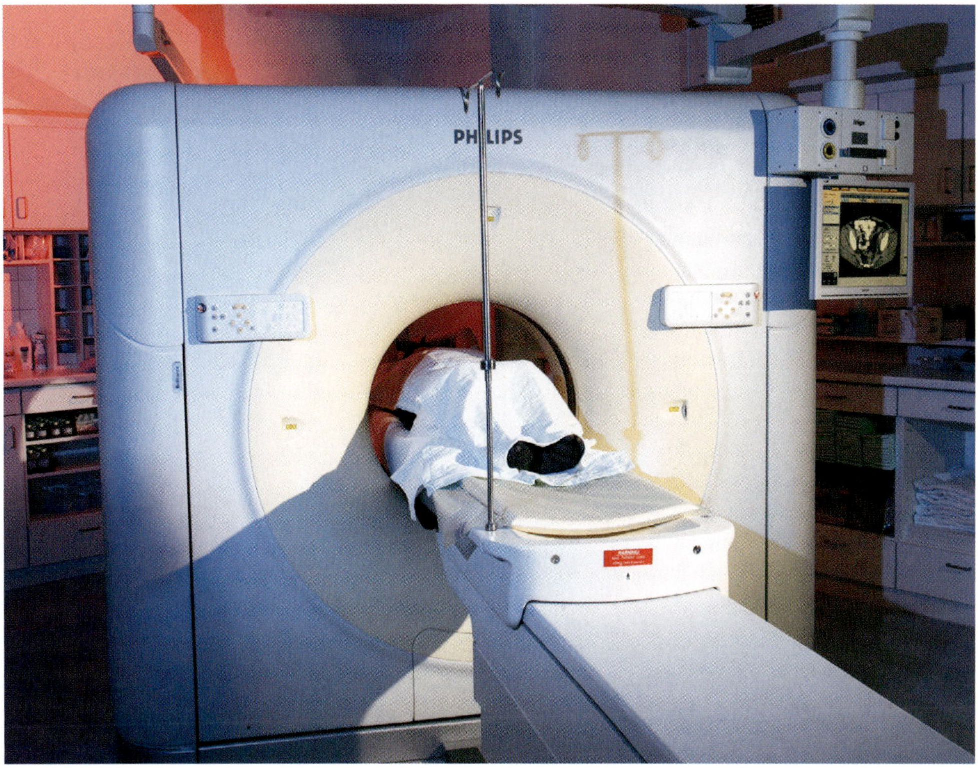

Ein Computertomograf der neuesten Generation – er ist für die virtuelle Darmspiegelung geeignet. Nachteilig dabei ist die Belastung des Patienten mit Röntgenstrahlung.

tentherapie auszumerzen. Treten die Symptome vier Wochen nach der Behandlung erneut auf, ist wiederum ein Atemtest zu empfehlen, um zu prüfen, ob die Therapie erfolgreich war. Sind Patienten mit (auch erstmals auftretenden) typischen Ulkussymptomen allerdings älter als 50 Jahre, reicht der alleinige Nachweis des Bakteriums nicht. Dann ist eine Magenspiegelung angebracht. Diese sollte auch dann durchgeführt werden, wenn die Patienten, egal, wie alt sie sind, zusätzlich zu den Symptomen einer Ulkuskrankheit solche haben, die auf Magenkrebs deuten können: Schluckbeschwerden, Gewichtsverlust, Blutarmut, Appetitlosigkeit, frühes Völlegefühl beim Essen, vergrößerte Lymphknoten oder einen tastbaren Tumor im Bauch.

Für Menschen, die an keinen Ulkussymptomen leiden, ist die Bestimmung von Helicobacter pylori eher nicht zu empfehlen.

IGeL bei Früherkennung von Magenkrebs

Magenspiegelung (Ösophago-Gastro-Duodenoskopie)

Mit einem etwa fingerdicken Schlauch spiegelt der Arzt Speiseröhre, Magen und den Anfang des Dünndarms, um in der Speiseröhre Langzeitfolgen von zurücklaufender Magensäure (so genannter Reflux) aufzuspüren und in Magen und Dünndarm die Auswirkungen von Helicobacter zu finden, also Geschwüre oder auch Krebs. Etwa sechs Stunden vor der Untersuchung darf der Patient nichts mehr essen, kurz vor Beginn wird ihm eine Flüssigkeit in den Mund gesprüht oder ein Gel verabreicht, die beide die Schleimhaut von Rachen und Gaumen lokal betäuben, um sie unempfindlich zu machen. Darauf folgt die eigentliche Spiegelung, die meist weniger als zehn Minuten dauert.

○ Experten-Einschätzung: Ob eine Magenspiegelung angebracht ist, hängt davon ab, ob es einen Anlass gibt, der eine solche Untersuchung wirklich rechtfertigt. Sie ist jedoch eher zu empfehlen für Patienten ab 50 Jahren, die an typischen Symptomen des Refluxes leiden, also vor allem an starkem Sodbrennen besonders im Liegen und nach dem Essen. Dieselbe Empfehlung gilt für jüngere Men-

Das Gastroskop bei der Magenspiegelung: An diesem künstlichen Organ wird Ärzten und Patienten demonstriert, wie die flexible Optik navigiert werden kann.

schen, deren Beschwerden trotz einer Behandlung nicht besser werden oder deren starkes Sodbrennen schon länger als zehn Jahre besteht. Die Spiegelung ist eindeutig zu empfehlen für Patienten ab 50 Jahren, die an typischen Symptomen für ein Magenulkus leiden (→ Helicobacter-pylori-Nachweis, Seite 108), und für alle Menschen, die zusätzlich zu ihrem Sodbrennen noch Anzeichen für einen möglichen Speiseröhrenkrebs zeigen. Das sind etwa Schluckbeschwerden, Gewichtsverlust oder auch Blutarmut. Zur reinen Früherkennung von Speiseröhren- oder Magenkrebs bei Menschen ohne Symptome ist die Magenspiegelung nicht zu empfehlen, sie hat dann eindeutig weniger Nutzen als Risiken.
IGeL bei Früherkennung von Magenkrebs

Ultraschall (Sonografie) des Bauches

Mit einem Ultraschallgerät kann der Arzt die Organe des Bauchraumes zweidimensional auf einem Monitor betrachten und beurteilen – manche besser, wie die Leber, manche schlechter, wie den Darm. Er bewegt dazu einen Ultraschallkopf über die Bauchhaut, den er zuvor mit einem Gel eingerieben hat. So kann er sich sowohl einen Überblick verschaffen als auch bestimmte Organe genau ansehen. Wenn der Arzt Verdachtsdiagnosen stellt, müssen diese meist durch Zusatzuntersuchungen gesichert werden.
Experten-Einschätzung: Die Methode ist harmlos, nicht strahlenbelastend und mit keinerlei unmittelbarer Gefahr für den Patienten verbunden. Sie ist eindeutig zu empfehlen, wenn der Patient Beschwerden im Bauchraum hat oder bestimmte Blutwerte auffällig sind, etwa spezielle Leberwerte oder Blutparameter der Bauchspeicheldrüse. Als reiner Routinecheck bei einem Menschen ohne Bauchbeschwerden ist die Sonografie aber eindeutig abzulehnen. Entdeckt der Arzt hierbei nicht krankhafte Befunde wie Gallensteine, die keine Beschwerden verursachen, folgen oft weitere, eventuell belastende und gefährliche Untersuchungen sowie Therapien.
GKV-Leistung bei Indikation

Stuhluntersuchung auf Keime

Der Patient bringt dem Arzt in speziellen Gefäßen Stuhlproben, die dieser an ein Labor schickt. Das sucht darin nach diversen Keimen, etwa Bakterien oder Pilzen. Anlass für solche Keimbestimmungen sind oft unspezifische Symptome beim Patienten wie »chronische Müdigkeit« oder auch ein »geschwächtes Immunsystem«.

Experten-Einschätzung: Diese Methode ist eindeutig abzulehnen, wenn die Patienten über keinerlei Symptome im Magen-Darm-Bereich klagen. Selbst wenn dann in der Untersuchung bestimmte Keime gefunden werden, ist das bloße Vorhandensein dieser Keime meist nicht als »krankhaft« einzustufen und sollte dann konsequenterweise auch keine Therapie zur Folge haben. Leiden die Patienten allerdings an Magen-Darm-Beschwerden, etwa an Durchfall nach einer Antibiotikatherapie, ist eine Keimbestimmung durchaus empfehlenswert.
IGeL

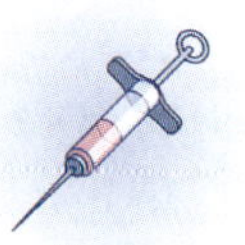

Behandlungsmethoden

Gallenblasenentfernung (Cholezystektomie)

Es gibt zwei Arten der Gallenblasenentfernung: per offener Operation, bei der die Ärzte die Bauchhaut mit einem längeren Schnitt öffnen, und per Bauchspiegelung, auch Laparoskopie genannt. Bei Letzterer setzen die Ärzte mehrere kleine Schnitte. Über diese führen sie dann rohrartige Instrumente ein, an deren Ende sich jeweils eine Lichtquelle und eine Kameraoptik befinden – ähnlich wie bei der Darm- oder Magenspiegelung. Anlass für beide Verfahren kann eine akute Entzündung der Gallenblase sein, Steine in Gallenblase und Gallengangsystem, die Schmerzen bereiten, und Steine, die keine Beschwerden machen, aber vorsichtshalber herausoperiert werden, um möglichen Komplikationen vorzubeugen.

Experten-Einschätzung: Die Entfernung der Gallenblase ist eindeutig zu empfehlen, wenn die Patienten typische Beschwerden einer Gallenkolik haben: starke Schmerzen im rechten Bauchbereich, die in den Rücken oder die rechte Schulter ausstrahlen und Minuten oder sogar Stunden andauern können. Ursache ist oft ein Stein, der im Gallengangsystem eingeklemmt ist.
Auch bei Steinen in Verbindung mit einer Gallenblasenentzündung ist eine Entfernung zu empfehlen. Bevorzugt werden sollte die laparoskopische Operation, die im Vergleich zum offenen Eingriff zu einer kürzeren Operationszeit führt, bei der seltener eine Magensonde gelegt werden muss und die den Krankenhausaufenthalt verkürzt.
Als reine Vorsichtsmaßnahme bei beschwerdefreien Menschen mit Gallenblasensteinen ist die Entfernung der Gallenblase eindeutig abzulehnen, der Nutzen ist geringer als das Risiko.
Leistung der GKV bei Indikation

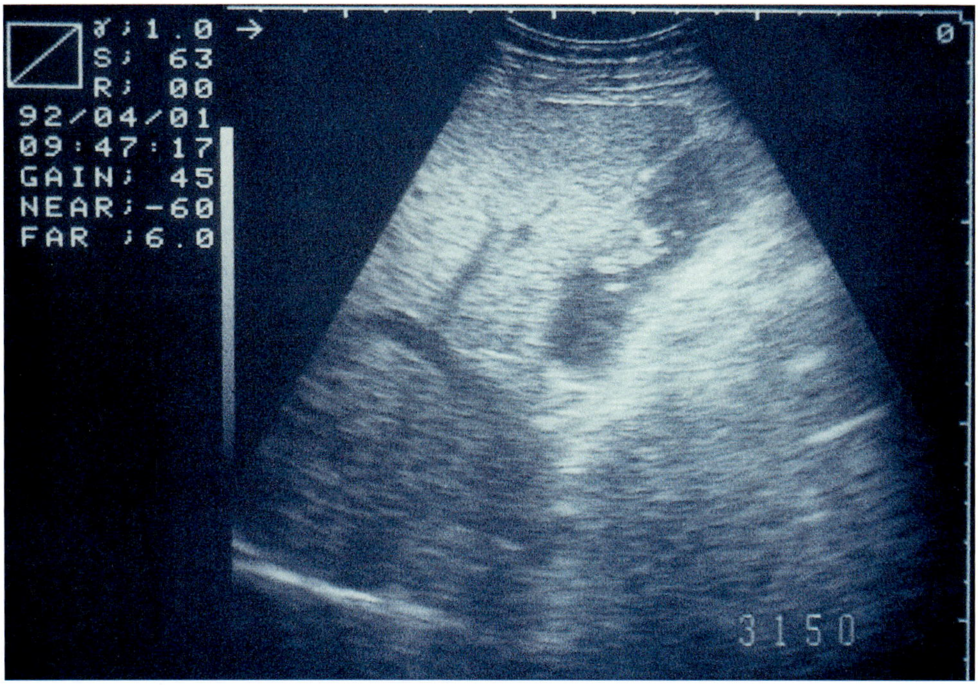

Das Ultraschallbild zeigt Steine in der Gallenblase. Eine Operation wird erst notwendig, wenn sie Beschwerden verursachen.

Therapie des Reizdarmsyndroms

Infrage kommen vor allem Änderungen des Lebensstils und Medikamente.

Experten-Einschätzung: Änderungen des Lebensstils können das Leiden lindern. Die Patienten sollten beobachten, nach welchen Speisen ihre Symptome stärker werden, und diese in Zukunft nicht mehr essen. Sie sollten sich ballaststoffreich ernähren, sich körperlich betätigen und Stresssituationen, so gut es geht, vermeiden. Auch manche Medikamente haben in Studien einen Nutzen gezeigt. Mittel gegen Durchfall können im akuten Fall helfen, etwa Loperamid. Auch Substanzen, die den Darm gleichsam entspannen lassen, so genannte Relaxantien, können Nutzen haben, etwa Hyoscinbutylbromid. Reizdarmsymptome verringern können Antidepressiva wie Amitriptylin oder Clomipramin. Ein Mittel namens Tegaserod kann die Beschwerden von Reizdarmpatientinnen, die vor allem an Verstopfung leiden, lindern. Bei Männern ist diese Wirksamkeit allerdings nicht belegt. Das Mittel führt manchmal zu Durchfall.

Medikamente sind bei Indikation Leistung der GKV.

Therapie des Refluxes (starkes Sodbrennen)

Infrage kommen vor allem Änderungen des Lebensstils und Medikamente.

Experten-Einschätzung: Bei Patienten, die an den typischen Reflux-Beschwerden leiden und bei denen kein Verdacht auf einen bösartigen Tumor besteht, sind mehrere Behandlungsmethoden empfehlenswert. Zunächst sollten sie ein paar Gewohnheiten ändern: mit dem Rauchen aufhören, fettiges Essen ebenso meiden wie Kaffee, Zitronen- und Tomatenprodukte, nicht spät abends und generell nur kleine Portionen essen. Auch zwei Medikamentengruppen sind zu empfehlen: so genannte H2-Blocker (z.B. Cimetidin), vor allem aber Protonenpumpenblocker (z.B. Omeprazol), die wirksamer sind. Protonenpumpenblocker können bei Patienten mit typischen Reflux-Symptomen und ohne Anzeichen auf einen Tumor auch eingesetzt werden, ohne dass man sie zuvor gespiegelt hat. Die Therapie sollte dann aber nicht länger als drei Monate andauern.

Medikamente sind bei Indikation Leistung der GKV.

Therapie der chronischen Verstopfung

Infrage kommen vor allem Änderungen des Lebensstils und Medikamente.

Experten-Einschätzung: Genügend Flüssigkeit, ballaststoffreiche Kost, Sport, Zwetschgensaft oder Kleie können schon einiges bewirken und den Darm anregen. Erst wenn das nicht hilft, sollten die Betroffenen zu Medikamenten greifen. Empfohlen werden können Quellstoffe wie Flohsamenschalen und Mittel, die Wirkstoffe wie Bisacodyl, Lactulose oder Macrogol enthalten.

Medikamente müssen selbst bezahlt werden.

Darmspülung (Kolon-Hydrotherapie)

Die Kolon-Hydrotherapie gilt unter Anhängern als Allheilmittel: gegen Müdigkeit, Rheuma oder Allergien soll die Methode helfen, weil sie den Körper entgifte. Nüchtern betrachtet, ist sie allerdings nichts anderes als ein Einlauf: Über ein Kunststoffröhrchen wird dem Patienten in den Darm Wasser eingespült und auch wieder abgesaugt, sodass ein geschlossener Spülkreislauf entsteht.

Experten-Einschätzung: Die Methode ist eindeutig abzulehnen, es gibt keinerlei Belege für eine Wirksamkeit gegen die genannten Symptome und Krankheiten. Zusätzlich ist die Durchführung nicht ohne Risiko, es kann etwa zu Verletzungen der Darmwand durch das Röhrchen kommen.

IGeL

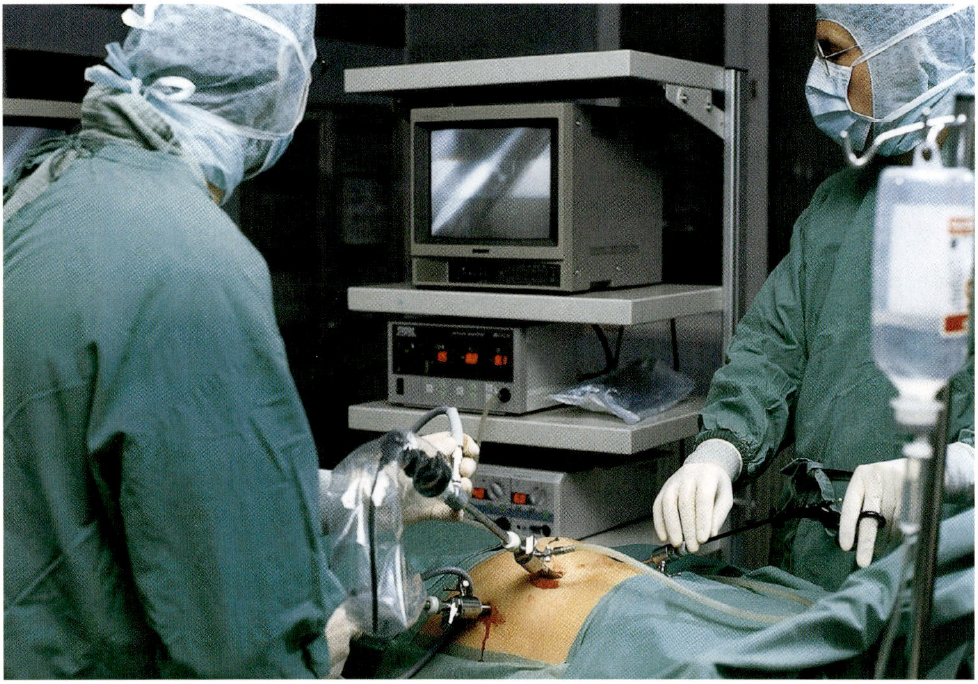

Schlüsselloch-Technik: Kleine Bauchschnitte genügen den Chirurgen, um mit Spezialwerkzeugen eine erkrankte Gallenblase zu entfernen.

Therapie der akuten (Reise-)Durchfallerkrankung

Auslöser sind meist durch die Nahrung aufgenommene Bakterien.

Experten-Einschätzung: Wenn es nicht unbedingt nötig ist, der Durchfall nicht blutig ist und die Betroffenen kein Fieber haben, sollten sie mit Medikamenten zurückhaltend sein. Denn mit dem Durchfall werden auch die auslösenden Keime ausgeschwemmt. Geht es allerdings nicht anders, bringt der Wirkstoff Loperamid das Geschehen zur Beruhigung und hat dann eindeutig mehr Nutzen als Risiken. Wer gar nichts bei sich behält, kann sich auch selbst eine spezielle Lösung mischen, die den Wasserspeicher wieder auffüllt: ein Liter Wasser, abgekocht und kohlegefiltert, versetzt mit einem Teelöffel Salz und acht Teelöffeln Zucker. Beide Methoden wirken allerdings nicht ursächlich gegen die Diarrhö. Das tun nur Antibiotika. Diese aber sind nur zu empfehlen, wenn die Betroffenen ausgeprägte Symptome haben: starke Bauchkrämpfe, Fieber und Blut im Stuhl. Angewendet werden sollten Antibiotika nur unter sorgfältiger Betreuung durch einen Arzt.

Antibiotika werden von der GKV übernommen.

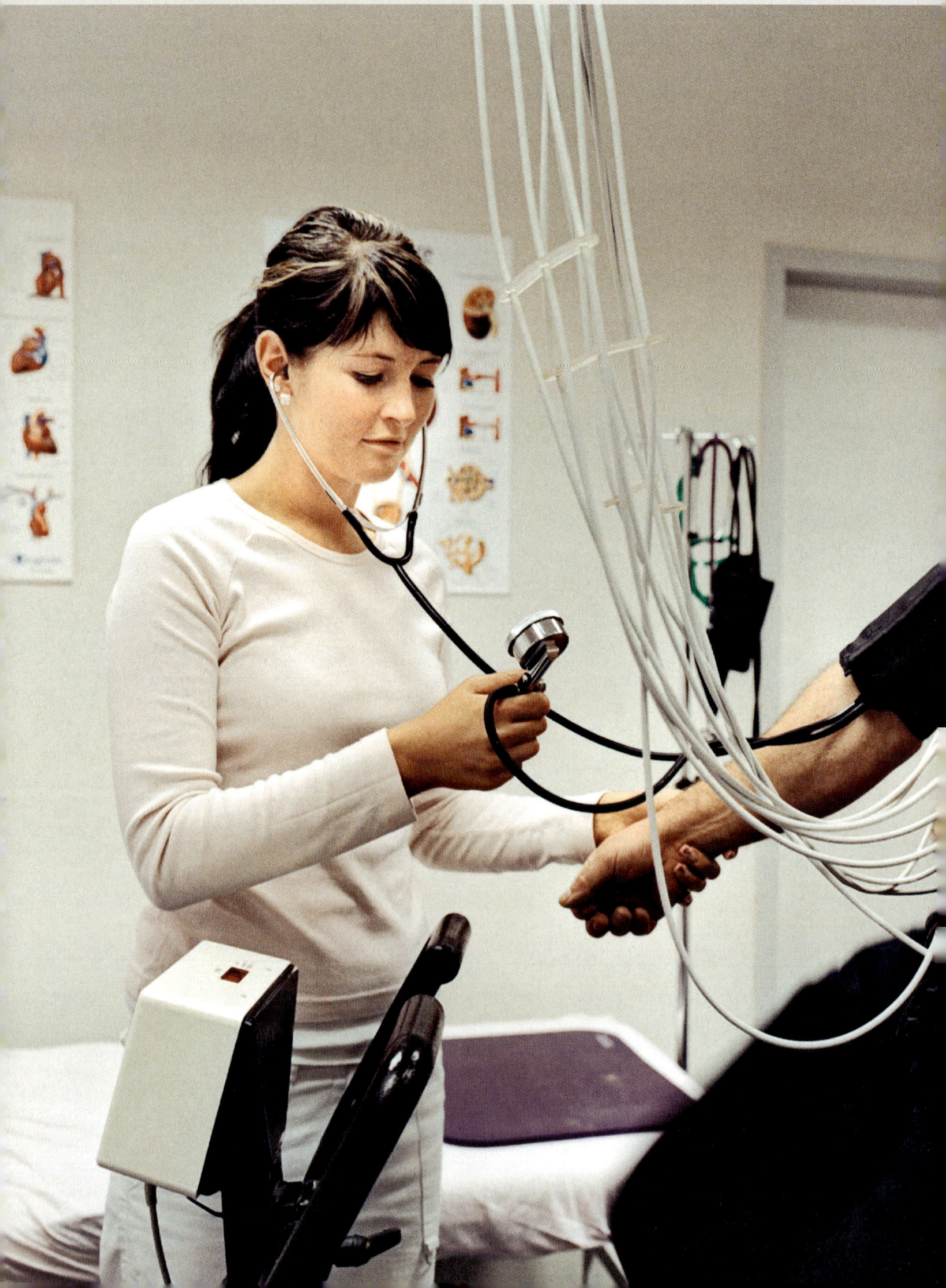

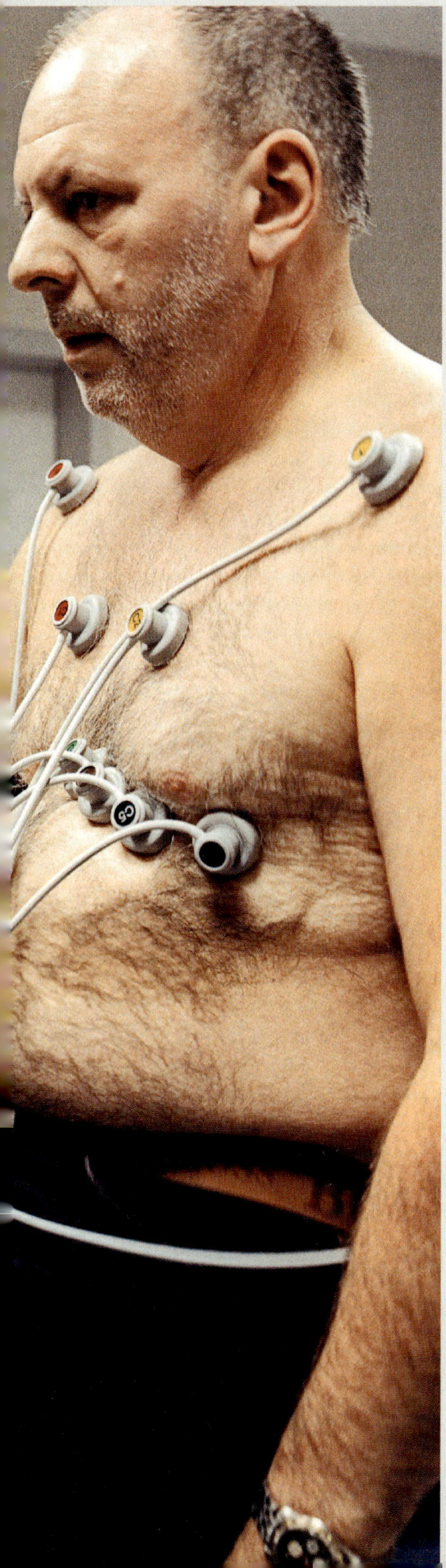

Die Wächter am Pumpwerk

Die Kardiologen stehen in vorderster Front im Kampf ums Leben – denn das Versagen von Herz und Gefäßen ist die häufigste Todesursache in Deutschland. Mit komplexer Messtechnik, fernbedienbaren Miniaturwerkzeugen und einem Arsenal an Arzneien halten die Spezialisten den Motor auf Trab.

Kombi-Diagnostik: Der Patient Reiner Müller absolviert in der Praxis der Rostocker Kardiologin Judith Kram ein Belastungs-EKG mit gleichzeitiger Blutdruckmessung. Arzthelferin Anja Bode überwacht die Prozedur.

Eine Viertelstunde geben wir uns noch«, entscheidet Frank Weber und fädelt einen weiteren Draht in den vor ihm liegenden Körper. Das geht nun schon seit mehr als zwei Stunden so. Draht rein, Draht raus. Über ein kleines Loch an der Leiste durch ein verzweigtes Aderlabyrinth direkt ins Herz. Bis zu 1,70 Meter Spezialmaterial, Stückpreis 150 Euro. Der Kardiologe der Rostocker Uni-Klinik friemelt sich geduldig in ein zwei Millimeter dünnes Gefäß direkt am Herzen vor, das komplett verkalkt ist. »Auf einer Strecke von vier bis fünf Zentimetern ist alles dicht. Infarktrisiko schätzungsweise 100 Prozent«, sagt der Arzt ungerührt, als verläse er den Seewetterbericht.

Zwei Mini-Ballons hat Weber schon an der Schadstelle positioniert. Er pumpte sie dort mit einem Druck auf, der dem Zehnfachen eines Autoreifens entspricht. Die mühsam gedehnte Schneise kleidet er jetzt mit vier winzigen Maschendrahtröhrchen aus, so genannten Stents. Aus den erwarteten 15 Minuten für eine Herzkatheter-Untersuchung sind so mehr als zwei Stunden geworden. Der Patient klagt, ihm schliefen langsam die Arme ein. Er erträgt die Prozedur gelangweilt. »Das Schlimmste ist das Liegen auf der harten Pritsche«, sagt Peter Zschoche.

Zusammenspiel von Praxis und Klinik

Zur gleichen Zeit widmet sich Judith Kram ein paar hundert Meter entfernt in ihrer kardiologischen Praxis dem Herzen einer Patientin und stellt enttäuscht fest: »Es ist noch immer da.« Auf dem Herzohr, einer Umschlagfalte des linken Vorhofs, thront ein kleines Gerinnsel, nur zwei bis drei Millimeter groß. Vor ein paar Jahren löste der Winzling einen Schlaganfall aus.

Die Patientin liegt seitlich auf einer Liege. Sie hat einen Schlauch geschluckt, dessen Schallkopf von der Speiseröhre aus das nahe Herz mit Ultraschall »auslotet« und ein Bild auf einen Monitor zaubert. »Schluck-Echokardiografie« heißt das Verfahren. »Hervorragend geeignet, um auf den Klappen sitzende Gerinnsel aufzuspüren«, schwärmt Judith Kram. Zusammen mit den Ärzten der Uni-Klinik bildet sie ein eingespieltes Team. Die Krankenhauskollegen marschieren im Notfall direkt ins Herz. Sie praktiziert adrett durch die Hintertür: mittels Ergometer mit den zehn Tentakeln des Belastungs-EKGs im Nebenzimmer, durch die Speiseröhre oder indem sie aufmerksam an der Halsschlagader lauscht.

Die Möglichkeiten der Kardiologen sind faszinierend. Einmal ins Herz und zurück in 15 Minuten? Kein Problem! Zunehmend gibt es auch kostenpflichtigen Extraservice: Wie wäre es mit einem Herz-Check für gestresste Führungskräfte? Kos-

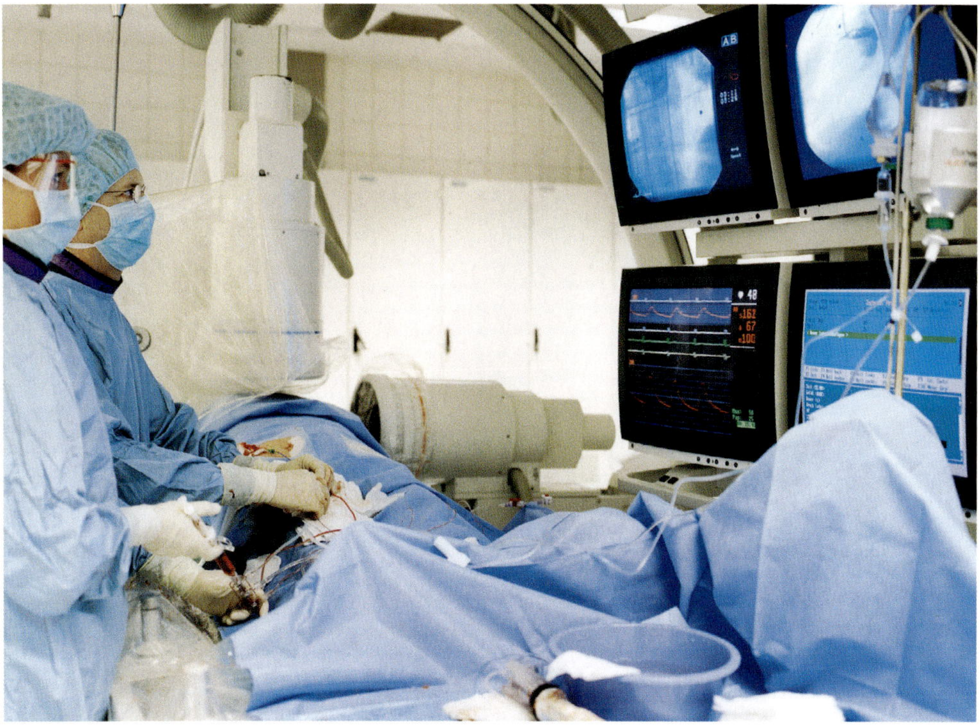

Großtechnik: Am Herzkathetermessplatz der Rostocker Uni-Klinik untersuchen Kardiologe Frank Weber (hinten) und Schwester Silke Kopf die Kranzgefäße eines Patienten.

tenpunkt zwischen 1000 und 1500 Euro. Oder, etwas günstiger, der Sport-Check für den Hobby-Marathonisten? Schließlich geht es um den Lebensmotor unseres Körpers. Um den sorgt sich laut »Andere Länder, andere Leiden«, einem berühmten medizinkulturellen Buch der US-Autorin Lynn Payer, kein Volk dermaßen wie die Deutschen. Sie nahmen lange viel mehr Herzmedikamente als Engländer oder Franzosen und zeigen oft Beschwerden, für die sich keine Ursachen finden lassen: die Herzneurose, bei der Menschen sich panikartig vor einem Infarkt fürchten, den Notarzt rufen, bei allen kardiologischen Untersuchungen aber völlig unauffällig bleiben. Dagegen stellte die »Deutsche Herzstiftung« paradoxerweise fest, dass nur 27 Prozent der über 60-jährigen Deutschen bei echten Infarktsymptomen sofort 112 wählen - ein oft tödlicher Fehler.

Katastrophales oder schleichendes Versagen des Herz-Kreislauf-Systems ist die mit Abstand häufigste Todesursache in Deutschland. 2004 starben daran rund 368 400 Menschen, das entspricht fast der Hälfte aller Todesfälle. Den mehr als

3000 Kardiologen kommt also eine herausragende Rolle im Kampf gegen den Sensenmann zu.
Die Pumpzentrale des Körpers mit ihren weit verzweigten Versorgungsbahnen ist komplex. Hintereinander geschaltete, störanfällige Rhythmusgeber steuern die Hohlmuskulatur des Herzens. Druckventile sorgen dafür, dass es, solange sie intakt sind, für das Blut nur Einbahnstraßen gibt. Und aus nur wenigen filigranen, verstopfungsgefährdeten Arterien nährt sich die Pumpe selbst. Obwohl auf höchste Dauerleistung optimiert, hat das Herz markante Schwachstellen, an denen sich Gefahren jahrelang aufbauen und durch nur geringe Vorzeichen ankündigen können. Da bedarf es eines guten Fährtensuchers.

Dem Herzschmerz auf der Spur

In der Praxis von Judith Kram beginnt das Indiziensammeln am aufgeräumten Schreibtisch. Ihr gegenüber sitzt der Patient, es gilt das ärztliche Prinzip »einfach mal erzählen lassen«. Die geäußerte Symptomatik ist richtungsweisend: Deuten die vermeintlichen Herzschmerzen vielleicht nur auf einen Wirbelsäulenschaden? Könnte die ständige Übelkeit bei einer Patientin auch eine Infarktwarnung sein? Die weibliche Symptomatik unterscheidet sich beträchtlich von den klassischen Vorzeichen bei Männern, etwa Brustschmerz oder Atemnot. Und das Gefühl, dass das Herz manchmal für einen Schlag aussetzt? »Ein ganz normaler Vorgang«, sagt Judith Kram ihrem Patienten und streichelt zur Beruhigung auch schon mal die Hand.
Zwischen »normal« und »lebensbedrohlich« liegen allerdings oft nur Nuancen. Der volkstümliche »Herzkasper« kann neben Stress, Freude oder Nervosität auch Kranzgefäß-Durchblutungsstörungen, Herzinfarkt, Herzklappenfehler, Vorhofflimmern, Schilddrüsenüberfunktion, Medikamentenüberdosierungen und Vergiftungen anzeigen. Oder er bleibt – in gut zehn Prozent der Fälle – einfach unerklärlich und ist laut Karel Frederik Wenckebach, einem Begründer der Herzrhythmus-Forschung, dann nichts weiter als ein »Unfug der Natur«.
Während Judith Kram ihr therapeutisches Gespräch führt, läuft in der Uni-Klinik der Betrieb auf Hochtouren. In den beiden Katheterlaboren tippeln Patienten in Nachthemd und Socken umher. Die gegen Röntgenstrahlung mit Bleikitteln armierten Ärzte wirken dazwischen wie Aliens. Der Mummenschanz ist Zwang – denn die Strahlenbelastung einer Katheteruntersuchung für den Patienten entspricht der von 500 bis 1000 Röntgenbildern. Die Bleikittel werden heute mehr

als 20 Patienten auf ihren zwei Tischen haben. Sie sind wichtige Partner der niedergelassenen Ärztin um die Ecke. »Das kann man nicht oft genug betonen«, was Christoph Nienaber, Chef der Kardiologie, eine Etage höher folgerichtig auch gleich mehrfach wiederholt. Der Professor kramt ein Blatt Briefpapier aus der Schreibtischlade und kritzelt eilig eine Grafik, in der diverse Pfeile zwischen Klinik und Kram'scher Praxis kommunizieren: Kram überweist ihre Patienten bei klar diagnostizierten Verdachtsmomenten an die Klinik, medikamentös fertig stabilisiert. Die Kardiologen gehen im Herz auf Inspektion, fördern Beweise für oder gegen den Verdacht oder beheben sofort den Schaden. Judith Kram bekommt die Patienten mit Befund zur Weiterbehandlung zurück.

Teilchen für ihr diagnostisches Puzzlespiel gewinnt Judith Kram durch die richtigen Fragen, die Hand am Puls oder das Herz-Chart des Belastungs- und Langzeit-EKGs. Damit lässt sich vieles klar erkennen – aber nicht alles.

Vorhofflimmern etwa – die häufigste Rhythmuserkrankung, an der rund eine Million Deutsche leiden – kann sowohl durch Stress als auch durch Ruhe (etwa nachts) ausgelöst werden. Seine »technische« Ursache im Herzen ist schwer zu erkennen. Bei einem entsprechenden Verdacht fordert Kram deshalb fehlende Puzzlesteine vom Kliniker Nienaber an. Er liefert sie mit einer elektrophysiologischen Katheteruntersuchung. Dabei werden dünne Kabel mit elektrisch leitender Spitze eingesetzt, um direkt am Herzen fließende Ströme zu messen, natürliche Rhythmusgeber am falschen Ort oder zusätzliche Leitungsbahnen als mögliche Quelle zu orten und sie mittels Hochfrequenz-Katheterablation gezielt zu veröden. Passgerecht können auch verschiedene Herzschrittmacher-Typen den Rhythmus-Wirren ein Ende machen – oder der implantierbare Defibrillator: ein direkt ans Herz gedockter Generator, der kardiale Fehlzündungen erkennt und, wenn nötig, einen ordnenden Stromschock entlädt.

Einsatz des Herzkatheters

Judith Kram setzt auf sachtes Abwägen der zahlreichen Möglichkeiten von Therapie und Diagnostik. Der Patient müsse dabei stets eingeweihter Partner sein und auf die nächsten Schritte gut vorbereitet werden: »Morgen Katheter und tschüs, das funktioniert nicht.« Die Ärztin erläutert, was man tun kann. Eine Überweisung auf den Kathetertisch rufe ein natürliches Unbehagen hervor. Man könne auch Angst sagen. Die sich aber, wie es Professor Nienaber im unnachahmlichen Mediziner-Deutsch formuliert, »überdimensional zu den Symptomen verhält«.

Sprich: So schlimm sei der wohlindizierte Eingriff nicht, erst recht nicht im Vergleich zum Risiko bei Untätigkeit. »Eigentlich banal einfach« sei er, »wenn man über die entsprechende Expertise und den nötigen Background verfügt.«
Expertise bezeugen die 4163 Katheteruntersuchungen, die die Rostocker Ärzte im vergangenen Jahr vorgenommen haben – schwankten die Fallzahlen an den 580 deutschen Kathetermessplätzen im Jahr 2004 doch zwischen unter 20 und über 9000. Professor Hans-Jürgen Becker von der Deutschen Herzstiftung hält weniger als 1000 Untersuchungen im Jahr an einem Messplatz für »bedenklich«. Professor Eckart Fleck vom Berliner Herzzentrum, Sprecher der Deutschen Gesellschaft für Kardiologie, fordert »mindestens 100 Interventionen pro Arzt«. Patienten, für die eine Katheteruntersuchung vorgesehen ist, sollten sich nach einer kardiologischen Einrichtung mit 24-Stunden-Fachbereitschaft umsehen, von der aus eine Herzchirurgie ohne langen Krankentransport erreichbar ist – für den Notfall.

Neue Diagnosemethoden

Zumindest in der Diagnostik erreichen zunehmend gute Alternativen zum Katheter die Kliniken: Neue Kernspin-(MRT-) und Computertomografie-(CT-)Geräte liefern erstklassige Einblicke ins Pumporgan. »Im Berliner Herzzentrum senkte das MRT die Zahl der diagnostischen Katheteruntersuchungen um 50 Prozent«, sagt Fleck. Flächendeckend durchsetzen konnten sich die Röntgenverfahren bislang nicht: Die Entgelte dafür sind vergleichsweise niedrig. Niedergelassene Kardiologen können sie bislang überhaupt nicht abrechnen. Auch gibt es Anwendungen, bei denen der Katheter in Meisterhand noch immer mehr erkennt. Und sogleich behandeln, etwa mit Ballon oder Stent, kann kein Tomograf.
Für Judith Kram wäre die Anschaffung des bis zu zwei Millionen Euro teuren Kathetermessplatzes eine Unmöglichkeit. In besser situierten Gegenden sind solche Investitionen auch in Praxen keine Seltenheit. Allein in Hamburg existieren 21 Kathetermessplätze, deren Betreiber um Patienten buhlen, was Refinanzierungsdruck erzeugt und den Verdacht nährt, dass Patienten auch zum Umsatzträger werden, um teure Investitionen zu amortisieren.
Das Teamwork zwischen Klinik und niedergelassener Praxis erscheint vor diesem Hintergrund für Ärzte wie für Patienten als eine sinnvolle Variante. Für Judith Kram wäre der Praxisalltag anders gar nicht mehr zu bewältigen. Das Wartezimmer immer voll und Frau Doktor ständig zwischen dem Ausloten von Herzohren und Ausnivellieren von Tablettenkombinationen unterwegs. So wie bei Jens

Siebert. Hinter dessen Erscheinung man einen Spitzensportler vermutet, auf keinen Fall aber einen Herzinfarktpatienten. Auch sein Hausarzt brachte vor einigen Jahren den Schmerz in Brust und Schulter sowie die Atemnot nicht mit dem Naheliegendsten in Verbindung. Es gibt Patienten, die mit diesem Schmerzbild Magenspiegelungen anheimfielen oder Zähne gezogen bekamen, bevor durch die Überweisung zum Kardiologen eine Angina Pectoris offenbar wurde. Jens Siebert ereilte der Herzinfarkt, bevor er einen Kardiologen überhaupt zum ersten Mal sah. Mit 33 Jahren. Nun muss er halbjährlich zur Kontrolle: Gespräch, Ultraschall, Belastungs-EKG und dann noch den 24-Stunden-Blutdruckmesser für zu Hause. »Ihre Medikamente nehmen Sie?« - das ist weniger eine Frage als eine Aufforderung der Ärztin. Sein »Müsli«, wie es Siebert nennt, bestehend aus ASS 100, damit die Blutplättchen nicht verklumpen, dazu Blutfettsenker und Betablocker. »Ein fantastisches Medikament«, so Kram. Es blockiert die Adrenalinrezeptoren und senkt so Blutdruck und Herzfrequenz. Ein zusätzlicher ACE-Hemmer wirkt ähnlich durch Weitstellung der Gefäße. Professor Becker von der Deutschen Herzstiftung mahnt allerdings dazu, die therapeutischen Mixturen übersichtlich zu halten: »Gerade ältere Menschen nehmen bis zu zwölf Tabletten am Tag, aber keiner weiß, wie dieser Cocktail zusammen wirkt.« Nebenwirkungen belasten die

Jens Siebert erlitt mit 33 Jahren einen Herzinfarkt. In die Praxis von Judith Kram kommt er nun regelmäßig zur Kontrolluntersuchung.

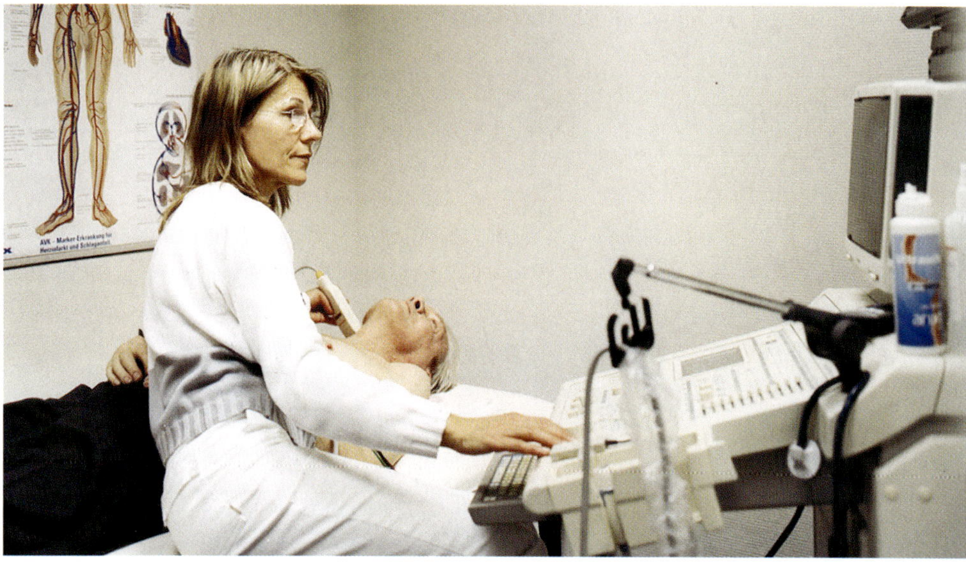

Judith Kram untersucht die Halsschlagadern ihres Patienten Manfred Wohlfühl per Ultraschall. Das erlaubt Rückschlüsse auf den Gesamtzustand des Gefäßsystems.

Nieren, verursachen Muskelschmerz, Reizhusten oder Impotenz und sind der Grund, warum Patienten ihre Mittel oft nach einem halben Jahr nicht mehr schlucken. »Das vermeidet man mit Fingerspitzengefühl«, sagt Judith Kram. »Solange der Patient über Nebenwirkungen klagt, muss ich an Kombination und Dosis tüfteln.«

Und wie steht es mit dem Herz-Check für Manager, Frau Doktor? »Das würde hier in Mecklenburg niemand nachfragen«, antwortet die Ärztin schmunzelnd. So viele Manager gibt es ja nicht in Mecklenburg. Im Übrigen untersucht man das Herz eines Managers auch nicht anders als das eines normalen Mecklenburgers. Gegebenenfalls auch ganz normal auf Überweisungsschein.

MEHR INFORMATIONEN

Internet: www.herzstiftung.de (Webseite mit umfassenden Materialien rund um das Thema Herzgesundheit, inklusive regionaler Veranstaltungshinweise, Risikotest und Notarztspiel); leitlinien.dgk.org (Der jeweils aktuelle Stand der deutschen Therapieempfehlungen in der Kardiologie. Sie setzen die klinischen Standards, nach denen sich Ärzte richten sollten.)

Methoden-Check: Kardiologie

Dr. Gerian Grönefeld von der Asklepios-Klinik Barmbek in Hamburg hat gängige kardiologische Verfahren sowie häufig verordnete Arzneien auf der Basis der besten verfügbaren Studien bewertet.

Diagnosemethoden: Nichtinvasive Kardiologie

Erfragung der Krankengeschichte (Anamnese-Gespräch)

Der Arzt erkundigt sich nach aktuellen Beschwerden oder Änderungen im Verlauf. Typische Erstbeschwerden sind Leistungsschwäche, Schmerzen im Brustkorb bei Belastung, Luftnot, Herzstolpern oder Herzrasen. Bei Patienten mit bekannter Herzerkrankung fragt der Arzt bei Kontrolluntersuchungen nach neu aufgetretenen Beschwerden und dem Allgemeinbefinden.

Experten-Einschätzung: Unerlässlich, um Beschwerden richtig einordnen zu können. Schwerwiegende müssen gegebenenfalls sofort durch weitere Untersuchungen abgeklärt werden. Sind die Symptome harmloser, kann dies extrem beruhigend sein. Wichtig sind Fragen nach bekannten Risikofaktoren wie Bluthochdruck, erhöhte Cholesterinwerte oder Zuckerkrankheit. Auch das Vorliegen von Herzerkrankungen bei nahen Verwandten gilt als wichtiger Risikomarker. Der Kardiologe muss gezielte Fragen stellen und ausreichend Erfahrung besitzen, um den richtigen Verdacht formulieren zu können. So lassen sich einige gutartige Rhythmusstörungen, die nur in bestimmten Situationen auftreten, bereits durch typische Hinweise wie regelmäßiges Herzrasen oder Harndrang nach dem Anfall identifizieren. Fragen nach dem Allgemeinbefinden können eine neue Herzerkrankung, aber auch eine Nebenwirkung von Medikamenten entlarven. So kann anfallsweises Husten auf eine beginnende Herzschwäche hinweisen oder als Nebenwirkung bestimmter Blutdruckmedikamente auftreten.

Leistung der Gesetzlichen Krankenversicherung (GKV)

Körperliche Untersuchung und Abhören der Herztöne (Auskultation)

Hier sucht der Arzt nach Hinweisen auf eine Herzerkrankung. So können blaue Lippenfärbung oder Wassereinlagerungen in den Beinen (Ödeme) Zeichen einer Herzpumpschwäche sein. Gezielt fühlt der Arzt den Puls an Armen und Beinen und hört Herz und Lunge mit einem Stethoskop ab. Auch der Blutdruck wird gemessen. Mögliche Hinweise auf eine allgemeine Gefäßverengung durch Adernverkalkung sind zum Beispiel abgeschwächte Fußpulse bei Durchblutungsstö-

Keine Experimente

Reagenzgläser und Chemikalien sucht man im Herzkatheterlabor vergebens. Stattdessen setzen Kardiologen hier feine Drähte und Schläuche ein, um in das Innerste unseres lebenswichtigen Organs zu blicken. In dieser Grafik erklären wir die dazu notwendigen Instrumente und ihre Funktion.

Herzkatheteruntersuchungen

1 Beim **Linksherzkatheter** sticht der Arzt unter örtlicher Betäubung eine Nadel in die Schlagader der Leiste oder der Ellenbeuge. An die Stelle der Nadel setzt er ein Plastikröhrchen als Schleuse, dann schiebt er einen dünnen Draht und verschiedene Katheter in Richtung der Hauptschlagader bis in die linke Herzkammer – alles unter Röntgenkontrolle.
Mit Kontrastmittel kann er die einzelnen Herzkranzgefäße darstellen und die Funktion der Herzkammer. Spezialkatheter helfen ihm, Engstellen in den Gefäßen aufzuweiten.

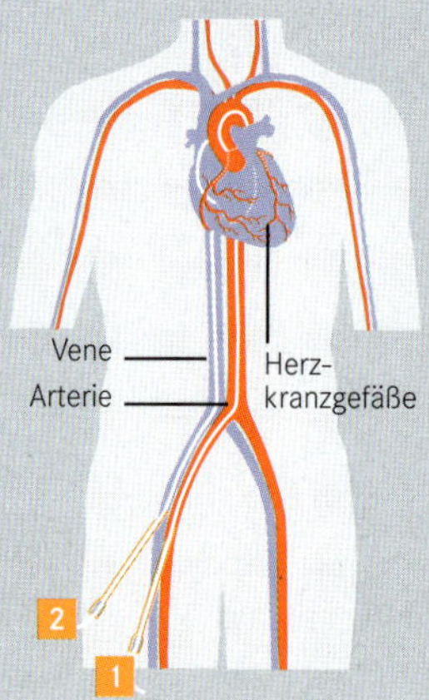

2 Beim **Rechtsherzkatheter** führt der Kardiologe einen Katheter in eine Vene der Leiste oder Ellenbeuge ein. Damit kann er den Druck im rechten Herzen und in den Lungengefäßen messen.

Einsetzen eines Stent

Schritt 1
Der Ballonkatheter mit dem eng umwickelten Drahtgeflecht (Stent) wird in die Engstelle vorgeschoben.

Schritt 2
Der Arzt füllt den Ballon mit Kontrastmittel, sieht ihn im Röntgenbild und weitet mit Ballon und Stent die Engstelle.

Schritt 3
Der Ballon wird entleert, der Stent bleibt aufgedehnt.

Schritt 4
Der Kardiologe zieht den Ballonkatheter zurück, der Stent sitzt nun fest in der Wand und hält das Gefäß offen.

Die Katheterspitzen

11 **Judkins rechts**
Er hilft dem Arzt, das rechte Herzkranzgefäß darzustellen.

12 **Judkins links**
Seine Spitze ist so geformt, dass der Kardiologe ihn leicht in das linke Herzkranzgefäß-System vorschieben kann.

13 **Pigtail**
Seine Spitze ist wie ein Schweineschwänzchen eingerollt. Mit ihm gibt der Arzt Röntgenkontrastmittel in die Herzkammer.

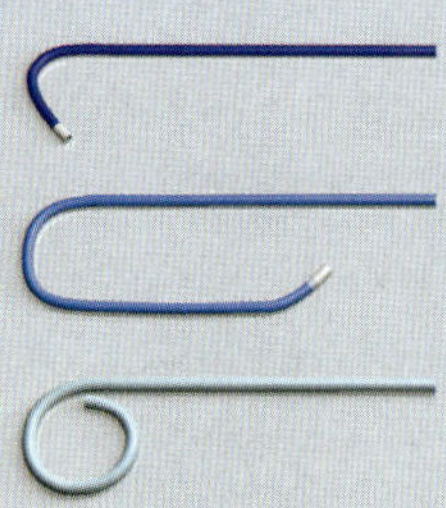

14 **Einschwemmkatheter**
Damit wird das rechte Herz untersucht. Er schwimmt mit seinem Ballon im Venenblut mit und findet so von selbst seinen Weg.

15 **Atherektomiezange**
Damit kann der Arzt Ablagerungen an der Innenwand der Herzkranzgefäße abschneiden.

16 **Ballonkatheter mit Stent**
Ein Manometer füllt ihn mit Kontrastmittel und dehnt ihn auf. An der richtigen Stelle platziert, lassen sich damit Engstellen aufweiten und Stents setzen.

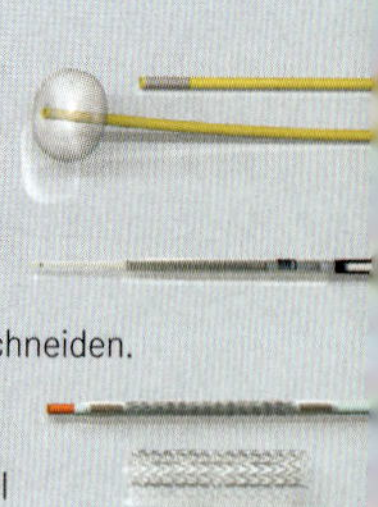

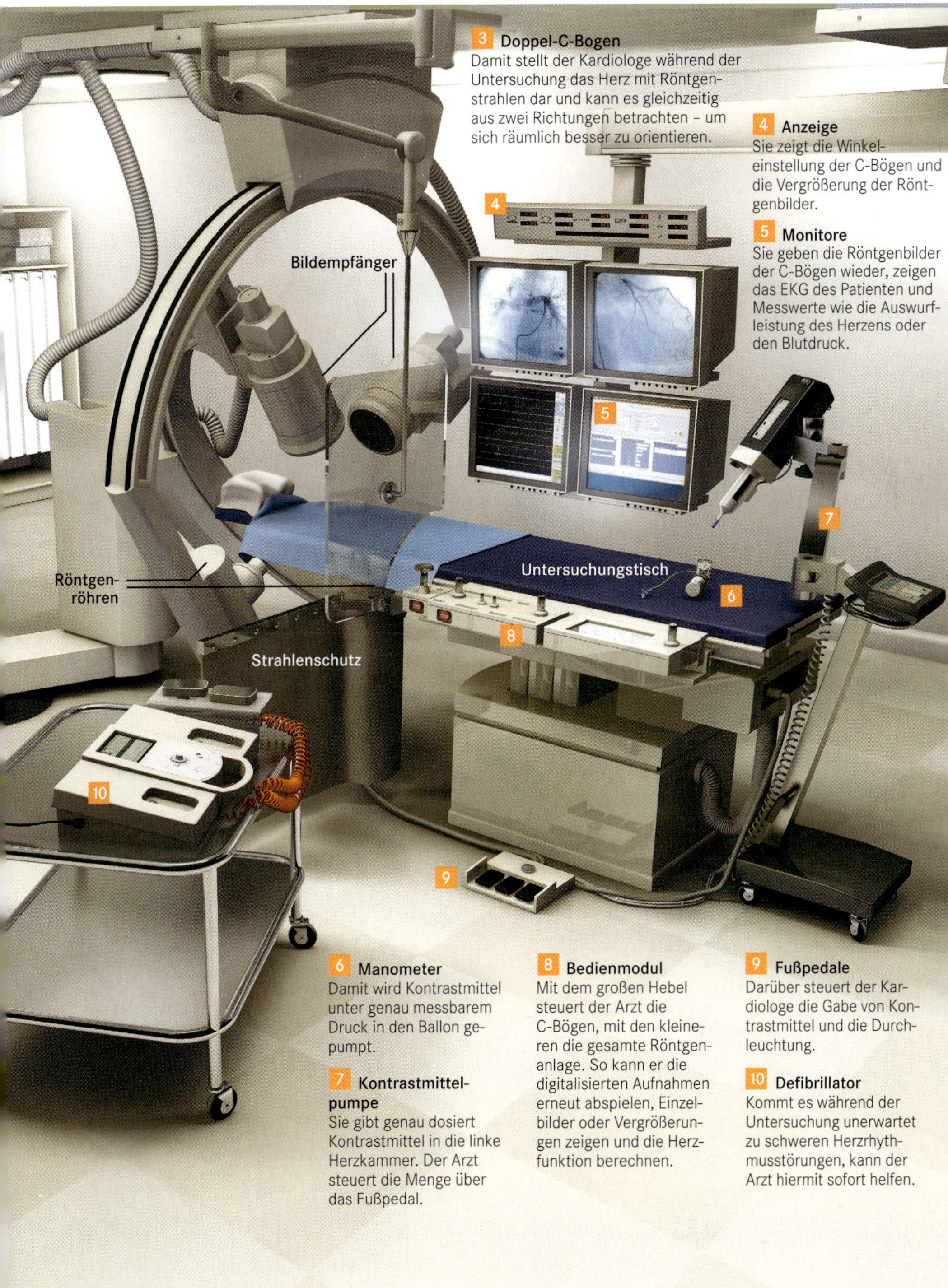
3 Doppel-C-Bogen
Damit stellt der Kardiologe während der Untersuchung das Herz mit Röntgenstrahlen dar und kann es gleichzeitig aus zwei Richtungen betrachten – um sich räumlich besser zu orientieren.
4 Anzeige
Sie zeigt die Winkeleinstellung der C-Bögen und die Vergrößerung der Röntgenbilder.
5 Monitore
Sie geben die Röntgenbilder der C-Bögen wieder, zeigen das EKG des Patienten und Messwerte wie die Auswurfleistung des Herzens oder den Blutdruck.
Bildempfänger
4
5
7
Röntgenröhren
Untersuchungstisch
6
8
Strahlenschutz
10
9
6 Manometer
Damit wird Kontrastmittel unter genau messbarem Druck in den Ballon gepumpt.
7 Kontrastmittelpumpe
Sie gibt genau dosiert Kontrastmittel in die linke Herzkammer. Der Arzt steuert die Menge über das Fußpedal.
8 Bedienmodul
Mit dem großen Hebel steuert der Arzt die C-Bögen, mit den kleineren die gesamte Röntgenanlage. So kann er die digitalisierten Aufnahmen erneut abspielen, Einzelbilder oder Vergrößerungen zeigen und die Herzfunktion berechnen.
9 Fußpedale
Darüber steuert der Kardiologe die Gabe von Kontrastmittel und die Durchleuchtung.
10 Defibrillator
Kommt es während der Untersuchung unerwartet zu schweren Herzrhythmusstörungen, kann der Arzt hiermit sofort helfen.

rungen an den Beinen oder besonders laute Blutflussgeräusche der Halsschlagader. Bei einer Herzschwäche können die Patienten unter Wassereinlagerung in den Beinen und Luftnot leiden. Wichtig ist das Abhören des Herzens, um die Geräusche, die die Herzklappen erzeugen, richtig zu bewerten.

Experten-Einschätzung: Ein erfahrener Arzt vermag mit dem Stethoskop viele Klappenerkrankungen eindeutig zu erkennen. Allerdings sind zur Diagnose der häufigsten Erkrankung in der Kardiologie, der Verkalkung der Herzkranzadern (Koronare Herzkrankheit), stets weitere Untersuchungen wie EKG – in Ruhe und unter Belastung – und Herzultraschall notwendig.
Leistung der GKV

EKG (Elektrokardiografie, → Grafik Seite 28/29)

Ruhe-EKG

Routineuntersuchung zur Kontrolle des Herzschlags. Bei jedem Schlag entsteht ein schwacher Strom. Dieser Strom wird gemessen über sehr empfindliche Elektroden, die am Brustkorb, an den Armen und Beinen befestigt sind.

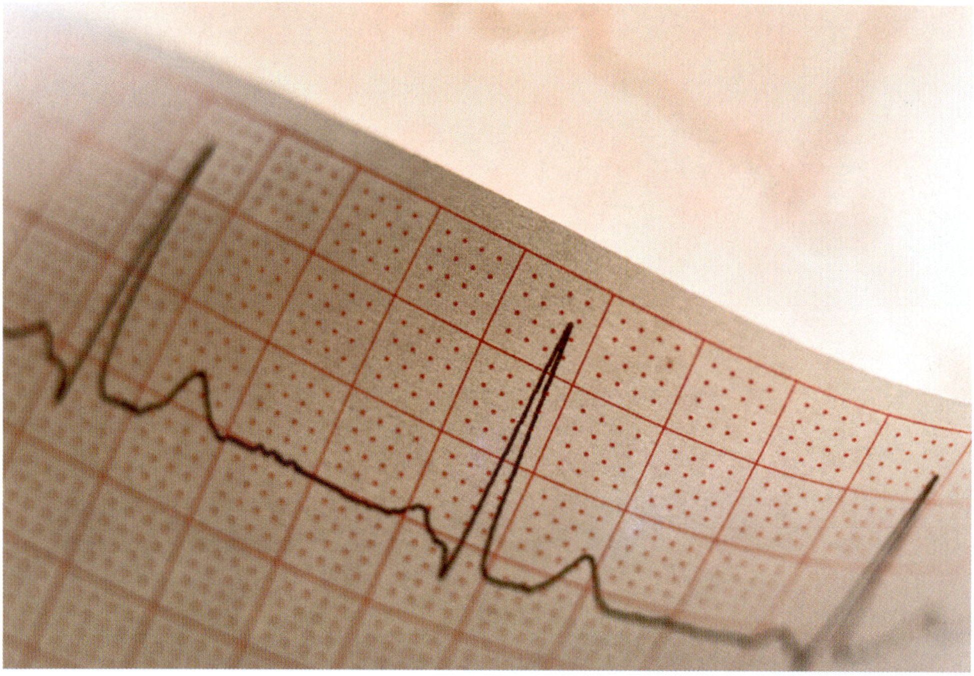

Aus den charakteristischen Kurven des Elektrokardiogramms kann der Facharzt Rückschlüsse auf Herzstörungen ziehen.

WICHTIGE LABORWERTE IN DER KARDIOLOGIE

Für Herzspezialisten spielen Blutwerte längst keine so große Rolle wie für Allgemeinmediziner, aber auch hier sind sie häufig von großem Nutzen. So können gängige Analysen dem Kardiologen helfen, Herzinfarkte zu diagnostizieren, die nicht oder noch nicht im Elektrokardiogramm (EKG, → Grafik auf Seite 28/29) zu sehen sind, oder festzustellen, ob der Patient ein erhöhtes Risiko für die Koronare Herzerkrankung hat. In der Regel reichen die Blutwerte allein jedoch nicht für eine sichere Diagnose aus, der Arzt wird zusätzlich andere Untersuchungen durchführen.

- **Creatin-Kinase:** Eine Variante dieses Enzyms (CK-MB) kommt vorwiegend im Herzmuskel vor – der Anstieg dieses Wertes gilt daher als Marker für einen Herzinfarkt. Allerdings steigen die Werte im Blut üblicherweise frühestens vier Stunden nach dem Zelltod an, sodass eine rettende Therapie mit Blutverdünnern oder der Notfall-Ballondilatation bereits eingeleitet sein muss.

- **Troponin T:** Ein Enzym, das bei Herzinfarkt und schweren Hochdruckkrisen ins Blut geschwemmt wird, weil Herzmuskelzellen zerstört sind. Sensibler Test, mit dem ein Infarkt schon nachweisbar ist, wenn das EKG noch keine typischen Veränderungen aufweist. Je höher der Wert, desto größer die Gefahr lebensbedrohlicher Komplikationen.

- **HS-CRP (hochsensitives CRP):** Sehr sensibler Entzündungsmarker. Bei der koronaren Herzerkrankung ist er dauerhaft erhöht. Allerdings kann der Wert auch durch andere Entzündungen im Körper steigen und bietet daher allein noch keine zuverlässige Aussage.

- **BNP (Brain Natriuretic Peptid):** Bei Herzschwäche wird der hormonähnliche Stoff vermehrt gebildet. Anhand des Wertes kann der Arzt das Ausmaß einer Herzschwäche im Langzeitverlauf erkennen und von anderen Erkrankungen mit ähnlichen Beschwerden unterscheiden.

- **Homocystein:** Eine hohe Konzentration dieser körpereigenen Aminosäure soll mit einem erhöhten Herzinfarktrisiko in Verbindung stehen. Allerdings gilt dies nur, wenn mehrere Risikofaktoren für eine koronare Herzerkrankung zusammenkommen. Die Bestimmung ist im Rahmen eines erweiterten Screenings von Risikopatienten sinnvoll, um über das gebotene Ausmaß der Therapie zu entscheiden: So kann man beim Zusammentreffen vieler Risikofaktoren durch fettsenkende Medikamente einen beeinflussbaren Risikofaktor ausschalten.

Experten-Einschätzung: Weicht das Ruhe-EKG vom normalen Kurvenverlauf ab, kann dies ein Hinweis sein auf Durchblutungsstörungen des Herzmuskels oder Veränderungen, die auf Bluthochdruck oder Herzklappenerkrankungen zurückgeführt werden können. Auch Herzrhythmusstörungen lassen sich erkennen.
Das Ruhe-EKG ist allerdings sehr unspezifisch. Es kann bei vielen Erkrankungen verändert sein. Eine Ausnahme stellt der Herzinfarkt dar: Kann man die typischen Veränderungen durch einen Herzinfarkt erkennen, ist das so eindeutig, dass der Notarzt schon auf dem Weg in die Klinik stark blutverdünnende Medikamente verabreicht, um das Gerinnsel in der Herzkranzarterie aufzulösen.
Leistung der GKV

Belastungs-EKG (Ergometrie)
Es ermöglicht die Beurteilung von Veränderungen der Herzstromkurve unter Belastung. Üblicherweise werden standardisierte Verfahren – z.B. auf dem Laufband gehend oder in Halbschräglage auf einem Fahrrad liegend – angewandt. Der Arzt erhöht stufenweise die Belastung, wobei er den Blutdruck misst und auf jeder Belastungsstufe einmal in der Minute ein EKG aufzeichnet. Am Ende werden Herzströme und Blutdruck noch einige Zeit weiter gemessen, um auch Veränderungen in der Erholungsphase zu erfassen. Während der gesamten Untersuchung wird der Patient ständig beobachtet; dabei wird auf eventuelle Beschwerden wie neu auftretende Brustschmerzen oder Schwindel geachtet.
Experten-Einschätzung: In der Praxis eine der wichtigsten Untersuchungen zur Abklärung von Brustschmerzen und vermuteten Durchblutungsstörungen des Herzmuskels. Bei körperlicher Belastung muss das Herz mehr pumpen; sind die Herzkranzgefäße verengt, reicht die Durchblutung nicht mehr aus. Der Sauerstoffmangel kann sich durch Brustschmerzen oder EKG-Veränderungen bemerkbar machen, die in Ruhe nicht zu beobachten sind.
Ein auffälliges Belastungs-EKG erlaubt noch keine genaue Lokalisation der Durchblutungsstörung am Herzen. Weitere Untersuchungen sind unbedingt nötig, da in mehreren Studien nachgewiesen ist, dass bei auffälligem Belastungs-EKG das Risiko für einen erneuten Herzinfarkt oder für einen Herztod erhöht ist. Unter steigender Belastung kann zudem ein so genannter Belastungs-Hochdruck aufgespürt werden. Auch viele Herzrhythmusstörungen treten nur unter Belastung auf. Schließlich kann auch die Wirkung von Herzmedikamenten unter Belastung überprüft werden.

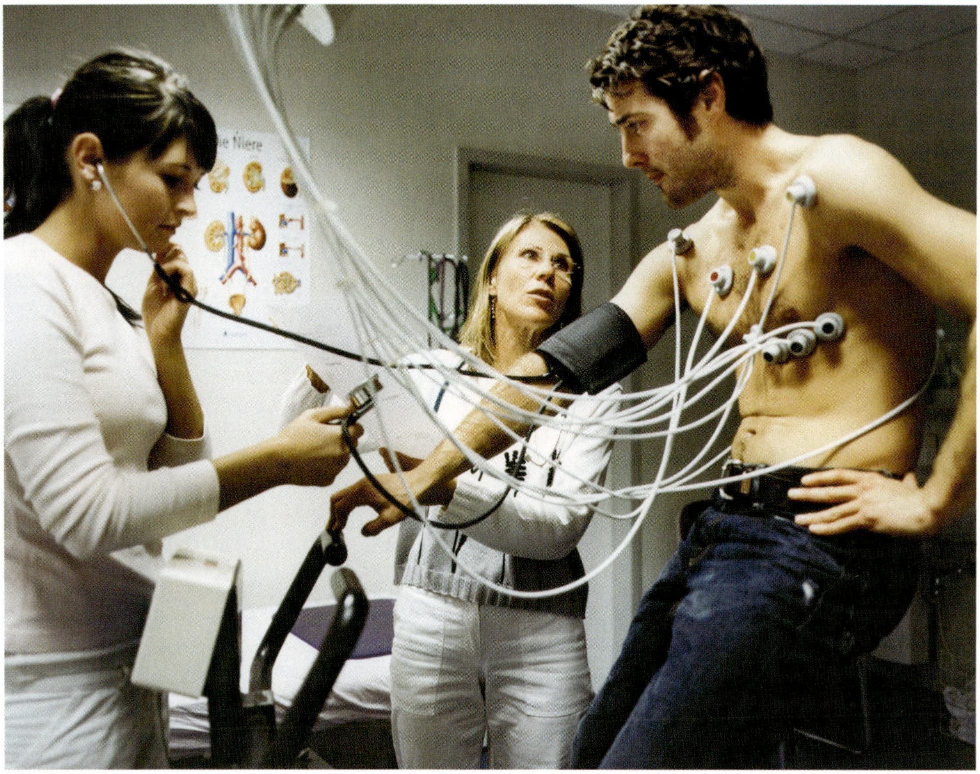

Wie bewältigt der Hohlmuskel höchste Anforderungen? Mit Fahrradergometer und Belastungs-EKG untersucht die Rostocker Kardiologin Judith Kram ihren Patienten. Die Saugelektroden auf der Brust messen die Ströme, die das Herz bei jedem Pulsen erzeugt.

Die Grenze dieser Methode liegt in der eingeschränkten »Trefferquote«. Sie beträgt auch bei korrekter Durchführung nur 70 bis 80 Prozent. Das heißt, 20 bis 30 Prozent der Herzkranken haben ein unauffälliges Belastungs-EKG. Bleibt unklar, ob es Durchblutungsstörungen gibt, können ergänzend aufwendigere Belastungstests erfolgen, die das Herz bildlich darstellen. *Leistung der GKV*

Langzeit-EKG

Hierbei bekommt der Patient einen tragbaren Kassettenrecorder in der Größe eines Walkmans. Er zeichnet die Herzströme über 24 Stunden auf. Gleichzeitig sollte ein genaues Tagebuch geführt werden darüber, wann Beschwerden wie Herzstolpern oder Herzrasen auftreten. Vom Recorder werden die Daten in einen Computer eingelesen und vom Arzt ausgewertet.

Experten-Einschätzung: Ein unerlässliche, häufig angewandte Untersuchung, um Beschwerden aufgrund von Herzrhythmusstörungen zu erfassen. Bei bekanntem Vorhofflimmern kann genau bestimmt werden, ob die mittlere Herzfrequenz zu schnell oder zu langsam ist. Die häufigste Herzrhythmusstörung betrifft zwar nur die Herzvorhöfe und ist meist nicht lebensbedrohlich, aber ungeordnete Erregungsweiterleitung kann den normalen Herzschlag auf verschiedene Weise stören. *Leistung der GKV*

Langzeit-Blutdruckmessung

Dem Patienten wird eine Blutdruckmanschette angelegt, die mit einem Langzeit-Aufzeichnungsgerät verbunden ist. Der Blutdruck wird tagsüber alle 30 Minuten und nachts alle 60 Minuten gemessen. Gleichzeitig sollte ein Tagebuch geführt werden, da der Blutdruck von vielen Faktoren abhängig ist: körperlichen oder seelischen Belastungen, Medikamenteneinnahme und Schlafphasen.

Experten-Einschätzung: Eine wichtige Untersuchung, die noch viel häufiger eingesetzt werden sollte. Kaum eine Größe schwankt im Laufe eines Tages mehr als der Blutdruck. Über die 24-Stunden-Messung wird der »Weißkittel-Effekt« umgangen – zu hohe Blutdruckwerte, weil der Patient beim Arztbesuch aufgeregt ist. In der Langzeitmessung sollten die mittleren Werte über den Tag nicht über 135/85 liegen, nachts sollte der Blutdruck deutlich abfallen (um mehr als zehn Prozent). Bei Bluthochdruckpatienten sinkt der Blutdruck in der Nacht nicht ab, da die Gefäße schon starr sind.

Leistung der GKV

Echokardiografie

Mittels Ultraschall kann das Herz aus verschiedenen Winkeln betrachtet und in Aktion dargestellt werden. Auf einem Monitor zeigen die Bilder das schlagende Herz mit Herzhöhlen.

Experten-Einschätzung: Die absolut wichtigste nicht belastende Untersuchung (»Goldstandard«) für die meisten Erkrankungen am Herzen. Mit ihr können sämtliche Herzmuskel- und Herzklappenerkrankungen, einschließlich angeborener und erworbener Herzfehler, schnell und zuverlässig diagnostiziert werden. Die einzigen Veränderungen am Herzen, die man nicht gut sieht, sind Verengungen der Herzkranzgefäße, da sie zu klein sind. Anatomisch sehr gut dargestellt werden hingegen Herzklappen, Herzhöhlen mit Vorhöfen und Kammern, der Herz-

muskel mit eventuellen Narben durch einen abgelaufenen Herzinfarkt, Blutgerinnsel, Verkalkungen und Ausbuchtungen der Herzwand (Aneurysmen).
Die Untersuchung ist sicher, schmerzlos und strahlenbelastungsfrei. Es gibt keine untere oder obere Altersbegrenzung, auch Schwangere, Kinder und Ungeborene im Mutterleib können untersucht werden. Die Qualität der Untersuchung ist stark von Erfahrung und Wissen des Arztes abhängig.
Leistung der GKV

Doppler-Echokardiografie

Sie ist bei den heute verwendeten Ultraschallgeräten integriert und gibt Informationen über das Strömungsverhalten des Blutes im Herzen. Je nach Bewegungsrichtung kann das Gerät die Blutflüsse unterschiedlich färben (deswegen auch Farbdoppler genannt). Bewegt sich der Blutfluss vom Schallkopf weg, erscheint er blau; wenn er auf den Schallkopf zufließt, ist er rot angefärbt. So kann der Untersuchende sehr schnell sehen, ob Blut in die falsche Richtung fließt. Bei Verwirbelungen erscheint es grün gesprenkelt.
Experten-Einschätzung: Mit der Doppleruntersuchung kann man sehen, ob die Herzklappen ihre Ventilfunktion ausüben, das Blut in die richtige Richtung durchlassen und beim Rückfluss auch dicht schließen. Liegt eine Engstelle (Stenose) oder Undichtigkeit (Insuffizienz) einer Herzklappe vor, kann sogar berechnet werden, wie stark der Blutrückfluss oder der Druck durch Rückstau ist. Auch Löcher in der Scheidewand von Herzvorhöfen und von Herzkammern sind mit dieser Untersuchungsmethode besonders gut aufzuspüren, da ein untypischer Blutfluss zu erkennen ist. Auch beim Bluthochdruckpatienten liefert der Ultraschall wichtige Informationen: So kann eingeschätzt werden, wie hoch die Druckbelastung des Herzens ist und ob der Herzmuskel schon durch vermehrte Pumparbeit gegen starre Gefäße geschädigt ist.
Leistung der GKV

Schluck-Echokardiografie (TEE = Transösophageale Echokardiografie)

Eine flexible Sonde mit einem kleinen Ultraschallkopf wird in die Speiseröhre eingeführt. Während der Untersuchung werden laufend EKG, Blutdruck und Sauerstoffversorgung gemessen. Unter leichter Drehung des Ultraschallkopfes werden verschiedene Bilder von Herz und Hauptschlagader gemacht und gespeichert. Die Untersuchung ist für den Patienten schmerzlos.

Experten-Einschätzung: Mit der TEE können sehr genaue Ultraschallbilder gemacht werden, da die Speiseröhre dem Herzen von hinten direkt anliegt. Mit ihr können kleine Gerinnsel im Herzen oder entzündliche Veränderungen der Herzklappen erfasst werden. Auch Veränderungen der Herzscheidewand zwischen den Vorhöfen (Vorhofseptum) sind gut zu erkennen.
Leistung der GKV

Stress-Echokardiografie (dynamische Echokardiografie)

Ultraschalluntersuchung unter körperlicher Belastung, meist mit dem Fahrradergometer. Häufig wird die körperliche Anstrengung durch Gabe von Medikamenten simuliert, die Herzfrequenz und Pumpkraft des Herzens erhöhen. Die Aufnahmen in Ruhe werden mit den Aufnahmen unter Belastung verglichen.
Experten-Einschätzung: Immer häufiger durchgeführte Untersuchung zur Klärung der Ursachen von Durchblutungsstörungen des Herzmuskels und Brustschmerzen (Angina Pectoris). Hilfreich, weil noch gesunde, aber gefährdete Teile des Herzmuskels sehr oft erst unter Belastung entdeckt werden können.
Große Studien haben nachgewiesen, dass das Belastungs-EKG nur bei 60 bis

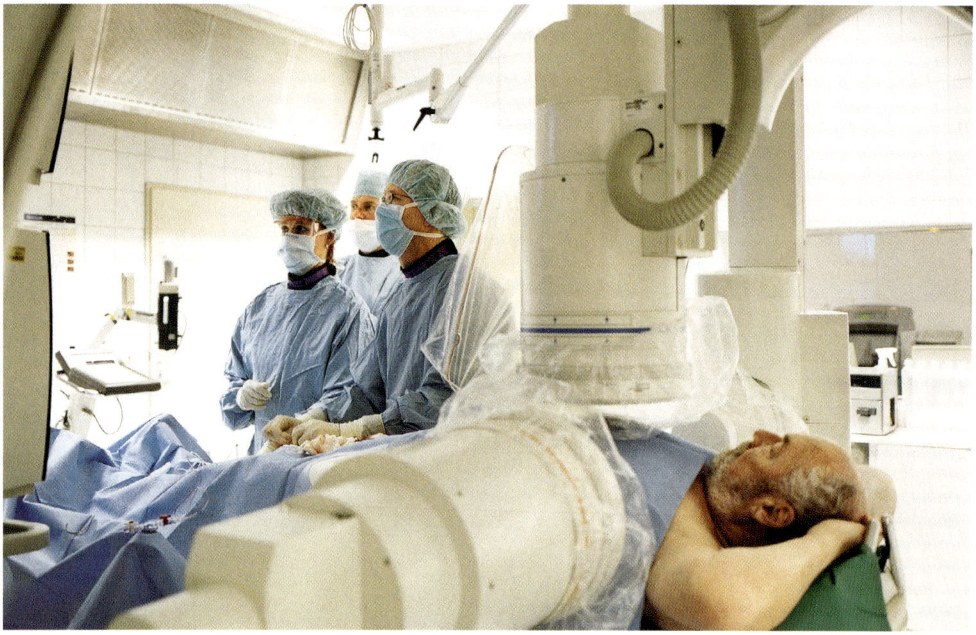

Wach und etwas gelangweilt: Während seiner Katheteruntersuchung braucht der Patient keine Narkose. Einzige Klage in diesem Fall: Die Arme schlafen ein.

70 Prozent aller Patienten mit Durchblutungsstörungen der Herzkranzgefäße auffällig ist. Zur Verbesserung der Treffsicherheit auf 80 bis 90 Prozent wird deshalb in bestimmten Fällen eine Stress-Echokardiografie durchgeführt, z.B. wenn die EKG-Auswertung durch Störungen der Erregungsausbreitung erschwert war.
Leistung der GKV

Myokardszintigrafie

Mit dieser Untersuchung wird die Durchblutung des Herzens unter Belastung als Bild dargestellt. Eine kleine Menge einer radioaktiven Substanz (z.B. Thallium) wird in eine Armvene gespritzt. Das Thallium verhält sich wie körpereigenes Kalium und reichert sich besonders stark im Herzen an. Nach einer möglichst hohen Belastung mit dem Fahrradergometer misst eine so genannte Gamma-Kamera, wie sich der radioaktive Stoff im Herzmuskel verteilt hat. Schlechter oder gar nicht durchblutete Gebiete wie Narben nach einem Herzinfarkt erscheinen als schwarzes Feld. Die Strahlenbelastung der Untersuchung ist nicht höher als bei anderen üblichen Röntgenuntersuchungen.

Experten-Einschätzung: Die Myokardszintigrafie ergänzt das Belastungs-EKG oder die Stress-Echokardiografie. Die Wahrscheinlichkeit, Störungen der Herzdurchblutung zu erfassen, erhöht sich auf 80 bis 90 Prozent. Die Untersuchung wurde früher sehr häufig durchgeführt. Insbesondere konnte sie die Entscheidung, ob eine Herzkatheteruntersuchung nötig ist, erleichtern. Allerdings hat die Stress-Echokardiografie diese Methode weitgehend ersetzt, da sie ohne Strahlenbelastung auskommt und bei erfahrenen Diagnostikern in vielen Studien ebenso zuverlässige Ergebnisse geliefert hat.

Sinnvoll ist die Myokardszintigrafie nach wie vor bei übergewichtigen oder lungenkranken Patienten, bei denen Ultraschall schwierig ist, oder bei Kranken, bei denen das Fahrradergometer nicht eingesetzt werden kann. Aber auch hier ist der Einsatz rückläufig. Denn die Qualität anderer bildgebender Verfahren, die weniger belastend sind (z.B. Herz-Computertomografie, → Seite 136), hat sich verbessert. Eingeschränkt ist die Aussagefähigkeit der Myokardszintigrafie bei bestimmten Rhythmusstörungen (Vorhofflimmern und Schenkelblock) und bei Vorliegen großer Narben durch mehrere früher erlittene Herzinfarkte. Zur Aufdeckung von nur leicht minderversorgten Herzmuskelteilen bei einer Herzschwäche (so genannter Winterschlaf-Myokard) ist sie aber weiterhin Mittel der Wahl.
Leistung der GKV

Standard-Röntgenaufnahme des Brustkorbs

Auf dem herkömmlichen Röntgenbild werden das Herz, die Lungen und die Hauptschlagader (Aorta) zweidimensional abgebildet. Gut sichtbar sind die Umrisse des Herzens und die Struktur der Lungen. Ein vergrößertes Herz weist auf eine krankhafte Herzschwäche hin; Verkalkungen der Herzklappen oder der Hauptschlagader sind gut zu sehen. Indirekte Zeichen einer Herzschwäche sind Flüssigkeitsansammlungen in den Lungen oder im Herzbeutel.

Experten-Einschätzung: Die Bedeutung der Standard-Röntgenuntersuchung ist stark zurückgegangen. Sie wird nur noch zur Verlaufsbeobachtung im Krankenhaus oder zum Ausschluss anderer Erkrankungen gebraucht.

Leistung der GKV

Herz-Computertomografie (Kardio-CT)

Das Herz wird bei dieser Röntgenuntersuchung in vielen Schichten dargestellt, die einzeln betrachtet werden können. Ein Computer errechnet aus den gelieferten Bilddaten in Sekundenschnelle ein Schnittbild des Körpers. Manchmal benötigt man zur genaueren Beurteilung des Gewebes zusätzlich ein Röntgenkontrastmittel. Das jodhaltige Medikament wird in die Armvene gespritzt, es färbt Herzhöhlen und -gefäße und wird über die Nieren schnell ausgeschieden.

Experten-Einschätzung: Durch die Schichtuntersuchung können Herz, Hauptschlagader und Lungen mit sehr hoher Auflösung abgebildet werden. Gerade das Herz ist sehr schwer darzustellen, da es sich ständig bewegt. Um scharfe Bilder zu bekommen, arbeiten moderne Geräte extrem schnell: Sie können gleichzeitig bis zu 64 Schichtbilder erstellen, jede Aufnahme dauert nur 330 Millisekunden, sodass das Herz innerhalb weniger Sekunden komplett abgebildet werden kann (so genannte Mehrschicht-Spiral-CT oder MSCT). Besonders geeignet ist die Herz-CT zum Nachweis von Erweiterungen des Herzens und der Aorta sowie von Blutgerinnseln in der Lungenstrombahn (Lungenembolie). Die modernen CT-Geräte können mittlerweile auch Gefäße von nur einem Millimeter Durchmesser abbilden, wodurch die Darstellung von Verengungen der Herzkranzgefäße oder von Herz-Bypässen möglich wird. Die technische Weiterentwicklung hat in den vergangenen Jahren starke Verbesserungen der Bildgebung ermöglicht. Ob sie invasive Katheteruntersuchungen überflüssig macht, wird erforscht.

Die GKV zahlt nur eine CT-Untersuchung des Brustkorbs (Thorax) mit Kontrastmittelgabe.

Doppler-Untersuchung der Halsschlagader (Carotis-Doppler)

Zunächst wird ein zweidimensionales Ultraschallbild der Wandschichten der Halsschlagader gemacht. Hochauflösende Geräte ermöglichen die Beurteilung einer Gefäßveränderung von weniger als einem Millimeter. Danach wird mit einem Farbdopplermesskopf der Blutfluss gemessen. Bei Verengung des Gefäßes durch Kalkauflagerungen ist der Blutfluss gestört, und es kommt zu Verwirbelungen und Rückflüssen.

Experten-Einschätzung: Die Wanddicke der Halsschlagadern ist eng mit dem Grad von Verkalkungen durch Arteriosklerose verbunden. Auflagerungen oder Engstellen der Halsadern deuten auf ein erhöhtes Risiko von Schlaganfällen und Herz-Kreislauf-Erkrankungen hin. Patienten mit hohem Risiko können mit dieser Methode leichter entdeckt werden. Vor jeder Herzoperation erfolgt daher eine Carotis-Doppleruntersuchung. Patienten mit mittelgradigen Engstellen können durch die Behandlung mit Cholesterinsenkern oder Blutdruckmedikamenten das Risiko eines Schlaganfalles verringern. Bei hochgradigen Verengungen ist eine Operation oder Einlage eines Stents nötig.

Leistung der GKV

Diagnosemethoden: Invasive Kardiologie

Linksherzkatheter (Koronarangiografie, früher »großer Herzkatheter«)

Nach örtlicher Betäubung wird über eine Einstichstelle in der Leisten- oder Ellenbeuge ein dünner Plastikschlauch (Katheter) über die Hauptschlagader gegen den Blutstrom bis zum linken Herzen vorgeschoben. Die Lage des Katheters wird im bewegten Röntgenbild (unter »Durchleuchtung«) kontrolliert. Durch den Plastikschlauch wird Kontrastmittel gespritzt, das mit dem Blut durch die Herzkranzgefäße fließt. In der Durchleuchtung werden die linke Herzkammer (Ventrikulografie) und die Herzkranzgefäße (Koronarangiografie) dargestellt und als Film festgehalten. Da die Untersuchung invasiv ist, also ein Eingriff im Körper des Patienten erfolgt, sind damit mögliche Nebenwirkungen wie Rhythmusstörungen, Gefäßverletzungen oder Kontrastmittel-Allergien verbunden.

Experten-Einschätzung: Die Linksherzkatheter-Untersuchung ist der »Goldstandard« bei der Untersuchung von Erkrankungen der Herzkranzgefäße. Bei Angina Pectoris, nachgewiesener Mangeldurchblutung im Belastungs-EKG oder Stress-Echo oder Vorliegen mehrerer Risikofaktoren ist sie Methode der Wahl. Auch bei der Klärung von Herzklappenfehlern, Kurzschlussverbindungen zwi-

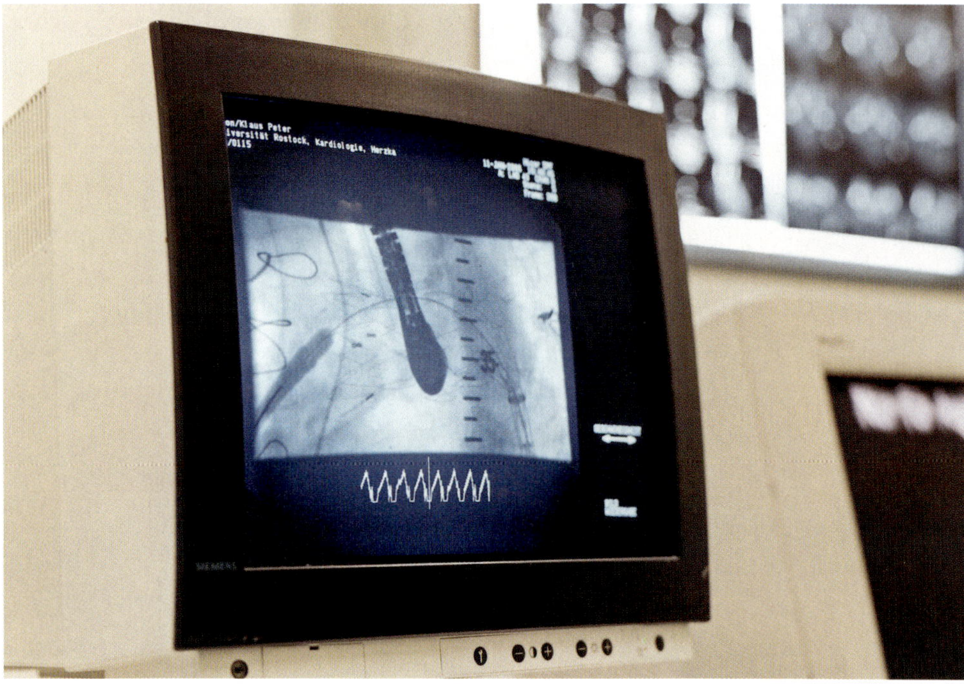

Nach der Diagnose die Behandlung: Röntgenbilder von der Operation zeigen einen frisch implantierten Aorten-Stent.

schen rechtem und linkem Herz (durch angeborene Herzfehler) und bei Herzmuskelerkrankungen unklarer Ursache wird stets eine Linksherzkatheteruntersuchung durchgeführt. Allerdings ist die Methode nicht nur zeit- und kostenaufwendig - sie birgt auch Risiken für den Patienten. Daher werden stets neue Verfahren erforscht, um den Herzkatheter als Untersuchungsmethode zu ersetzen. Einen unbestreitbaren Vorteil besitzt er jedoch: Bei einem auffälligen Befund kann im gleichen Eingriff eine effektive Therapie erfolgen.
Leistung der GKV

Rechtsherzkatheter (Einschwemmkatheter, früher »kleiner Herzkatheter«)

Ähnlich dem Linksherzkatheter wird in örtlicher Betäubung ein dünner Schlauch von der Leiste oder vom Arm her eingeführt. Allerdings ist das Ziel das rechte Herz, und der Weg führt über die Venen. An der Spitze des Schlauches befindet sich ein winziger, aufblasbarer Ballon, der mit dem Blutstrom in den rechten Herzvorhof und durch die rechte Herzkammer in die Lungenschlagader geschwemmt wird. Der Katheter wird in verschiedenen Abschnitten kurz gestoppt, um den Blutdruck und den Sauerstoffgehalt des Blutes zu messen. Oft wird die Untersuchung mit einem Belastungstest verbunden.

Experten-Einschätzung: Der Rechtsherzkatheter wird vor allem auf der Intensivstation eingesetzt. Daneben kommt er zur Klärung von Lungen- oder Herzklappenerkrankungen zum Einsatz. Verwendung ist zurückgegangen, vieles lässt sich mit dem Herzultraschall einfacher und weniger belastend klären.

Leistung der GKV

Rhythmuskatheter (Elektrophysiologische Untersuchung, EPU)

Für die regelmäßige Herztätigkeit sind spezielle Zellen verantwortlich, die in regelmäßigem Abstand einen kurzen Stromimpuls an die Muskelzellen senden, damit diese sich zusammenziehen und das Herz schlägt. Rhythmusstörungen entstehen durch übermäßige Aktivität dieser Zellen oder kreisende Kurzschlüsse (»re-entry«). Bei der EPU werden die Herzströme als EKG direkt von der Innenseite des Herzmuskels abgeleitet. Dazu werden unter Röntgendurchleuchtung dünne Kunststoffkatheter über die Leisten- oder Schlüsselbeinvene zum Herzmuskel vorgeschoben. Im zweiten Schritt stimuliert der Arzt das Herz mittels kleiner Elektroimpulse über die Katheter und kann so die typischen Herzrhythmusstörungen auslösen und sofort wieder beenden. Dies erlaubt eine genaue Charakterisierung der Störungen. In der Regel verursacht die Untersuchung keine Schmerzen; das Auslösen der Rhythmusstörungen kann Herzrasen provozieren.

Experten-Einschätzung: Der große Vorteil der EPU ist die kontrollierte Auslösung von Rhythmusstörungen, die sonst nur kurzfristig oder sporadisch auftreten und daher oft nicht dokumentiert werden können. Darüber hinaus besteht die Möglichkeit, viele Störungen im gleichen Eingriff dauerhaft zu behandeln. Dazu werden die Erregungsleitungsbahnen, die für die Rhythmusstörungen verantwortlich sind, mit kurzen elektrischen Impulsen auf 60 Grad Celsius erhitzt und so verödet (Hochfrequenz-Ablation). Bei Patienten mit schweren Herzerkrankungen kann die EPU unter anderem zur Einschätzung beitragen, wie hoch das Risiko einer gefährlichen Form von Herzrhythmusstörungen in Zukunft sein wird. Häufig wird die EPU vor Implantation eines Schrittmachers oder Defibrillators durchgeführt.

In der Klinik GKV-Leistung

Medikamente

Experten-Einschätzung: Medikamente sind die tragende Säule der Dauertherapie von Herz-Kreislauf-Erkrankungen. Da Bluthochdruck, Herzschwäche und Verengungen der Herzkranzgefäße in den westlichen Ländern sehr häufig sind, konnten Nutzen und Schaden von Herzmedikamenten in vielen klinischen Studien mit hohen Fallzahlen untersucht werden.
Die Herz-Kreislauf-Therapie gilt daher als Triebfeder der evidenzbasierten Medizin: Für gleich vier verschiedene Medikamentenarten wurde in mehreren Untersuchungen nachgewiesen, dass sie die Lebenszeit Herz-Kreislauf-Kranker verlängern: Betablocker, ACE-Hemmer, die Statine (moderne Blutfettsenker) und gerinnungshemmende Medikamente. Die »Mehrfach-Tabletten-Behandlung« von Herz-Kreislauf-Erkrankungen wird ausdrücklich empfohlen. Daneben gibt es Medikamente, die Beschwerden von Herzerkrankungen lindern, deren lebensverlängernde Wirkung aber nicht nachgewiesen werden konnte. Dazu gehören unter anderem Kalziumantagonisten, Diuretika und Digitalis. Sie werden verordnet, wenn Medikamente der ersten Gruppe nicht vertragen werden oder ausreichen.
In einer dritten Gruppe werden Medikamente zusammengefasst, die gegen Herzrhythmusstörungen wirken, wie Propafenon, Flecainid, Amiodaron. Sie lindern die Beschwerden, wirken aber auf lange Sicht sogar schädlich und erhöhen die Sterblichkeit. Aus diesem Grunde werden sie nur für begrenzte Zeit oder bei ansonsten herzgesunden Menschen ohne zusätzliche Risikofaktoren verordnet.
Leistung der GKV

Erste Gruppe

Betablocker Sie steigern die Leistungsfähigkeit des Herzens, indem sie die schädlichen Auswirkungen der Stresshormone Adrenalin und Noradrenalin am Herzmuskel blockieren. Der Herzschlag wird verlangsamt, Herzattacken und Brustschmerz können verhindert werden. Betablocker werden auch bei Bluthochdruck und zur Therapie von Herzrhythmusstörungen eingesetzt.
ACE-Hemmer Die ACE-(Angiotensin-Converting-Enzyme-)Hemmer blockieren ein Enzym, das den Botenstoff Angiotensin I in das gefäßverengende Angiotensin II umwandelt. Dieses Hormon ist eine der stärksten blutdrucksteigernden Substanzen im Körper. ACE-Hemmer unterstützen die Pumpfunktion des Herzens und kommen bei Patienten nach einem Herzinfarkt und bei Herzschwäche zum Einsatz. Auch gegen Bluthochdruck sind sie sehr gut wirksam.

Statine (Blutfettsenker) Sie greifen in den Stoffwechsel der Blutfette ein und senken deren Gehalt im Blut. Dies schützt Patienten mit Arteriosklerose vor Erkrankungen wie einem Herzinfarkt. Durch die Senkung der Blutfette kann das Leben signifikant verlängert werden. Dabei werden infolge neuerer Studien Fettspiegel angestrebt, die noch deutlich unter den lange Zeit als normal geltenden Werten liegen.

Blutverdünnende Medikamente: Acetylsalicylsäure (ASS) und Clopidogrel Diese Medikamente verhindern ein Verkleben der Blutplättchen. Sie werden bei Patienten mit koronarer Herzkrankheit (wegen verengter Herzkranzgefäße) als Schutz vor Durchblutungsstörungen eingesetzt.

Nach einem Infarkt wird ASS standardmäßig gegeben. Nach einer Herzkranzgefäßerweiterung mit Ballon und Stenteinlage werden ASS und Clopidogrel zusammen verschrieben, um zu vermeiden, dass sich in der Metallstütze Blutgerinnsel bilden.

Zweite Gruppe

Kalziumantagonisten Sie blockieren die verengende Wirkung des Kalziums am Blutgefäß. Dadurch werden die Arterien am Herzen und im ganzen Körper erweitert. Die Blutversorgung des Herzmuskels wird verbessert. Kalziumantagonisten können Verengungen an den Herzkranzgefäßen mildern und senken den Blutdruck. Einige verlangsamen die Herzfrequenz und können bei Herzrhythmusstörungen eingesetzt werden. Eventuell können sie auch eine Arteriosklerose verhindern, gesicherte Daten gibt es jedoch nicht.

Diuretika Sie fördern die Wasserausscheidung des Körpers. Es gibt mehrere Typen - je nach Präparat werden vermehrt Mineralstoffe wie Natrium oder Kalium ausgeschieden oder zurückgehalten, die Auswahl ist deshalb patientenspezifisch. Diuretika entlasten das Herz, weil durch die Wasserausscheidung das Blutvolumen sinkt, das es pumpen muss. Sie regulieren so in Kombination mit anderen Medikamenten den Blutdruck.

Digitalis Digitalis (aus Fingerhut) ist das älteste bekannte Herzmedikament und gehört noch immer zu den meistverordneten Präparaten in Deutschland. Studien haben jedoch eindeutig belegt, dass Digitalis das Leben nicht verlängert, wiewohl es in vielen Fällen die Symptome lindern kann. Es wird heute fast nur noch bei schnellen Herzrhythmusstörungen wie dem tachykarden Vorhofflimmern verschrieben.

Der Rote Fingerhut ist eine wichtige Arzneipflanze. Sein Gift – Digitalis – ist in geringer Dosierung ein seit Langem bekanntes Herzmedikament.

Dritte Gruppe

Antiarrhythmika Unter den Antiarrhythmika sind mehrere Gruppen von Medikamenten zusammengefasst, die an unterschiedlichen Angriffspunkten am Herzen wirken. Daher werden sie selbst noch in vier Klassen unterteilt.

Alle sollen den Herzrhythmus kontrollieren oder wieder einen gleichmäßigen Herzschlag herstellen. Sie sollten stets nach sorgfältiger Risiko-Nutzen-Abwägung eingesetzt werden, da einige Präparate gefährliche Nebenwirkungen mit sich bringen können.

Vasodilatantien Vasodilatantien werden zur Regulierung des Blutdrucks und zur Unterstützung der Herzarbeit eingesetzt. Sie erweitern die Gefäße.

Orale Blutverdünner (Vitamin-K-Antagonisten) Diese Medikamente setzen die Gerinnung des Blutes herab und verhindern damit Blutgerinnsel. Sie werden bei verschiedenen Herzerkrankungen eingesetzt: bei Vorhofflimmern, der häufigsten Herzrhythmusstörung, bei Herzklappenerkrankungen, nach Herzoperationen oder bei ausgeprägter Herzschwäche. Außerdem werden orale Blutverdünner Patienten nach einer Beinvenenthrombose und Menschen mit gestörter Blutgerinnung verabreicht.

IGeL-Leistungen in der Kardiologie

○ Experten-Einschätzung: Individuelle Gesundheitsleistungen (IGeL) sind Untersuchungen, die nicht von der Krankenkasse übernommen werden, da sie medizinisch nicht notwendig sind, aber eventuell sinnvoll sein können. Nicht immer ist die Abgrenzung genau möglich.
In den meisten Fällen kann der Hausarzt aufgrund von Anamnese und Untersuchung z.B. eine Cholesterin- oder Zuckerbestimmung als Kassenleistung durchführen. Die genaue Bestimmung von schädlichem LDL- und nützlichem HDL-Cholesterin ist aber derzeit keine Kassenleistung. Bei familiärer Belastung durch Herzkrankheiten werden indes auch weiterführende Untersuchungen in der Regel nicht vorenthalten. Individuell zu bezahlen sind Leistungsmessungen bei Sportlern, Hobby-Tauglichkeitsbescheinigungen (z.B. für Taucher, Segelflieger, Extremsportler) und »Manager-Check«-Programme (s.u.).

Kardiologische Sportler-Untersuchungen

○ Experten-Einschätzung: In den vergangenen Jahren wurde mehrfach von plötzlichen Todesfällen bei Sportlern in jungem Lebensalter berichtet. Einige Vereine oder Leistungszentren lassen daher neben der üblichen sportmedizinischen Betreuung vor regelmäßigem Wettkampftraining erweiterte Herzuntersuchungen durchführen. Eine Herzultraschall- sowie ergometrische Untersuchung mit Lactatbestimmung ist ohne großes Risiko und kann in Einzelfällen seltene, bisher unerkannte Herzerkrankungen aufdecken, die zum plötzlichen Herztod führen können. Dazu gehören Schädigungen der Herzklappen oder eine angeborene Verdickung des Herzmuskels im Bereich der linken Kammer (Hypertrophe Kardiomyopathie). Bei Tauchern wird vereinzelt ein Herzultraschall empfohlen, um eine kleine Öffnung der Vorhofscheidewand aufzudecken, über die Stickstoffbläschen in das linke Herz gelangen und einen Schlaganfall auslösen können. Ein Nachweis über die Nützlichkeit dieser Vorsorge liegt derzeit jedoch noch nicht vor.

»Manager-Check«: Umfassende ambulante Untersuchung

○ Experten-Einschätzung: Man sollte besser von einem Gesundheits-Check sprechen, der jedem Gesundheitsbewussten offen steht. Sinnvoll sind das Abfragen von Risikofaktoren und Empfehlungen zur Lebensführung im Sinne einer Gesundheitserziehung. Aktive Menschen wünschen darüber hinaus auch eine erweiterte Herz-Kreislauf-Untersuchung wie bei Sportlern.

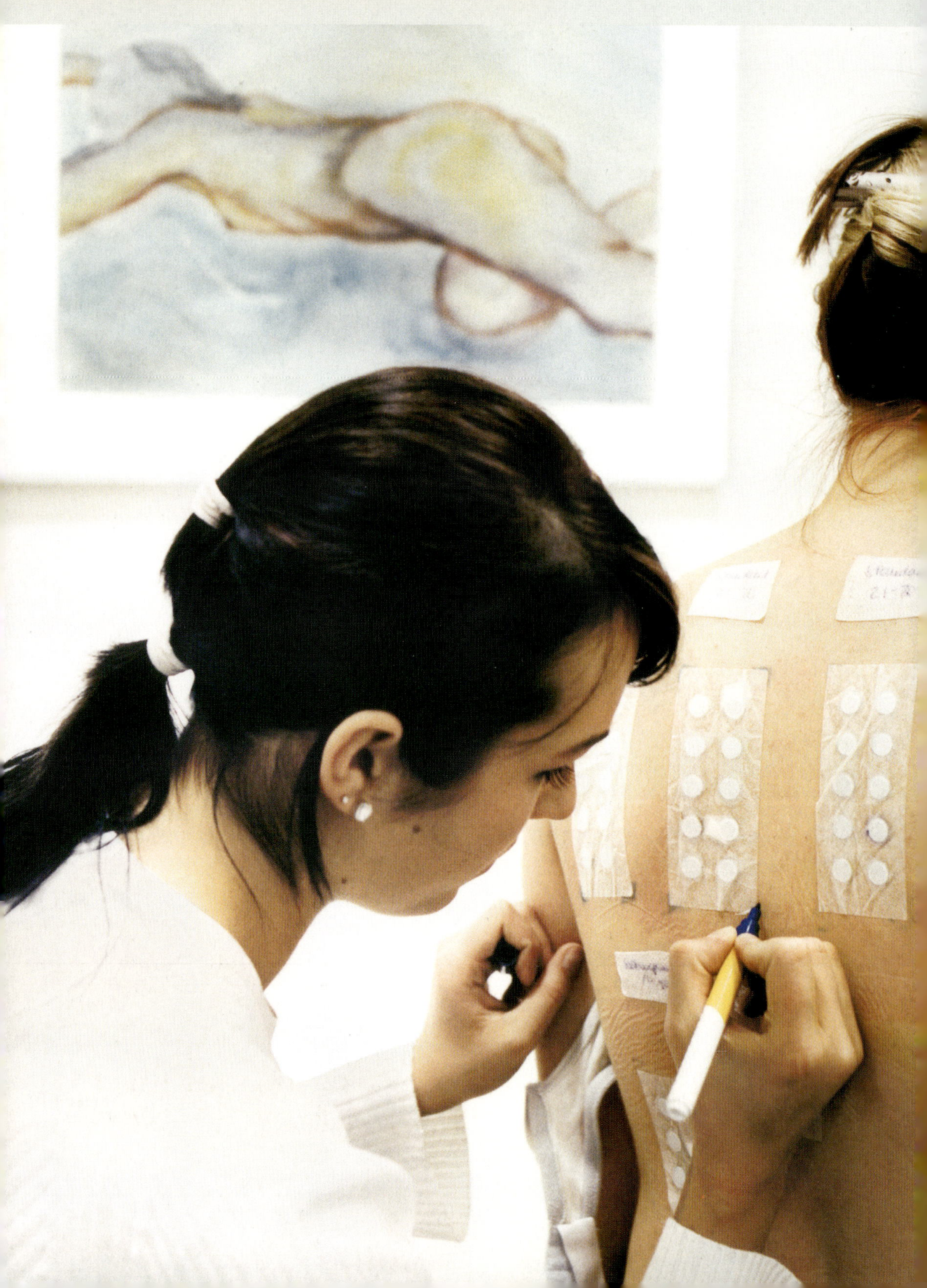

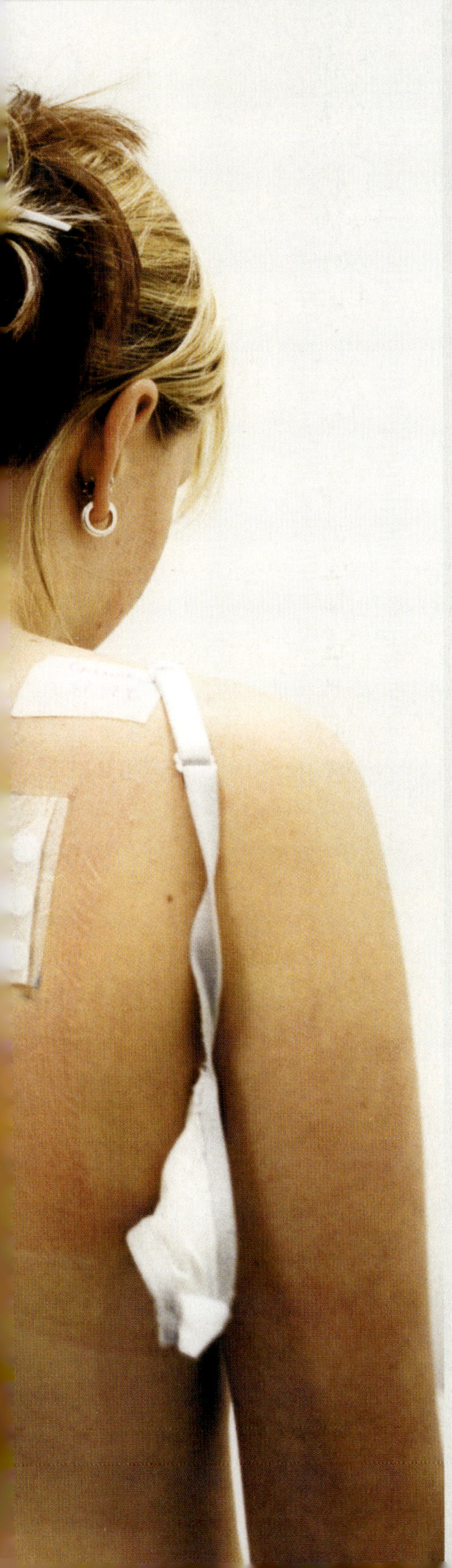

Spurensuche auf der Haut

Zwei Quadratmeter Hülle, vollgepackt mit Haaren, Nerven, Talgdrüsen: Hier arbeitet der Dermatologe. Oberflächlich ist sein Job trotzdem nicht. Denn was die Haut jucken und schuppen lässt, kommt oft von ganz tief drinnen. Manchmal sogar aus der Seele.

Allergie? Ein so genannter Epikutan-Test soll zeigen, ob das Ekzem von Claudia Beßler durch Allergene verursacht wurde. Die angehende Arzthelferin Yvonne Schachinger markiert die Position der Testpflaster auf dem Rücken, um mögliche Reaktionen den getesteten Stoffen zuordnen zu können.

Claudia Beßler kann sich ihre Flecken nicht erklären. Seit Jahren leidet die 21-Jährige unter juckenden roten Stellen zwischen den Fingern, mal sind sie stärker ausgeprägt, mal schwächer. Vielleicht, meint sie, hat der ganze Ärger mit ihrem Beruf zu tun. Denn Claudia Beßler ist Köchin. Jeden Tag fasst sie eine Vielzahl von Speisen und Gewürzen an, zwischendurch ständig Hände waschen, desinfizieren - da kommen Dutzende von Substanzen zusammen, die eine allergische Reaktion auslösen könnten. Seit die junge Frau vor ein paar Monaten in einem neuen Restaurant anfing, haben sich die Rötungen noch verschlimmert. Jetzt sitzt sie in einer kleinen Kabine der Hautarztpraxis von Claudia und Detlef Dieckmann in Erlangen zum Allergietest.
Die Dieckmanns sind Dermatologen und Allergologen, eine Kombination, für die sich viele Ärzte in Deutschland entschieden haben. Aber auch für Mediziner, die »nur« als Hautärzte firmieren, ist der Umgang mit Allergien inzwischen ein beträchtlicher Teil des Geschäfts - neben etwa Neurodermitisberatung, Aknepeelings, Warzenvereisungen, Hautmal-Begutachtungen, Pilzdiagnosen sowie der Behandlung von Geschlechtskrankheiten und der Spermienuntersuchung bei Männern, die ungewollt kinderlos sind. Wer seine Sache gut machen will, bleibt nicht nur an der Oberfläche. Denn neben Kontaktstoffen und Ernährung hat auch die Psyche starken Einfluss auf die Haut, viele Zusammenhänge sind bis heute nicht im Detail geklärt. Der Hautarzt braucht Einfühlungsvermögen und Geduld. In den Kassenhonoraren schlagen sich diese Ansprüche allerdings nicht nieder. Nach Berechnungen der Kassenärztlichen Bundesvereinigung lagen die Hautärzte im Jahr 2003 mit 171 000 Euro pro Arzt ziemlich am Ende der Umsatzskala. Nur Nervenärzte haben noch weniger abzurechnen.

Individuelle Leistungen

Kein Wunder, dass Dermatologen oft zusätzlich zum Standardprogramm so genannte Individuelle Gesundheitsleistungen (IGeL) anbieten, die der Patient selbst zahlen muss - meist Behandlungen, die schöner machen sollen: Da werden störende Besenreiser am Unterschenkel weggelasert, dicke Muttermale auf der Schulter herausgeschnitten, Falten mit Botolinumtoxin geglättet. Aber auch die Kosten für mehrere Allergietests in Folge werden nicht immer von den Krankenkassen übernommen. So muss der Patient manchmal seinen Nachtest selbst bezahlen, wenn das Allergen beim ersten Mal nicht gefunden wurde.
Dass der erste Test nicht eindeutig ausfällt, ist gar nicht so selten. Allergiediag-

nostik ist eine knifflige und für Arzt und Patient oft unbefriedigende Sache: Tests auf der Haut oder mit Blutproben des Patienten widersprechen einander häufig. Manchmal reagiert der Patient auch gar nicht auf eine Verdachtssubstanz, sondern nur auf das Pflaster auf seinem Rücken. Ein Test kann daher nur zusammen mit einem ausführlichen Anamnese-Gespräch interpretiert werden: Wann ist die Allergie zum ersten Mal aufgetreten? Gibt es Hautekzeme, Heuschnupfen, Asthma oder Neurodermitis in der Familie?

Bei Claudia Beßler tippt Detlef Dieckmann auf ein allergisches Kontaktekzem. Vor zwei Tagen hat er ihr mehrere weiße Pflaster auf den Rücken geklebt, einen so genannten Epikutantest. Jedes Pflaster ist gespickt mit einer Doppelreihe von Punkten: Proben von Standard-Allergieauslösern wie Nickelsulfat, Formaldehyd und verschiedenen Duftstoffen. Nachdem die Arzthelferin sanft die Pflaster abgezogen hat, schaut der Arzt, ob die Patientenhaut auf die Pröbchen reagiert hat, etwa mit einem Bläschen oder Rötung. Bei Claudia Beßler ist die Haut zwar an mehreren Stellen leicht gerötet, eindeutig für eine Allergie spricht das Ergebnis aber noch nicht. Die Patientin muss einen Tag später noch einmal zum Ablesen kommen.

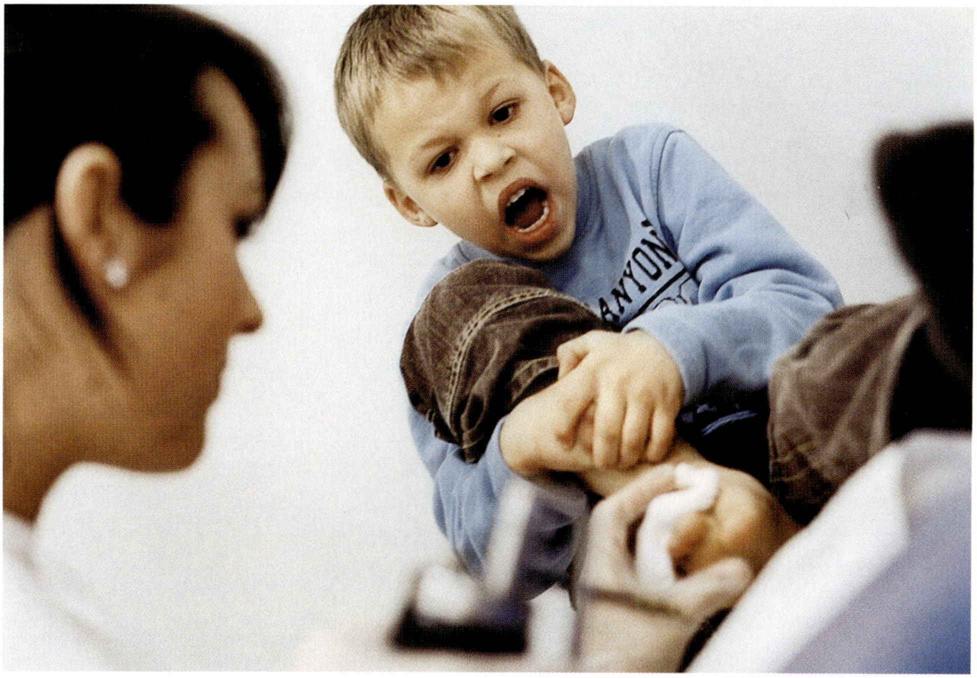

Aah, kalt! Mit einem Stickstoffspray wird eine Warze am Fuß des sechsjährigen Lennart vereist.

Die verschiedenen Allergietypen

Was der Arzt nach einer Diagnose empfiehlt, hängt von verschiedenen Faktoren ab. So kommt es darauf an, wie verbreitet das Allergen ist: »Ein Patient mit einer Hummerallergie kann relativ einfach seinen Allergieauslöser meiden. Beim Hausstauballergiker ist das schon etwas schwieriger«, sagt Thomas Diepgen, Professor für Berufs- und Umweltdermatologie am Universitätsklinikum Heidelberg. Auch der Allergietyp des Patienten bestimmt die Wahl der Therapie. Mediziner unterscheiden zwischen dem »Sofort-Typ« und dem »Spät-Typ«. Bei Ersterem bilden die körpereigenen Immunzellen in Blut und Lymphsystem beim Kontakt mit dem Allergen Massen von Antikörpern der Sorte »Immunglobulin E«. Kreuzt das Allergen später ein zweites Mal den Weg des Allergikers, heften sich die nun reichlich vorhandenen Antikörper sofort an den Fremdkörper und lösen eine Überreaktion aus. Innerhalb kürzester Zeit rollt eine Alarmreaktion durch den Körper, mit Hautquaddeln, Nasenjucken, tränenden Augen oder Durchfall.

Sofort-Typ-Allergien richten sich meist gegen Eingeatmetes oder Essen. Der Heuschnupfen gehört in diese Riege, aber auch Tierhaar-, Hausstaub- oder Nahrungsmittelallergien. Bei Spät-Typ-Allergien kann die Reaktion hingegen Tage nach dem Allergen-Kontakt auftreten. Sie werden meist durch Hautkontakt ausgelöst, etwa mit Cremes, Shampoo oder Modeschmuck.

Sind die Symptome einer Allergie nicht dramatisch, kann der Arzt sie mit Salben, Tropfen oder Pillen behandeln. Sind sie hingegen schwer oder gar lebensbedrohend, etwa bei einer Insektengiftallergie mit Atemnot, empfiehlt der Mediziner oft eine Hyposensibilisierung, auch spezifische Immuntherapie genannt – die einzige Behandlung, die die Ursachen einer Allergie bekämpft. Dabei werden dem Patienten steigende Konzentrationen »seines« Allergens, meist eine Mischung ähnlicher Substanzen, unter die Haut gespritzt, um sein Immunsystem langsam »abzuhärten« (→ »Methoden-Check«, Seite 163).

Leben mit Neurodermitis

Auch wenn eine »Hypo« sich über Jahre hinziehen kann, dürfen die Patienten hoffen, geheilt zu werden. Wer hingegen an Neurodermitis erkrankt ist, muss meist lernen, damit zu leben. Mit etwa vier Millionen Betroffenen ist sie eines der häufigsten Hautleiden in Deutschland, vor allem Kinder werden von den juckenden, roten Ausschlägen befallen. Heute wissen Forscher, dass die Anfälligkeit für die Krankheit vererbt wird: Haben beide Eltern Neurodermitis, liegt die Wahrschein-

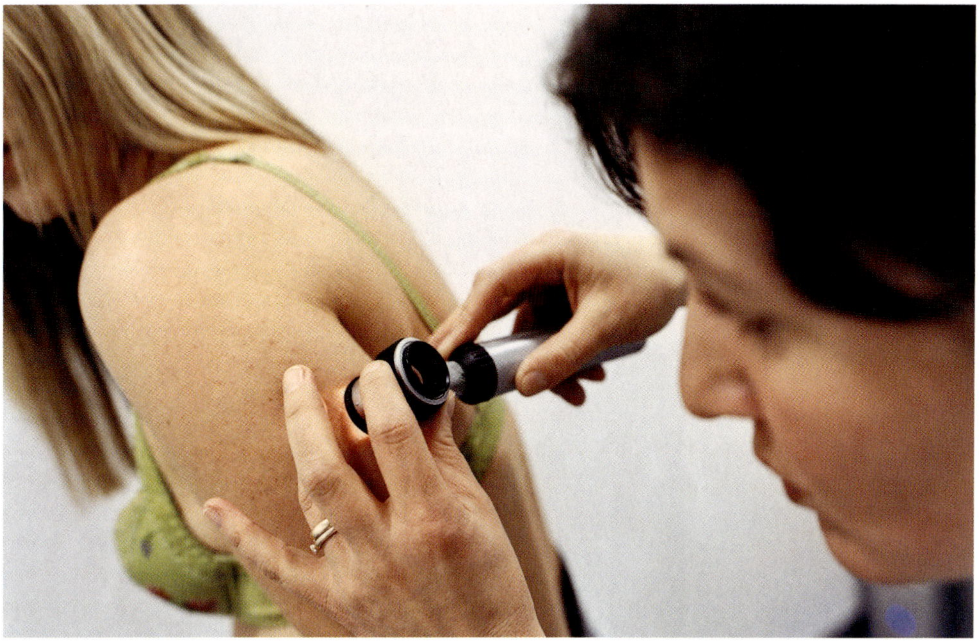

Claudia Dieckmann untersucht die Muttermale einer Patientin mit dem Dermatoskop. Das Instrument zeigt, ob ein Fleck eine untypische Struktur hat.

lichkeit, dass ihr Kind auch daran leidet, bei 60 bis 80 Prozent. Trägt nur ein Elternteil die Anlage für diese Krankheit in sich, erkranken immer noch bis zu 40 Prozent der Kinder. Neurodermitis gehört mit dem Heuschnupfen und dem allergischen Asthma zu den so genannten atopischen Krankheiten, die oft gemeinsam bei ein und demselben Patienten auftreten.

Manchmal verhält sich eine Neurodermitis lange ruhig. Ob es zu einem Schub kommt, hängt von vielen äußeren Faktoren ab: Stress, Schwitzen, zu häufiges Duschen, scharf gewürztes Essen oder auch Allergene entfachen die Entzündung und damit das beinahe unstillbare Verlangen, sich zu kratzen - meist, bis Blut fließt. Oft seien die Patienten verzweifelt, sagt Claudia Dieckmann: »Doktor-Hopping ist typisch für Neurodermitis-Patienten: Viele waren schon bei einem Dutzend Ärzten, und niemand konnte ihnen helfen. Am Ende sitzen sie dann vor mir und erklären: Sie sind meine letzte Hoffnung!« Da sei Einfühlungsvermögen, aber auch Ehrlichkeit gefragt. »Man muss den Leuten schon sagen, dass man ihre Neurodermitis nicht im klassischen Sinne heilen kann. Aber sie können lernen, mit ihr umzugehen.«

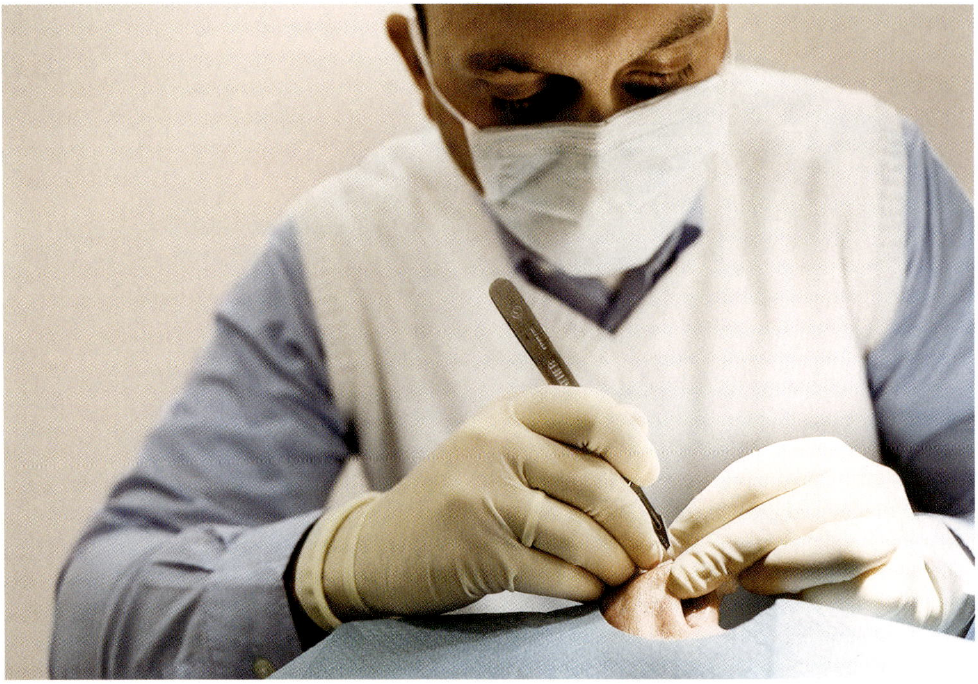

Schnitt für Schnitt entfernt Hautarzt Detlef Dieckmann bei Fritz Singer ein krebsverdächtiges Hautstück auf der Nase. Kleine OPs sind Alltag in der Dermatologenpraxis.

Regelmäßig finden daher in der nahe gelegenen Hautklinik Erlangen Neurodermitis-Schulungen statt, in denen es um Hautpflege, Ernährung, Kleidung und das Meiden von Auslösern geht. Nicht zuletzt erklären die Trainer dort auch den richtigen Umgang mit Medikamenten: Denn Neurodermitis-Symptome kann man heute besser behandeln als früher, wenn auch noch nicht für alle Kranken befriedigend. Etwa mit Kortikosteroiden, volkstümlich oft Cortison genannt.

Noch heute beobachten Hautärzte eine verbreitete »Cortisonangst« unter ihren Patienten. Grund sind die schweren Nebenwirkungen von Präparaten der ersten Stunde: Damals erlebten Ärzte und Patienten erschreckt, wie Cortison die Haut papierdünn werden ließ und gleichzeitig durch Wassereinlagerung Körper und Gesicht aufschwemmte.

Heute steht eine ganze Palette von Kortikosteroiden zur Verfügung. Ernst zu nehmende Nebenwirkungen beobachten Ärzte nur noch selten. Trotzdem sind Kortikosteroide hochwirksame Medikamente, die nicht einfach auf jede leichte Rötung geschmiert werden sollten. Detlef Dieckmann: »Wir sagen unseren Patienten immer, dass Cortison dazu da ist, akute Schübe zu behandeln. Als Arzt will man die behandelte Fläche möglichst klein halten und das Präparat nicht für extrem lange Zeit einsetzen.«

Zumal die Ursachen der Schübe oft auch tief unter der Haut liegen: Neurodermitis wird - wie auch die Schuppenflechte - massiv durch die Psyche des Patienten beeinflusst. »Stress allein macht die Haut zwar nicht krank. Man weiß aber, dass dadurch Entzündungsbotenstoffe im Körper hochgeregelt werden, die Hautkrankheiten begünstigen«, sagt Thomas Diepgen. Ähnliches zeigt eine Studie der Medizinischen Hochschule Hannover. Dort zapfte man Neurodermitikern unter akutem Stress Blut ab und fand deutlich mehr Abwehrzellen und Entzündungsbotenstoffe als bei unaufgeregten Probanden.

Häufig setzen Hautärzte daher bei der Behandlung auf die Hilfe eines Psychotherapeuten. Patienten lernen, sich aktiv zu entspannen und mit dem ständigen Drang, sich zu kratzen, umzugehen. Inzwischen wurde nachgewiesen, dass Verhaltenstherapien die Symptome von Hautkrankheiten verbessern können.

Der Beruf des Hautarztes hat sich gewandelt, vom »Schmierer« zum Berater, der dem Patienten das komplizierte Puzzle seiner Krankheit erläutert und oft praktische Lebenshilfe gibt. Auch bei der Krebsuntersuchung und -behandlung ist es mit bloßem Verschreiben nicht getan. Im Wartezimmer der Erlanger Praxis sitzen oft verunsicherte Patienten, die zu einem ambulanten OP-Termin erschienen sind, weil ein »verdächtiges« Stück Haut entfernt werden muss. Viele wollen auch wissen, ob ein Muttermal, das plötzlich wächst, zum Tumor geworden ist.

Früherkennung von Hautkrebs

Auf dem OP-Tisch liegt Fritz Singer, ein freundlicher Mittelfranke um die 80, der seiner Operation recht gelassen entgegensieht. Sein Problem sitzt auf dem Nasenflügel: Dort hat Detlef Dieckmann seinem Patienten vor einiger Zeit ein verdächtiges Hautstück herausgeschnitten. Ein Gewebetest im Labor ergab, dass es sich dabei tatsächlich um ein Plattenepithelkarzinom handelt. Jetzt wird in einer zweiten OP ein größeres Hautstück weggeschnitten, um mögliche Reste des Tumors zu entfernen. Dieckmann deckt Singers Gesicht mit einem wasserblauen Tuch mit Loch für die Nase ab. Die ragt empor wie eine Insel im Ozean und bekommt erst einmal eine Betäubungsspritze. Dann schneidet Dieckmann ein centgroßes Hautstück aus der Nase und gibt es in ein kleines Probengläschen, das ans nahe gelegene Uni-Klinikum geschickt wird.

Hautkrebs entsteht im Wesentlichen durch zu viel Sonnenlicht. Daher finden Hautärzte solche Tumoren häufig auf den »Sonnenterrassen« der Haut: auf Nase, Händen, Ohrmuscheln oder Lippen. Heller Hautkrebs ist besonders schwer zu entdecken: ein Basaliom oder Plattenepithelkarzinom sieht aus wie eine kleine Narbe, eine schlecht heilende Wunde oder eine raue Hautstelle. Um sicherzugehen, werden oft schon Vorstufen von Hautkrebs entfernt, etwa die so genannten aktinischen Keratosen, raue Verhornungsstörungen der Haut, die irgendwann in Plattenepithelkrebs übergehen können.

Der mit Abstand gefährlichste Hauttumor ist der schwarze Hautkrebs, das Melanom. Es kann aus einem Muttermal, aber auch aus heller Haut entstehen. Die Heilungschancen sind gut – sofern der Tumor rechtzeitig entdeckt wird. Falls nicht, können die Krebszellen über Blut und Lymphgefäße durch den Körper reisen und aggressive Tochtertumoren bilden. Die meisten Hautkrebs-Toten fallen Melanomen zum Opfer.

Daher sollte jeder seine Haut zur Sicherheit einmal dem Dermatologen »vorführen«, sagt Thomas Diepgen: »Patienten mit hellem Hauttyp, Sommersprossen oder Neigung zu Sonnenbrand gehen am besten jedes Jahr zu einer Hautkrebsuntersuchung.« Bestimmte Risikopatienten (→ »Methoden-Check« ab Seite 153) sollten ihre Hautmale sogar noch öfter checken lassen. Das gilt auch für ältere Patienten, die in ihrem Leben viel in der Sonne waren, wie Bauarbeiter oder Gärtner.

Zurzeit übernehmen nur wenige Kassen die Kosten für eine Ganzkörperuntersuchung. Einen Muttermal-Check »auf eigene Faust« muss der Patient in der Regel selbst bezahlen. Aus Diepgens Sicht wäre ein Hautkrebs-Screening auf Kassenkosten sinnvoll: »Es geht bei der Hautkrebsuntersuchung ja nicht nur darum, ein Melanom aufzuspüren. Der Hautarzt sollte den Patienten gleichzeitig darüber aufklären, wie er sich in der Sonne verhalten soll. Und vor allem, auf welche Hautveränderungen er selbst achten muss.« Diepgen verweist auf Studien, nach denen immerhin 70 Prozent der Melanome zuerst dem Patienten selbst oder einem Familienmitglied aufgefallen sind, nur knapp 30 Prozent erst dem Dermatologen: »Da lohnt es sich doch auf jeden Fall, die Patienten weiter zu schulen.«

MEHR INFORMATIONEN

Internet: www.dermis.net (Patienteninfos und Fotos von Hautkrankheiten); www.unserehaut.de (Tipps zu Sonne und Hautkrebs)

Methoden-Check: Dermatologie

Prof. Dr. Thomas Diepgen vom Universitätsklinikum Heidelberg hat die gängigen Diagnose- und Behandlungsverfahren sowie häufig verordnete Arzneien auf der Basis der besten verfügbaren Studien bewertet.

Diagnosemethoden

Blickdiagnose (Inspektion)

Mit bloßem Auge oder mit der Handlupe untersucht der Arzt die Haut des Patienten, oft auch Haare und Nägel, Mundschleimhaut und Genitalregion. Manchmal drückt er mit einem Glasspatel kurz das Blut aus den dünnen Hautadern, um die echte Farbe einer Hautveränderung zu sehen. Oder er streicht mit einem Holzspatel über die Haut: Weiße Streifen deuten auf Neurodermitis.

Experten-Einschätzung: Die Blickdiagnose ist die klassische, zentrale Untersuchungsmethode beim Hautarzt. Auf ihrer Basis stellt er seine erste Diagnose und entscheidet über weitere Untersuchungen. Die Aussagekraft hängt entscheidend von der Erfahrung des Mediziners ab.

Leistung der GKV

Erfragung der Krankengeschichte (Anamnese-Gespräch)

Der Arzt erkundigt sich, wann Hautveränderungen aufgetreten sind und ob Vorerkrankungen bestehen. Lebensumstände und Symptome wie Fieber und Juckreiz werden abgefragt, ebenso Allergien, Neurodermitis, Asthma oder Schuppenflechte in der Familie.

Experten-Einschätzung: Unverzichtbar zur Einordnung von Hauterscheinungen und zur Abklärung innerer Ursachen. Da viele Hautkrankheiten vererbt werden, ist die Familienanamnese wichtig, also die Klärung der Frage, ob eine bestimmte Krankheit in der Familie des Patienten bereits vorkam. Bei Verdacht auf Allergien müssen berufliche Umstände (Risikoberufe: z. B. Friseur, Pflegeberufe), Ernährung und Medikamenteneinnahme ausführlich besprochen und, falls nötig, Allergietests durchgeführt werden.

Leistung der GKV

Melanomfrüherkennung (»Hautkrebsvorsorge«)

Der Arzt inspiziert die Muttermale am ganzen Körper mit dem bloßen Auge und dem Dermatoskop, einem kleinen Handmikroskop mit Lampe. Dabei achtet er be-

Das Handwerkszeug des Hausarztes

Zum Patientenbesuch nimmt der Allgemeinmediziner seinen Hausarztkoffer 1 mit. Er birgt wichtige Untersuchungsgeräte wie das Blutdruckmessgerät und das Stethoskop, aber auch Mittel zur Behandlung verschiedener Leiden wie Tabletten, Zäpfchen oder Medikamente in Ampullen. Auch bei kleinen chirurgisch behebbaren Problemen, etwa bei Splittern in der Haut, bei offenen Wunden oder Brüchen, kann der Allgemeinarzt mit seinen Utensilien erste Hilfe leisten. Hier eine Auswahl der verschiedenen Gegenstände, die sich in einem Hausarztkoffer befinden können:

Untersuchen

2 **Stethoskop**

3 **Ohrenspiegel**

4 **Reflexhammer**

5 **Holzspatel**

6 **Lampe,** um in die Pupillen oder in den Rachen zu leuchten

Messen

7 **Blutdruckmessgerät**

8 **Urinteststreifen**

9 **Fieberthermometer**

10 **Blutzuckermessgerät mit Zubehör**

11 **Nadel (Kanüle)**

12 **Entnahme-Röhrchen** für eine Blutuntersuchung

13 **Stauschlauch**

Behandeln

14 **Tropfen** gegen Schmerzen und niedrigen Blutdruck

15 **Nitrospray** bei Angina Pectoris

16 **Tabletten** gegen hohen Blutdruck und Schmerzen, Placebotabletten

17 **Asthmaspray**

18 **Zäpfchen und Rektaltuben** gegen Übelkeit, Fieber, Krämpfe, Schmerzen und zur Beruhigung

19 **Kleiner Kunststoffschlauch** (Venenverweilkanüle)

20 **Kochsalzlösung,** etwa für eine Infusion, mit der Medikamente verabreicht werden sollen

21 **Ringerlösung,** etwa für eine Infusion bei starkem Blutverlust

22 **Infusionssystem**

23 **Ampullen mit Medikamenten** gegen Schmerzen, Krämpfe, Übelkeit, allergische Reaktionen, Kreislauf- und Herzrhythmusstörungen, zum Entwässern, zur Beruhigung und Blutverdünnung

24 **Einwegspritzen**

25 **Einwegkanülen**

26 **Insulin** gegen hohen Blutzucker

27 **Traubenzucker** als Lösung oder in Täfelchen gegen Unterzuckerung

28 **Heparinspritzen** zur Thrombosebehandlung

29 **Flexible Kunststoffschiene** für Knochenbrüche

30 **Wunddesinfektionsmittel** (Povidon-Jod)

31 **Prellungssalbe**

32 **Mullbinden und Pflasterrolle**

33 **Einwegrasierer**

34 **Splitterpinzette,** steril verpackt

35 **Schere**

36 **Einwegskalpell,** steril verpackt

37 **Pflaster und Klammerpflaster** für Platzwunden

38 **Tupfer und Desinfektionsspray**

39 **Kanülenbox** für spitze und scharfe Abfälle

40 **Einweghandschuhe**

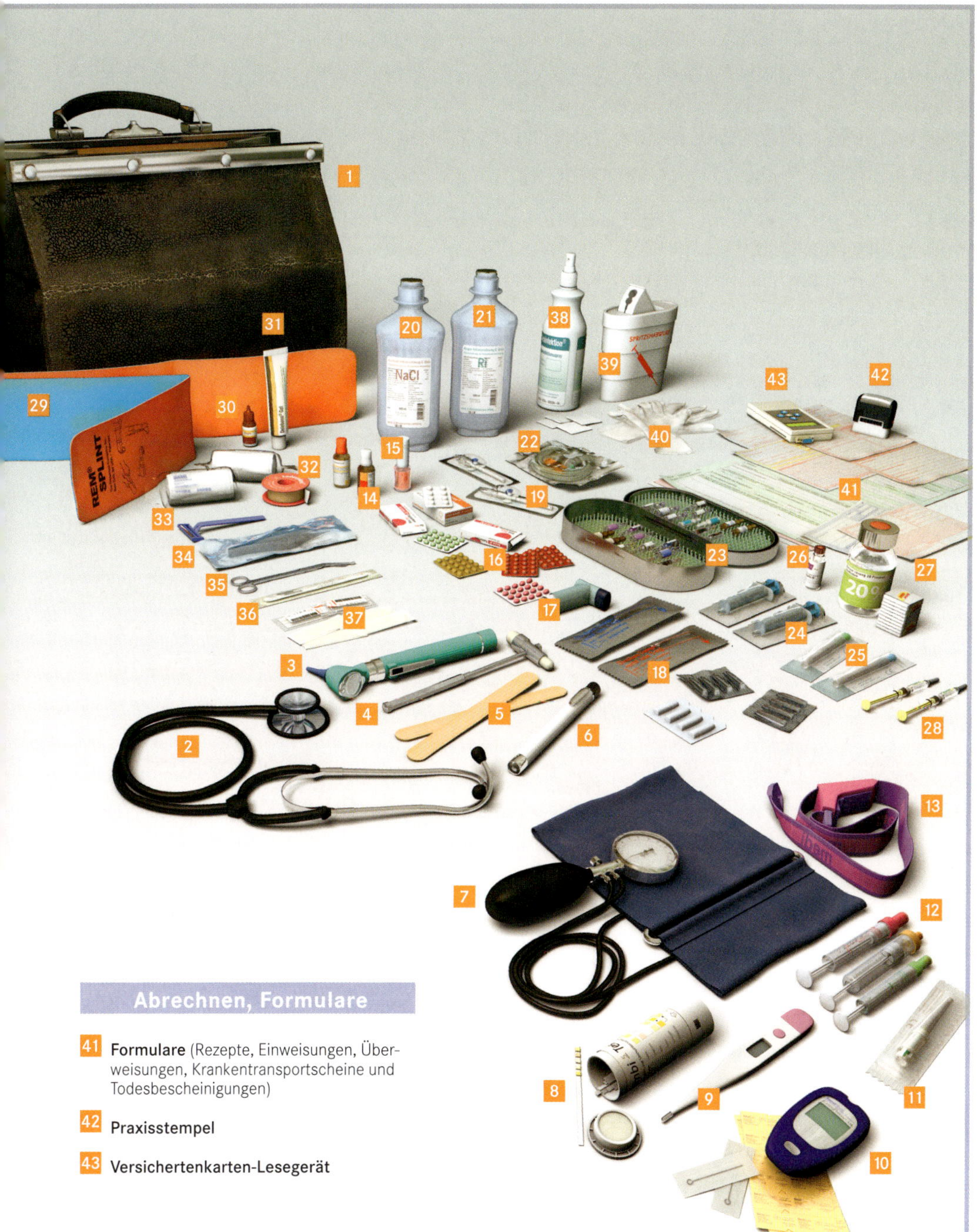

Abrechnen, Formulare

41 **Formulare** (Rezepte, Einweisungen, Überweisungen, Krankentransportscheine und Todesbescheinigungen)

42 **Praxisstempel**

43 **Versichertenkarten-Lesegerät**

sonders auf unregelmäßige, unscharfe, ungleichmäßig gefärbte und besonders große Flecke. Oft benetzt er ein auffälliges Stück Haut zunächst mit Öl oder Alkohol, ehe er das Mikroskop aufsetzt.

Experten-Einschätzung: Schwarzer Hautkrebs ist heilbar, wenn er früh entdeckt wird. Die Dermatoskopie, vor allem mit Dokumentation per Digitalfoto, hat die Früherkennung von Melanomen deutlich verbessert. Der Diagnosewert hängt stark von der Erfahrung des Arztes ab. Sinnvoll ist die Untersuchung vor allem für Patienten mit mehr als 100 Muttermalen oder mit besonders großen angeborenen Exemplaren, außerdem bei Hautmalen, die sich verändern oder durch Form oder Pigmentierung auffallen (→ oben), und bei Hautkrebs in der Familie. Wichtig ist, dass auch Mundschleimhaut, Nägel und Genitalregion angesehen werden.

Bei Krebsverdacht zahlt die GKV die Untersuchung des verdächtigen Hautstücks, sonst ist die Untersuchung meist eine »Individuelle Gesundheitsleistung« (IGeL) – muss also vom Patienten selbst bezahlt werden.

Biopsie mit Untersuchung

Die Haut wird desinfiziert und lokal per Spritze betäubt. Dann schneidet der Arzt mit einem Skalpell oder einer kleinen runden Hautstanze ein Stück heraus (Biopsie) und vernäht bei Bedarf anschließend die Wunde. Die Gewebeprobe wird im

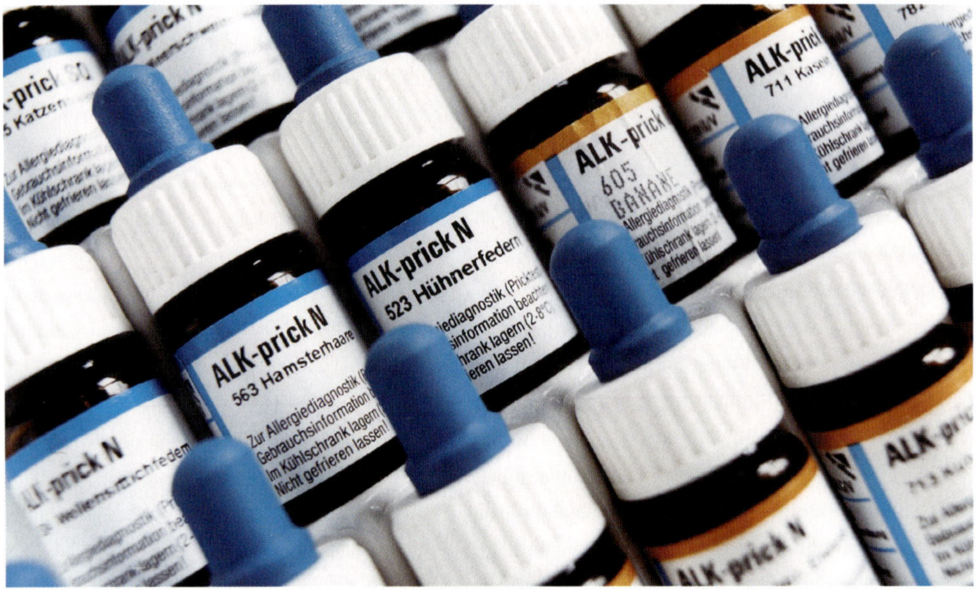

Ein Testset für Prick-Tests: Jedes Fläschchen enthält eine Lösung mit je einem Allergen.

Labor aufbereitet und mikroskopisch untersucht, etwa auf Bakterien oder Tumorzellen.

Experten-Einschätzung: Sinnvoll bei unklarem Krankheitsbild, obligatorisch bei allen Hautveränderungen mit Krebsverdacht.

Leistung der GKV

Materialentnahme mit Kultur

Haare, Hautschuppen oder Nagelproben schneidet oder schabt der Arzt ab. Flüssigkeit aus einer Blase oder Pustel saugt er mit einer Spritze ab. Oft werden auch Hautabstriche gemacht. Im Labor werden aus den Proben Kulturen gezogen, um Krankheitserreger nachzuweisen.

Experten-Einschätzung: Zuverlässige Routinemethode bei Verdacht auf Fußpilz, andere Hautpilze und Bakterien.

Leistung der GKV

Spät-Typ-Allergietest (Epikutantest)

Viele Allergien, vor allem Hautekzeme, treten erst Tage nach dem Kontakt mit einem Stoff auf. Beim Epikutan- oder Läppchentest klebt der Arzt dem Patienten Pflaster mit Substanz-Pröbchen auf den Rücken, meist gleich eine Reihe mit kleinen Mengen der 20 bis 30 häufigsten Allergieauslöser (u. a. Nickel oder Konservierungsstoffe). Nach 48 und 72 Stunden wird »abgelesen«, ob die Haut allergisch reagiert hat, etwa mit Rötung, Bläschen oder Juckreiz.

Experten-Einschätzung: Einfacher und zuverlässiger Nachweis einer Kontaktallergie. Für den Patienten etwas lästig. Beim Ablesen müssen allergische Reaktionen und bloße Hautreizungen unterschieden werden. Der Test darf nur zusammen mit der Anamnese interpretiert werden. Medikamente, die das Immunsystem unterdrücken (etwa innerlich angewandte Kortikosteroide) oder vorherige Sonnenstrahlung können den Test verfälschen.

Leistung der GKV

Sofort-Typ-Allergietests (Prick-, Scratch-, IgE-Test)

Heuschnupfen, Insektengift- oder Nahrungsmittelallergien machen sich in Sekunden bis Minuten bemerkbar und können schnell getestet werden: Beim Prick-(»Stich«)-Test werden mit einer Lanzette Allergentropfen in die Haut an Unterarm oder Rücken eingestochen. Beim Scratch-(»Kratz«-)Test wird die Haut leicht geritzt und die Substanz eingerieben. Nach etwa 20 Minuten schaut der Arzt, ob sich eine Quaddel gebildet hat. Danach muss der Patient mindestens eine halbe Stunde beobachtet werden. Ergänzend werden oft Blutproben im Labor auf Antikörper getestet, die auf eine Allergie hindeuten. Dabei wird entweder die Gesamtmenge des Immunglobulin E (Gesamt-IgE) im Blutserum bestimmt, oder man sucht nach spezialisierten Antikörpern (Spezifisches IgE) gegen bestimmte Allergieauslöser.

Experten-Einschätzung: Der Prick-Test gilt als zuverlässiges Standardverfahren. Hauttests bergen Risiken: Daher muss geklärt werden, ob Allergien bekannt sind und wie schwer die Reaktionen bisher waren. Der Patient muss vor dem Test über die Gefahr einer schweren Reaktion mit Schwindel oder Atemnot bis hin zum Schock aufgeklärt werden.

IgE-Tests können Hauttests ergänzen, wenn diese kein klares Ergebnis erbracht haben. Manchmal sind Hauttests auch nicht möglich (starke Ekzeme, Kleinkinder). Bluttests dürfen nur zusammen mit Anamnese und Symptomen interpretiert werden, da auch andere Faktoren die Antikörpermenge hochtreiben können. Das Gesamt-IgE sagt weniger aus als die Messung spezifischer Antikörper. Achtung: Der manchmal angebotene Immunglobulin-G-Test zum Nachweis einer Nahrungsmittelallergie gilt als nutzlos.

Leistung der GKV

Haaruntersuchung

Bei starkem Haarausfall zupft der Arzt dem Patienten Haare mit der Wurzel aus, um sie zu untersuchen. Bei Pilzverdacht wird daraus entweder eine Kultur angelegt, oder die Haare werden mit UVA-Licht (»Wood-Lampe«) untersucht: Manche Pilze leuchten unter UV-Bestrahlung. Kann Pilzbefall ausgeschlossen werden, untersucht man die ausgerissenen Haarwurzeln unter dem Mikroskop (Trichogramm) und zählt, wie viele junge, wachsende und wie viele alte, inaktive Haarfollikel vorhanden sind.

Experten-Einschätzung: Pilzkulturen liefern in der Regel eindeutige Ergebnisse, die Befunde der Wood-Lampe sind dagegen eher als Orientierung nützlich. Ansonsten gibt es vielfältige Ursachen von Haarausfall, die nur in Ansätzen verstanden sind und oft nicht geklärt werden können. Ein Trichogramm ist daher nur bei bestimmten Krankheiten von Nutzen, da Haarausfall oft nicht heilbar ist.

Bei Pilzverdacht Leistung der GKV, sonst IGeL

Doppler-Ultraschall

Methode, um verstopfte oder krankhaft erweiterte Blutgefäße, etwa in den Beinen, mit Ultraschall aufzuspüren: Auf die Haut wird ein Gel aufgebracht, dann wird ein Ultraschallkopf darübergeführt, der Schallwellen durch die Haut sendet. Ein klarer Signalton des Gerätes zeigt an: Das Blut strömt frei durchs Gefäß. Ein stotternder Ton weist auf Blutstau durch eine Thrombose oder schwache Venenklappen hin.

Experten-Einschätzung: Risikolose und schmerzfreie Routinemethode zur Diagnose einer Venenklappenschwäche. Für den Nachweis einer Venenthrombose aber allein nicht ausreichend. Genauere Ergebnisse liefert die Untersuchung mit einem gespritzten Kontrastmittel beim Radiologen.

Leistung der GKV

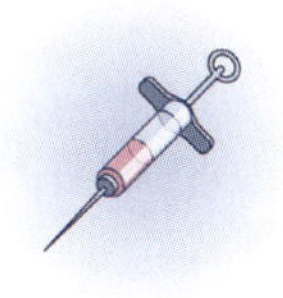

Behandlungsmethoden

Peelings

Beim Hautarzt werden ätzende Stoffe wie Glykolsäure (»Fruchtsäure«) oder Trichloressigsäure auf die gereinigte Haut aufgetragen. Sie schälen die obersten Hautschichten ab, damit neue Hautzellen nachwachsen können. Anwendung bei Akne, Aknenarben, Falten oder Pigmentflecken.

Experten-Einschätzung: Effizientes, aber radikales Mittel. Nach der Behandlung kann die Haut für Stunden brennen, für einige Tage ist sie sehr lichtempfindlich. Gehört nur in die Hände erfahrener Ärzte und Kosmetiker. Nur bei nicht entzündeter Akne und auch dort eher als Zusatztherapie.

In der Regel IgeL

Okklusivverbände

Der betroffene Körperteil wird mit einem Wirkstoff, meist in Salbenform, behandelt und dann für mehrere Stunden/über Nacht in Folie eingepackt. Im feuchtwarmen Klima unter dem Verband soll die Haut den Wirkstoff gut aufnehmen.

Experten-Einschätzung: Sinnvolle Methode zur Vorbehandlung bei Schuppenflechte (Psoriasis), um dicke Hautschuppen mit Salicylsäure abzulösen. Oft auch an behaarter Kopfhaut, Handflächen und Fußsohlen angewandt, wo die Haut so dick ist, dass sie Wirkstoffe nur schlecht aufnimmt. Okklusivverbände mit Kortikosteroiden werden gelegentlich bei Neurodermitis eingesetzt, ihr Nutzen ist aber nicht wissenschaftlich belegt.

Leistung der GKV

Kryotherapie

Vereisung der Haut mit flüssigem Stickstoff: Das Gewebe stirbt ab und kann abgetragen werden. Häufig bei Warzen, wird auch bei manchen Hauttumoren und Narben eingesetzt.

Experten-Einschätzung: Relativ schmerzhafte Methode, nach der Behandlung können Pigmentflecken zurückbleiben. Der Nutzen bei Warzen gilt als wahrscheinlich, auch wenn widersprüchliche Studienergebnisse vorliegen. Einige Untersuchungen zeigen positive Effekte bei Keratosen (Verhornungsstörungen), größere Studien dazu liegen aber noch nicht vor. Bei Narben werden mit dieser Methode gute Ergebnisse erzielt.

Nur bei medizinisch notwendigen Behandlungen Leistung der GKV

Lichttherapien

Die Haut wird mit UV-Licht verschiedener Wellenlänge (UVA, UVB oder Kombination aus beidem) bestrahlt. Auch in Verbindung mit Salzbädern. Bei der PUVA-Therapie nimmt der Patient vor der Bestrahlung Psoralen (P) ein oder badet in einer Psoralen-Lösung, um die Haut UV-sensibler zu machen. UV-Therapien werden vor allem bei Psoriasis und Neurodermitis verordnet.

Experten-Einschätzung: Lichttherapien helfen offensichtlich vielen Hautkranken, aber nicht alle gelten als etablierte Routineverfahren. Es gibt einige Studien unterschiedlicher Qualität zu den verschiedenen Methoden: Besonders effizient scheinen UV-Therapien bei Patienten mit schwerer Schuppenflechte zu sein, sie lindern auch Juckreiz. UVA scheint bei schwerer Neurodermitis zu wirken, UVA und UVB können Behandlungserfolge mit Kortikosteroiden (→ Seite 164) stabilisieren. Da UV-Strahlung die Haut altern lässt und das Hautkrebsrisiko erhöht, sollten UV-Therapien nur sehr gezielt vom Dermatologen verordnet werden. Bei Kleinkindern zurückhaltend anwenden.

Reine UV-Therapie ist eine Leistung der GKV, Salzbäder- und PUVA-Therapie werden nur stationär übernommen, sind ambulant aber IGeL.

Photodynamische Therapie (PDT)

Ähnlich wie bei der PUVA-Therapie (→ oben) wird die Haut mit einem photosensibilisierenden Mittel behandelt und dann mit intensivem Rotlicht oder Laserlicht bestrahlt. Dabei werden die obersten Hautschichten zerstört. Anwendung: bei Warzen oder Vorstufen von hellem Hautkrebs.

Mit Rotlicht bestrahlt eine Arzthelferin die Lichtschwielen von Walter Eder.

Experten-Einschätzung: relativ neue, aber viel versprechende Therapiemethode. Nachteile: brennender Schmerz durch Hitze bei der Bestrahlung und erhöhte Lichtempfindlichkeit der Haut nach der Behandlung. Gute Ergebnisse bei der Therapie von sonnenbedingten Keratosen, den Vorstufen von Stachelzellkrebs. Bei Warzen gilt der Nutzen noch nicht als ausreichend belegt.
Nur im Einzelfall Leistung der GKV

Operative Entfernung von Muttermalen/Krebs

Verdächtige Muttermale, Melanome, Stachelzellkrebs oder Basaliome schneidet der Arzt mit Skalpell oder Hautstanze großzügig heraus (Exzision). Oberflächliche Hautveränderungen (Keratosen) werden auch mit einem scharfen Löffel herausgeschält.
Experten-Einschätzung: Sinnvolle Methode, wenn das Hautgewebe im Labor weiter untersucht werden soll; bei Krebsverdacht ist die Exzision die Methode der Wahl.
Leistung der GKV

Laserbehandlung

Laser arbeiten mit sehr intensivem Licht, dessen Energie je nach Wellenlänge von unterschiedlichen Bestandteilen der Haut aufgenommen wird (etwa von Wasser oder rotem Blutfarbstoff). Damit kann das Gewebe sehr gezielt »verkocht« werden. Grundsätzlich gibt es Laser, die Hautschichten abtragen (z.B. Kohlendioxidlaser) und nichtabtragende Systeme. Eingesetzt werden Laser z.B. gegen Falten, unerwünschte Haare, Besenreiser, Basaliome oder aktinische Keratosen.

Experteneinschätzung: Risiko- und nebenwirkungsarme Methode, eventuell schmerzhaft. Je nach Behandlungsziel unterschiedlich sinnvoll. Wirksam zur Entfernung gutartiger Hauttumoren (z.B. Feuermale) oder aktinischer Keratosen. Krebsverdächtige Muttermale dürfen niemals gelasert werden!
Zum Lasereinsatz bei Falten gibt es bislang nur wenige aussagekräftige Studien, bei Narben und Besenreisern mäßig positive Ergebnisse.
Nur bei medizinischer Notwendigkeit oder starken Entstellungen im Einzelfall Leistung der GKV

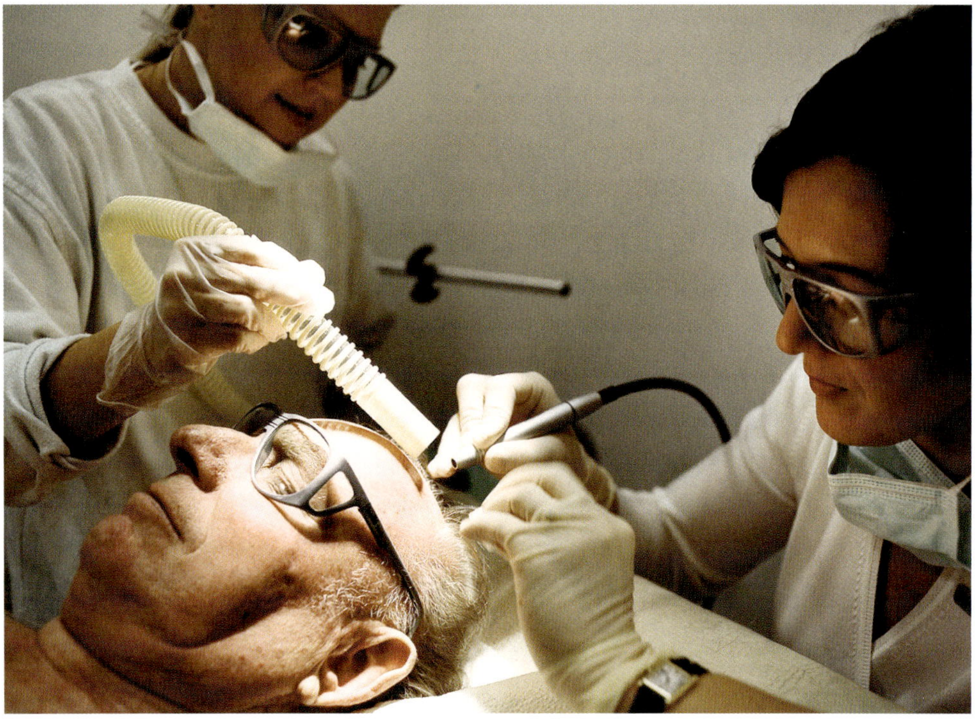

Dr. Claudia Dieckmann lasert einem Patienten Flecken von der Kopfhaut, die zu Krebs mutieren könnten. Die Spezialbrillen schützen die Netzhaut vor der Laserstrahlung.

Elektrokaustik

Methode zur elektrischen Verödung von Warzen oder Gefäßerweiterungen: Der Arzt betäubt das entsprechende Hautstück lokal per Spritze. Dann wird der Elektrokauter, ein kleines Gerät mit einer Nadel oder Drahtschlinge an der Spitze, über die Haut des Patienten geführt. Durch das Instrument fließt Schwachstrom, der Hitze erzeugt. So wird Hautgewebe verdampft und die Blutung gestillt.

Experten-Einschätzung: Risiko- und nebenwirkungsarme Methode zur Behandlung kleiner Hautveränderungen. Eventuell können Narben zurückbleiben. Bösartige Hauttumoren dürfen nicht auf diese Weise entfernt werden, weil das Gewebe verkocht und daher nicht mehr im Labor untersucht werden kann.

Leistung der GKV

Venenverödung durch Injektionen

Zur Beseitigung kleiner Besenreiser oder Krampfadern am Bein wird ein aggressives Verödungsmittel in die Vene gespritzt und die Vene dann zugedrückt. Sie verklebt und stirbt ab.

Experten-Einschätzung: Kleine Besenreiser sind ein kosmetisches Problem und müssen nicht entfernt werden. Die Methode ist aber effizient und nebenwirkungsarm – wenn ein erfahrener Arzt am Werk ist. Wird hingegen versehentlich eine Arterie punktiert, droht eine Embolie.

IGeL

Hyposensibilisierung

Therapie, um die Überempfindlichkeit gegenüber allergieauslösenden Stoffen zu reduzieren. Dabei werden steigende Konzentrationen eines Allergens unter die Haut gespritzt. Eine solche Therapie dauert bis zu fünf Jahren. Da es zu allergischen Reaktionen kommen kann, muss der Patient nach jeder Injektion mindestens 30 Minuten beobachtet werden.

Experten-Einschätzung: Einzige Therapie, die die Ursachen einer Allergie bekämpft. Gute Erfolgsaussichten bei Insektengift-, Hausstaubmilben- und Pollenallergien; schlechter bei anderen Allergien. Sollte früh eingesetzt werden, bevor sich Allergiesymptome mit der Zeit verschlimmern. So kann z.B. Asthma vermieden werden. Für die alternativ angebotene Hyposensibilisierung unter der Zunge gibt es keine aussagekräftigen Daten, und die Dosierungen sind unklar.

Leistung der GKV

Botulinumtoxin

Botulinumtoxin (z.B. »Botox®«) ist ein starkes Bakteriengift, das unter anderem zur Faltenbehandlung eingesetzt wird. Der Arzt spritzt es in den Muskel, der eine Falte zusammenzieht, und lähmt ihn so. Die Wirkung hält 3 bis 6 Monate an.
○ Experten-Einschätzung: Obwohl die Methode für kosmetische Zwecke erst seit Kurzem genutzt wird, existiert eine Reihe von Studien, die belegen, dass sich Falten auf der Stirn und Krähenfüße damit glätten lassen. Über Langzeitwirkungen ist nichts bekannt. Bei Überdosierung drohen Einschränkungen der Mimik oder sogar Gesichtsteillähmungen.
IGeL

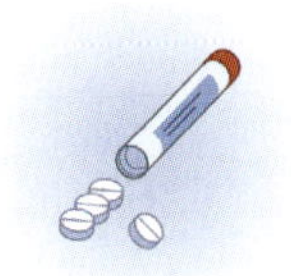

Medikamente

Basispflege

Pflegende und fettende Salben und Cremes mit verschiedenen Zusätzen (zum Beispiel Harnstoff, Glycerin).
○ Experten-Einschätzung: Notwendige Basistherapie bei vielen Hauterkrankungen wie Ekzemen, Psoriasis und Neurodermitis. Die Salben und Cremes regulieren die Hautfeuchtigkeit und verbessern durch eine Rückfettung die Schutzfunktion der Haut. Oft verschreibt der Arzt sie zusammen mit Kortikosteroiden. Harnstoff sollte bei akut entzündeter oder aufgekratzter Haut nicht angewandt werden, weil er dann auf der Haut brennen kann.
IGeL

Kortikosteroide (»Cortison«)

Abkömmlinge des körpereigenen Hormons Cortisol, das in der Nebenniere produziert wird. Sie werden vor allem bei allergischen Ekzemen, Neurodermitis oder Asthma eingesetzt und sind als Salben, Tabletten oder Inhalate in verschiedenen Stärken erhältlich. Sie bremsen die Überreaktion des Immunsystems, wirken dadurch entzündungshemmend und stillen den Juckreiz.
○ Experten-Einschätzung: Trotz verbreiteter Cortison-Angst sind Kortikosteroide heute eine der wichtigsten und wirksamsten Medikamentenklassen der Dermatologie. Vor allem Juckreiz und Hautrötungen können damit zuverlässig bekämpft werden. Äußerlich gilt die Anwendung als sicher, man sollte aber mit starken Kortikosteroiden nicht zu lange und möglichst keine großen Flächen behandeln. Als Tabletten kommen Kortikosteroide nur bei schweren Erkrankungen zum Ein-

satz, weil die Nebenwirkungen stärker sind als bei Salben und Cremes. Nachteile aller Kortikosteroide: Bei abruptem Absetzen kann es zu einer dramatischen Symptomverschlechterung kommen, bei starken Kortikosteroiden und Daueranwendung ist eine Hautverdünnung (Atrophie) möglich. Insgesamt gilt: so kurz wie möglich und gezielt nach Krankheitsbild und Hautpartie, z.B. starke Präparate für dicke Fußsohlen, schwache Salben für zarte Augenlider.
Leistung der GKV

Immunmodulatoren

Auch Calcineurinhemmer genannt. In der Dermatologie eine recht neue Klasse von Medikamenten (Tacrolimus und Pimecrolimus als Salbe oder Creme), die die Signalweiterleitung in den Lymphozyten und damit die Aktivierung des Immunsystems verhindern. Effektiv gegen Juckreiz und Hautentzündung bei Neurodermitis. Immunmodulatoren greifen gezielter ins Immunsystem ein als Kortikosteroide und scheinen bei Daueranwendung die Haut nicht dünner zu machen. Sie dürfen auch auf zarter Haut und bei Kindern eingesetzt werden.
Experten-Einschätzung: Gute Ergebnisse bei Neurodermitis. Werden meist gut vertragen; mögliche Nebenwirkungen: Brennen, Hautrötung. Sehr hohe Dosen lösten im Tierversuch Krebs aus, was in Studien mit Patienten aber noch nicht bestätigt werden konnte. In den USA werden die Präparate trotzdem seit Kurzem mit Warnhinweisen versehen. Auch in Europa sollen die Mittel nur noch verordnet werden, wenn andere Salben versagen. Eine abschließende Bewertung, vor allem der Langzeitrisiken, steht noch aus.
Leistung der GKV

Immunsuppressiva

Stark wirksame Tabletten oder Injektionen, die das Immunsystem unterdrücken (z.B. Ciclosporin, Methotrexat). Vor allem zur Therapie schwerer Formen der Schuppenflechte.
Experten-Einschätzung: Für Psoriasis-Patienten oft letztes Mittel, wenn andere Therapien versagt haben. Zum Teil schwere Nebenwirkungen, fruchtschädigend. Frauen müssen deshalb bei Einnahme unbedingt wirksam verhüten. In Studien milderte eingenommenes Ciclosporin auch die Symptome von schwerer Neurodermitis.
Leistung der GKV

In solchen Schalen werden aus Hautproben von Patienten Kulturen gezogen.

Retinoide

Verwandte des Vitamin A, als Salbe oder Tabletten. Reduzieren die krankhafte Bildung von Hautschuppen, vor allem bei Akne und Schuppenflechte.

Experten-Einschätzung: Hocheffizient, aber zum Teil mit erheblichen Nebenwirkungen verbunden. Der Patient muss vor der Behandlung darüber aufgeklärt werden. Fruchtschädigend, eine Schwangerschaft muss ausgeschlossen sein. Als Tabletten nur bei schweren Formen. Bei Akne sollten Retinoide immer nur ein Teil einer Kombi-Therapie sein.

Leistung der GKV

Hormone (Antiandrogene)

Östrogene und Antiandrogene drosseln die Talgproduktion der Haut und sind daher eines der Mittel gegen Akne. Entweder werden Verhütungsmittel (Pille) oder spezielle »Hauthormone« verschrieben.

Experten-Einschätzung: Hilfreich bei Akne, sollte aber mit anderen Mitteln kombiniert werden. Wegen verweiblichender Effekte sollten nur Frauen mit Antiandrogenen behandelt werden. Eine Schwangerschaft muss ausgeschlossen sein.

Leistung der GKV

Antihistaminika

Gibt es als Tabletten, Augentropfen oder Nasensprays. Stoppen die Ausschüttung des Entzündungsstoffs Histamin aus den Mastzellen des Immunsystems. Dadurch wird vor allem der Juckreiz gelindert, was bei Krankheiten wie Allergien oder Neurodermitis den Teufelskreis Jucken-Kratzen-Jucken durchbrechen soll.
Experten-Einschätzung: Antihistaminika werden oft verschrieben und scheinen auch vielen Patienten zu helfen, vor allem bei Heuschnupfensymptomen und Nesselsucht, weniger bei Neurodermitis. Ältere Präparate machen oft sehr müde. Autofahren und das Bedienen von Maschinen sollten daher nach Einnahme vermieden werden. Bei modernen Antihistaminika aber problemlos.
Nur in Einzelfällen, etwa bei schweren Insektengiftallergien, Leistung der GKV

Antibiotika

Salben, Cremes, Lotionen, Gele oder Tabletten gegen Bakterien auf und in der Haut. Werden beim Hautarzt vor allem gegen Bakterien in Aknepusteln und bei bakteriell infizierten Wunden und Ekzemen eingesetzt.
Experten-Einschätzung: Wirksame Therapie, bekämpft eine der Ursachen von Akne: das Propionibakterium. Zurückhaltend einsetzen, auch eine Antibiotikasalbe kann Resistenzen erzeugen. Obligatorische Behandlung bei Wundinfektionen und entzündeten Ekzemen.
Leistung der GKV

Antimykotika

Bei Haut-, Haar-, Mund- und Nagelpilzen, als Salbe, Creme, Gelee oder Tablette.
Experten-Einschätzung: Notwendig, aber je nach Pilz langwierig. Ohne Aufdeckung der Infektionsquelle nutzlos. Haustiere und Familie müssen ggf. mitbehandelt, Kämme, Bürsten etc. desinfiziert werden.
Nur bei Pilzen im Mund- und Rachenraum Leistung der GKV

Virustatika

Virenhemmende Mittel, zum Beispiel gegen Mundfäule, Herpes oder Windpocken, als Creme, Mundspülung, für schwere Formen auch als Tablette oder Spritze.
Experten-Einschätzung: Sinnvolle Therapie z.B. von akuten Herpes-Infektionen. Bei Lippenherpes nur im aufkommenden »Bläschen«-Stadium sinnvoll.
Nicht immer Leistung der GKV

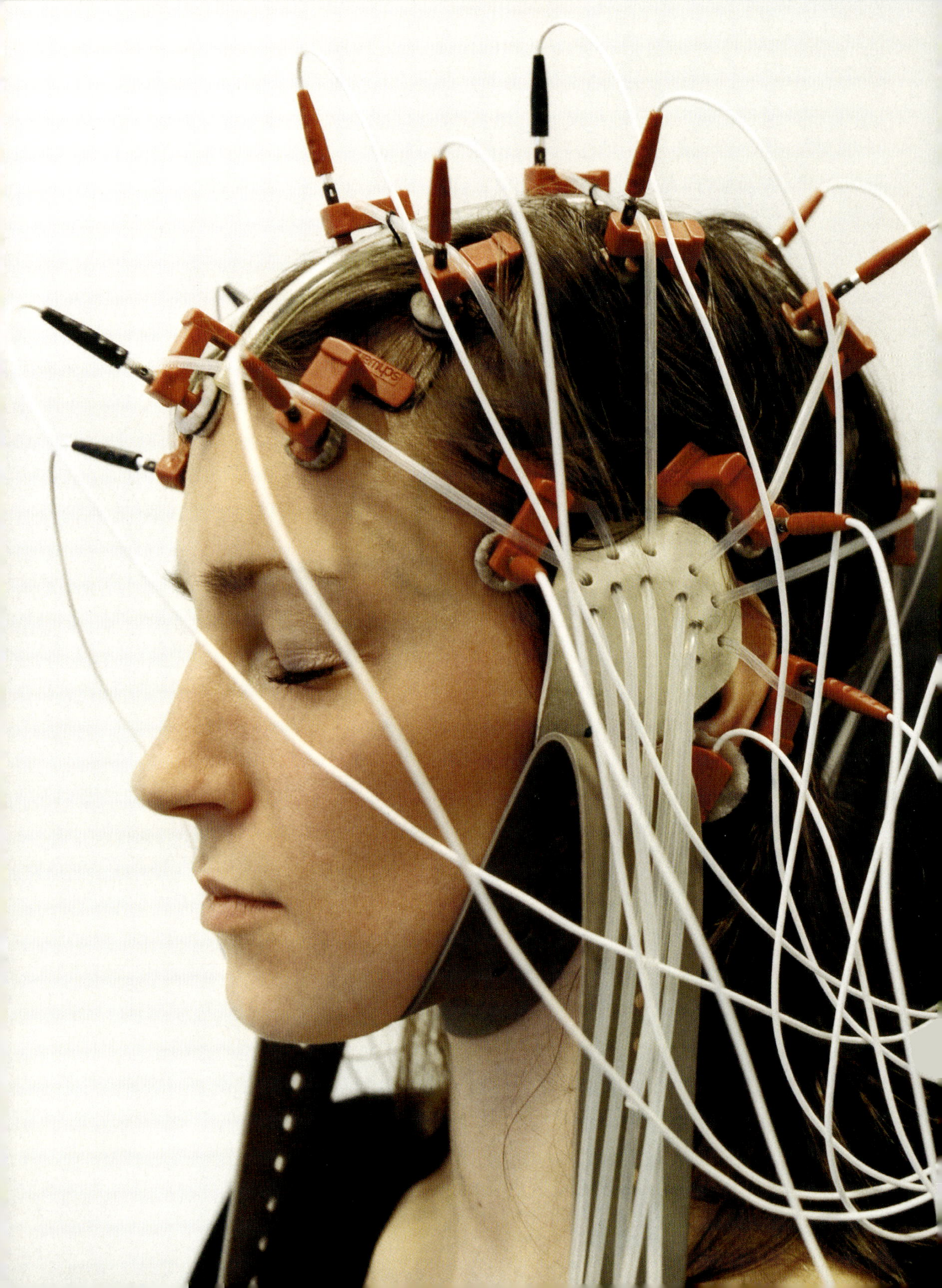

Die dem Menschen ins Hirn schauen

Starke Nerven und eine wohltemperierte Psyche lassen uns den Härten des Alltags trotzen. Normalerweise. Doch im vergangenen Jahrzehnt haben seelische Leiden in Deutschland stark zugenommen. Ein Fall für Neurologen und Psychiater. Sie helfen bei Schmerz und Angst, bei Alzheimer und Depression.

Die junge Frau wurde plötzlich ohnmächtig und stürzte dabei schwer auf den Kopf. Die Hirnstrommessung soll es ermöglichen, eine Epilepsie als Ursache auszuschließen.

Dafür, dass es gestern mit Blaulicht in die Klinik ging, ist Mina Schönfelder (Namen aller Patienten geändert) recht gelassen. Ruhig sitzt die Frau auf dem riesigen Stuhl in der Praxis für Neurologie und lässt die Beine baumeln, während ihr eine Elektrode nach der anderen auf den Kopf geklebt wird. Ein bisschen unheimlich ist ihr der Elektroenzephalograf (EEG) mit seinem Gewirr aus Kabeln, Riemen und Kontakten trotzdem. Skeptisch verdreht sie die Augen zu der Apparatur auf ihrem Kopf und sagt: »Hoffentlich erklärt das Ding mich nicht für bekloppt.«

Bekloppt zu sein, bescheuert, womöglich reif für die Klapse, das ist eine Sorge, die Neurologen und Psychiatern oft begegnet. »Viele Patienten haben Angst, weil sie gar nicht wissen, was sie erwartet«, sagt Dirk Ritter. Seit 16 Jahren arbeitet der 46-Jährige als Neurologe, 2001 hat er sich in einer Gemeinschaftspraxis im Kölner Stadtteil Rodenkirchen niedergelassen. Nachdem Mina Schönfelder plötzlich umkippte, ist sie nun seine Patientin. Eine psychische Erkrankung wird er bei ihr per EEG nicht feststellen können – denn dazu ist das Gerät wenig geeignet. Vielmehr zeigt es, welche Hirnareale besonders ruhig oder aufgeregt arbeiten und so, wie möglicherweise bei Mina Schönfelder, epileptische Anfälle auslösen können.

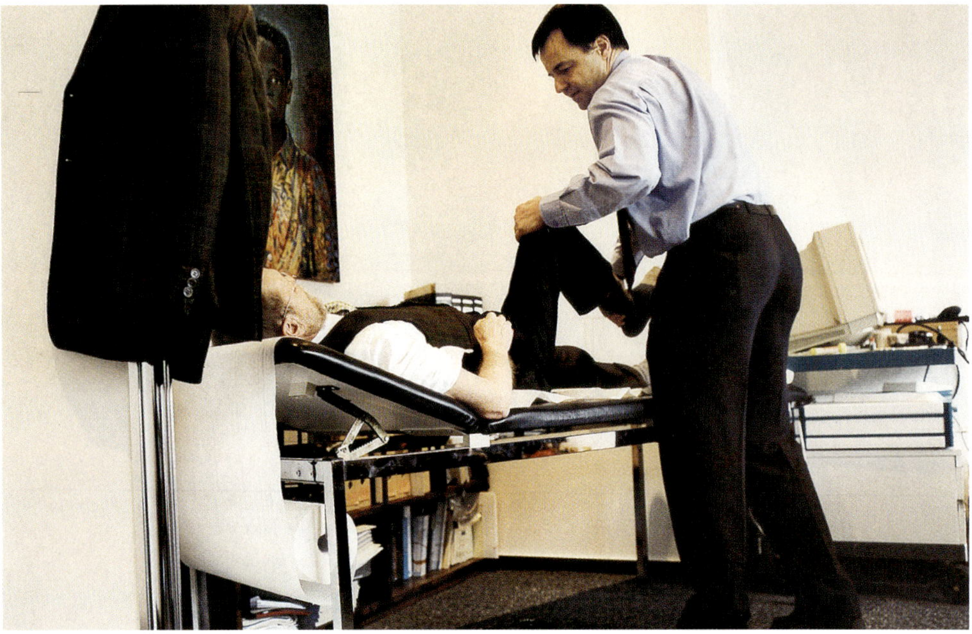

Neurologe Dirk Ritter ist den Empfindungsstörungen seines Patienten Herbert Seifeld auf der Spur. Hier prüft er den Fühlsinn in dessen rechtem Bein.

Seinen Patienten erklärt Dirk Ritter oft erst einmal, wofür er eigentlich da ist. In modernen Worten beschreibt er, was Neurologen und Psychiater seit 150 Jahren trennt: »Neurologen sind die Ärzte für die Hardware, Psychiater sind die für die Software.« Ohne lenkenden Geist verlieren Nerven und Muskeln ihren Wert – doch wenn sie selbst den Dienst versagen, ist auch der stärkste Wille machtlos.
Inzwischen ist in jedem der Fächer ein so hoher Spezialisierungsgrad nötig, dass kaum ein Arzt Neurologie und Psychiatrie gleich kompetent vertreten kann. Spezialisten sind auch die Ärzte für Psychosomatik. Und dann gibt es noch die Berufsverwandten: Psychologen und Psychotherapeuten – die keine Ärzte sind. Sie bieten Gesprächs- und Verhaltenstherapien an, dürfen aber keine Medikamente verordnen.

Häufigkeit psychischer Leiden

Im komplizierten Getriebe zwischen Körper und Geist fällt ziemlich häufig mal ein Rädchen aus: Zwei von fünf Menschen leiden irgendwann an Depression, Angst oder einer anderen psychischen Störung. Zeitdruck und Überforderung treiben viele an den Rand der Verzweiflung. Und so haben in Deutschland – entgegen der insgesamt rückläufigen Tendenz – die Krankheitstage wegen psychischer Leiden seit 1997 um fast 70 Prozent zugenommen. Für die Frühberentung ist die erkrankte Seele der Grund Nummer eins. An den Gesamtkosten des Gesundheitssystems hat die Versorgung psychischer Leiden einen Anteil von zehn Prozent.
Arbeitgeber haben die Pflicht, die psychische Belastung ihrer Mitarbeiter regelmäßig zu beurteilen: Stress, Arbeitszeiten, Monotonie. Zehn Jahre alt ist das Arbeitsschutzgesetz, doch eine Studie der Hans-Böckler-Stiftung ergab, dass nur ein Viertel der Betriebe wirklich die Faktoren untersucht, die Angestellten auf die Psyche drücken.

Neurologischen Krankheiten auf der Spur

Chronischer Schmerz wiederum ist zunächst ein klassischer Fall für Neurologen. Er plagt beinah jeden zehnten erwachsenen Deutschen. Jeder Fünfte leidet im Laufe seines Lebens mindestens einmal unter Migräne. Sensibilitäts-, Sprach- und Reaktionsstörungen, Lähmungen und Ohnmacht – noch breiter als das Spektrum der neurologischen Symptome ist das ihrer möglichen Ursachen. Herauszufinden, ob hinter dem Kopfschmerz nur Stress, ein Medikament oder ein Tumor steckt, »ist Detektivarbeit«, wie Dirk Ritter es nennt. Mit Reflexhämmern, Augenspiegeln, Stimmgabeln tasten sich die Neurologen an ihre Diagnose heran, jede Region des Körpers klopfen sie auf mögliche Störungen ab. Wenn das nicht genügt, ist die Medizintechnik gefragt.

Neben dem EEG nutzen die Ärzte vor allem zwei technische Möglichkeiten, Patienten in den Kopf zu gucken: die Kernspintomografie (auch Magnetresonanz-Tomografie genannt, abgekürzt: MRT) und die Computertomografie. Beide haben die Diagnostik von Schlaganfällen, Hirnblutungen und Tumoren verbessert.

Bevor die Neurologen helfen können, müssen sie genau zuhören: im Anamnese-Gespräch. »Vielen Patienten ist es unangenehm, die gezielten Fragen nach Lebensgeschichte und -umständen beantworten zu müssen«, sagt Cornelius Weiller, Direktor der Abteilung für Neurologie an der Uni-Klinik Freiburg. »Aber im Hinterkopf des Arztes läuft währenddessen eine komplette Diagnostik-Checkliste mit.« Fast neun von zehn vorläufigen Diagnosen, die ein Neurologe dank der Befragung stellt, werden durch die folgenden Untersuchungen gestützt.

Wer ist zuständig: Neurologe oder Psychiater?

Das Gespräch liefert außerdem Hinweise, ob auch ein Psychiater zurate gezogen werden sollte. Das ist nicht selten der Fall. Laut Bundesgesundheitsbericht sind bis zu 30 Prozent der Patienten, die neurologisch behandelt werden, auch depressiv. Die Depression kann Ausdruck, Folge oder Ursache einer neurologischen Erkrankung sein. Anders ausgedrückt: Wenn die Nerven krank sind, kann die Seele leiden – und umgekehrt. »Diesen Zusammenhang müssen wir im Auge haben«, sagt Adrienne Riethmüller, 41, die in der Gemeinschaftspraxis mit Dirk Ritter zusammenarbeitet. »Patienten mit psychischen Leiden empfehle ich die andere Straßenseite« – die psychiatrische Ambulanz des Alexianer-Krankenhauses Köln. Die moderne Hirnforschung lässt die beiden Schwesterdisziplinen wieder näher zusammenrücken. Ihre Verfahren zeigen nicht nur, wie Depression, Parkinson oder Schizophrenie die materielle Beschaffenheit des Denkorgans verändern. Die Forscher haben ihren Blick auf die organischen Grundlagen der Psyche bereits so weit geschärft, dass sie erkennen können, wie verschiedene Hirnareale etwa bei Entscheidungen zusammenwirken.

Doch auch wenn derlei Studien fast den Eindruck erwecken, der Sitz der Seele in unserem Kopf sei bald gefunden – die Einblicke der Psychiater und Neurologen sind noch immer begrenzt. Im Falle vieler Krankheitsbilder, darunter Depressio-

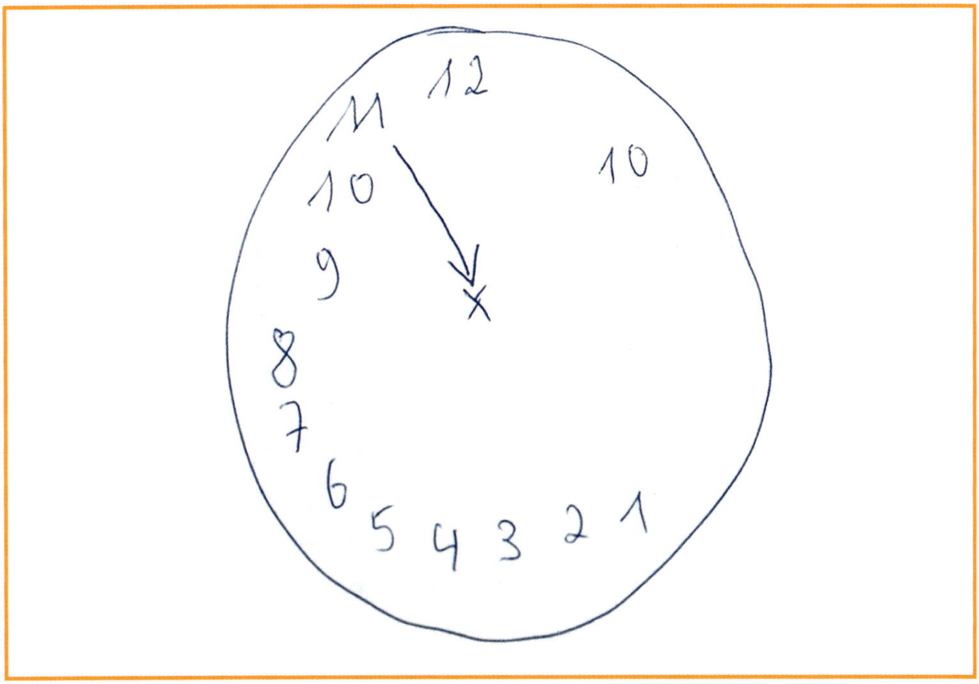

Die Testaufgabe wirkt banal: Zeichnen Sie eine Uhr mit Zifferblatt und Zeigern, die eine bestimmte Uhrzeit anzeigen (in diesem Fall 11 Uhr). Doch für Demenz-Patienten ist sie schwer zu bewältigen. Je mehr ihre geistigen Fähigkeiten schwinden, desto bizarrer gestaltet sich ihre Zeichnung.

nen, Schizophrenie, Demenzen, Parkinson und Multiple Sklerose, ist nicht einmal ein genauer Ursprung bekannt.

Marita Loersch, die Psychiaterin der Kölner Alexianer-Ambulanz, behandelt einige Patienten seit vielen Monaten. Johanna Baticz gehört dazu, eine zurückhaltende Frau Mitte 50, deren Depression sich als brennender Schmerz in Hals- und Kopfnerven niederschlägt. Auch Thorsten Meyer, 36, kommt immer wieder. Weil die Stimmen in seinem Kopf nicht weichen wollen, die sagen: »Spring aus dem Fenster!« und »Los, häng dich auf!«

Viele Untersuchungen, vor allem Studien an Zwillingen, lassen vermuten, dass die Gene dafür verantwortlich sind, wie leicht eine Seele verwundbar ist. Arbeitslosigkeit, Scheidung oder der Tod eines Verwandten sind so für den einen zwar schrecklich, aber doch überwindbar – den anderen stürzen sie in jahrelange Depression. Jeden zehnten Deutschen überfällt im Laufe des Lebens eine zeitweilige

Depression und reißt ihn in ein Loch aus Antriebslosigkeit, Erschöpfung, Schlaflosigkeit und Leere. »Wer die Veranlagung nicht in sich trägt, hat einfach Glück gehabt«, sagt Professor Mathias Berger, Leiter der Abteilung für Psychiatrie und Psychotherapie am Uni-Klinikum Freiburg.

Unbeteiligt ist die Umwelt am psychischen Leid aber nicht. Auffallend viele Depressive haben in der Kindheit einen Elternteil durch Scheidung oder Tod verloren. Noch deutlicher verstärkt sexueller Missbrauch die Anfälligkeit. Ebenso braucht Stress nur lange genug zu bohren, bis er die Krankheit zum Ausbruch bringt. Umgekehrt heißt dies aber auch: Nicht jeder depressiv Veranlagte muss krank werden. Ein ausgeglichenes Leben kann auch ihn schützen.

Als Gisela Braun das erste Mal versuchte, ihrem Leben ein Ende zu setzen, war sie 18. Eine Überdosis Schlaftabletten sollte sie von Liebeskummer und Leben erlösen. Sie wurde rechtzeitig gefunden, »Gott sei Dank«, sagt die heute 64-Jährige.

Thomas Müller ist depressiv. Mit seiner Psychiaterin Ira Reupke bespricht er die Einnahme seiner Medikamente.

Dabei hat sie es später zwei weitere Male versucht. Noch vor ein paar Monaten irrte sie regelmäßig auf Friedhöfen herum, stand stundenlang an offenen Gräbern und wünschte sich, endlich ihr eigenes zu haben. »Damit Ruhe ist.«

In der Alexianer-Ambulanz wird Gisela Braun von Ira Reupke mit Antidepressiva behandelt. Die 37-jährige Reupke ist Fachärztin für Neurologie und Psychiatrie. Wie viele ihrer zweifach ausgebildeten Kollegen arbeitet sie vor allem als Psychiaterin. In ihrer Sprechstunde leistet sie mit den Medikamenten oft eine erste, schnelle Hilfe - um dann in Ruhe auf die Suche nach den Hintergründen der Krankheit gehen zu können. Während die Neurologen ihre diagnostische Technik zurate ziehen, konzentriert sie sich auf gezieltes Beobachten und Fragen. Ob mit der Depression eine Persönlichkeitsstörung, Angst- oder Zwangserkrankung einhergeht, ist entscheidend für den Therapieansatz - und lässt sich oft nur mit Erfahrung erkennen.

Die Kombination von Medikamenten und Psychotherapie gilt als besonders effektive Behandlung schwerer Formen der Trübsal, vor allem bei Patienten, die wie Gisela Braun immer wieder unter Depressionen leiden. »In der ersten Einnahmephase von Antidepressiva sollte der Arzt jederzeit ansprechbar sein«, sagt der Freiburger Psychiater Berger. Denn in der guten Wirkung der Medikamente lauert auch Gefahr: Manchmal bringen sie Antrieb und Motivation zurück, noch bevor sie die Stimmung verbessern. Schwer Depressive, die zuvor die Kraft zum Suizid nicht fanden, können in dieser Situation gefährdet sein. »Grundsätzlich, und das gilt für alle Psychopharmaka, dürfen Patienten mit dem Medikament nicht allein gelassen werden«, sagt Berger. Nebenwirkungen könnten nicht als unvermeidbar abgetan werden. Ob und welche unerwünschten Wirkungen ein Präparat habe, sei von Patient zu Patient verschieden. Die Suche nach einer nebenwirkungsärmeren Alternative lohne daher fast immer. »Was nützt es dem Patienten, wenn er ohne Depression aus der Behandlung kommt, aber lähmende Müdigkeit oder zehn Kilo Übergewicht den Grundstein für einen Rückfall legen?«

Mängel in der Nachsorge

Vorläufig genesen, erleiden etwa zwei von drei schwer Depressiven einen oder mehrere Rückfälle. Die richtige Nachsorge könnte etwa 70 Prozent der Rückfälle verhindern. Doch nur wenige Erkrankte werden nach der Akuttherapie im Krankenhaus psychiatrisch betreut. Bei mehr als zwei Dritteln übernimmt, wenn überhaupt, der Hausarzt die Behandlung.

Haben der Sturz und die Gehirnerschütterung der Patientin eine Einschränkung ihres Gesichtsfeldes hinterlassen? Mit einem einfachen Test klärt die Neurologin die Frage.

Die Allgemeinmediziner tun sich im Vorfeld häufig schwer, unter der Vielzahl zu behandelnder Symptome diejenigen zu erkennen, die auf eine Depression hinweisen. Studien zufolge zeigen rund zehn Prozent der Patienten in Hausarztpraxen depressive Symptome. Erkannt werden sie aber nur bei jedem zweiten. Davon wiederum wird lediglich die Hälfte richtig therapiert.

Demenz bleibt oft unbehandelt

Auch Demenz-Patienten kommen zu selten zum Facharzt. Rund einer Million Menschen in Deutschland nimmt die Krankheit Persönlichkeit, Erinnerung und am Ende das Leben. Die Chance, einem Neurologen oder Psychiater vorgestellt zu werden, steht bei unter 75-jährigen Kranken immerhin noch zwei zu eins - bei über 90-Jährigen ist sie nur noch eins zu zehn. Doch nur neurologische Untersuchungen und psychiatrische Tests können zeigen, ob das Vergessen sich noch bremsen lässt, mit Ergo- und Physiotherapie oder mit Medikamenten.

Demenz ist nicht nur für die Patienten selbst ein Schock. Weil es bislang keine Heilung gibt, steht den Angehörigen fast immer jahrelange Betreuung, Krankenpflege und vor allem die Hilflosigkeit angesichts des Verfalls bevor. Mehr als die Hälfte der Erkrankten wird zu Hause gepflegt, nicht selten werden die Angehörigen darüber selbst krank. In ihrer »Gedächtnissprechstunde« behandelt Marita Loersch die Verwandten oft gleich mit.

Rund um die Uhr betreut Heinz Keller seine alzheimerkranke Frau. Jetzt sitzt der 80-Jährige mit ihr bei der Psychiaterin und weint. Gerade erst hat er einen Schlaganfall überstanden. Doch Verantwortung abgeben, seine Frau stundenweise zum Sohn bringen, das will er nicht. »Wir sind doch seit 60 Jahren zusammen.«

Dass die Angehörigen mit in die Sprechstunde kommen, ist auch für die Therapie der Kranken wichtig. Wie schnell die Demenz voranschreitet, können die Patienten selbst oft kaum einschätzen. Sie vergessen ja nicht nur, was, sondern auch, dass sie vergessen. So antwortet Amelie Burgbach, 74, auf Loerschs Frage »Muss Ihr Mann Sie oft erinnern?« beinahe entrüstet mit: »Neeee.« – »Ständig!«, ruft ihr Mann da. Sie dreht sich zu ihm um und sagt: »Was? Das ist ja wohl unverschämt!«

Martha Reichelt, 88, ist in einem Demenz-Stadium, in dem sie noch genau wahrnimmt, was sie alles nicht mehr kann. Nun sitzt sie bei Marita Loersch und hadert mit der Krankheit, die das lange Leben ihr beschert. »Damit muss ich mich jetzt abfinden, dass mein Gedächtnis immer schlechter wird, oder?« – »Na ja«, sagt die Psychiaterin, »vielleicht bleibt es auch noch eine Weile so, wie es jetzt ist.« Mehr kann sie ihr nicht versprechen.

Fieberhaft sucht die Wissenschaft nach dem Wirkstoff, der das Vergessen stoppt. Die größte Hoffnung ruht auf der »Alzheimer-Impfung«. Sie soll das Immunsystem anregen, die Krankheit zu bekämpfen wie sonst ein Virus. Im besten Fall wäre der Patient für den Rest seines Lebens immun. So könnte die Impfung leisten, was auch Neurologe Ritter seine Aufgabe nennt: dem Körper helfen, sich selbst zu heilen.

MEHR INFORMATIONEN

Internet: www.neurologen-und-psychiater-im-netz.de gibt Auskunft über sämtliche Krankheitsbilder, mit denen sich beide Fachrichtungen befassen, außerdem Erläuterungen zu allen Untersuchungs- und Behandlungsmethoden und dazu, welche Medikamente eingesetzt werden.

Lange Leitung

Sie durchziehen unseren gesamten Körper und senden elektrische Impulse: Nervenbahnen, die Gehirn und Rückenmark mit Haut, Muskeln und inneren Organen verbinden. Ist die Leitung durch eine Krankheit gestört, kann der Strom nicht mehr fließen. Mit welchen Geräten der Neurologe die Nervenbahnen in Kopf und Körper untersucht, sehen Sie hier.

Untersuchen

1 Stethoskop
Sind die Halsschlagadern verkalkt, ist die Blutversorgung des Gehirns eingeschränkt? Das kann der Neurologe mit diesem Gerät erhorchen.

2 Reflexhammer
Mit ihm klopft der Arzt auf die Sehnen der Muskeln und prüft so die Reflexe.

3 Einweg-Wattestäbchen
Die Sensibilität der Haut ist in Ordnung, wenn der Patient spitzes und stumpfes Ende genau unterscheiden kann.

4 Lampen
Die Pupillenreflexe können auf Krankheiten oder Drogeneinwirkung hinweisen.

5 Stimmgabel mit variabler Tonhöhe
Der Neurologe stößt die Stimmgabel an und setzt sie auf Hand- oder Fußknöchel des Patienten. Damit lässt sich die Sensibilität der Sinnesnerven prüfen. Am Ohr wird damit auch der Hörnerv getestet.

6 Elektroden
Sie werden mit einer Haube auf die Kopfhaut gesetzt, um die Hirnströme zu messen.

7 Nadeln
Der Arzt piekst sie in einen Muskel und kann dann gezielt die Funktionsfähigkeit des mit dem Muskel verbundenen Nervs untersuchen.

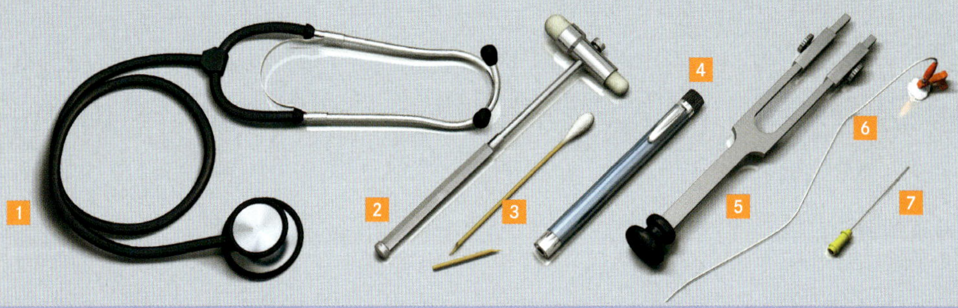

Was verraten die Hirnströme?

Alphawellen
Entspannt, wach, geschlossene Augen

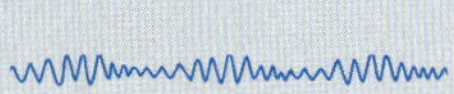

Betawellen
Aufmerksam, auch bei Angst und Stress

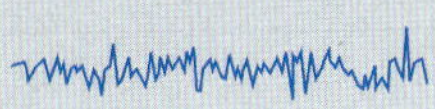

Thetawellen
Einschlafphase

Deltawellen
Tiefschlafphase

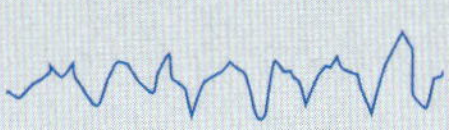

Zeichen eines epileptischen Anfalls

Spitzen

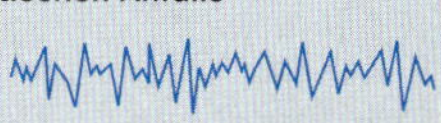

Scharfe oder steile Wellen

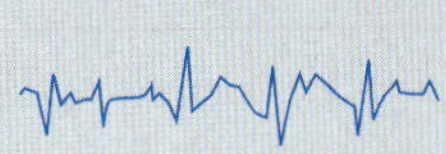

Spitzen und Wellen

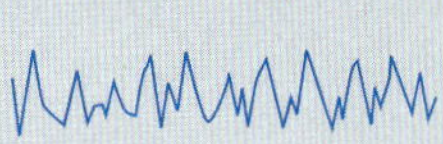

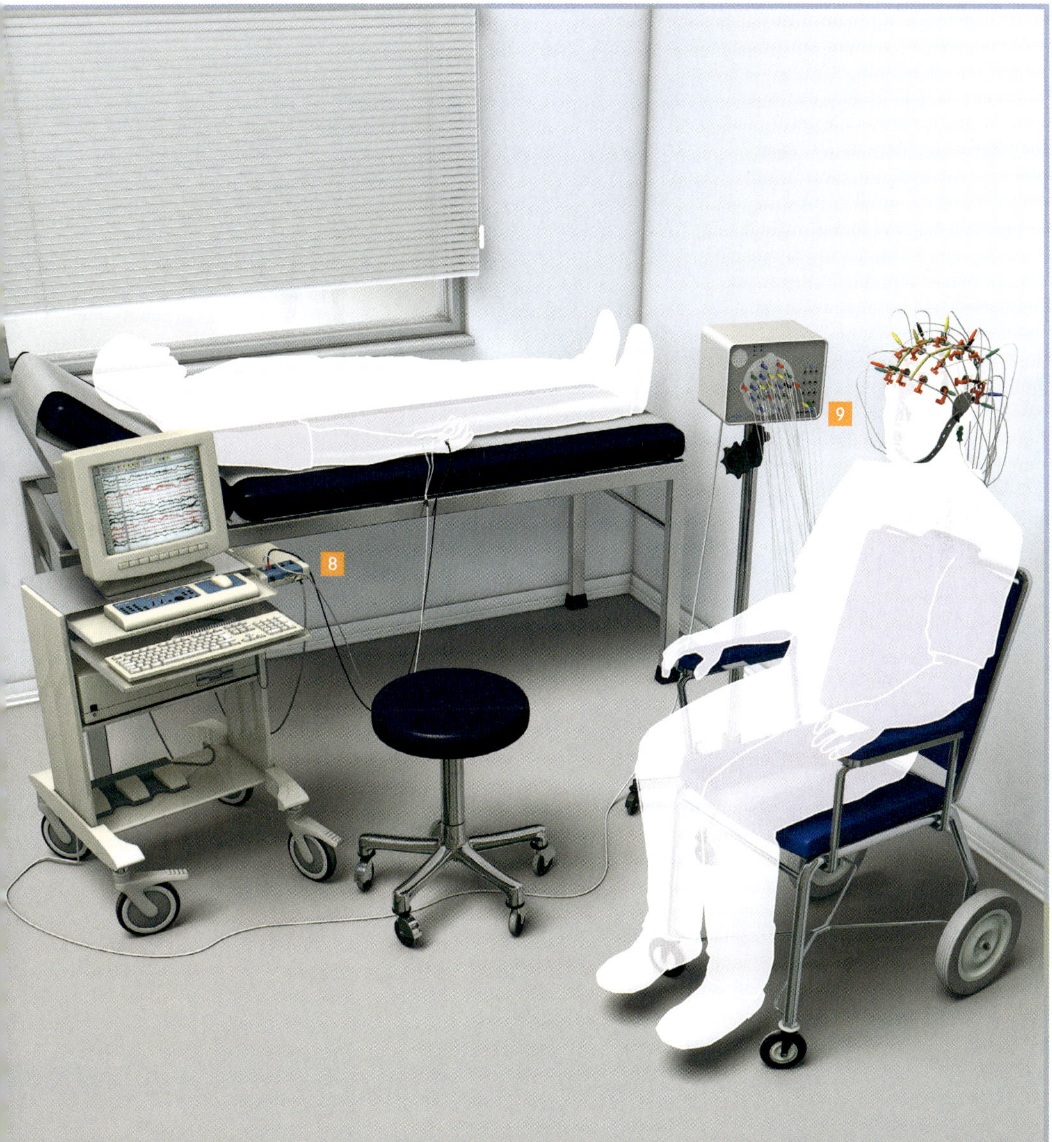

8 Nervenuntersuchungen
Die Elektromyografie (EMG) zeigt die elektrische Aktivität in einem ruhenden Muskel oder bei unterschiedlicher Anspannung. Dazu werden Elektroden auf die Haut geklebt oder kleine Nadelelektroden in Muskeln eingestochen. Damit kann der Neurologe unterscheiden, ob es sich um eine Muskel- oder eine Nervenkrankheit handelt.

Bei der Elektroneurografie (ENG) bestimmt der Arzt mit einem kleinen Stromstoß die Geschwindigkeit und Intensität, mit der ein Nerv den Impuls weiterleitet.
Evozierte Potenziale (EP) testen, wie gut die Leitungen zwischen Sinnesnerven und Gehirn oder Rückenmark funktionieren.

9 Das Elektro-Enzephalogramm (EEG)
Bis zu 20 Elektroden zeichnen die elektrische Hirnaktivität auf. In den Kurven kann der Neurologe normale Bewusstseinszustände zwischen Stress und Schlaf erkennen. Oder er entdeckt Anzeichen für einen epileptischen Anfall und kann anhand der Linien verschiedene Formen unterscheiden. Die Untersuchung ist völlig schmerzlos.

Methoden-Check: Neurologie und Psychiatrie

Prof. Dr. Mathias Berger und Prof. Dr. Cornelius Weiller vom Universitätsklinikum Freiburg haben die gängigen Diagnose- und Behandlungsverfahren und wichtige Medikamente auf der Basis der besten verfügbaren Studien bewertet.

Diagnosemethoden

Erfragung der Krankengeschichte (Anamnese-Gespräch)

Der Arzt erkundigt sich nach Beschwerden und Faktoren, die neurologische und psychische Erkrankungen auslösen oder beeinflussen können: Medikamenteneinnahme, Rauch-, Trink- und Schlafgewohnheiten, Verdauung und Sexualleben, eigene und familiäre Krankengeschichte. Auch Fragen nach Lebenslauf und Lebensumständen gehören dazu.

Experten-Einschätzung: Die wichtigste Untersuchungstechnik. Neurologen erfahren so, an welchen Stellen des Hirns, der Nerven oder der Muskeln die Krankheit zu vermuten und ob weiterführende Diagnostik sinnvoll ist. In 85 Prozent der Fälle stimmt die so gestellte Diagnose mit dem Ergebnis der Zusatzuntersuchungen überein. Psychiatern dient die Anamnese in erster Linie zum Kennenlernen der Beschwerden und der Persönlichkeit des Patienten. Bei Depressionen, Angst und ähnlichen Störungen deckt sie biografische, aber auch genetische Ursachen auf. Bei Demenz kann die Frage nach dem Lebenslauf Rückschlüsse auf ursprüngliche Fähigkeiten und das Stadium der Krankheit liefern. Ein Psychiater sollte sich für dieses Erstgespräch 45 bis 60 Minuten Zeit nehmen.
Leistung der Gesetzlichen Krankenversicherung (GKV)

Untersuchung des neurologischen Zustands

Mit einfachen Tests und Geräten wie Augenspiegel, Reflexhammer, Wattebausch und Stimmgabel untersucht der Neurologe die Funktion der Kopfnerven und Muskeln, die Reflexe, Sensibilität, Bewegungskoordination, das Gleichgewicht, den Gang und Stand des Patienten. Auch Psychiater führen diese Untersuchung durch, um körperliche Ursachen der psychischen Symptome ausschließen zu können. Während der gesamten Untersuchung beobachtet der Arzt Sprache, Motorik und das Verhalten des Patienten.

Experten-Einschätzung: Unerlässlich. Der Arzt stellt nicht nur die akuten Beschwerden fest, sondern schränkt mit jedem Teil der Untersuchung die Vielzahl möglicher Ursachen ein. Allein die Gangprüfung, bei der der Patient nur wenige

Schritte auf und ab zu gehen braucht, kann eine Diagnose sichern - so ist der Gang bei Parkinsonpatienten zum Beispiel schleppend und leicht vorgebeugt.
GKV-Leistung

Untersuchung des psychischen Zustands

Der Arzt vertieft das während der Anamnese begonnene Gespräch.
○ Experten-Einschätzung: Seelische Erkrankungen können nur in Kenntnis der Persönlichkeit, ihrer Vorgeschichte und des Umfeldes präzise beurteilt werden. Am Ende der Untersuchung steht der psychische Befund: die Feststellung, ob Störungen der Stimmung (Depressivität/Angst), des logischen Denkens (Verwirrtheit, unrealistische Überzeugungen) oder sonstige Auffälligkeiten (Ess- und Schlafstörungen) vorliegen - und wodurch sie bedingt sein könnten. Wichtig ist, dass trotz der strukturierten Gesprächsführung eine angenehme Atmosphäre herrscht. Es kann sehr hilfreich sein, wenn auch Angehörige in das Gespräch einbezogen werden.
GKV-Leistung

Nasentest: Mit Kölnisch Wasser prüft die Ärztin, was ihre Patientin noch zu riechen vermag.

Testpsychologische Untersuchungen

Der Arzt testet mit standardisierten Fragen und Aufgaben die geistige Leistungsfähigkeit, zum Beispiel Gedächtnis oder Konzentrationsvermögen. Viele dieser Tests werden bei Verdacht auf Demenz oder Hirnentzündung durchgeführt. Der Patient kann gebeten werden, einige Wörter vorzulesen und zu behalten oder beim »Uhrentest« eine bestimmte Uhrzeit in ein leeres Zifferblatt einzuzeichnen. Eine andere Form der Tests sind Selbstbeurteilungsbögen, in denen der Kranke angibt, welche Symptome der Depression, Angst oder Sucht er empfindet.

Experten-Einschätzung: Die standardisierten Tests sind wichtig, um die Beschwerden oder den Therapieverlauf objektiv beurteilen zu können. Die Demenztests helfen, normale Altersveränderungen von krankhaften Auffälligkeiten zu unterscheiden und können so den Anlass für weitere Untersuchungen wie Kernspintomografie geben. Die Selbstbeurteilungsbögen ersetzen keinesfalls das Arzt-Patienten-Gespräch, können aber wichtige Zusatzinformationen liefern. Sie bringen den Patienten außerdem dazu, sich seinen momentanen Zustand bewusst zu machen.

GKV-Leistung

Blutuntersuchungen

Laboruntersuchung des Blutes auf Veränderungen, die bei neurologischen oder psychiatrischen Erkrankungen vorkommen.

Experten-Einschätzung: Wichtig, um Hinweise auf körperliche Erkrankungen wie Stoffwechsel- und Hormonstörungen oder Entzündungen zu erhalten, die neurologische und psychiatrische Symptome auslösen können. Bei manchen in Neurologie und Psychiatrie eingesetzten Medikamenten hilft die Bestimmung des Wirkstoffspiegels im Blut, die individuell richtige Dosierung zu finden. Das ist nötig, weil die Substanzen von jedem Körper anders verarbeitet werden.

GKV-Leistung

Liquoruntersuchung/Lumbalpunktion

Mit einer dünnen, etwa zehn Zentimeter langen Nadel wird dem Rückenmarkskanal Nervenwasser (Liquor) entnommen, und zwar im Lendenwirbelbereich, in dem sich zwar das Nervenwasser, jedoch kein Rückenmark befindet. Gehirn und Rückenmark werden von dieser klaren Flüssigkeit umgeben. Der Liquor wird im Labor untersucht.

Experten-Einschätzung: Wichtige Untersuchung, mit der Hirnhautentzündungen, Hirnblutungen oder Multiple Sklerose diagnostiziert werden. Die Liquorentnahme ist weitgehend ungefährlich. Es kann aber zu Kopfschmerzen kommen. Mit den neueren, sehr dünnen Nadeln tritt diese Nebenwirkung nur noch selten auf.
GKV-Leistung

Kernspintomografie/ Magnetresonanz-Tomografie (MRT)

Der Patient liegt in einer etwa einen Meter langen Röhre. Mit Hilfe eines Magnetfeldes wird durch Radiowellen ein Bild der zu untersuchenden Körperregion erstellt. Daraus errechnet der Computer Querschnittsbilder der inneren Struktur. Neurologen und Psychiater interessiert vor allem die Abbildung des Gehirns auf diesen Darstellungen.
Experten-Einschätzung: Gezielt eingesetzt, ist die Kernspintomografie ein unverzichtbarer Teil der Diagnostik. Schlaganfälle, Gefäßmissbildungen, Hirntumoren oder Entzündungen kann die MRT schon in kleinster Ausdehnung abbilden. Das Verfahren ist allerdings teuer und für den Patienten wegen der Enge des Geräts und der Geräuschbelästigung etwas unangenehm. Es sollte daher nicht eingesetzt werden, um unsystematisch auf die Suche nach irgendeinem Defekt zu gehen, sondern nur, um eine Verdachtsdiagnose gezielt zu überprüfen.
GKV-Leistung

Computertomografie (CT)

Ähnlich wie MRT. Das Bild entsteht jedoch mit Hilfe von Röntgenstrahlen. Im Vergleich zu einfachen Röntgenverfahren sind bei der CT Knochen und andere Gewebetypen besser unterscheidbar.
Experten-Einschätzung: Ungenauer als die MRT, außer bei der Darstellung von Knochen. Das Röntgenverfahren bedeutet für den Patienten außerdem eine Strahlenbelastung.
GKV-Leistung

Doppler- und Duplexsonografie

Per Ultraschall wird der Blutdurchfluss der hirnversorgenden Gefäße gemessen. Die modernere, farbcodierte Duplexsonografie markiert am Monitor zusätzlich die Fließrichtung des Blutes, bildet Arterien rot und Venen blau ab.

Neurologin Adrienne Riethmüller erklärt Martina Susenberger, die seit vielen Jahren an Migräne leidet, ihr EEG und die verordnete Medikation.

Experten-Einschätzung: Wichtige, ungefährliche Untersuchung. Bei der älteren Dopplersonografie ist die Zuverlässigkeit des Befundes aber stark abhängig von der Erfahrung des Arztes. Weniger fehleranfällig ist die farbcodierte Duplexsonografie, mit der auch kleine Veränderungen gut bestimmt werden können. Wichtigstes Einsatzgebiet ist die Schlaganfalldiagnostik und -vorbeugung, aber auch Blutungen der Hirnhäute, Entzündungen und Schwindel werden untersucht.
GKV-Leistung

Messung der Nervenleitgeschwindigkeit

Misst die Geschwindigkeit und Stärke, mit der die Nerven elektrische Impulse leiten. An Arme, Beine, Hände oder Füße werden entlang einer Nervenbahn Kontakte gelegt. Der Apparat misst dann die Zeit, die ein leichter Stromstoß von einem zum nächsten Kontakt benötigt.
Experten-Einschätzung: Essenzielle, ungefährliche Untersuchung zum Beispiel bei Sensibilitätsstörung oder Schmerzen. Die Vielzahl der potenziell beteiligten

Nerven kann per Neurografie auf diejenigen eingegrenzt werden, die tatsächlich beeinträchtigt sind. Je nach Befund stellt die Neurografie also die Störung aller (Polyneuropathie) oder einzelner Nerven (z.B. Karpaltunnelsyndrom) fest. Patienten empfinden die leichten Stromschläge als unangenehm, aber nicht schmerzhaft.
GKV-Leistung

Elektromyografie (EMG)

Der Arzt sticht mit einer feinen Nadel direkt in einen Muskel des Patienten. Spannt der Patient den Muskel an, wird die dabei entstehende elektrische Entladung abgeleitet und als Kurve am Monitor oder auf dem Papier sichtbar gemacht. Die Spannung kann außerdem als Rauschen und Knattern zu hören sein.
Experten-Einschätzung: Wichtig, um unterscheiden zu können, ob eine Störung vom Muskel oder dem zuständigen Nerv ausgeht. Die Untersuchung ist während der Muskelanspannung schmerzhaft.
GKV-Leistung

Bestimmung evozierter Potenziale

Dabei misst man unter anderem die Funktion der Seh-, Hör- und Gleichgewichtsnerven. Das Verfahren: Auf Höhe bestimmter Hirn- oder Rückenmarksareale werden Elektroden platziert. Dann wird der Patient einem äußeren Reiz ausgesetzt, etwa einem Ton, einem elektrischen oder optischen Reiz oder einem Magnetfeld. Die Elektroden leiten die hervorgerufene Reaktion ab – das sind die so genannten evozierten Potenziale.
Experten-Einschätzung: Wichtige Zusatzuntersuchung, unter anderem bei Verdacht auf Multiple Sklerose oder andere Entzündungskrankheiten. Sie ist auch zur Unterscheidung von seelisch oder körperlich verursachten Lähmungen sinnvoll. Meist führen Arzthelfer oder medizinisch-technische Assistenten die Untersuchung durch.
GKV-Leistung

Elektroenzephalografie (EEG)

Rund 20 auf die Kopfhaut aufgesetzte Elektroden messen die Spannungsschwankungen, die die Hirnaktivität zwischen jeweils zweien dieser Kontakte auslöst. In wechselnder Elektrodenkombination wird systematisch jeder Gehirnbereich durchgemessen. Der Arzt stellt so fest, wie aktiv einzelne Hirnareale sind.

Experten-Einschätzung: Das Verfahren ist zur genaueren Unterscheidung von Anfallsleiden (Epilepsie), Hirnentzündungen und der Migräne wichtig. Es zeigt, welche Teile des Gehirns betroffen sind. Andere psychiatrische und neurologische Beeinträchtigungen der Hirnfunktion können aber viel präziser mit MRT oder CT dargestellt werden.
GKV-Leistung

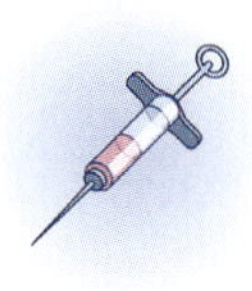

Behandlungsmethoden

Psychotherapien

Kognitive Verhaltenstherapie

Sie geht davon aus, dass psychische Erkrankungen – Depressionen, Angst, chronischer Schmerz – die Folge falsch erlernter Verhaltens- oder Denkmuster sind und dass man sie durch Umlernen verändern kann. Dabei konzentrieren sich Therapeut und Patient darauf, Wahrnehmung und Verhalten des Patienten in Gegenwart und Zukunft zu beeinflussen – und weniger die Probleme der Vergangenheit zu betonen.

Tiefenpsychologische und analytische Therapien

Sie basieren auf der Annahme, dass während der unterschiedlichen Entwicklungsstufen (vor allem Kindheit, Pubertät) unbewusste Konflikte entstehen können. Durch spätere Auslöser-Situationen können diese psychische Probleme verursachen. Deren Symptome stellen den misslungenen Versuch dar, den inneren Konflikt zu lösen (zwanghaftes Händewaschen soll demnach einen früheren Konflikt »abwaschen«). Die Therapie will den bisher unbewussten Konflikt aufdecken und auflösen.

Störungsspezifische Psychotherapien

Neuerdings gibt es Psychotherapien, die genau auf bestimmte Erkrankungen zugeschnitten sind. Dabei können Elemente aus jeder der oben genannten Therapieschulen eingesetzt werden. Die Motivationstherapie nach Miller gehört dazu, mit der Alkoholiker lernen, selbst Argumente gegen Alkoholkonsum und Anreize für die Abstinenz zu entwickeln. Die Interpersonelle Therapie bei Depressionen und die Dialektisch-Behaviorale Therapie bei Borderline-Störungen sind weitere Beispiele.

Experten-Einschätzung: Psychotherapien sind wirksam. Bei Depressionen kann Psychotherapie nicht nur akut helfen, sondern auch vor Rückfällen schützen. Bei leichter und mittelschwerer Depression sind Verhaltens- und Interperso-

Auf der Couch

liegt man bei der Psychotherapie nur noch selten. Neben der klassischen Psychoanalyse bieten Tiefenpsychologie, Verhaltenstherapie und viele weitere Behandlungsformen Hilfe an. Im Mittelpunkt steht immer das Gespräch zwischen Therapeut und Patient.

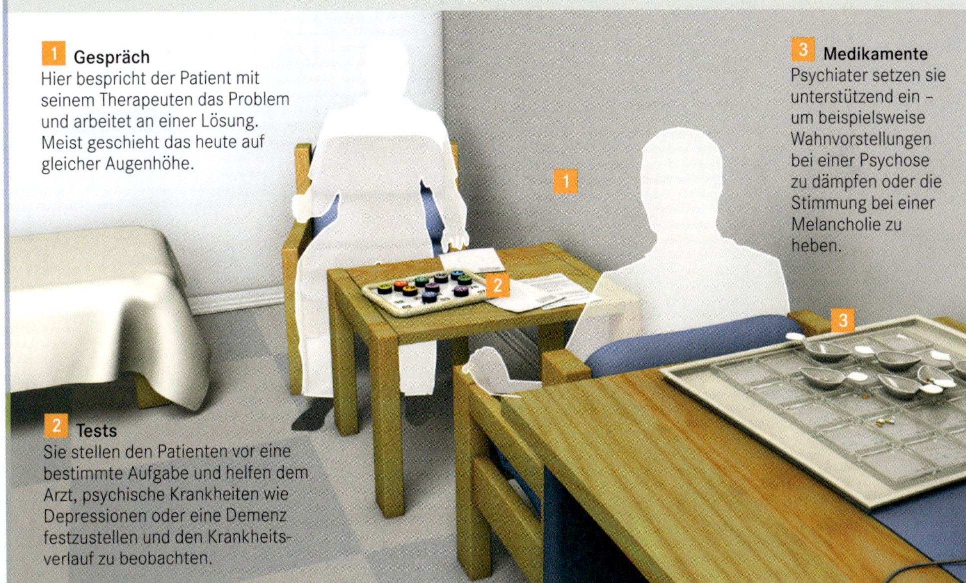

Der Uhrentest

Besteht der Verdacht auf eine Demenz (Nachlassen geistiger Fähigkeiten), gibt dieser Test dem Arzt wichtige Hinweise.

Die Aufgabe:
Der Patient soll in einen Kreis die zwölf Ziffern einer Uhr schreiben. Anschließend soll er mit zwei Zeigern eine bestimmte Uhrzeit einzeichnen, zum Beispiel 10.15 Uhr. Weil die Hirnleistung schrittweise nachlässt, kann der Psychiater so das Fortschreiten der Krankheit erkennen.

1. Ziffern und Uhrzeit sind richtig eingezeichnet.

2. Es schleichen sich erste räumliche Fehler ein.

3. Die Ziffern stimmen, die Zeiger bereiten Probleme.

4. Die räumliche Orientierung klappt nicht mehr richtig.

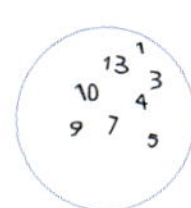
5. Schwere Orientierungsprobleme, die Ziffern stehen durcheinander.

6. Der Patient kann überhaupt keine Uhr mehr darstellen.

nelle Therapie sogar ähnlich effektiv wie Antidepressiva. Bei schwereren Formen psychischer Erkrankung sollte die Psychotherapie aber mit Medikamenten kombiniert werden. Während die Verhaltenstherapie eng umschriebene Probleme wie Angst- und Zwangsstörungen gut lösen kann, sind tiefenpsychologische Ansätze eher bei komplexen Persönlichkeitsstörungen sinnvoll. Auch die neueren, störungsspezifischen Therapien haben sich in Studien gut bewährt.
GKV-Leistung nach entsprechendem Gutachten

Physio- und Ergotherapie, Logopädie

Krankengymnastik (Physiotherapie) ist ein Training zur gezielten Stärkung oder Entlastung von Körperregionen. Ergotherapie übt das alltags- und berufsrelevante Verhalten (wie das Lesen, den Umgang mit Tastatur oder Besteck) und versucht, Defizite entweder zu vermindern oder durch Ausgleichsmechanismen zu kompensieren. Logopädie behandelt Sprach-, Sprech- und Schluckstörungen.
Experten-Einschätzung: Krankengymnastik ist oft die wichtigste therapeutische Maßnahme bei allen Patienten, deren Motorik beeinträchtigt ist (etwa bei Schlaganfall, Multipler Sklerose, Parkinson). Manche Beschwerden lassen sich durch ge-

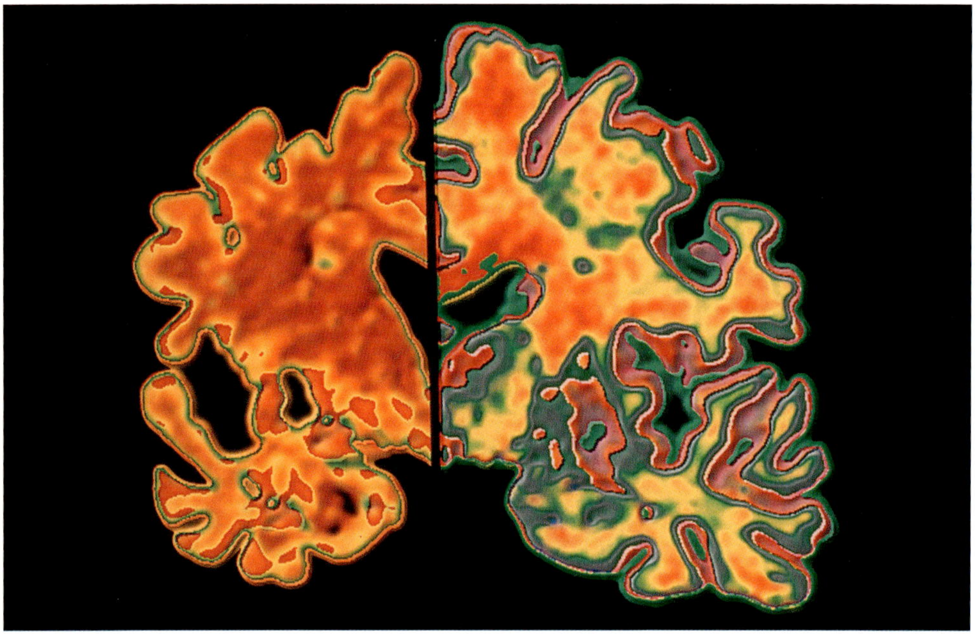

Schnittzeichnung zweier Hirnhälften: rechts die eines gesunden Menschen, links mit krankhaft verringertem Volumen – typisch für Alzheimer-Patienten.

zieltes Physio-, Ergo- oder logopädisches Training völlig beseitigen, andere lindern. Bei Depressionen und anderen psychischen Erkrankungen hilft vor allem Ergotherapie, das Vertrauen in die eigenen Fähigkeiten zurückzugewinnen.
GKV-Leistung

Neuropsychologische Therapien und Trainingsprogramme

Hirnleistungsstörungen (durch Demenz, Verletzung, Tumor oder Schlaganfall), aber auch psychotische Störungen sollen durch gezielte Übungen vermindert werden. Dabei sind im Kopf, am Computer oder auf dem Papier verschiedene Aufgaben zu bewältigen. Die neuropsychologischen Trainings beruhen auf der Entdeckung, dass sich Struktur und Fähigkeiten des Gehirns auch im Erwachsenenalter noch verändern lassen – und man Schwächen oder Fehlleistungen zumindest ausgleichen kann.

Experten-Einschätzung: Die neuropsychologischen Trainingsprogramme sind wertvoller Bestandteil der Rehabilitation, zum Beispiel nach Schädel-Hirn-Trauma oder Schlaganfall. Neuerdings kommen sie auch in der Langzeitbehandlung psychotischer Erkrankungen zum Einsatz.
Teilweise GKV-Leistung

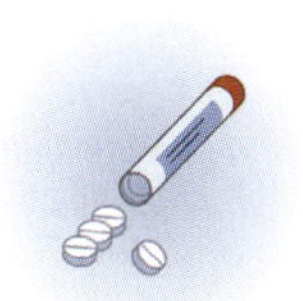

Medikamente

Antidepressiva

Die älteren tri- und tetrazyklischen Antidepressiva (z.B. Amitriptylin, Imipramin) verändern die Konzentration gleich mehrerer Botenstoffe (Transmitter) im zentralen Nervensystem. Die neueren, selektiven Serotonin- und Noradrenalin-Rückaufnahme-Hemmer (SSRI und SNRI) wirken jeweils nur auf die Hirnkonzentration bestimmter Transmitter, die Depressionen auslösen sollen (Serotonin, Noradrenalin). Eingesetzt werden Antidepressiva meist bei Depressionen, aber auch bei Angst- und Zwangserkrankungen, Schmerzen, Schlaf- und Essstörungen.

Experten-Einschätzung: Zur Therapie schwerer und chronischer Krankheitsverläufe sind die Antidepressiva unverzichtbar. Sie machen nicht abhängig, können aber unangenehme Nebenwirkungen haben. Die tri- und tetrazyklischen Antidepressiva lösen bei einigen Patienten anfangs bleierne Müdigkeit, Mundtrockenheit und Verstopfung aus. SSRI und SNRI (z.B. Sertralin, Citalopram, Reboxetin und Venlafaxin) wirken antriebssteigernd, können aber auch Unruhe,

Schwitzen und Übelkeit erzeugen. Bei manchen Patienten bringen die SSRI außerdem den Antrieb zurück, bevor sie die Stimmung bessern. Waren sie vor der Einnahme für den Suizidversuch nur zu kraftlos, können sie in den ersten Wochen akut gefährdet sein. Besonders bei Kindern und Jugendlichen sind häufigere Suizidgedanken unter SSRI-Einfluss nachgewiesen. Um Nebenwirkungen möglichst rasch mit dem Arzt besprechen zu können, ist sehr enger persönlicher oder telefonischer Kontakt wichtig. Deutlich stimmungsaufhellende Wirkung zeigen die Medikamente erst nach zwei bis vier Wochen, daher sollten sie nicht zu früh abgesetzt werden. Sinnvoll ist eine regelmäßige Bestimmung des Wirkstoffspiegels im Blut, denn bei einigen Patienten werden die Substanzen so schnell abgebaut, dass ihre Konzentration viel zu gering ist, um Wirkung zu zeigen. In der Neurologie werden die Antidepressiva auch zur Schmerztherapie eingesetzt, hier kommen vor allem die trizyklischen Präparate zum Einsatz. Weil die SSRI nach neueren Erkenntnissen offenbar die Fähigkeit des Gehirns anregen, Defizite an einer Stelle durch Aktivierung anderer Areale auszugleichen, werden sie vermehrt auch in der neurologischen Rehabilitation eingesetzt.
GKV-Leistung

Neuroleptika (Antipsychotika)
Mittel zur Behandlung psychotischer Erkrankung wie Wahn und Halluzinationen. Sie werden aber auch zur Therapie akuter Manien und psychotischer Verwirrtheitszustände bei Demenz oder Parkinson verwendet. Man unterscheidet die alten oder klassischen Neuroleptika (wie Haloperidol, Perazin, Promethazin) und neue, so genannte atypische Neuroleptika (z.B. Olanzapin, Risperidon).
○ Experten-Einschätzung: Die Neuroleptika helfen vielen psychotisch erkrankten Menschen, wieder am gesellschaftlichen Leben teilzunehmen. Die klassischen Neuroleptika gehen aber mit dem Risiko motorischer Störungen einher, sie können unwillkürliche Bewegungen oder Erstarrung wie bei Parkinson auslösen. Bei den neuen, atypischen Neuroleptika ist das Risiko dieser unerwünschten Wirkungen zum Teil zwar verringert, hingegen steigt das Risiko einer deutlichen Gewichtszunahme. Wegen der manchmal stark beeinträchtigenden Nebenwirkungen sollten die Neuroleptika nur in schweren Fällen, insbesondere bei Psychosen verordnet werden – wenn möglich nach genauer Absprache mit dem Patienten, sonst nur im Notfall.
GKV-Leistung

Konzentrationstraining: Psychiatriepatienten müssen Pfeilen Zahlen zuordnen und diese addieren.

Antiepileptika

Werden in der Neurologie vor allem bei epileptischen Anfällen und zur Schmerztherapie eingesetzt. Immer mehr Präparate werden außerdem zur Verhinderung manisch-depressiver Phasen eingesetzt. Die Wirkprinzipien der Präparate sind sehr unterschiedlich, am häufigsten eingesetzt werden die altbewährten Carbamazepin- und Valproat-Mittel, neuere Wirkstoffe sind Levetiracetam und Lamotrigin.

Experten-Einschätzung: Antiepileptika sind in Neurologie und Psychiatrie unentbehrlich. Die Wirkung aller Präparate ist nachgewiesen, allerdings stehen noch wenige Vergleichsdaten innerhalb der Gruppe zur Verfügung. Die möglichen Nebenwirkungen der Antiepileptika sind sehr unterschiedlich, sie reichen von allergischen Hautausschlägen über Leberschäden bis hin zu Einbußen der geistigen Leistungsfähigkeit. Die Bandbreite neuer und alter Wirkstoffe ermöglicht aber eine individuelle – und somit effektive und nebenwirkungsarme – Behandlung.
GKV-Leistung

Antidementiva

Medikamente zur Verbesserung oder zum Erhalt der geistigen Leistungsfähigkeit bei Demenz. Man unterscheidet die Acetylcholinesterasehemmer (wie Donepezil, Galantamin, Rivastigmin) und Memantin, außerdem Ginkgo und Piracetam.

○ Experten-Einschätzung: Insbesondere im Frühstadium der Alzheimer-Demenz und bei der Lewy-Körperchen-Demenz scheint der Einsatz von Acetylcholinesterasehemmern sinnvoll. Sie können den Verlust der geistigen Leistungsfähigkeit für ein halbes bis ganzes Jahr abschwächen. Bei den Patienten, deren Symptome sich verschlechtern (etwa ein Drittel) oder die an Nebenwirkungen wie Übelkeit oder Schlafstörungen leiden, sollte man erwägen, die Mittel abzusetzen. Das Gleiche gilt für Memantin, dessen leicht verzögernder Effekt bei mittelschwerer und schwerer Demenz ebenfalls nachgewiesen ist. Die Wirksamkeit von Ginkgo- und Piracetam-Präparaten ist nicht ausreichend belegt. Da man den Verlauf der Krankheit bislang nicht stoppen oder rückgängig machen kann, steht bei der Demenzbehandlung weiter im Vordergrund, die zusätzlichen Symptome (Depressivität, nächtliche Unruhe, Aggressivität) zu lindern. Hierzu werden gezielt Antidepressiva und Neuroleptika eingesetzt. Umfassende Beratung und die pflegerische

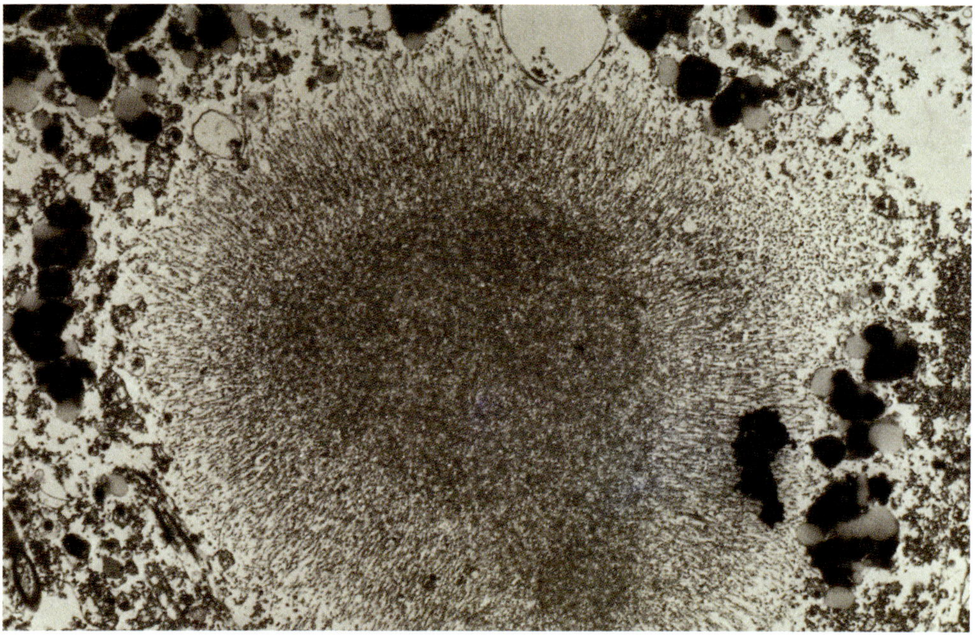

Ein Lewy-Körperchen unter dem Elektronenmikroskop. Diese abnormen Strukturen im Gehirn sind für die nach ihnen benannte Form der Demenz verantwortlich.

Betreuung der Patienten sowie die Schulung und Entlastung der Angehörigen sind mindestens genauso wichtig.
GKV-Leistung

Parkinsonmittel

Werden zur Behandlung der Bewegungsstörungen bei Parkinson, parkinsonähnlichen Erkrankungen und dem Restless-Legs-Syndrom verordnet. Die Mittel erhöhen den Dopaminspiegel (Levodopa-Präparate) oder ahmen die Wirkung von Dopamin im Gehirn nach (Dopaminrezeptoragonisten). Der Botenstoff Dopamin ist unter anderem für reibungslose Bewegungsabläufe zuständig.
Experten-Einschätzung: Parkinsonmittel helfen den Patienten über viele Jahre. Die Dopaminrezeptoragonisten wirken nicht so stark wie Levodopa, sie haben aber weniger Nebenwirkungen. Daher werden die Agonisten vor allem bei jüngeren Patienten verordnet. Insgesamt haben die Mittel einen guten Einfluss auf die Beweglichkeit der Patienten, das typische Zittern ist aber oft nur wenig zu beeinflussen. Gute Erfahrungen gibt es auch bei der Behandlung des Restless-Legs-Syndroms. Die Missempfindungen in den Beinen, die den Patienten zu ständiger Bewegung zwingen, lassen schon nach wenigen Tagen nach. Außerdem haben Studien eine unterstützende Wirkung der Parkinsonmittel in der Rehabilitation des Bewegungsapparates nach Schlaganfällen gezeigt.
GKV-Leistung

Benzodiazepine (Beruhigungsmittel)

Medikamente zur Beruhigung und Entspannung sowie gegen Angst- und Schlafstörungen. In höheren Dosen setzt man sie auch zur Muskelentkrampfung ein.
Experten-Einschätzung: Benzodiazepine machen abhängig. Patienten mit Schlafstörungen können sogar eine »Rebound-Insomnie« entwickeln, die sie nach dem Absetzen noch schlechter schlafen lässt. Wenn Schlafstörungen ohne Medikamente nicht in den Griff zu bekommen sind, behandeln die Ärzte sie zunehmend mit Antidepressiva, die schläfrig machende Nebenwirkungen haben. Bei Angststörungen helfen die Beruhigungsmittel nur für die Dauer der Einnahme, einen positiven Langzeiteffekt haben sie nicht. Trotzdem kann zur Angstlösung und ersten Beruhigung von Menschen mit schweren Psychosen und Depressionen oft nicht auf Benzodiazepine verzichtet werden.
GKV-Leistung

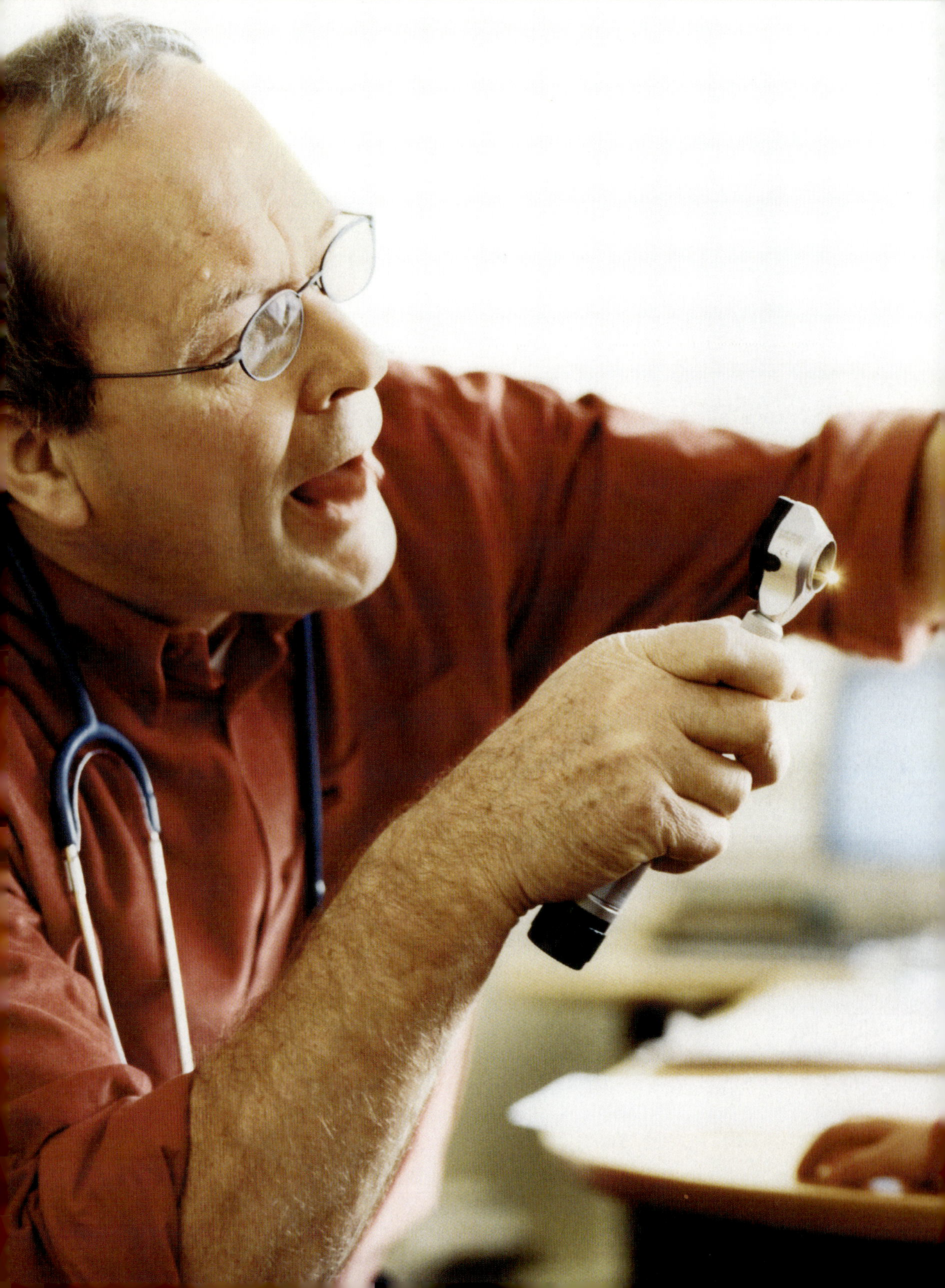

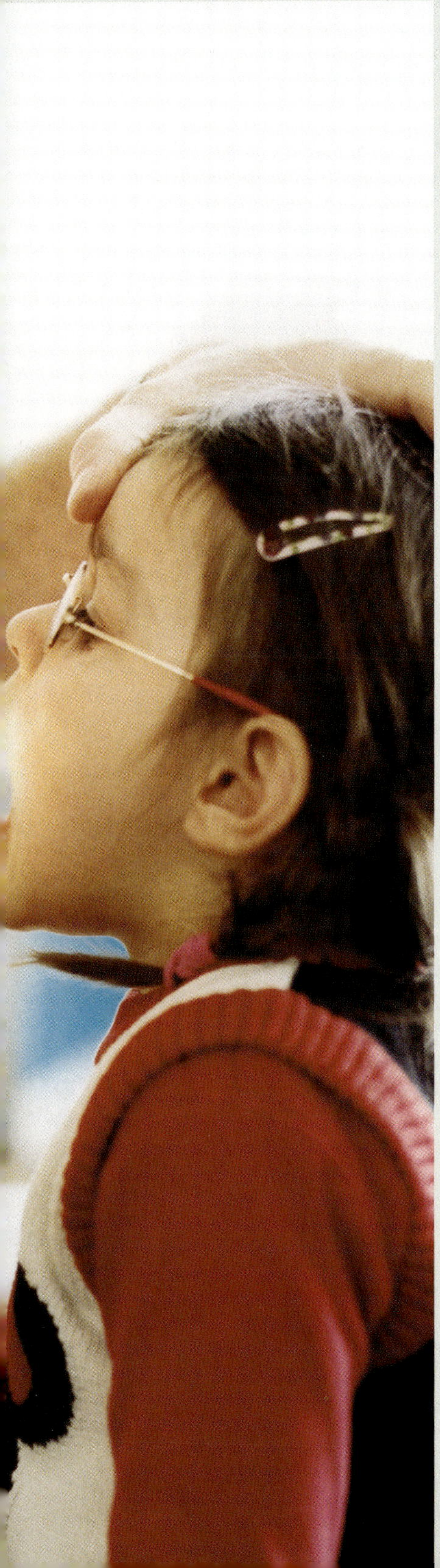

Die Entwicklungshelfer

Kurz nach der Geburt werfen sie den ersten Blick auf ihre kleinen Patienten, dann sind sie jahrelang für sie da. Kinderärzte registrieren, ob die Mädchen und Jungen rechtzeitig lachen und laufen. Sie kümmern sich um schmerzende Ohren, fiesen Husten, juckende Haut. Und um besorgte Eltern – die oftmals lernen müssen, dass auch in der Pädiatrie weniger mehr sein kann.

Aaaaah: Pädiater Hans-Ulrich Neumann leuchtet der sechsjährigen Paloma in den Schlund und schaut, wie groß ihre Mandeln sind. Die Prozedur ist Teil einer Routineuntersuchung.

Diese Praxis ist ungewöhnlich. Im Wartezimmer steht ein mannshohes Holzgerüst mit Treppen und Brücken. Der Arzt trägt keinen weißen Kittel. Die Patienten sprechen häufig kein Wort. Es ist anders hier und doch ganz normal. Normal für eine Kinderarztpraxis. Hier betreut, zusammen mit seinen Kollegen Joachim Hanke und Petra Kapaun, der Pädiater Hans-Ulrich Neumann seine Patienten.

Etwa Carl, nicht ganz ein Jahr alt, der wegen seiner Neurodermitis von einem anderen Arzt geschickt wurde. Paloma, sechs Jahre, mit Entwicklungsstörungen, die jetzt gegen den Willen ihrer Mutter eingeschult werden soll. Mathilda, ein halbes Jahr, die geimpft wird. Und Nelson, fast zwei Jahre, der zur Vorsorgeuntersuchung gekommen ist.

Kinderärzte – die Allround-Mediziner

Pädiater sind nicht nur einfach Ärzte für Kinder. Sie sind Familienmediziner, Hals-Nasen-Ohren-Experten und Neurodermitis-Spezialisten. Präventionsmediziner, Seelentröster, Erziehungs- und Ernährungsberater. Mehr als 6300 von ihnen arbeiten in Deutschlands Praxen.

Die Ärzte mit den bunten Sprechzimmern gehören zu den konservativsten Vertretern der Medizinerzunft. Am liebsten sind ihnen Medikamente, die schon seit Jahrzehnten angewendet werden und die somit gut erprobt sind. Auch ihr Werkzeug beschränkt sich meist auf Althergebrachtes wie Stethoskop, Lampe und Ohrenspiegel. Das vielleicht entscheidende Instrument ist so alt wie der Anwender selbst: die Stimme des Arztes. Sie tröstet, wenn die Ohren nach der Untersuchung schmerzen. Sie lenkt ab beim Piksen. Und sie zeigt dem Kind: Da ist jemand, der sich für dich interessiert. »Man weiß, dass Zuwendung alleine schon heilsam ist«, sagt der Pädiater Johannes Forster, Chefarzt am St. Josefskrankenhaus in Freiburg.

Diese Zuwendung, sagt er, sei auch ein wichtiger Bestandteil der Vorsorgeuntersuchungen (so genannte Us, → Methoden-Check ab Seite 203), bei denen der Arzt das Kind fünf Jahre lang immer wieder zu Gesicht bekommt und prüft, ob es sich richtig entwickelt.

Hans-Ulrich Neumann empfängt Nelson schon auf dem Flur. Der Junge wird demnächst zwei und ist damit ein Kandidat für die U7, die im Alter von 21 bis 24 Monaten ansteht. Die Untersuchung beginnt in dem Augenblick, als Neumann den blonden Jungen sieht: Er beobachtet, wie er beim Rennen seine Beine bewegt, was

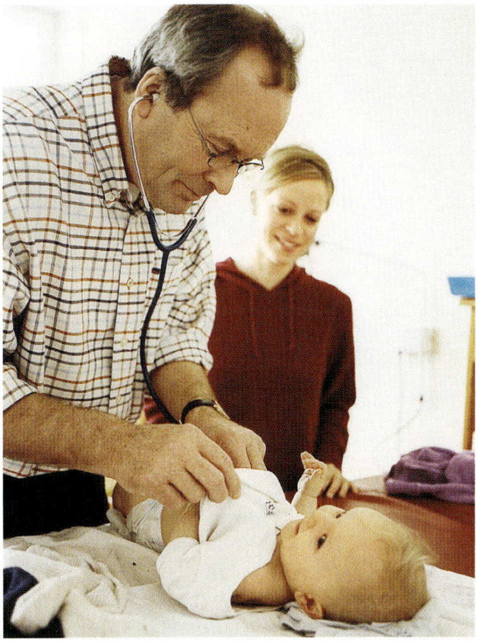

Ausnahmezustand: Nicht immer sind Babys so ruhig wie Mika, wenn Neumann das Herz abhört.

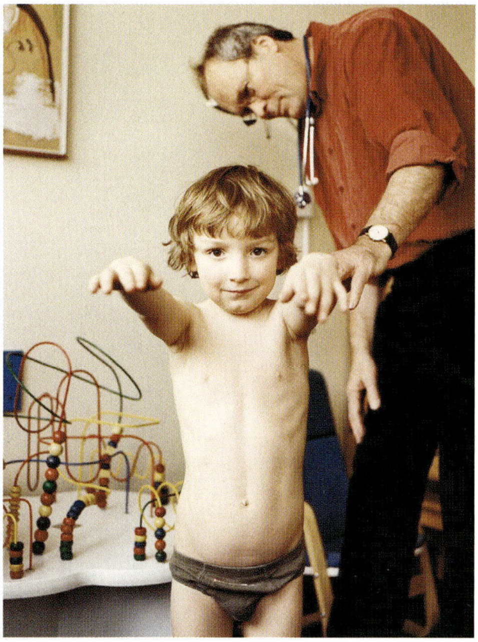

Haltung bewahren: Neumann prüft im Rahmen der so genannten U9-Untersuchung, ob der fünfjährige Juri richtig steht.

er sagt, wie er sich verhält. Danach möchte der Arzt den Jungen abhören und seinen Bauch abtasten. Er stellt ihn auf die Fensterbank, legt die Hände auf seinen Bauch und unterhält sich mit ihm: »Guck mal, die Autos da. Siehst du die?« Nelson schaut aus dem Fenster, während Neumann mit seinen Fingern den Bauch abtastet. »Und was kannst du noch erkennen?« Nelson erzählt etwas brüchig von einem Kran, Neumann hört in Ruhe Herz und Lunge ab. Zuletzt blickt der Arzt noch in die Ohren des Kindes, dann ist er mit der Untersuchung fertig und trägt die Ergebnisse in das dafür vorgesehene gelbe Heft ein.

Dabei sieht er, dass bei Nelson noch Impfungen fehlen, und schlägt vor, sie gleich zu machen. »Er ist im Moment ein bisschen erkältet«, sagt die Mutter zögerlich. »Das ist kein Problem«, entgegnet Neumann. Nelsons Mutter willigt ein. Der Arzt holt den Impfstoff sowie ein Bonbon, und als der kleine Patient damit beschäftigt ist, die Leckerei aus dem glänzend roten Papier zu wickeln, ruft Neumann schnell »Jai, jai, jai, jai, jai« und pikst. Nelson guckt nur kurz verdutzt und packt weiter sein Bonbon aus.

Nicht immer sind Eltern beim Thema Impfen so schnell überzeugt wie die Mutter von Nelson. »Der häufigste Impffehler ist, Kinder wegen eines banalen Infekts nicht zu impfen«, sagt Heinz-Josef Schmitt, Vorsitzender der Ständigen Impfkommission am Robert-Koch-Institut. »Wenn Kinder nur an Husten, Schnupfen und Heiserkeit leiden und Temperaturen unter 38,5 Grad Celsius haben, kann man aber immer impfen. Das reduziert weder die Wirksamkeit des Impfstoffs, noch erhöht sich dadurch die Nebenwirkungsrate.«

Selbst wenn der Nachwuchs kerngesund ist, tun sich manche Mütter und Väter schwer mit dem präventiven Piksen. Schließlich kursieren allerlei Gerüchte über vermeintliche Gefahren. Etwa, dass Impfungen zu Allergien führen. Dabei sei belegt, »dass eine komplette Impfung im ersten Lebensjahr nicht zu einer erhöhten Allergieneigung führt, sondern zu einer verminderten«, so Forster. Auch dass es bei geimpften Kindern besonders oft Neurodermitis gebe, sei eine Legende. »Eine Studie aus Finnland hat gezeigt: Wer gegen Masern geimpft ist, hat ein geringeres Risiko, an Asthma, Neurodermitis oder Heuschnupfen zu erkranken«, erklärt der Freiburger Professor.

Sicher ist: Impfungen verhindern Todesfälle. Etwa die Immunisierung gegen das Bakterium Haemophilus influenzae, das eine Hirnhautentzündung verursachen kann. »Früher hatten wir 1600 Erkrankte im Jahr, von denen zehn Prozent, also 160, starben«, sagt Heinz-Josef Schmitt, der auch Chef der Infektiologie an der Universitäts-Kinderklinik Mainz ist. »Seit 1991 wird die Impfung empfohlen und breit angewendet. Seitdem haben wir die Zahl der Erkrankten auf etwa 20 und die der Todesfälle auf zwei pro Jahr senken können.« Außerdem habe Impfen eine »soziale Komponente«: Wer sich oder seine Kinder impfen lässt, schützt auch diejenigen, die sich nicht impfen lassen können, vor Ansteckung – etwa Kinder, die an Aids erkrankt sind, Krebspatienten und Schwangere.

Also gilt es zu überzeugen. »Wir reden mit den Eltern viel über Impfungen«, sagt Neumann, während Nelsons Mutter ihren Sohn wieder anzieht. Früher sei er bei dem Thema weniger gelassen gewesen und ab und an richtig in Rage geraten. »Dann habe ich Eltern, die ihre Kinder nicht impfen lassen wollten, gesagt, sie sollten gleich nach Hause gehen«, erinnert er sich.

Welche Methoden sind wirklich wirksam?

Heute wird er eher barsch, wenn es um Homöopathika geht. Eine Vertreterin für die Präparate, die ihn auf dem Weg zum nächsten Patienten auf dem Flur abfängt, wird rasch abgebürstet: »Ich verordne die sowieso nicht«, sagt Neumann kurz. »Warum denn nicht?« - »Ganz einfach: Weil sie nicht wirken.« Ende der Unterhaltung.

Viele Kinderärzte sind freigebiger mit Globuli und Tinkturen - aus Überzeugung oder weil sie dem Drängen der Eltern nachgeben. Der Freiburger Pädiater Forster bestätigt jedoch Neumanns Einstellung: »Es gibt einfach keine Studien, die zeigen, dass die Homöopathie einen Nutzen hat.« Wenn trotzdem von ein- bis eineinhalbjährigen Kindern mit Neurodermitis berichtet werde, denen es nach der Behandlung deutlich besser gegangen sei, so habe dies einen anderen Grund. »In dem Alter verschwindet die Erkrankung bei etwa 80 Prozent von alleine - egal, was man macht oder nicht macht.«

Allerdings wartet auch die so genannte Schulmedizin mit Überflüssigem auf, gerade bei Leiden wie Neurodermitis, die Kinder und Eltern an den Rand ihrer Kräfte bringen. So werden etwa für die Diagnose oft Laboruntersuchungen gemacht, mit denen der Arzt nachweist, gegen welche Nahrungsmittel Antikörper im Blut vorhanden sind. Das aber ist gar nicht nötig, weil die Anwesenheit von Antikör-

Ablenkungsmanöver: Während die Mutter den kleinen Jakob auf andere Gedanken bringt, pikst der Arzt mit der Impfspritze geschwind in den Oberschenkel.

pern nicht automatisch bedeutet, dass ein Kind auch Symptome zeigt. »Entscheidend für die Diagnose ist immer die Reaktion der Haut auf ein Nahrungsmittel«, sagt Experte Forster. »Da wird unglaublich viel Geld in den Sand gesetzt.«
Der nächste Fehler folgt oft sogleich: Manche Ärzte raten den Eltern, dass ihre Kinder all die Dinge nicht essen sollen, gegen die Antikörper nachgewiesen wurden. Die Gefahr: Die Kinder werden fehl- oder sogar unterernährt. »Man darf Lebensmittel nur dann weglassen, wenn sie nachweislich den Hautzustand verschlimmern«, sagt Forster. Statt all der Umstände täten Mütter und Väter oft besser daran, Ruhe zu bewahren. »Die Eltern sollen nicht immer nur für die Haut des Kindes leben, sondern auch mal was für sich selbst tun. Wenn sie gelassener werden, wird auch die Haut des Kindes oft besser.«
Mehr Gelassenheit wünschen sich viele Ärzte generell von den Eltern. Obwohl sie wissen, dass sie damit viel verlangen. Wie soll man auch ruhig zuschauen, wenn etwa die zweijährige Tochter an einer Mittelohrentzündung leidet? Die ganze Nacht vor Schmerzen wimmert, vom Fieber geschüttelt wird? Dann muss etwas passieren. Ein Antibiotikum soll der Arzt verordnen – mindestens. Und muss nun

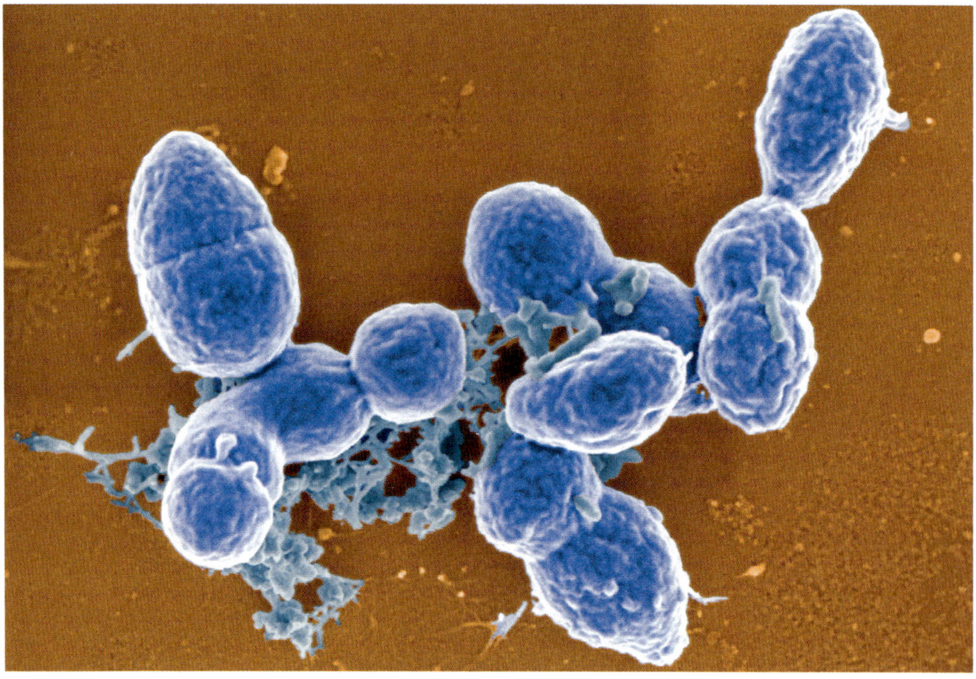

Das Bakterium Streptococcus pneumoniae ruft neben der speziell für Kinder qualvollen Mittelohrentzündung auch Lungenentzündungen hervor.

mühsam erklären, was der Stand der wissenschaftlichen Erkenntnis ist. Dass am Anfang einer akuten Mittelohrentzündung Fieber- und Schmerzmittel am effektivsten helfen, dass sich in Studien kein entscheidender Vorteil einer frühzeitigen Antibiotikumgabe gezeigt hat. Denn in 80 Prozent der Fälle ist eine Mittelohrentzündung nach drei Tagen ausgestanden, auch ohne den Bakterienkiller. Nur bei den verbleibenden 20 Prozent müssen womöglich härtere Mittel angewandt werden. »Der Kinderarzt muss den Eltern sagen, dass sie wiederkommen sollen, wenn es schlimmer wird mit der Erkrankung, und vor allem dann, wenn das Kind nicht mehr trinkt und isst«, rät Forster. »Diese Kinder werden noch mal sorgfältig untersucht, einige benötigen dann tatsächlich ein Antibiotikum.« Selbst wenn ein Kleinkind nicht nur hin und wieder krank ist, sondern eine Bronchitis die nächste jagt und sich Erkältungen durch Herbst und Winter ziehen, ist das kein Grund zur Sorge und kein Hinweis auf einen Immundefekt. Bei Knirpsen unter vier Jahren sind bis zu zwölf solcher banalen Infektionen jährlich ganz normal.

Kindgerechte Medikamente

Zurückhaltung ist also angeraten. Nicht nur, um die Nerven zu schonen, sondern auch, weil der Einsatz von Medikamenten immer Risiken birgt, gerade für Kinder. Weiß man bei Erwachsenen relativ genau Bescheid über Dosierungen und Nebenwirkungen, verschreiben Mediziner bei Kindern häufig ohne solide Studiengrundlage: »Medikamente, die niedergelassene Kinderärzte verordnen, sind nur zu etwa 80 Prozent für Kinder zugelassen«, schätzt Hannsjörg Seyberth, Vorsitzender der Kommission für Arzneimittelsicherheit im Kindesalter bei der Deutschen Gesellschaft für Kinder- und Jugendmedizin. Die Pädiater verschreiben die für Kinder nicht zugelassenen Arzneimittel trotzdem, »weil sie keine anderen zur Verfügung haben«, sagt Seyberth. Und sie dürfen das auch – obwohl sie eventuell rechtliche Konsequenzen tragen müssen, wenn etwas schiefgeht.

Der Grund für den Missstand: »Wirkstoffe für Kinder haben häufig nicht genügend Marktpotenzial«, so Seyberth. Damit lohnt sich für Pharmafirmen der oft immense finanzielle Aufwand von Zulassungsstudien nicht. In denen aber werden einige mögliche Nebenwirkungen oder Unverträglichkeiten entdeckt und auch die richtigen Dosierungen austariert. Und die Erkenntnisse, die man an Erwachsenen gewinnt, sind nicht ohne Weiteres übertragbar auf Kinder.

Eine geplante EU-Richtlinie könnte die Situation bald verbessern: Arzneimittelhersteller müssten danach neue Medikamente, die auch für Kinder wichtig sein könnten, an ihnen mittesten und für sie zulassen. Dafür würde der Patentschutz auf diese Medikamente um sechs Monate verlängert - und damit ein finanzieller Anreiz für die Firmen geschaffen. In einem halben Jahr könnte die neue Regelung in Kraft treten, dann würden die Kinder besser von der Forschung aus der Erwachsenenmedizin profitieren.

Teresa braucht kein Medikament. Sie ist kerngesund, sagt die Mutter. Eigentlich. Teresa hört nur schlecht. Das ist der Mutter in der letzten Zeit aufgefallen. »Dauernd fragt sie nach: ›Was?‹« - »Und wie laut hört sie Musik?«, will Neumann wissen. »Sehr laut.« Sehr still hockt Teresa unterdessen auf dem Arm der Mama und schaut Neumann mit großen, skeptischen Augen an. »Teresa, darf ich denn mal in deine Ohren gucken? Hast du die denn überhaupt mitgebracht?«, fragt Neumann das dreijährige Mädchen. Na klar hat sie das, Teresa sagt aber immer noch kein Wort. Sie gibt auch keinen Mucks von sich, als der Kinderarzt ihr mit der Ohrlampe in beide Ohren schaut. »Hmm, ich kann nichts Auffälliges sehen«, sagt Neumann. Flüssigkeit hinter dem Trommelfell, die die Schallleitung dämpft, könnte eine Ursache fürs schlechte Hören sein, erklärt der Arzt der Mutter. Aber das ist nur eine Spekulation. »Ich würde Ihnen empfehlen, zu einem HNO-Arzt zu gehen«, rät er der Mutter.

Die eigenen Grenzen kennen, sehen, bei welchen Patienten man nicht mehr weiterkommt mit seinem Wissen - das ist eine wichtige Fähigkeit eines Kinderarztes. Manchmal aber helfen weder Verantwortungsbewusstsein noch Fachwissen weiter. Zu Hans-Ulrich Neumann etwa kam einmal ein Paar, das nicht nur den Sohn, sondern auch einen Hummer mitgebracht hatte. »Können Sie etwas gegen die Hummerallergie unseres Sohnes machen?«, war die Frage an den Arzt. Und Neumann erinnert sich, dass »der Junge schon Luftnot bekam, als sie den Hummer auspackten«. Die einzig wirksame und sinnvolle Therapie, das Kind künftig von Hummern fern zu halten, stellte die Eltern allerdings nicht zufrieden. Pech für den kleinen Patienten. Denn auch der beste Pädiater kann nur so gut sein, wie die Eltern ihn sein lassen.

MEHR INFORMATIONEN

Literatur: Mechthild Hoehl, Gisela Dürr: »Ich werde untersucht, aber wie? Kindern Untersuchungen erklären«, Thieme, 2006, 40 Seiten, 12,95 Euro. Hübsche Bilder und anschauliche Texte sollen Kindern nahe bringen, was sie beim Pädiater erwartet.

Methoden-Check: Pädiatrie

Prof. Dr. Johannes Forster vom St. Josefskrankenhaus in Freiburg hat die gängigen Diagnose- und Behandlungsverfahren auf der Basis der besten verfügbaren Studien bewertet.

Alle hier genannten Diagnose- und Behandlungsmethoden für Kinder werden von der GKV bezahlt, Homöopathika mit Einschränkungen.

Diagnosemethoden

Anamnese-Gespräch und körperliche Untersuchung

Bei der Anamnese erfragt der Arzt die Krankheitsgeschichte, bei der körperlichen Untersuchung betrachtet er das Kind und dessen Verhaltensweise, hört auf dem Brustkorb Lunge und Herz und auf dem Bauch die Darmgeräusche ab, er tastet den Bauch ab und sieht in Hals und Ohren hinein.

Experten-Einschätzung: Mehr als 80 Prozent der im Kindesalter vorkommenden Erkrankungen können so zuverlässig diagnostiziert werden – ohne dass zusätzliche Untersuchungen im Labor oder mit Geräten nötig sind. Tipp für die Eltern: Beobachten Sie die Krankheitszeichen Ihres Kindes genau (Fieber, Husten, Schmerz mit Ort, Stärke, Dauer und Art), um sie später dem Arzt beschreiben zu können. So kann er am besten und schnellsten eine Diagnose stellen.

Vorsorgeuntersuchungen (U1 bis U9)

Es gibt insgesamt neun so genannte Us – die eigentlich nicht Vorsorge-, sondern Früherkennungsuntersuchungen sind. Die erste (U1) findet gleich nach der Geburt statt, die letzte (U9) mit etwa fünf Jahren. Ziel der Untersuchungen ist es, Krankheiten früh zu erkennen und zu behandeln sowie Entwicklungsstörungen zu entdecken – sowohl körperliche wie Wachstumsstörungen als auch geistig-soziale wie Probleme beim Sprechenlernen.

Experten-Einschätzung: Die Früherkennungsuntersuchungen sind hilfreich, weil der Arzt damit unmittelbar behandelbare Krankheiten aufspürt, bei denen sonst bleibende Schäden entstünden. Beispiele sind bestimmte angeborene Störungen des Stoffwechsels, Taubheit oder Sehstörungen in den ersten Lebenswochen und -monaten. Das regelmäßige Beobachten von Länge, Gewicht und Kopfumfang der Kinder ist ebenfalls sinnvoll, da damit Leiden wie Wasserkopf, Wachstumshormonmangel oder Zöliakie (Unverträglichkeit auf die meisten Getreideprodukte) entdeckt werden können. Bei der Beobachtung der geistig-sozia-

Spielen erlaubt

Kranke Jungs und Mädchen sind keine kleinen Erwachsenen, sie brauchen eine besondere Behandlung.
Beim Kinderarzt ist deshalb alles auf die speziellen Patienten ausgerichtet: Die Atmosphäre ist freundlich, es gibt Teddys oder Bauklötze zur Ablenkung sowie medizinische Instrumente, die dem Arzt helfen, das Kind fast spielerisch zu untersuchen und zu behandeln.
Hier ein genauer Blick in das Behandlungszimmer.

Die Perzentilen

Was zeigen die Perzentilen?
Diese Kurven im Kinderuntersuchungsheft helfen dem Arzt, die Entwicklung des Kindes über einen längeren Zeitraum zu beobachten. Er trägt zum jeweiligen Alter Größe und Gewicht ein. So kann er mit den Werten aus mehreren Jahren feststellen, ob das Kind zum Beispiel nicht mehr genügend wächst oder stark zugenommen hat. Die Kurve mit der Zahl 50 zeigt jeweils den Durchschnitt aller Kinder an, die Perzentilen der Zahl drei bzw. mit der Zahl 97 zeigen die Kurven der Kinder, die besonders klein bzw. groß sind – dies betrifft jeweils drei Prozent aller Kinder.

Perzentilenkurven für Mädchen

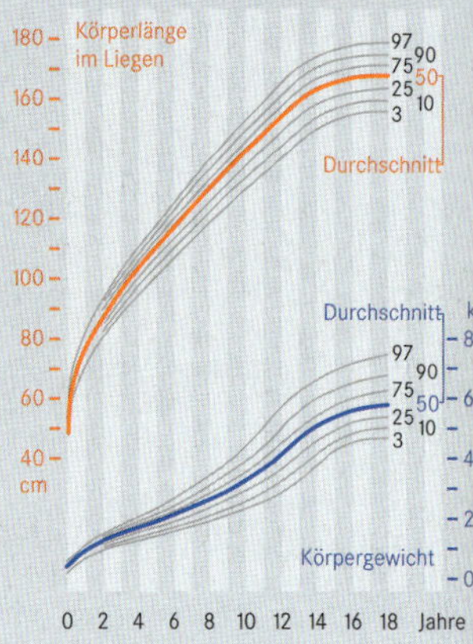

Kinder-Untersuchungsheft

Vorsorgeuntersuchungen
Um Krankheiten früh zu erkennen, gibt es einen festen Plan für Arztbesuche:

1 Im **gelben Heft** steht, wann welche Vorsorgeuntersuchung dran ist. Der Kinderarzt hält darin auch die Ergebnisse fest. Unter anderem misst er Größe und Gewicht, untersucht Reflexe, Organe und Hüftgelenke. Er prüft auch, ob das Kind richtig spricht, ob es normal auf die Umwelt reagiert und wie die Körperkoordination funktioniert. Die erste Untersuchung (U1) findet direkt nach der Geburt statt, die letzte (U9) im Alter von fünf Jahren.

Kindgerechte Instrumente

9 **Stethoskop**
Damit hört der Arzt Herz und Lungen der Kinder ab. Die rote Nase kann sogar den Schall verstärken.

10 **Reflexhammer**
Mit ihm klopft der Arzt auf die Sehnen verschiedener Muskeln und prüft so die Reflexe.

11 **Ohrenspiegel**
Sind Trommelfell oder äußerer Gehörgang durch eine Entzündung gerötet? Was zeigen die Pupillenreflexe? Wie sieht der Rachen aus? Das stellt der Arzt mit diesem Gerät fest.

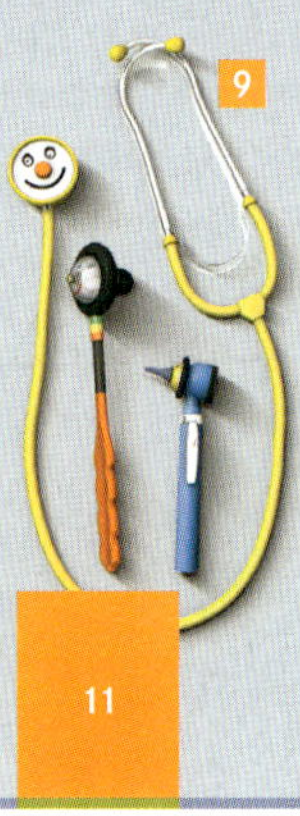

Blut abnehmen und impfen

12 **Nadel und Probenröhrchen**
Blut abnehmen bei den ganz Kleinen ist schwer. Deshalb piekst der Arzt eine kleine Nadel in eine Vene und lässt das Blut in das Probenröhrchen fließen. Für die Laboruntersuchung genügen wenige Tropfen.

13 **Trostpflaster**
Das gibt es nach dem Pieks.

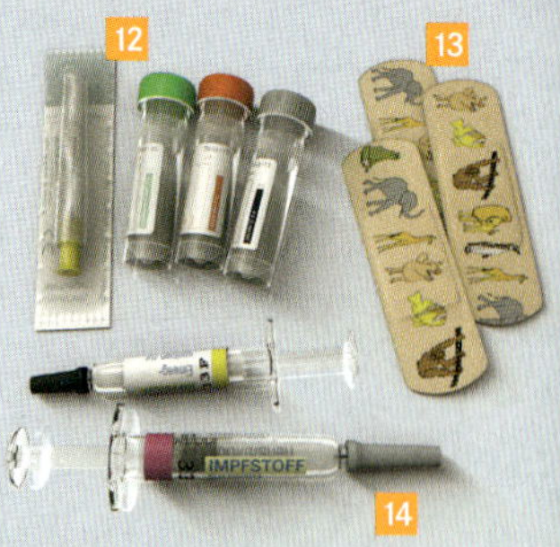

14 **Impfen**
Mit fertigen Spritzen kann der Arzt gleich gegen mehrere Krankheiten impfen.

2 Sehtest
Hier muss das Kind verschiedene Zeichen in unterschiedlichen Größen erkennen. Bekannte Symbole wie Bäume oder Tiere machen den Test leichter.

3 Messlatten
Das Wachstum spielt bei den Vorsorgeuntersuchungen eine wichtige Rolle.

4 Waagen
Ob klein, ob groß – jedes Kind kommt beim Arzt auf die Waage. Das Gewicht ist wie die Größe ein wichtiges Zeichen für die Entwicklung.

5 Spielzeug
Der Arzt sieht, wie geschickt das Kind spielt oder ob es Farben und Formen erkennt.

6 Peakflowmeter
Hat das Kind Asthma, kann es damit die Lungen stärken oder selbst testen, ob die Medikamente schon die Bronchien geweitet haben.

7 Hörtest
Nur wer gut hört, kann auch eine normale Sprache entwickeln. Deshalb ist dieser Test so wichtig.

8 Wärmelampe
Säuglinge können bei einer Untersuchung schnell auskühlen. Die Lampe sorgt für behagliche Wärme.

len Entwicklung des Kindes (Kann es schon lächeln? Wie spricht es?) ist das Ausmaß des Nutzens nicht bekannt, da man nicht genau weiß, wie weit ein Kind vom Durchschnitt abweichen darf, welchen Rückstand es allein wieder wettmachen kann. Entdeckt der Arzt Auffälligkeiten, die er behandeln möchte, sollten die Eltern zuvor folgende Fragen mit ihm klären: Ist eine Spontan-Normalisierung möglich – bedarf es also vielleicht nicht unbedingt einer Therapie? Welchen Nutzen hat die vorgeschlagene Behandlung genau? Wie lange dauert es, bis der Nutzen eintritt? Wie aufwendig ist die Behandlung? Kann sie selbst negative Folgen haben, etwa durch eine Überbeanspruchung des Kindes und der Familie?

Ultraschalluntersuchung der Hüften von Säuglingen

Etwa zwei bis vier Prozent aller Neugeborenen haben ein noch nicht richtig entwickeltes Hüftgelenk, eine so genannte Hüftdysplasie. Meist ist die Hüftpfanne nicht richtig ausgebildet und gibt daher dem Hüftkopf zu wenig Halt. Unbehan-

Kontrollkurven: Die Ergebnisse der so genannten U-Untersuchungen werden in ein Heft eingetragen. Damit lässt sich etwa die Entwicklung von Größe und Gewicht prüfen.

delt kann die Dysplasie später zu einem Hüftgelenksschaden führen. Deswegen untersucht der Kinderarzt bei der U3 (vierte bis sechste Lebenswoche) die Hüftgelenke mittels Ultraschall und kann so recht gut Auffälligkeiten erkennen. Kinder, bei denen das Risiko für eine Hüftdysplasie erhöht ist (bei denen es etwa andere Fälle in der Familie gibt oder die aus einer Beckenendlage geboren wurden), sollten früher untersucht werden, am besten schon bei der U2 (dritter bis zehnter Lebenstag). Therapiemöglichkeiten sind Spreizhosen, Gipsverbände, nötigenfalls Einrenkungen des Hüftkopfes oder Operation.

Experten-Einschätzung: Nach Einführung der Ultraschalluntersuchungen sank die Zahl späterer Operationen, und die Dauer der anderen Behandlungen (etwa mit einer Spreizhose) konnte verkürzt werden. Bei früh entdeckten leichten Formen der Hüftdysplasie sollte zurückhaltend therapiert werden, da viele Befunde sich ohne Zutun des Arztes normalisieren. Zudem können auch nichtoperative Maßnahmen wie Spreizhosen Schaden anrichten (z. B. Fehlstellungen befördern, wenn sie falsch angelegt werden). Unauffällige Ultraschallbefunde schließen eine Dysplasie allerdings nicht aus, es ist möglich, dass sie sich erst später zeigt. Der Ultraschall ersetzt also nicht die Untersuchung durch den Arzt bei den weiteren Vorsorgeterminen.

Allergietests

Mit dem so genannten IgE- und dem Prick-Test soll untersucht werden, auf welche Stoffe ein Kind allergisch reagiert. Der IgE-Test ist ein Bluttest und weist im Serum der Kinder IgE-Antikörper gegen Allergene nach, etwa gegen bestimmte Nahrungsmittel. Beim Prick-Test werden die verdächtigen Allergene in Tröpfchen auf den Unterarm aufgebracht. Mit einer kurzen Nadel ritzt der Arzt dann genau an der Stelle die Haut an, wo das Tröpfchen sitzt. Falls das Kind auf das entsprechende Allergen reagiert, ist nach etwa 10 bis 15 Minuten eine Quaddel an der Stelle zu sehen.

Experten-Einschätzung: Diese beiden Tests weisen in Wirklichkeit keine Allergie nach, sondern nur eine Neigung dazu. Werden etwa bei einem Kind im Blut IgE-Antikörper gegen Gräserpollen gesehen, kann das Kind darauf allergisch mit einem Heuschnupfen reagieren, muss es aber nicht. Die beiden Tests sind also nicht zu empfehlen, wenn ein Kind keinerlei Zeichen einer Allergie hat. Allergiekranke Kinder (Heuschnupfen, Asthma) werden getestet, wenn sie gegen bestimmte Allergene behandelt werden sollen (→ Seite 208).

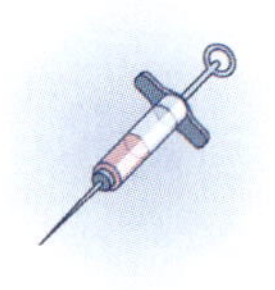

Behandlungsmethoden

Prävention von Asthma, Neurodermitis und Heuschnupfen

Kinder, deren Eltern an diesen so genannten atopischen Erkrankungen leiden, haben ein erhöhtes Risiko, ebenfalls betroffen zu sein. Mit Vorbeugemaßnahmen hofft man, die Gefahr vermindern zu können – etwa durch langes Stillen, durch das Weglassen bestimmter Lebensmittel im ersten Jahr oder durch die Reduzierung von Milben-Allergenen.

Experten-Einschätzung: Unbedingt zu empfehlen ist das ausschließliche Stillen der Säuglinge, am besten sechs Monate lang. Denn neben der Vorbeugung von Asthma, Neurodermitis und Heuschnupfen hat es weitere Vorteile. Zum Beispiel sind Kinder, die gestillt werden, weniger infektanfällig. Andere Vorbeugemaßnahmen zeigen nur für Kinder von Eltern mit atopischen Erkrankungen einen eindeutigen Nutzen. So sollten sie hypoallergene Fertignahrung bekommen, wenn die Mütter nicht stillen können. Vollmilch, Ei und Fisch sollten frühestens mit einem Jahr auf dem Speiseplan stehen, Nüsse erst mit drei Jahren. Da die Reduzierung von Milben-Allergenen sehr aufwendig ist (Bespannung von Matratze und Bettzeug mit milbenundurchlässigen Bezügen, möglichst wenig Polstermöbel, Teppiche und Gardinen in der Wohnung, keine Haustiere), empfiehlt sie sich präventiv nur dann, wenn in der Familie schon eine Allergie gegen Milben besteht, das Risiko dafür bei dem Kind also erhöht ist.

Allgemein gilt: Alle Vorbeugemaßnahmen können das Risiko nur vermindern (bei Neurodermitis maximal etwa halbieren). Trotz aller Bemühungen wird ein nennenswerter Teil der Kinder an Neurodermitis, Asthma und Heuschnupfen erkranken. Und zwar auch Kinder aus Nicht-Allergiker-Familien. Die einzig wirksame Maßnahme, die allen Kindern hilft: Die Eltern (und später die Kinder) sollten nicht rauchen! Tabakrauch fördert die Allergiekrankheiten.

Hyposensibilisierung einer Allergie

Die Hyposensibilisierung ist eine Art Impfung gegen eine Allergie. Das Immunsystem wird durch hohe Gaben des Allergens so beeinflusst, dass es das Allergen schließlich toleriert. Hierfür wird dem Patienten das Allergen in steigender Konzentration und in regelmäßigen Abständen direkt unter die Haut gespritzt. Ein relativ neues Verfahren ist deutlich schonender: Dabei wird das konzentrierte Allergen in Tropfen unter die Zunge gegeben (so genannte sublinguale Therapie). Jede Form der Hyposensibilisierung dauert bis zum Erfolg mindestens drei Jahre.

Experten-Einschätzung: Bevor man eine Hyposensibilisierung beginnt, werden in jedem Einzelfall die Risiken und Belastungen durch die Allergie gegen die Erfolgsaussichten und die Belastungen der Hyposensibilisierung abgewogen: Zeigen Kinder nach Insektenstichen allergische Kreislaufreaktionen, sollten sie hyposensibilisiert werden. Ist die Überempfindlichkeit auf den Insektenstich hingegen nur auf die Haut beschränkt, kann man mit einer Therapie warten, denn bei 80 Prozent der Kinder verliert sich die Allergie von allein. Diese Kinder sollten im Sommer aber immer Notfallmedikamente dabeihaben.
Leiden Kinder an Heuschnupfen und können deswegen trotz Medikamentenbehandlung nicht zur Schule gehen, sollten sie sich einer Hyposensibilisierung unterziehen. Das gilt auch, wenn sie auf Pollen mit allergischem Asthma reagieren. Bei Kindern mit einer Milbenallergie sollten zunächst die Milben reduziert werden (→ Prävention von Asthma, Seite 208). Nur wenn der Patient dann noch an mindestens mittelschweren Asthmasymptomen leidet, ist eine Hyposensibilisierung angeraten. Insgesamt zeigt die sublinguale Therapie eine geringere Wirksamkeit. Auch liegen für diese Therapieform noch keine Langzeiterfahrungen vor - sie kann deswegen noch nicht generell empfohlen werden.

Therapie der so genannten Dreimonatskoliken

Mit dem Begriff »Dreimonatskoliken« wird die Unruhe von drei Monate alten Säuglingen beschrieben. Koliken sind aber praktisch nie die Ursache, die Auslöser der Unruhe sind vielschichtig. Deswegen erhalten die Kinder heutzutage auch die beschreibende Diagnose »Schreibaby«. Es gibt eine Vielzahl von Behandlungsverfahren: Säuglingsmassage, Kräutertees, Spezialnahrungen, kraniale Osteopathie oder auch Chiropraktik.

Experten-Einschätzung: Für die meisten Behandlungsmethoden ist kein eindeutiger Nutzen belegt (Säuglingsmassage, Kräutertees, Spezialnahrungen), andere sind potenziell gefährlich (Osteopathie am Hals, chiropraktische Manipulation der Wirbelsäule). Eine englische Studie hat gezeigt, dass 29 Prozent aller gesunden ein bis drei Monate alten Säuglinge länger als drei Stunden am Tag schreien. Im Alter von vier bis sechs Monaten sind es nur noch sieben bis elf Prozent. Bei vielen verschwindet das häufige Schreien also von allein. Ist die Familie stark belastet, kann es jedoch nützlich sein, sich an eine Schreibaby-Ambulanz zu wenden; hier versucht man, nicht nur beim Kind etwas zu verändern, sondern auch in der Interaktion des Kindes mit der Familie.

Therapie des Spuckens bei Säuglingen

Ursache ist ein so genannter gastro-ösophagealer Reflex: Nahrungsbrei fließt aus dem Magen in die Speiseröhre zurück. Die meisten Kinder haben dabei keine Beschwerden. Johannisbrotmehl soll helfen, indem es die Nahrung eindickt, und Mittel wie Natriumalginat sollen die Säure aus dem Magen binden.

○ Experten-Einschätzung: Spezielle Nahrung, Nahrungseindicker und säurebindende Mittel bessern die Symptome. Allerdings gehen Häufigkeit und Heftigkeit des Spuckens gegen Ende des ersten Lebensjahres von allein deutlich zurück.

Therapie von Fieber

Fieber kann verschiedene negative Wirkungen von bestimmten Krankheitserregern abschwächen. Viele Kinder beeinträchtigt es aber stark.

○ Experten-Einschätzung: Einfache fiebersenkende Maßnahmen sind Wadenwickel. Sie können jedoch nur angewendet werden, wenn Arme und Beine auch wirklich warm sind. Medikamente wie Ibuprofen oder Paracetamol beeinflussen Fieber und Schmerzen immer gleichzeitig. In der alters- und gewichtsentsprechenden Menge gegeben, sind sie nicht schädlich.

Therapie der akuten Mittelohrentzündung (Otitis media)

Die Kinder haben anfangs Fieber und Ohrenschmerzen, bei einigen öffnet sich später auch das Trommelfell, und aus dem Ohr läuft Eiter heraus. Helfen sollen Schmerz- und Fiebermittel, Antibiotika gegen die auslösenden Bakterien und Nasentropfen, die die Schleimhäute abschwellen lassen.

○ Experten-Einschätzung: In der Mehrzahl der Fälle genügt ein Fieber- und Schmerzmittel, die Heilung tritt von allein ein. Werden die Beschwerden allerdings nicht geringer, sollte das Kind erneut untersucht werden. Je nach Befund entscheidet der Arzt dann über die Notwendigkeit einer Antibiotikum-Therapie. Die sofortige Gabe eines Antibiotikums bringt keinen Nutzen in Hinsicht auf frühere Heilung, Vermeidung schwerer Komplikationen oder Vermeidung von Schwerhörigkeit. Abschwellende oder antiallergische Nasentropfen verbessern den Krankheitsverlauf der akuten Otitis media nicht. Es gibt auch keinen Hinweis, dass Nasentropfen die Zahl der wiederholten oder chronischen Mittelohrentzündungen vermindern können. Da praktisch alle Mittelohrentzündungen von Luftwegsinfektionen ausgehen, können anfangs jedoch Nasentropfen nötig sein, um die Nase so frei zu halten, dass der Säugling beim Trinken genug Luft bekommt.

Spiel-Platz: In Pädiater-Praxen ist schon das Wartezimmer ein bisschen anders als bei den Ärzten für die Großen.

Therapie des Mittelohrergusses und Paukenhöhlenergusses

Im Alter von zwei bis vier Jahren leiden etwa fünf Prozent aller Kinder unter einem chronischen Mittelohrerguss. Wenn das Hörvermögen auf beiden Seiten eingeschränkt ist, kann die Sprachentwicklung gestört werden. Um das zu vermeiden, kommen verschiedene Verfahren zur Anwendung: die operative Entfernung von Rachenmandeln (so genannte Polypen), eine Schlitzung des Trommelfells und die Einlage von Paukenröhrchen ins Trommelfell. Üblicherweise werden als erste Maßnahme die Polypen entfernt, zusammen mit der Öffnung des Trommelfells. Bei Wiederauftreten des chronischen Mittelohrergusses werden dann Paukenröhrchen ins Trommelfell eingelegt.

Experten-Einschätzung: Wenn die Rachenmandeln vergrößert und so Mitursache des Paukenergusses sind, verbessern alle drei Verfahren die Hörfähigkeit der Kinder mit chronischem Mittelohrerguss. Das Risiko von bleibenden Löchern im Trommelfell ist bei der Einlage von Paukenröhrchen etwas größer als bei der Schlitzung des Trommelfells allein.

Therapie von Atemwegsinfektionen mit Antibiotika

Antibiotika werden häufig bei Infektionen der Atemwege eingesetzt. Allgemeine Risiken der Anwendung sind gelegentliche kurzfristige Darmprobleme oder Hautausschläge.

Experten-Einschätzung: Antibiotika wirken nur gegen Bakterien, nicht gegen Viren. Also sollten sie nur dann eingesetzt werden, wenn die zu behandelnde Krankheit einen bakteriellen Erreger hat oder dieser stark vermutet wird. Die meisten fieberhaften Erkrankungen im Kindesalter werden allerdings durch Viren ausgelöst und bedürfen deswegen keiner antibiotischen Behandlung. Ist eine Antibiotika-Behandlung angezeigt, müssen Eltern sich jedoch nicht ängstigen: Anders als manche fürchten, beeinträchtigen die Medikamente das Immunsystem nicht. Auch die Furcht vor Allergien ist nahezu unbegründet, denn diese sind sehr selten.

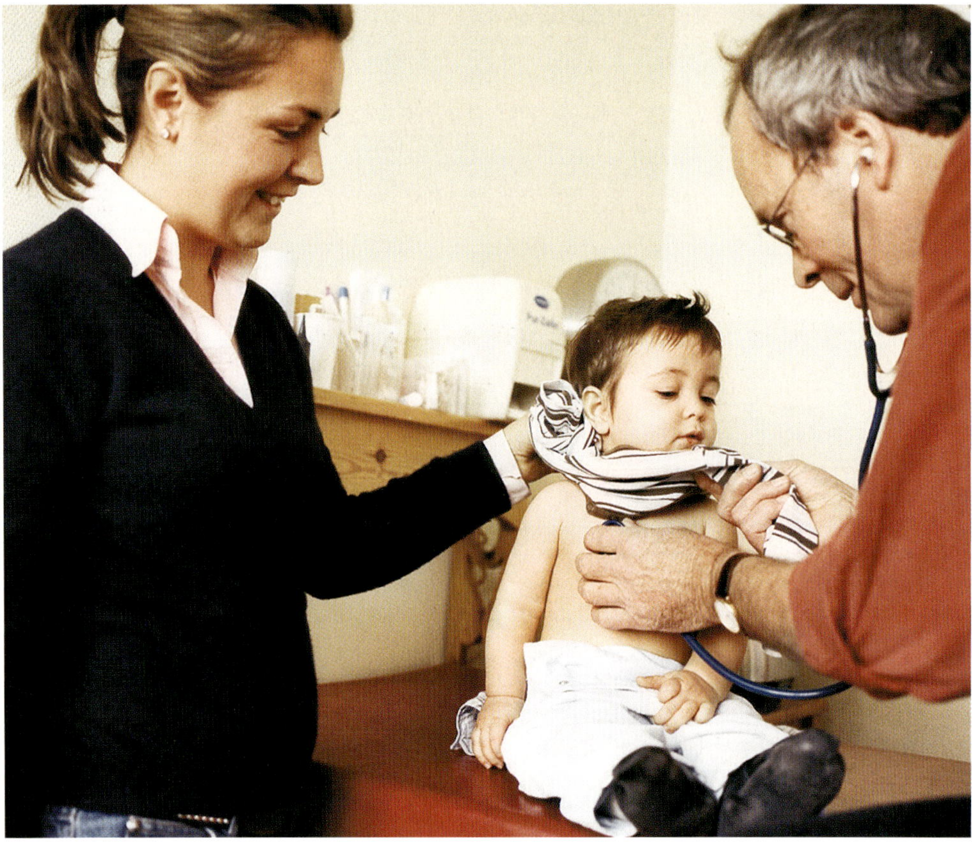

Tief durchatmen: Kinderarzt Neumann horcht den kleinen Luis ab, der gerade eine Lungenentzündung durchgemacht hat.

Therapie des Hustens

Husten ist ein sinnvoller Mechanismus, um Schleim, der sich in der Luftröhre und in den großen Bronchien angesammelt hat, nach außen zu befördern, etwa bei einer Bronchitis oder einer Lungenentzündung.

○ Experten-Einschätzung: Trockener Reizhusten tritt oft zu Beginn von grippeartigen Luftwegsinfektionen auf. Er geht schnell über in einen Husten, der Schleim aus den Bronchien herausbefördert. Bei einer Bronchitis oder Lungenentzündung muss man ihn also nicht behandeln. Eher sollte die Schleimproduktion unterstützt werden, beispielsweise durch ausreichendes Trinken. Die häufig verschriebenen Schleimlöser wie ACC und Ambroxol haben nur einen geringen Effekt und sollten nur in Einzelfällen eingesetzt werden. Chronischen Husten gibt es bei Kindern nicht. Anhaltender Husten nach Luftwegsinfektion ist am ehesten auf eine asthmaartige Überreaktion der Bronchien zurückzuführen und auch so zu behandeln (bronchienerweiterende Mittel, bei langwierigen Fällen auch Cortison-Präparate zum Inhalieren).

Therapie des Pseudokrupps

Der Pseudokrupp ist eine akute Virusinfektion des Kehlkopfes und äußert sich vor allem durch bellenden Husten, Heiserkeit und Luftnot mit einem Geräusch beim Einatmen. Kalte Luft und Cortison helfen dagegen, aber auch inhaliertes Adrenalin kommt zum Einsatz.

○ Experten-Einschätzung: Wenn den Eltern das Krankheitsbild (von vorherigen Erkrankungen) gut bekannt ist, können sie nach Anleitung ihres Arztes das Kind kalte Luft einatmen lassen und Cortison verabreichen (als Zäpfchen). Hilft das nicht und werden die Symptome schlimmer, sollten die Eltern das Kind zum Arzt bringen, wo es Adrenalin inhaliert. Ein Kind, das auch in Ruhe unter schwerer Atemnot leidet oder sogar blau anläuft, muss vom Notarzt ins Krankenhaus gebracht werden.

Therapie der Mandelentzündung

Meist beschränkt sich die Entzündung nicht auf die Mandeln, fast immer ist der ganze Rachen betroffen. Ursache sind oft Bakterien, so genannte Streptokokken der Gruppe A. Sie können aus einem Rachenabstrich mit einem Schnelltest innerhalb von Minuten nachgewiesen werden. Ist der Test positiv, verschreiben Ärzte oft das Antibiotikum Penicillin.

Experten-Einschätzung: Eine Behandlung mit Penicillin ist nützlich, wenn Streptokokken der Gruppe A nachgewiesen wurden. Damit lassen sich rheumatisches Fieber und Nierenentzündungen verhindern, die durch Streptokokken verursacht werden. Der Nutzen antibiotischer Behandlung bei einer Mandelentzündung durch andere Erreger ist unklar.
Im Fall häufiger und schwerer Mandelentzündungen kann durch eine operative Mandelentfernung die Zahl der (schweren) fieberhaften Halsentzündungen gesenkt werden. Der Eingriff ist umso sinnvoller, je schwerer und häufiger die Erkrankungen sind und je älter das Kind ist. Ein weiterer wichtiger OP-Grund sind Mandeln, die durch ihre Größe permanent Atembeschwerden (regelmäßiges Schnarchen) auslösen. Dagegen abzuwägen ist, dass eine Operation generell das Risiko von Nachblutungen mit sich bringt und dass schwere fieberhafte Halsentzündungen bei Kindern mit zunehmendem Alter auch von selbst seltener werden.

Therapie des Brechdurchfalls

Insbesondere Säuglinge und Kleinkinder verlieren schnell viel Flüssigkeit und damit auch Mineralstoffe. Sie sind dann austrocknungsgefährdet, man muss ihnen also Flüssigkeit zukommen lassen.
Experten-Einschätzung: Effektiv und sicher werden die Verluste an Wasser und Mineralstoffen durch kindgerechte Lösungen ersetzt, die Salze und geringe Mengen Zucker enthalten (ORS-Lösungen). Es gibt sie in der Apotheke, man kann aber auch selbst eine Behelfslösung mischen: einen Liter sauberes Wasser mit einem gestrichenen Teelöffel Salz und acht gestrichenen Teelöffeln Zucker verrühren. Die Flüssigkeit dann mit Löffel oder Flasche verabreichen. Kinder, die nicht mehr zum Trinken in der Lage sind, müssen eine Infusionsbehandlung bekommen. Es gibt Hinweise, dass die zusätzliche Gabe von Probiotika (Laktobazillen) die Durchfalldauer verkürzt. Medikamente für Erwachsene, die die Darmbewegung bremsen und damit den Durchfall stoppen (zum Beispiel der Wirkstoff Loperamid), können für Kinder wegen der höheren Nebenwirkungsrate nicht empfohlen werden.

Therapie der eitrigen Bindehautentzündung

Die Augen tränen, sind gerötet und schmerzen.
Experten-Einschätzung: Bei einer spontan aufgetretenen eitrigen Bindehautentzündung kann man die Behandlung mit regelmäßiger Ausspülung der Bindehäute beginnen. Denn zwei Drittel der bakteriellen Bindehautentzündungen hei-

Schön anzusehen, als Stimulans für das Immunsystem aber leider wirkungslos: der Purpurrote Sonnenhut (Echinacea purpurea).

len in zwei bis fünf Tagen auch ohne Antibiotika oder bessern sich deutlich. Bei hartnäckigen bakteriellen Bindehautentzündungen beschleunigt eine antibiotische Behandlung den Heilungsverlauf.

Therapie zur Stimulierung des Immunsystems

Die häufigsten Infektionen im Kleinkindesalter sind Luftwegsinfektionen, bis zu zwölf davon im Jahr sind normal. Einige Eltern hegen dann schnell den Verdacht, dass ihr Kind ein schwaches Immunsystem hat, und geben Mittel wie Echinacea oder Homöopathika.

Experten-Einschätzung: Einen zumindest geringen Nutzen haben Probiotika. Echinacea und Homöopathika hingegen bleiben ohne Effekt. Bei Kindern, die zwischen den einzelnen Infektionen stets wieder völlig gesund werden und die sich durchschnittlich entwickeln, liegt keine Abwehrschwäche vor. Auch entwickeln sich Kinder, die bei jeder Infektion hohes Fieber bekommen, nicht schlechter als solche, die Infektionen mit nur geringer Temperaturerhöhung durchmachen.

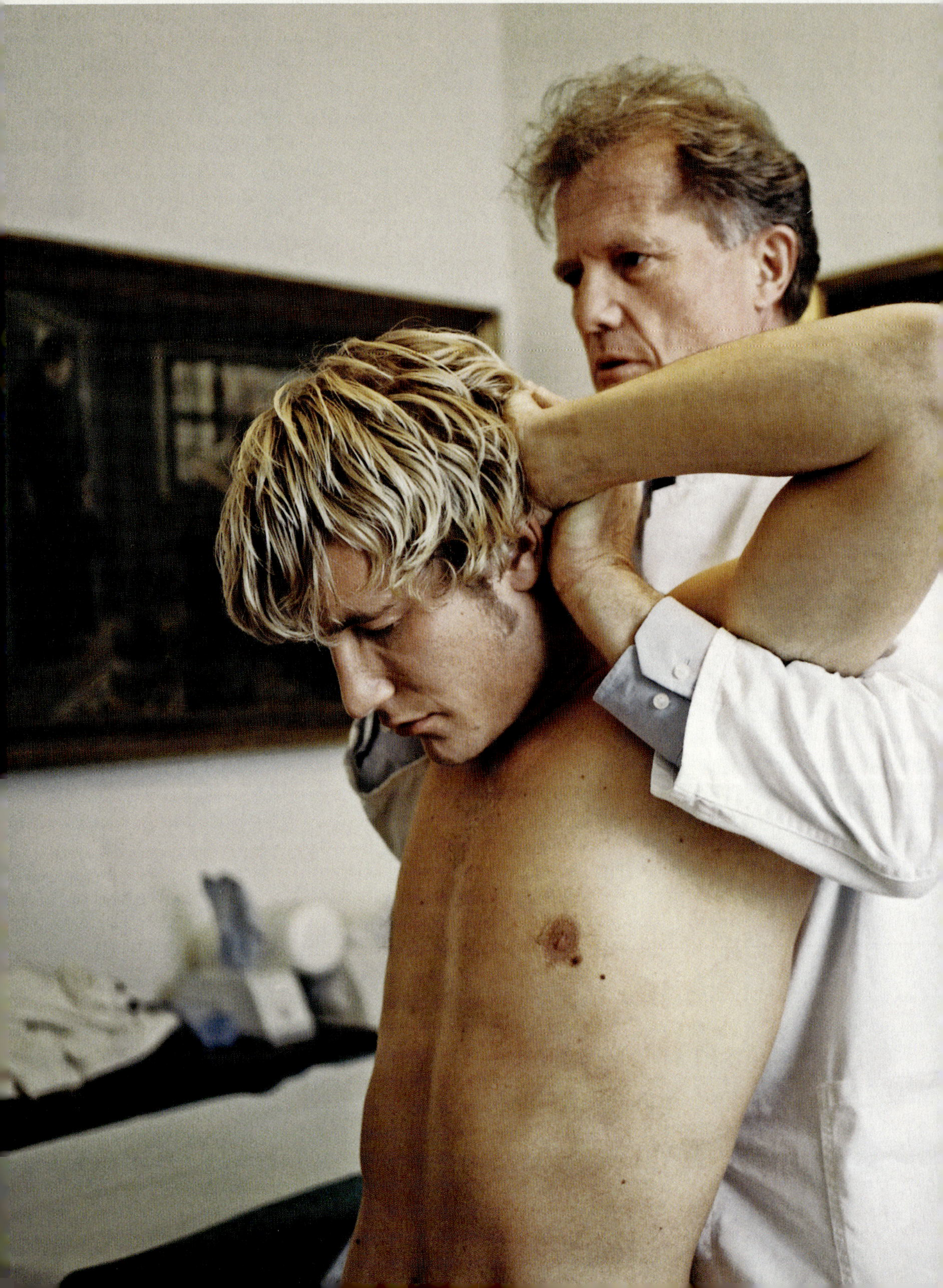

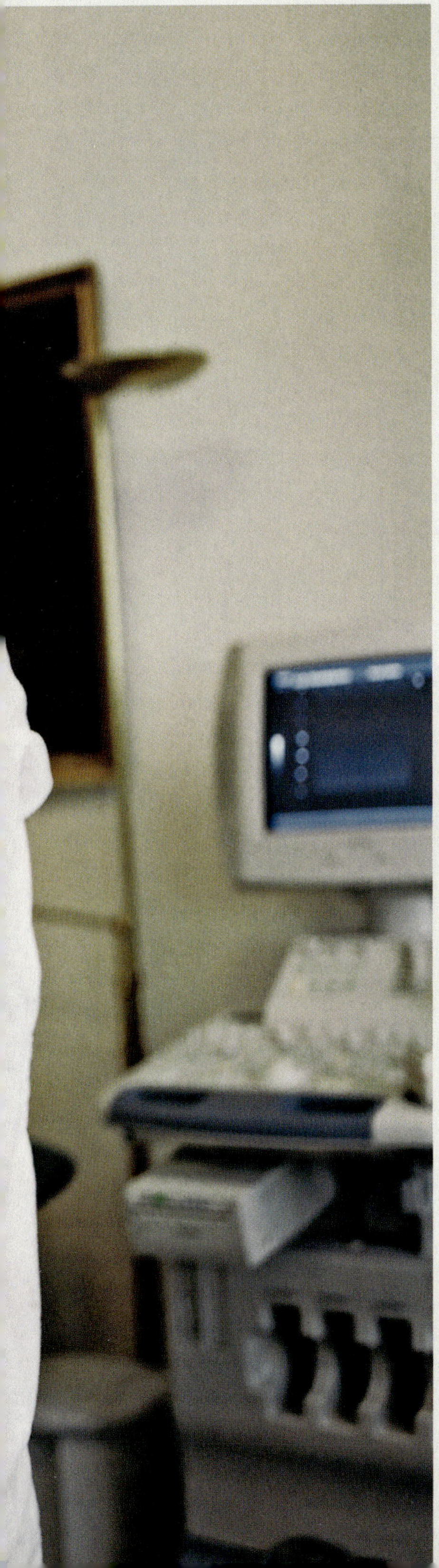

Renken, richten und gerade rücken

Wenige niedergelassene Fachärzte gehen derart handfest zu Werke wie die Orthopäden. Dabei haben sie gut zu tun – schmerzende Kreuze, ausgeleierte Knie und zerschlissene Bandscheiben plagen Millionen Menschen. Wirksame Hilfe verlangt viel Einfühlungsvermögen.

Orthopäde Rupert Lieb aus München beim »Probezug«. Vor jedem chirotherapeutischen Eingriff an der Wirbelsäule muss der Ansatz des Griffs beim Patienten getestet werden.

Aaahhh«, »Ooouii«, »Eijajeijajei«, »Oh Oh Oh Oh Oh« – es geht die Tonleiter rauf und runter. Mal gedehnt, mal staccato, mal laut, mal gehaucht, aber immer herzzerreißend. Der arme Mann! Jetzt bricht ihm wohl gleich das Kreuz durch, und der Doktor muss ins Gefängnis: Mord an einem unschuldigen Patienten, der nichts getan hat, als seine bestimmt 120 Kilo hier auf die Liege zu wuchten, um seinen kaputten Rücken zu präsentieren. Da hat ihm der Doktor die Beine ein bisschen angewinkelt, schon ging das Konzert los. Die Sehnen, die Hüfte, der Rücken, alles schien in Flammen zu stehen. Jetzt ist der 54-jährige Hausmeister ein um Gnade winselnder gewaltiger Haufen Elend.

Da lässt der Doktor ab von ihm. Dr. Rupert Lieb, Orthopäde in München, ist kein Unmensch. Im Gegenteil, Lieb – nomen est omen – ist ein echter Menschenfreund. Nie würde er dem Koloss auf seiner Liege sagen, dass dessen ganzes Unglück im Übergewicht besteht. Stattdessen fragt er: »Ja, um Himmels willen, geht's wirklich so schlecht? Ja, wie können wir Ihnen denn bloß helfen?« Die Frage ist sein Einfallstor in die Psyche des Patienten. Jetzt muss der mitarbeiten an der Lösung.

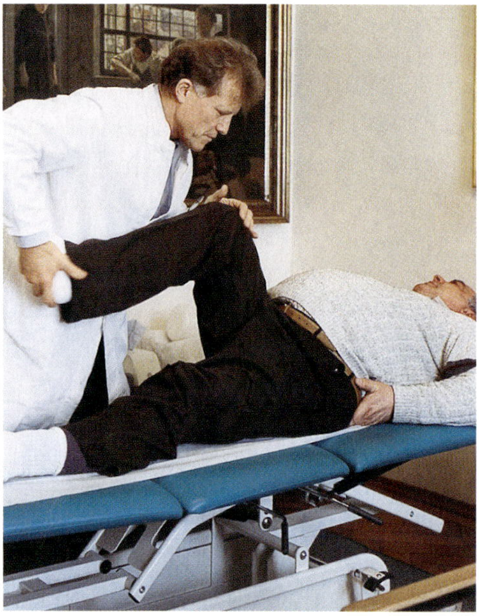

Großes Wehklagen: Schmerzen quälen Dr. Liebs gewichtigen Patienten. Er spürt ihrer Quelle nach und prüft dabei die Beweglichkeit der Glieder.

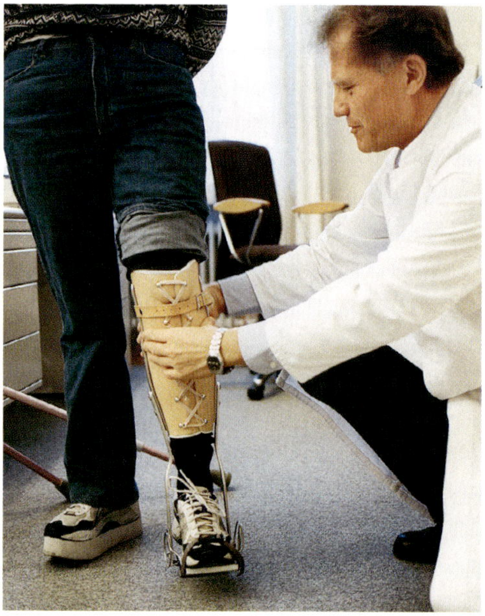

Hier passt Rupert Lieb einer Patientin eine spezielle Beinschiene an. Mit ihrer Hilfe kann sich ihr Sprunggelenk von Unfallschäden erholen.

Alltag eines Orthopäden

Zur Kernspintomografie, der Königsdisziplin unter den Diagnosetechniken, hatte Lieb den Patienten schon geschickt. »Gott sei Dank ist da nichts Schlimmes rausgekommen«, sagt er. »Ohhahhhuuiii«, stöhnt der Patient. »Krankengymnastik habe ich Ihnen auch schon verordnet ...« – »Ohhuiaahha!« – »Was machen die denn da mit Ihnen?« – »Rotlicht und Fango.« Kuscheltechnik, Werfen mit Wattebäuschchen, aber der Mann röchelt, als wären es Foltermethoden. Schließlich lässt sich Lieb erweichen und gibt eine schmerzstillende Spritze ins Gesäß (»Ooohhuu«). Beim Anziehen sagt der Dicke: »Danke schön.« Lieb antwortet: »Aber dafür müssen Sie jetzt bei der Gymnastik härter ran.«

Die 34-jährige Anja Richter ist zum ersten Mal hier. Der Doktor wurde ihr empfohlen »als einer, der sich Zeit nimmt«. Sie hat Nackenbeschwerden. Manchmal hat sie im kleinen Finger ein taubes Gefühl. Vor einem Jahr bekam sie eine Schiene gegen Zähneknirschen im Schlaf. Seither hat sie Schmerzen in der Schulter. »Und es knackst so komisch im Hals.«

Dr. Lieb lässt sie mal das rechte, mal das linke Bein hochziehen. Er schaut sich an, wie sie steht, drückt knapp über der Hüfte auf die Wirbelsäule, lässt ihren Arm im Schultergelenk kreisen und ertastet an ihren Halswirbeln einen Schmerzpunkt. Dann fragt er: »Sie sitzen wohl viel am Computer?«

»Ja«, antwortet Anja Richter, »sehr viel.« Eigentlich geht sie regelmäßig ins Fitnesscenter. »Aber die letzten drei Monate nicht.« Da schickt der Doktor sie jetzt wieder hin, nachdem er durch Röntgen abgeklärt hat, dass ihrer Halswirbelsäule nichts Ernsthaftes fehlt.

Der Untersuchungsraum mit seinen gediegenen Möbeln und den großen alten Ölgemälden an der Wand erinnert an ein Wohnzimmer. Wäre da nicht das hochmoderne Ultraschallgerät. Mit ihm hantiert der Orthopäde virtuos. Dass in der Schulter von Anja Richter keine Kalkablagerung ihr Unwesen treibt, hat er damit festgestellt. Und dass die Hüfte des Hausmeisters »ganz normal« aussieht, ebenfalls. Sogar Durchblutungsstörungen kann Lieb mit dem 45 000 Euro teuren Gerät sichtbar machen. Er hat es gekauft, weil er vor Jahren einmal »Glück hatte mit einer Diagnose«, wie er bescheiden sagt.

Damals kam eine junge Frau zu ihm: Knieschmerzen. Lieb konnte nichts Rechtes finden und ließ von einem anderen Facharzt per Ultraschall überprüfen, ob sie einen Gefäßverschluss hatte. Gerade noch rechtzeitig, denn so war es. Nur eine Notoperation konnte verhindern, dass das Bein amputiert werden musste.

Kurz nacheinander kommen zwei Männer in die Praxis. Der eine merkwürdig steif, der andere humpelnd. Beide Mitte 40 und gleichermaßen erstaunt und empört, dass es ausgerechnet sie »erwischt hat«. »Na, ned hinlegen, i komm nimmer hoch«, jammert der Steife und klettert doch irgendwie auf die Liege. Vor drei Tagen habe er sich gebückt, um eine Trommel aufzuheben, nein, keine schwere Kabeltrommel, sondern ein kleines Bongo, und da »hat's Zack gemacht«. Wie ein Frosch sei er durch die Wohnung gelaufen, nicht mal aufs Klo habe er gekonnt, wo er doch so eine gute Matratze habe und immer lästerte, wenn andere mit ihren Rückenleiden nervten. Jetzt weiß er: »Eine Bandscheibe ist wie ein Autoreifen: Irgendwann zerreißt es sie halt.«

Röntgenuntersuchungen

Der Humpelnde hat eine längere Leidensgeschichte. Vor fünf Jahren habe er sich »sakrisch« den linken großen Zeh an einer Türschwelle gestoßen. Dann habe er die Geschichte vergessen, aber seit ein paar Monaten würden die Schmerzen immer stärker, und jetzt könne er kaum noch laufen. Der Orthopäde schickt die beiden in den Röntgenraum. Seine Frau Beatrix, die zweimal in der Woche aushilft, bringt sie hin.

Dr. Lieb geht mit dem Röntgen sparsam um. Laut Abrechnung setzt er es um 23 Prozent weniger ein als der Durchschnitt seiner Facharztkollegen, von denen es gut 5500 gibt. Die elfjährige Melina zum Beispiel, die vor anderthalb Jahren vom Traktor gefallen ist und immer mal wieder »so ein Stechen« verspürt, durchleuchtet er nicht. Dass bei ihr noch eine Rippe locker ist, kann er auch so tasten, ein Röntgenbild wäre »ohne weitere therapeutische Konsequenz«. Mit dem Einsatz eines CT (Computertomografen) ist er noch vorsichtiger, denn dabei ist die Strahlenbelastung am größten.

Für jedes Gelenk, sagt Lieb, gebe es ungefähr 20 bis 30 verschiedene Handgriffe – drehen, dehnen, strecken, kugeln –, um eine Diagnose zu stellen. Das Prüfen des »Überstreck-Schmerzes« beim Meniskus sei für eine Operationsindikation sogar treffsicherer als die Kernspintomografie. Dennoch ist das Röntgengerät natürlich oft unverzichtbar. Zum Beispiel auch, um auszuschließen, dass die Rückenschmerzen nicht doch von einem Tumor an der Wirbelsäule ausgelöst werden.

Bei dem Mann mit dem Bongo und dem »Zack« ist das Röntgenbild unauffällig. »Das gibt sich wieder«, tröstet Lieb und erzählt, dass er in den Weihnachtsfeiertagen selbst einen Hexenschuss hatte. »Schlimm ist es nicht, aber weh tut es trotz-

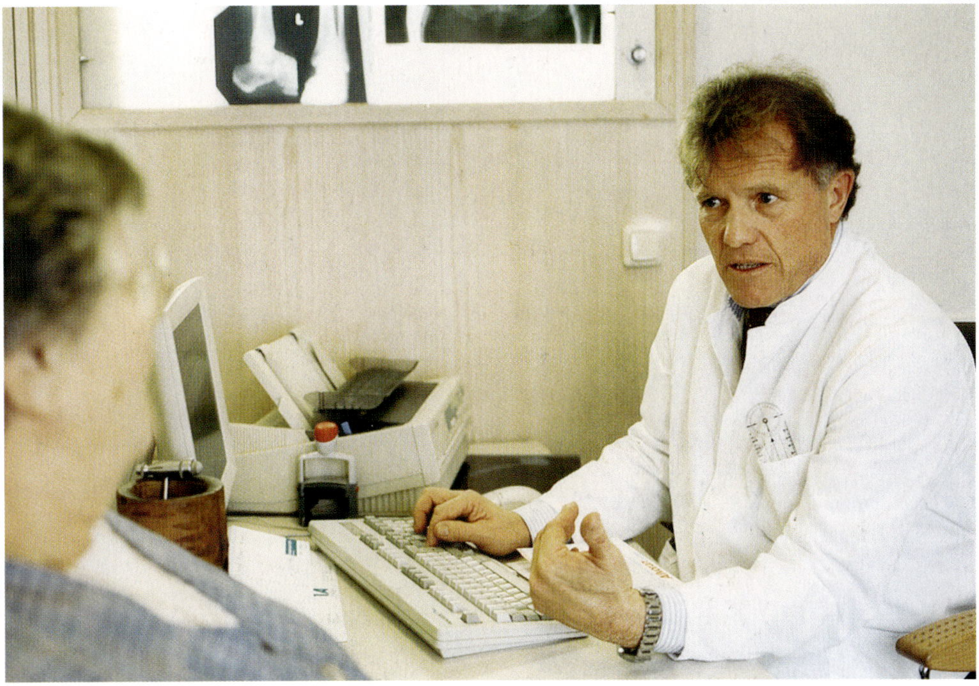

Sprechende Medizin – unser Bewegungsapparat braucht Aktivität, um gesund zu bleiben. Deshalb erklärt Lieb gründlich seine Befunde und bemüht sich, jeden Patienten zum Mittun bei der Therapie zu bringen.

dem«, ist einer von Liebs Lieblingssprüchen. Schmerzmittel sollen jetzt bei dem Patienten wenigstens für ruhigen Schlaf sorgen. Erst wenn die Steife und der Schmerz über 14 Tage unverändert anhalten, muss vielleicht doch noch ein Kernspin gemacht werden.

Der Zeh allerdings sieht auf der Leuchtwand gar nicht gut aus. »Da hat sich wirklich eine richtige Arthrose gebildet«, sagt Lieb. Für den Patienten, einen ehemals aktiven Handballer, dem nie etwas fehlte, ist das eine dramatische Nachricht. »Kann ich dann nie mehr schmerzfrei laufen?«

Nutzenabwägung

Der Doktor erklärt ihm, was man machen kann. Zum einen könnte man das entzündete Zehgelenk »heraussägen« und durch ein künstliches ersetzen. Lieb zeigt ihm ein Bild aus dem Lehrbuch. »Aber davon«, fügt er gleich hinzu, »würde ich abraten.« Zu wenig Haut drüber, eine ständige Entzündungsgefahr. Er kenne »lange

Leidenswege von Leuten, die das gemacht haben«. Stattdessen rät Lieb zu Schuhen mit Einlagen und »Abrollhilfe«. Ein kleiner Buckel unten auf der Sohle könne den Zeh beim Laufen stark entlasten. »Dann wird er nicht ständig gereizt und fängt sich vielleicht wieder.« Die Chancen dafür lägen zwischen 50 und 70 Prozent. »Ausprobieren und zuwarten«, sagt er, »die Natur hilft sich.«

Keine Geschäftemacherei

Ein großer Freund von Operationen ist der Orthopäde also auch nicht. Als ihm vor 25 Jahren das Kreuzband im Knie gerissen ist, »habe ich es auch bloß bandagiert und Tabletten geschluckt. Nach sechs Wochen bin ich wieder Ski gefahren – aber das dürfen S' nicht schreiben.«

Damals hat Lieb als Assistenzarzt im Krankenhaus noch viel selbst operiert »und dabei mitbekommen, dass sich die Operationsindikationen und -methoden ständig änderten. Heute so, morgen anders, da wird man schon misstrauisch.« Doch wenn Lieb Fäden zieht, wie heute bei einer Patientin, die sich ihre Hammerzehe hat gerade richten lassen, dann merkt man, wie ihm das Hantieren mit dem Skalpell noch im Blut liegt.

Und weil wir schon dabei sind aufzuzählen, was der Doktor alles nicht ist: Er ist auch kein großer Geschäftemacher. An so einer Arthrose im Zeh ließe sich nämlich einiges mehr verdienen, als das Verschreiben von orthopädischem Schuhwerk einbringt. Elektro- und Wärmetherapie brächten immerhin zusätzliche Kassenpunkte.

Und so richtig in die Vollen gingen Stoßwellentherapie, Magnetfeldtherapie und Hyaluronsäure-(Schmierstoff-)Injektionen ins Gelenk. Diese Dinge müssen teuer selbst bezahlt werden, wozu immer mehr von Liebs Berufskollegen immer öfter ihre schmerzgeplagte Kundschaft allzu gern und allzu leicht überreden.

Nur wenn ihn jemand ausdrücklich darum bittet, wie an diesem Tag die 75-jährige Edith Mayer, die an Kniearthrose leidet, dann spritzt Lieb trotz des damit verbundenen Infektionsrisikos schon mal Hyaluronsäure. Sie bringt wenigstens für ein paar Wochen Erleichterung. Auch ein gutes DXA-Ganzkörper-Knochendichtemessgerät hat er sich angeschafft, weil viele Frauen ab 60 ihr Knochenbruchrisiko kennen wollen. Er rät den Patientinnen dann, möglichst Mineralwasser mit mehr als 400 Milligramm Kalzium je Liter zu trinken (steht meist auf dem Etikett) und sich Kalzium und Vitamin-D-Tabletten nicht in der Apotheke, sondern in der Drogerie zu kaufen, wo sie um ein Zigfaches billiger sind.

Ansonsten macht Lieb den Trend zu Selbstzahler-Leistungen (IGel) nicht mit, weil er im Gegensatz zu seinem Berufsverband »nicht viel« davon hält. Er könne trotzdem ganz ordentlich leben, sagt er. Lieb rechnet je Patient zwar zwischen 10 und 20 Prozent unter dem Durchschnitt ab, dafür hat er aber 25 Prozent mehr Patienten. Heißt unter dem Strich: In etwa der gleiche Verdienst wie die anderen – 250 000 Euro Umsatz, 100 000 Euro Gewinn vor Steuern –, allerdings bei wesentlich mehr Arbeit. Die Tage des Doktors sind lang.

Hausbesuche

Was nicht zuletzt daran liegt, dass Lieb auch Hausbesuche macht. Eine absolute Rarität unter Orthopäden. Im wendigen Kleinwagen kurvt er dann durch Münchens Innenstadt und hastet die Treppen hinauf. Seine älteste Patientin, die er regelmäßig besuchte, war 106 Jahre alt, als sie vergangenen Oktober gestorben ist. Sein langjährigster Kunde ist der 70-jährige Herbert Liebsch, der als Kind schon wegen ständiger Sturzverletzungen Patient in der orthopädischen Praxis seines Vaters war. Später waren es Motorradunfälle, jetzt hat ihn vor einem halben Jahr ein Skimalheur niedergestreckt.

Nie zieht der Doktor bei seinen Hausbesuchen den Mantel aus, »damit man sich nicht zu lange verratscht«. Er massiert bei dem einen ein bisschen, quaddelt bei der anderen, zeigt einer Dritten neue gymnastische Übungen und gibt die eine oder andere Schmerzspritze. Zum Beispiel der 85-jährigen Dorothea Friedel, die er einen »wandelnden Risikofaktor« nennt, weil sie raucht wie ein Schlot. Wandeln ist allerdings übertrieben, denn sie ist wegen ihrer maroden Wirbelsäule schon 13 Zentimeter geschrumpft und kann kaum noch laufen. Aber sie strahlt, wenn sie Rupert Lieb sieht, und an der Wand hängt ihr Wahlspruch: »Lache, wenn es zum Weinen nicht reicht.«

MEHR INFORMATIONEN

Internet: Mit www.orthinform.de bietet der Berufsverband der Orthopäden eine Informationsseite speziell für Patienten an. Empfehlenswert: das verständlich geschriebene Lexikon der Krankheitsbilder.

Bei www.stiftung-warentest.de/medikamente/p,vom_arzt/k,a_bewegungsapparat.html finden sich umfassende Bewertungen gebräuchlicher Medikamente zum Download (Kosten: 2 Euro).

Gut zu Fuß?

Der Orthopäde behandelt Knochen und Gelenke, Sehnen und Muskeln. Doch vorher muss er untersuchen, woher die Beschwerden seiner Patienten genau kommen. Hier hilft ihm auch der Röntgenapparat. Wie der funktioniert und welche Instrumente noch in einer Orthopädenpraxis zu finden sind, sehen Sie hier.

Messen

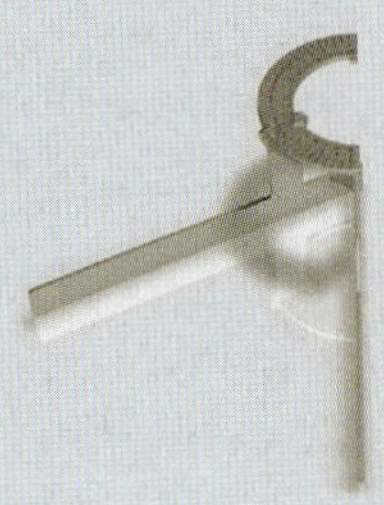

6 Maßband
Damit vergleicht der Arzt den Umfang von Gelenken oder die Länge der Beine. Wenn sich der Patient vornüber beugt, kann der Orthopäde auch die Beweglichkeit der Wirbelsäule messen.

7 Winkelmesser
Er zeigt den Winkel, bis zu dem der Patient ein bestimmtes Gelenk bewegen kann. Die Verbesserung der Beweglichkeit nach der Therapie ist so messbar.

Das Röntgenprinzip

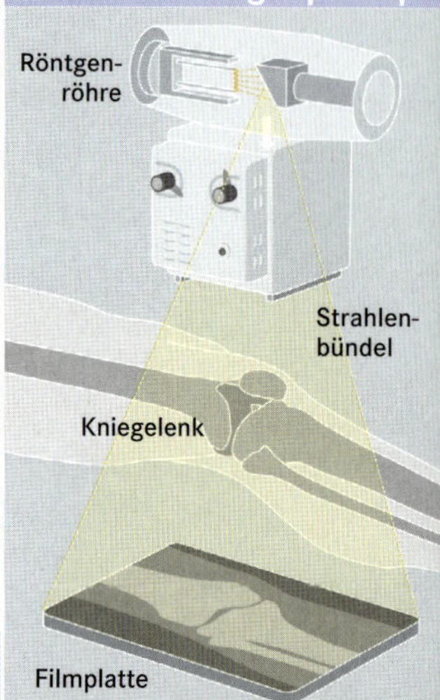

Röntgenstrahlen sind viel energiereicher als sichtbares Licht. Sie entstehen, wenn Elektronen beschleunigt und an einem positiv geladenen Pol, der Anode, stark abgebremst werden. In der Röntgenröhre sorgen Blenden dafür, dass nur ein kleines Bündel der Strahlen austritt. Treffen die Strahlen beispielsweise auf ein Kniegelenk, werden sie dort gestreut oder absorbiert. Ein Teil der Strahlen durchdringt das Gelenk und trifft auf eine Filmplatte, die dann belichtet wird. Der Film ist schwarz, wo die Strahlen ungehindert hindurch dringen, und heller, wo Knochen oder Gewebe im Weg liegen.

Messen

8 Formabdruck
Dieser dreidimensionale Fußabdruck kann ausgegossen werden und dient dann als Modell – zum Beispiel für Einlagen.

9 Ausgleichsbrettchen
Ist ein Bein kürzer als das andere, misst der Arzt mit diesen Brettchen die Differenz. Die Scheiben sind jeweils fünf Millimeter dick.

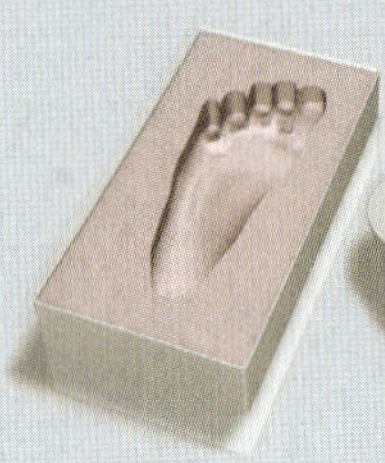

Gipsen

10 Gipsbinden
Ist der Knochenbruch wieder gerichtet, werden die Gipsbinden darumgewickelt. Viel Wasser löst den Gips in den Binden, nach einigen Minuten härtet er aus.

11 Castverband
Ohne Gips, aber auch mit Wasser werden diese Kunststoffbinden hart, wenn der Arzt sie um einen Bruch wickelt.

12 Säge
Zum Röntgen muss der Arzt den Gips abnehmen. Dazu spaltet er den Verband vorsichtig mit der Säge.

13 Rabenschnabel
Auch damit kann der Arzt den Gips weiten – oder bei Kindern den Verband schonend entfernen.

14 Spreizer
Er weitet den Gips an der Stelle, an der es klemmt.

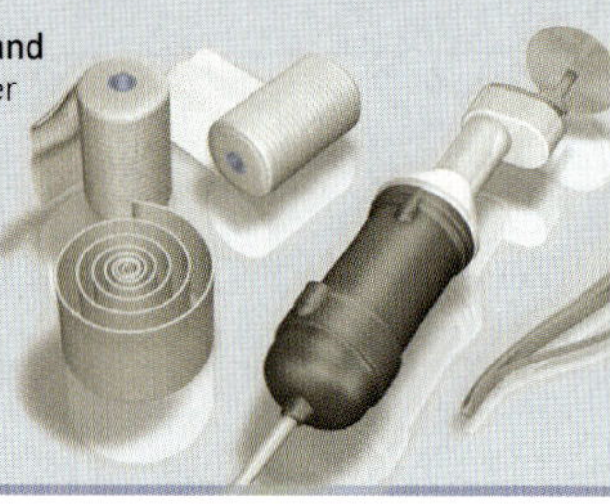

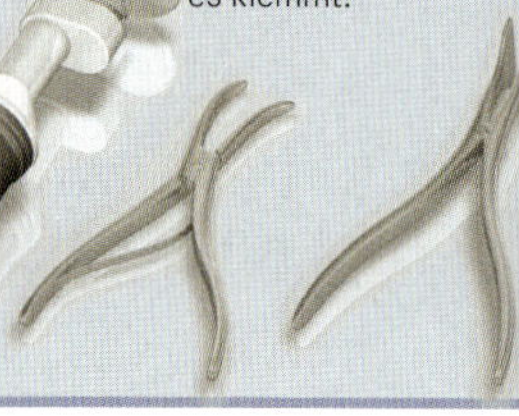

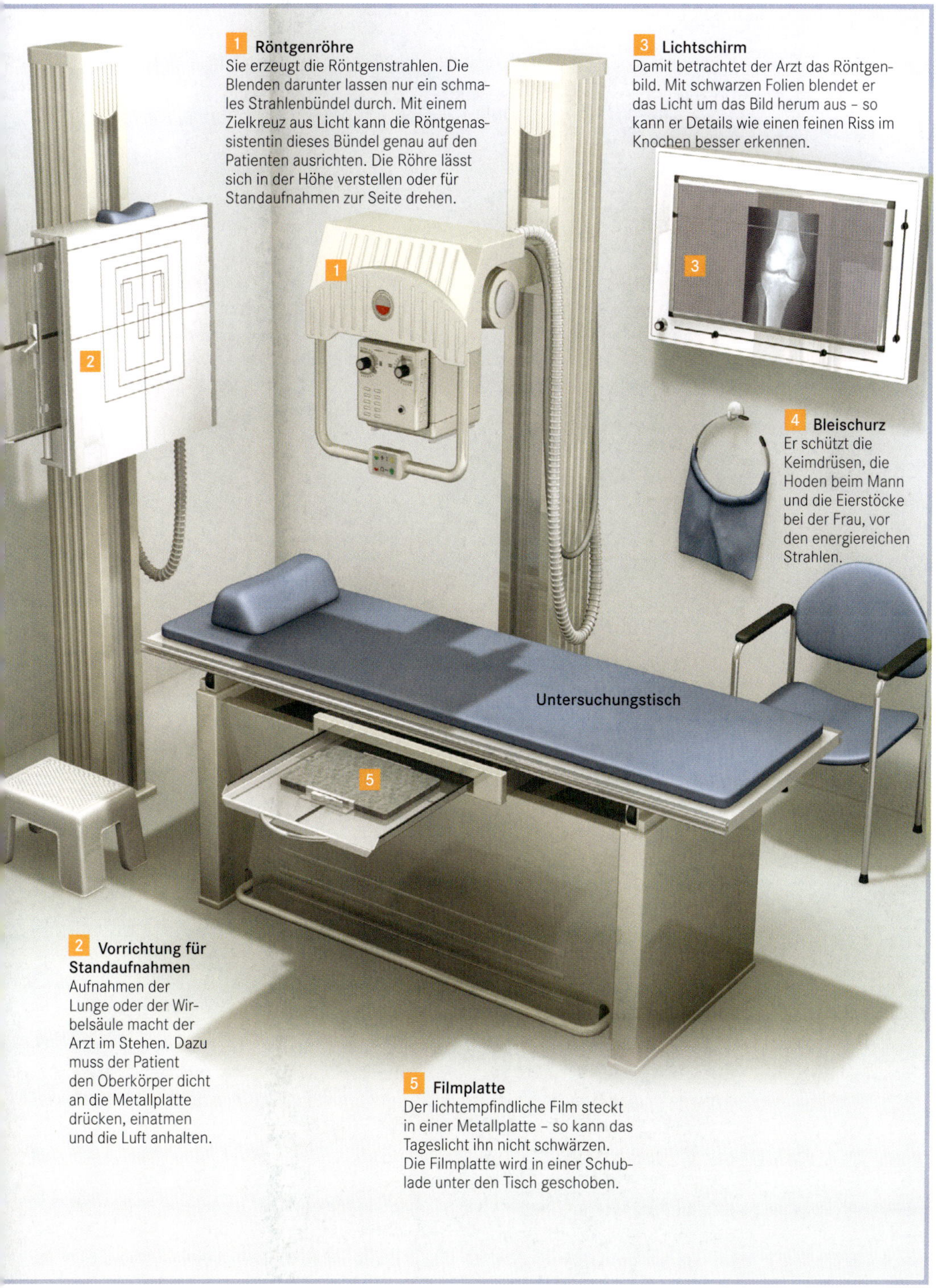
1 Röntgenröhre
Sie erzeugt die Röntgenstrahlen. Die Blenden darunter lassen nur ein schmales Strahlenbündel durch. Mit einem Zielkreuz aus Licht kann die Röntgenassistentin dieses Bündel genau auf den Patienten ausrichten. Die Röhre lässt sich in der Höhe verstellen oder für Standaufnahmen zur Seite drehen.
3 Lichtschirm
Damit betrachtet der Arzt das Röntgenbild. Mit schwarzen Folien blendet er das Licht um das Bild herum aus - so kann er Details wie einen feinen Riss im Knochen besser erkennen.
4 Bleischurz
Er schützt die Keimdrüsen, die Hoden beim Mann und die Eierstöcke bei der Frau, vor den energiereichen Strahlen.
Untersuchungstisch
2 Vorrichtung für Standaufnahmen
Aufnahmen der Lunge oder der Wirbelsäule macht der Arzt im Stehen. Dazu muss der Patient den Oberkörper dicht an die Metallplatte drücken, einatmen und die Luft anhalten.
5 Filmplatte
Der lichtempfindliche Film steckt in einer Metallplatte - so kann das Tageslicht ihn nicht schwärzen. Die Filmplatte wird in einer Schublade unter den Tisch geschoben.

Methoden-Check: Orthopädie

Prof. Dr. Klaus-Peter Günther vom Universitätsklinikum Dresden hat die gängigen Diagnose- und Behandlungsverfahren und wichtige Medikamente auf der Basis der besten verfügbaren Studien bewertet.

Diagnosemethoden

Klinisch-neurologische Basisdiagnostik

Sind Beschwerden nicht gleich lokal eingrenzbar, muss sich der Patient bei der Erstvorstellung beim Orthopäden meist bis auf die Unterwäsche ausziehen.

Nach dem Abtasten schmerzhafter Körperpartien erfolgt eine Prüfung der Beweglichkeit, dazu die Überprüfung der Muskelkraft. Auch müssen oft mit einem Hämmerchen Nervenreflexe getestet werden.

Experten-Einschätzung: Grundlage jeder Diagnose ist ein Arztgespräch über die Art der Beschwerden und eine sorgfältige körperliche Untersuchung. In Abhängigkeit vom Schmerzort können spezifische Funktionstests erforderlich sein.

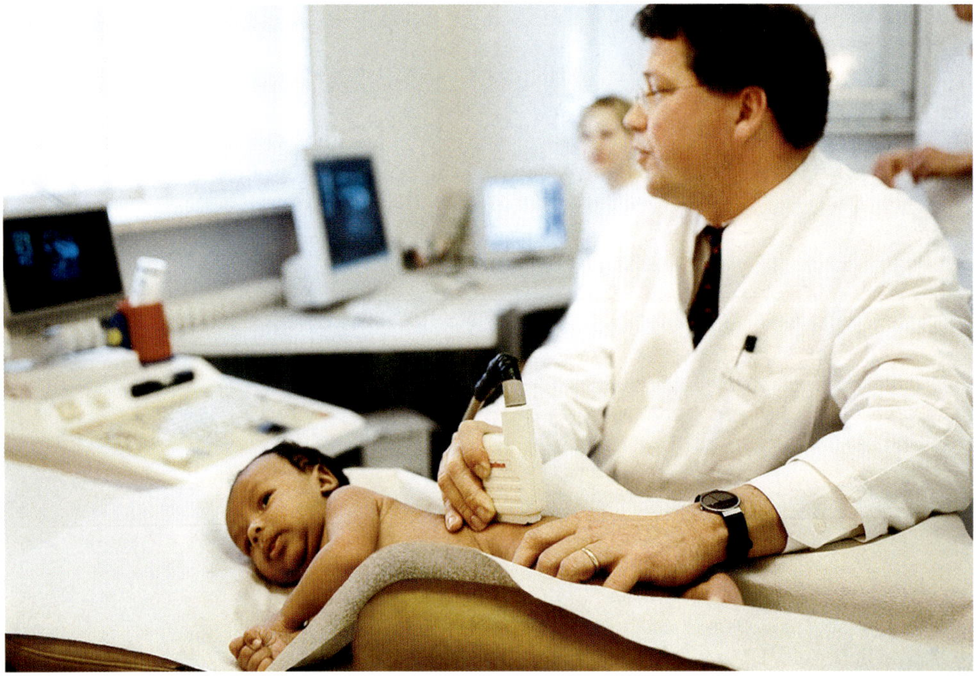

Dr. Bernhard Klein, Orthopäde in München, untersucht das Hüftgelenk eines Babys mit dem Ultraschallgerät.

Damit lässt sich – häufig ohne aufwendige Zusatzmaßnahmen – bereits die Einordnung der Beschwerden vornehmen.
Leistung der Gesetzlichen Krankenversicherung (GKV)

Röntgendiagnostik der Wirbelsäule

Um abzuklären, welche Ursachen Rückenbeschwerden haben, wird häufig geröntgt. Strahlenempfindliche Körperteile (Hoden, Eierstöcke) müssen dabei abgedeckt werden.
Experten-Einschätzung: Bei starken Beschwerden ist eine Röntgenaufnahme zum Ausschluss von Entzündungen, Tumoren oder Verletzungen (zum Beispiel osteoporotischer Wirbelkörpereinbruch) sofort notwendig. Bei den häufiger auftretenden, in der Regel harmlosen »einfachen« Rückenschmerzen ist sie erst dann erforderlich, wenn die Beschwerden über mehrere Wochen anhalten oder stärker werden. Abnutzungsveränderungen der Bandscheibe kommen nur indirekt (über knöcherne Begleitreaktionen) zur Abbildung, Bandscheibenvorfälle lassen sich damit gar nicht diagnostizieren.
Leistung der GKV

Röntgendiagnostik der Extremitäten und des Beckens

Gebrochen oder nicht? Nicht nur zur Klärung dieser Frage wird häufig das Röntgengerät eingesetzt.
Experten-Einschätzung: Bei länger andauernden Schmerzen muss die klinische Untersuchung durch Röntgen ergänzt werden. Die Gelenkaufnahme erfolgt in zwei Ebenen (zum Beispiel von vorn und seitlich). Bei Arthroseschmerzen an Knie- und Hüftgelenken sollte im Stehen geröntgt werden, um möglichen Knorpelverlust zu erkennen.
Viele Patienten äußern Bedenken wegen der Strahlenbelastung. Man sollte jedoch berücksichtigen, dass moderne Röntgengeräte nur noch sehr geringe Strahlendosen benötigen, eine Bleiabdeckung empfindliche Organe schützt und die Gefahr von Folgeschäden erst bei sehr vielen Aufnahmen relevant wird.
Leistung der GKV

Kernspintomografie (Magnetresonanz-Tomografie, MRT)

→ Grafik Seite 229. Aufwendige und teure, doch sehr genaue Methode zur Bestimmung organischer Schäden. Der Patient wird liegend langsam durch eine

Röhre geschoben und starken Magnetfeldern ausgesetzt. Die Untersuchung ist von lauten Geräuschen begleitet, aber nicht mit Strahlenbelastung verbunden. Oft wird vorher ein Kontrastmittel gespritzt.
○ Experten-Einschätzung: Wertvolle Untersuchungstechnik, die jedoch viel zu oft durchgeführt wird. Viele Erkrankungen des Bewegungsapparates (insbesondere die häufige Arthrose) lassen sich mit einer sorgfältigen klinischen Untersuchung und anschließender Röntgenaufnahme diagnostizieren. MRT gibt oft keine Zusatzinformation. Bei speziellen Fragestellungen ist sie jedoch sehr hilfreich: Dazu können zum Beispiel der Kreuzbandschaden und Meniskuserkrankungen am Kniegelenk, Bandscheibenvorfälle oder Sehnen- beziehungsweise Kapselschäden am Schultergelenk gehören.
Leistung der GKV

Ultraschall

Mit einem Ultraschallkopf fährt der Arzt über verdächtige Stellen. Auf einem Computerbildschirm wird das je nach Untergrund verschiedene Schallecho als Bild aufbereitet.
○ Experten-Einschätzung: In der Hand des Erfahrenen äußerst wertvolles und kostengünstiges Verfahren. Ohne Strahlenbelastung und mit geringstem zeitlichem Aufwand lassen sich Veränderungen der Weichteile (Ansammlung von Flüssigkeit, Sehnenrisse, entzündliche Verdickung von Geweben und so weiter) nachweisen.
Die Ultraschall-Regeluntersuchung der Hüftgelenke beim Säugling (spätestens in der vierten bis sechsten Lebenswoche) ist gesetzlich verankert, um häufige Formstörungen zu erkennen und eine rechtzeitige Behandlung einzuleiten.
Leistung der GKV

Gelenkspiegelung (Arthroskopie)

Zur Abklärung von Gelenkschäden wird meist unter Vollnarkose, selten unter örtlicher Betäubung durch einen fünf Millimeter großen Schnitt ein Sichtgerät, meist eine Videolinse, in das Gelenk eingeführt. Wird gleichzeitig ein operativer Eingriff vorgenommen (Schlüsselloch-Chirurgie), ist ein zweiter Schnitt nötig.
○ Experten-Einschätzung: Wichtiges Behandlungsverfahren, das insbesondere bei Meniskusschäden eingesetzt wird. Vorsicht: Obwohl der Eingriff ambulant vorgenommen werden kann und vergleichsweise geringe Risiken birgt, handelt es sich

Kernspintomograf

Nicht Röntgenstrahlen, sondern ein starkes Magnetfeld und Radiowellen bilden die Grundlage der Magnetresonanztomografie (MRT). Mit diesem Verfahren lassen sich vor allem Weichteile oder Gelenke untersuchen. Die verschiedenen Gewebe stellen sich im MRT-Bild in Graustufen dar. Ein Rechner erzeugt Bilder, in denen der Körper in dünne Scheiben »geschnitten« ist. Der Arzt kann die Bilder auf einem Monitor betrachten oder (wie bei Röntgenaufnahmen) auf einem Film festhalten.

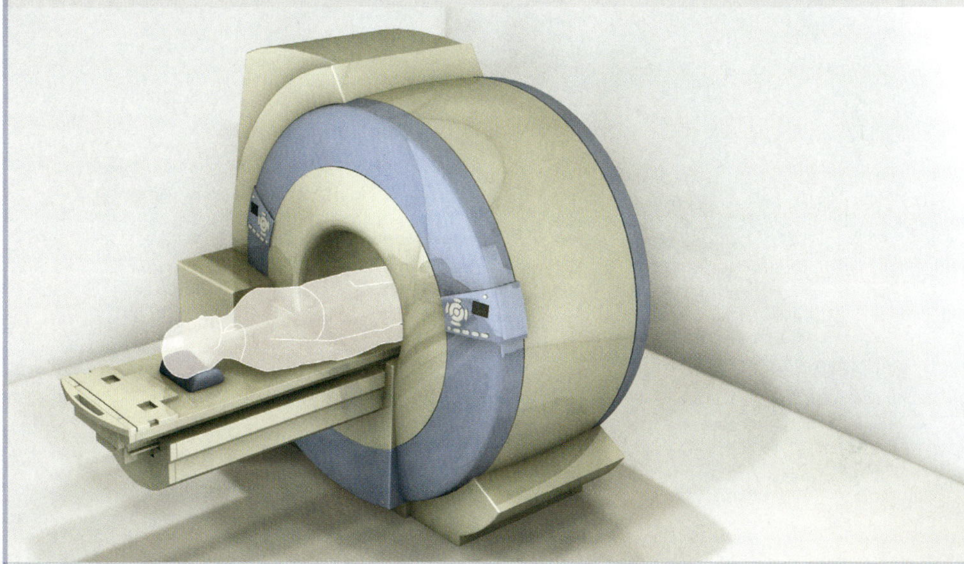

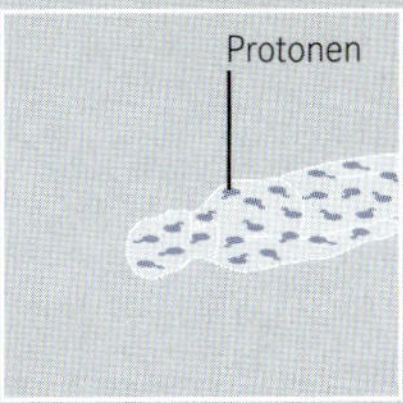

1 Unser Körper ist voller Wassermoleküle. Die positiv geladenen Kerne der Wasserstoffatome, die Protonen, werden als »Messpunkte« bei der MRT eingesetzt.

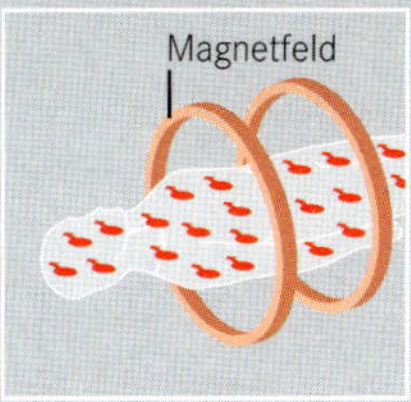

2 Wie Eisenspäne unter einem gewöhnlichen Magneten richten sich die Protonen in eine Richtung aus.

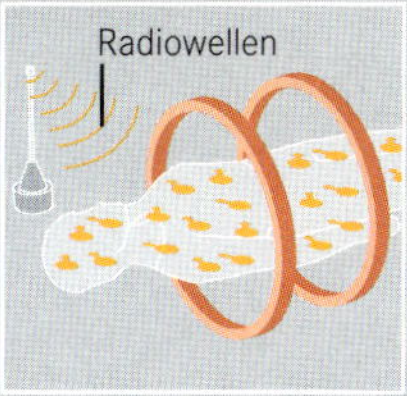

3 Zusätzliche Radiowellen sorgen dafür, dass die Protonen Energie aufnehmen und dadurch etwas von ihrer Ausrichtungsachse abgelenkt werden.

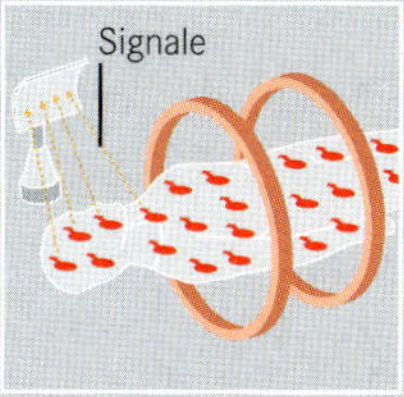

4 Schaltet man die Radiowellen ab, kehren die Protonen in ihre Ausgangsposition zurück und geben dabei die aufgenommene Energie wieder ab. Diese Signale werden von einer Antenne aufgefangen und durch einen Computer in ein Bild umgesetzt.

dennoch um eine Operation. Deshalb sollte die Entscheidung dazu nur getroffen werden, wenn der behandelnde Arzt die Wahrscheinlichkeit einer Beschwerdebesserung hoch einschätzt. Isolierte Abnutzungserscheinungen am Gelenkknorpel lassen sich durch arthroskopische Verfahren noch nicht mit langfristigem Erfolg behandeln.
Leistung der GKV

Blutuntersuchung

Der Arzt entnimmt Blut zur Untersuchung. Wenn z.B. bei der Blutsenkung die roten Blutkörperchen schneller absinken als normal, besteht Verdacht auf einen Entzündungsherd.
Experten-Einschätzung: In der Orthopädie ist eine Blutuntersuchung in der Regel nur dann erforderlich, wenn der Arzt nach entzündlichen (Infektion, Rheuma etc.) oder Stoffwechselerkrankungen (Gicht, Diabetes) sucht, die Ursachen von Schmerzen am Bewegungsapparat sein können. Bluttests zur Früherkennung oder Verlaufsbeurteilung von Abnutzungserscheinungen der Gelenke (Arthrose) und der Wirbelsäule haben außerhalb wissenschaftlicher Studien keinen Stellenwert.
Leistung der GKV

Knochendichtemessung

Um einen möglichen Substanzverlust der Knochenmasse zu diagnostizieren, wird mittels radiologischer Techniken (zum Beispiel DXA-Methode) der mineralische Gehalt entweder einzelner Knochenpartien oder der Wirbelsäule gemessen. Ultraschallmessungen gelten noch nicht als wirklich aussagekräftig.
Experten-Einschätzung: Die Knochendichtemessung allein sagt nur wenig aus. Obwohl die Dichte mit den heute verfügbaren DXA-Techniken recht genau bestimmbar ist, lassen sich aus den Messwerten keine Voraussagen zur Entwicklung einer Osteoporose oder gar der Gefahr eines Knochenbruchs ableiten. Deshalb ist das Verfahren nicht zur generellen »Vorsorge« geeignet. Empfohlen wird die Messung bei Frauen, die nach den Wechseljahren einen Knochenbruch erleiden, und bei Patienten mit Grunderkrankungen, die zu Osteoporose führen können.
Prinzipiell muss die vorsorgliche Messung selbst bezahlt werden (15 bis 80 Euro). Sie ist Leistung der GKV bei begründetem Verdacht, also nach unvermittelten Knochenbrüchen oder vom Arzt beobachtetem Größenverlust ab vier Zentimeter.

Orthopädische Untersuchung auf Sporttauglichkeit

Um festzustellen, ob der Körper für bestimmte Sportarten (noch) geeignet ist, kann man sich beim Orthopäden »durchchecken« lassen. Meist gehören ein Belastungs-EKG und eine Lungenfunktionsprüfung zu den angewandten Methoden.
Experten-Einschätzung: Wertvolle Untersuchungen aus dem Spitzensport, die mit großem Erfolg in den Freizeitsport transferiert wurden. Sportmedizinisch ausgebildete Ärzte können fundierte Empfehlungen für Trainingsgestaltung und Ernährung geben.
IGeL

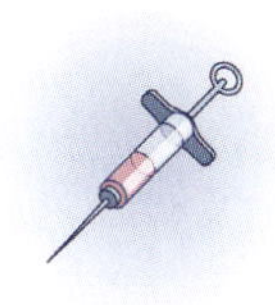

Behandlungsmethoden

Analgesie (Betäubung) von Spinalnerven

Mittels gezielt an der Wirbelsäule eingeführter Spritzen werden geringe Mengen von Schmerzmittel und oft auch Cortison möglichst nah an die gereizten Nerven gespritzt. Man hofft, damit auch das »Schmerzgedächtnis« überempfindlicher Nerven zu löschen.
Experten-Einschätzung: Wichtiges Behandlungsverfahren in der Hand von speziell ausgebildeten Ärzten, das in der Regel jedoch nicht als erste Maßnahme beim Rückenschmerz zur Anwendung kommt. Auch ist die Injektionsbehandlung nicht als isoliertes Verfahren erfolgreich, denn sie gehört in ein Gesamtkonzept zur Schmerztherapie, das mehrere Bausteine enthält (unter anderem die wichtigen Eigenübungen zur Stabilisierung der Muskulatur).
Leistung der GKV

Stoßwellentherapie

Mittels schnell aufeinander folgender und sehr kurzer Schalldruckimpulse wird versucht, chronische Schmerzen in Schulter, Ellenbogen, Knie oder Ferse zu bekämpfen. Der mit Wasser gefüllte Schallkopf wird dabei direkt auf die schmerzende Stelle ausgerichtet, je Sitzung werden 1000 bis 2000 Impulse gegeben. In manchen Fällen muss dazu lokal betäubt werden. Mehr als drei rund 20-minütige Sitzungen im wöchentlichen Abstand sind selten.
Experten-Einschätzung: Wenn konventionelle Behandlungsmethoden über längere Zeit erfolglos bleiben, kann bei schmerzhaften Kalkablagerungen an der Schulter, beim so genannten Tennisellenbogen und beim Fersensporn ein Behandlungsversuch mit der Stoßwellentherapie unternommen werden. Auch

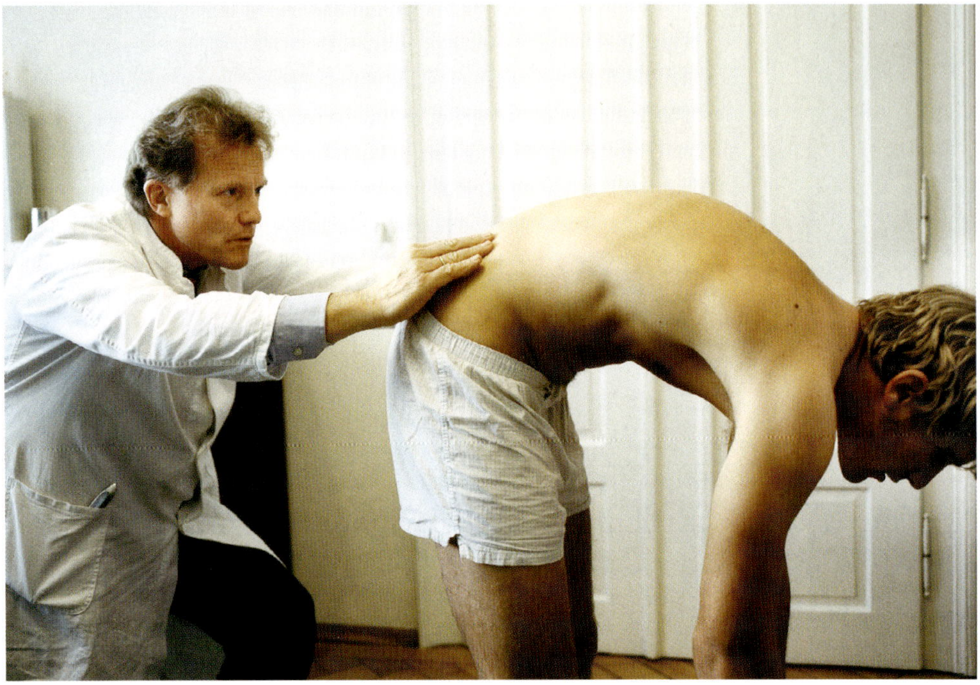

Dr. Rupert Lieb bei der orthopädischen Basisuntersuchung. Hier schaut er sich den gesamten Bewegungsapparat an und sucht nach Schmerzquellen.

wenn der Erfolg dieser Behandlung nicht durchgängig in allen wissenschaftlichen Untersuchungen belegbar war, gibt es zumindest Hinweise darauf, dass die Therapie bei diesen Erkrankungen wirksam sein kann.
IGeL, Kosten je Sitzung rund 200 Euro

Pulsierende Magnetfeldtherapie

Schnell wechselnde Magnetfelder sollen die Durchblutung fördern und so die Selbstheilungskräfte stärken. Versprochen wird Linderung bei so gut wie allen chronischen Leiden wie Arthrose, Rheuma, Osteoporose und auch bei Wundheilungsstörungen. Mehrere bis zu einstündige Sitzungen pro Woche sind möglich.
Experten-Einschätzung: In experimentellen Untersuchungen konnte eine günstige Beeinflussung des Zellstoffwechsels nachgewiesen werden. Es ist jedoch noch unklar, ob diese Veränderungen auch zu einer zuverlässigen Besserung von Beschwerden bei Patienten führen. Arthrosebedingte Schmerzen am Kniegelenk lassen sich möglicherweise für eine begrenzte Zeit etwas mildern. Ei-

ne Abgrenzung des so genannten Placebo-Effektes in weiteren wissenschaftlichen Studien ist jedoch notwendig, um auch bei anderen Erkrankungen eine bessere Information über die tatsächliche Wirksamkeit geben zu können.
IGeL, Kosten je Sitzung zwischen 15 und 100 Euro

Anleitung zu gymnastischen Übungen

Je nach Leiden zeigt der Arzt, durch welche gymnastischen Übungen man dem Schmerz oder Funktionsverlust entgegenwirken kann.
Experten-Einschätzung: Eigenständig durchgeführte Gymnastik hat nicht nur in der Prävention, sondern auch in der Behandlung unterschiedlichster Erkrankungen des Bewegungsapparates einen sehr großen Stellenwert. Viele Studien haben gezeigt, dass dies insbesondere für Rückenbeschwerden und Abnutzung der Kniegelenke gilt. Um den größtmöglichen Effekt sicherzustellen, kann das Erlernen unter fachkundiger Anleitung sinnvoll sein.
Leistung der GKV

Gezielter chiropraktischer Eingriff an der Wirbelsäule

Muskeln und Gelenke werden durch Grifftechniken gelockert.
Experten-Einschätzung: Manualmedizinische beziehungsweise chirotherapeutische Behandlung durch speziell ausgebildete Ärzte kann funktionelle Störungen am Bewegungsapparat verbessern. Bei Beschwerden der Halswirbelsäule muss vor Behandlungsbeginn eine Röntgenaufnahme vorliegen und über die Gefahr einer sehr seltenen Schädigung der Halsschlagader aufgeklärt werden.
Bei einem zugelassenen Orthopäden Leistung der GKV

Akupunktur

Mittels Nadeln, die in bestimmte lokale Akupunkturpunkte gestochen werden, sollen Schmerzen gelindert und die Heilung gefördert werden.
Experten-Einschätzung: In den vergangenen Jahren sind – auch mit Unterstützung von Krankenkassen – umfangreiche Untersuchungen zur Wirksamkeit der Akupunktur durchgeführt worden. Dabei zeigte sich, dass bei Schmerzen infolge von Abnutzungserscheinungen der Lendenwirbelsäule und insbesondere auch der Kniegelenke eine Akupunktur über mehrere Monate wirksam sein kann. Da der Erfolg nicht immer vorhersagbar ist, keine generelle Kostenerstattung.
GKV-Leistung im Rahmen von Modellversuchen nur nach besonderer Genehmigung

Gelenkinjektionen »Schmierstoffinjektion« (Chondroprotektiva)

Wenn Gelenke und Wirbel schmerzen, hat meist die zwischen ihnen liegende Knorpelsubstanz Schaden genommen. Um die Reibung zu vermindern und die Beweglichkeit zu erhöhen, werden Knorpelbestandteile (oft als »Chondroprotektiva« oder Knorpelschutzmittel bezeichnet) direkt in die betroffenen Gelenke gespritzt. Im Wesentlichen handelt es sich dabei um die Stoffe Glucosamin und Hyaluronsäure.

Experten-Einschätzung: Es ist mittlerweile unbestritten, dass eine mehrfach vorgenommene Injektion von Hyaluronsäure-Präparaten die mit Kniegelenkarthrosen verbundenen Schmerzen und Funktionseinschränkungen über mehrere Monate verbessern kann. Dagegen bleibt noch unklar, ob sich auch der für eine Arthrose typische Knorpelverlust durch Verabreichung dieser Substanzen beeinflussen lässt. Deshalb ist die Verwendung der Begriffe »Chondroprotektiva« und »Knorpelschutz-Medikamente« momentan fragwürdig.

Auch ist nicht vorhersagbar, welcher Patient von dieser Maßnahme profitiert und wie sich seine Beschwerden entwickeln.

Knorpelextrakte zum Einnehmen bieten nach Einschätzung des Experten keinen zweifelsfreien Schutz vor dem Verlust des Gelenkknorpels.

Um die mit Gelenkinjektionen immer verbundene Gefahr einer Infektion zu umgehen, werden auch Tabletten mit Knorpelextrakten angeboten. Diese zeigen jedoch - wenn überhaupt - ebenfalls nur einen Einfluss auf den Schmerzverlauf und nicht einen zweifelsfreien Schutz vor dem Verlust des wichtigen Gelenkknorpels.
IGeL, Kosten je Spritze rund 100 Euro

Krankengymnastik

Um Schmerzlinderung zu erreichen und Beweglichkeit wiederzugewinnen oder zu erhalten, verschreibt der Arzt gymnastische Übungen unter Anleitung eines gelernten Physiotherapeuten.
⭘ Experten-Einschätzung: Physiotherapie kann bei vielen orthopädischen Befunden wichtige Impulse zur Beschwerdebesserung geben: Dehnung verkürzter Weichteile, Muskelkräftigung und verbesserte Haltung sind nur einige Beispiele für wichtige krankengymnastische Behandlungselemente. Dies gilt für die Erholung nach Verletzungen und Operationen ebenso wie für die Behandlung akuter und chronischer Schmerzen. Krankengymnastik ist in der Regel jedoch nur dann sinnvoll, wenn erlernte Übungen nicht nur im Rahmen von zeitlich begrenzten Terminen vorgenommen, sondern im Gegenteil auch zu Hause fortgeführt werden. Das passive »Ertragen« der Physiotherapie führt meist nicht zu langfristigem Erfolg. Auch gibt es eine Vielzahl von Behandlungsformen, deren Wirksamkeit noch besser vergleichend untersucht werden muss, um entscheiden zu können, wann welches Verfahren für Patienten sinnvoll ist.
Leistung der GKV (10 Prozent Zuzahlung plus 10 Euro je Verordnung)

Massage

Verspannte Muskelpartien und schlecht durchblutetes Gewebe sollen durch Massage wieder reaktiviert werden. Wird gelegentlich kurz in der Arztpraxis gemacht, meist aber per Rezept beim speziell zu diesem Zwecke ausgebildeten Physiotherapeuten.
⭘ Experten-Einschätzung: Unterschiedliche Massagetechniken regen den Stoffwechsel im Gewebe an und können dadurch Erkrankungssymptome günstig beeinflussen. Massagen sind in der Regel jedoch nur dann sinnvoll, wenn sie durch aktive Maßnahmen (Bewegungsübungen etc.) ergänzt werden.
Leistung der GKV (10 Prozent Zuzahlung plus 10 Euro je Verordnung)

Wärme-/Kältebehandlung

Schmerzen und Entzündungen sollen sowohl durch Kältezufuhr (Eisbeutel, Eisspray) als auch durch Wärmezufuhr (Infrarotlampe, Fango- und andere Packungen) therapiert werden. Wird entweder kurz in der Arztpraxis gemacht, meist aber auf Rezept beim Physiotherapeuten.

Experten-Einschätzung: Auch für Wärme- und Kältebehandlungen gilt die häufig schmerzlindernde Wirkung. Darüber hinaus sind sie als oft einfache Maßnahmen eigenständig im häuslichen Umfeld anwendbar (Auflegen einer Wärmflasche, Saunabesuch etc.).

Leistung der GKV (10 Prozent Zuzahlung plus 10 Euro je Verordnung)

Orthesen und Bandagen (stützende Verbände)

Bei Schäden im Bewegungsapparat (Gelenke, Knochen, Bänder, Sehnen, Muskeln) können vorübergehend oder dauerhaft stützende Korsette (Orthesen) und Bandagen verordnet werden. Den guten alten Gips gibt es nur noch selten.

Experten-Einschätzung: Für einige Erkrankungen ist die Wirksamkeit von orthopädietechnischen Hilfsmitteln eindeutig nachgewiesen: Dazu gehört die Korsettbehandlung bei Skoliosen (Seitverbiegung der Wirbelsäule) und bestimmten Wirbelbrüchen, die Knieschiene bei einseitiger Gelenkabnutzung und eine Schuhzurichtung bei Arthrosen. Nötig sind die genaue Anpassung und Kontrolle durch den Fachmann und konsequentes Tragen. Werden Korsette bei Wirbelsäulenerkrankungen verordnet (Rückenschmerzen, Osteoporose etc.) sollte zusätzlich eine Übungsbehandlung zur Muskelkräftigung erfolgen.

Leistung der GKV (Zuzahlung bis höchstens 10 Euro)

Punktion eines Gelenkes

Meist ist das Kniegelenk betroffen. Eine Schwellung zeigt an, dass sich im Gelenk Gewebeflüssigkeit oder Blut gesammelt hat. Mit einer Spritze wird, gegebenenfalls nach lokaler Betäubung, diese Flüssigkeit abgesaugt. Neben der Druckentlastung dient die Untersuchung der Flüssigkeit auch der Diagnose.

Experten-Einschätzung: Bei Verdacht auf eine eitrige Entzündung ist die Punktion sowohl zur Sicherung der Diagnose als auch zur Entlastung angezeigt. Bei alleinigen »Reizergüssen« muss eine Punktion nicht erfolgen, da der Effekt häufig zeitlich begrenzt ist und immer die Gefahr einer Keim-Einschleppung besteht.

Leistung der GKV

Extensionsbehandlung mittels Geräten (Traktionstherapie)

Mittels verschiedener Geräte werden die Wirbelsäule oder einzelne Gelenke durch Auseinanderziehen gezielt entlastet. Wird meist als Rezept zur Behandlung durch Physiotherapeuten verschrieben.

Experten-Einschätzung: Die häufig wohltuende Wirkung einer Traktionstherapie ist seit dem Altertum bekannt. Da der Effekt jedoch nur symptomlindernd ist und Abnutzungserscheinungen von Wirbelsäule beziehungsweise Gelenken keinesfalls ursächlich beeinflussbar sind, sollten die Auswirkungen auf Krankheitsverläufe nicht überschätzt werden.

Leistung der GKV (10 Prozent Zuzahlung plus 10 Euro je Verordnung)

Elektrotherapie

Elektrischer Strom soll gestresste Nerven besänftigen. Entweder wird Elektrotherapie beim Physiotherapeuten verschrieben, oder die Patienten bekommen Geräte zur Eigenbehandlung. Am bekanntesten ist die TENS-Methode (Transkutane elektrische Nervenstimulation). Die sehr kompakten batterie- oder akkubetriebenen Geräte senden über auf die Haut geklebte Elektroden schwache elektrische Impulse verschiedener Frequenzen aus. Damit soll die Schmerzweiterleitung zum Gehirn blockiert und die Ausschüttung körpereigener Endorphine stimuliert werden.

Experten-Einschätzung: Wie für viele andere Maßnahmen gilt auch für die Elektrotherapie eine vor allem symptomatische Wirkung: Schmerzen und andere Erkrankungssymptome (Muskelverspannungen etc.) können vorübergehend gebessert werden, ohne dass sich ein grundsätzlicher Effekt auf den Erkrankungsverlauf zeigen muss.

Leistung der GKV (10 Prozent Zuzahlung plus 10 Euro je Verordnung)

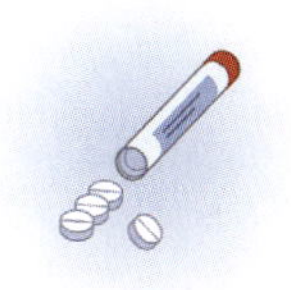

Medikamente

Analgetika

Sammelbegriff für alle Schmerzmittel. Sie werden je nach Wirkstärke eingeteilt: Stufe 1 (zum Beispiel Salicylsäure-Derivate, Paracetamol, Diclofenac, Ibuprofen), Stufe 2 (schwach wirksame Opioide) und Stufe 3 (Opiate wie Morphium).

Experten-Einschätzung: Bei vielen akuten und auch chronischen Schmerzzuständen kann die Einnahme von Schmerzmitteln und entzündungshemmenden Medikamenten sehr sinnvoll sein. Dies gilt allerdings nur dann, wenn sie zeitlich

befristet ist oder eine begleitende ärztliche Diagnostik und Überwachung erfolgt. Vor allem bei längerfristiger Anwendung müssen Risiken und Nebenwirkungen sorgfältig gegen den Nutzen abgewägt werden. Bei Medikamenten der ersten Stufe fürchtet man vor allem Unverträglichkeitserscheinungen, bei stark wirksamen Medikamenten der dritten Stufe die Entwicklung einer Abhängigkeit.
Teilweise Leistung der GKV (wenn verschreibungspflichtig)

Osteoporose-Medikamente

Gegen Osteoporose wird in erster Linie Kalzium verschrieben, meist in Form von Brause, die man über den ganzen Tag verteilt zu sich nimmt. Dazu gehört in der Regel Vitamin D, das für verbesserte Aufnahme des Kalziums sorgt. Ergänzend werden oft Fluoride, Bisphosphonate oder Kalzitonin verschrieben. Bei Frauen setzen viele Ärzte auf eine Hormonersatztherapie, da die in den Wechseljahren zurückgehende Hormonproduktion vorübergehend den Knochenabbau fördert.
Experten-Einschätzung: Von den Fachgesellschaften sind klare Empfehlungen zur Vorbeugung und auch medikamentösen Therapie bei einer gesicherten Osteoporose erarbeitet worden: Vorbeugend wirksam ist eine ausreichende Kalziumzufuhr und regelmäßige körperliche Bewegung in allen Lebensabschnitten.
Wird eine Osteoporose festgestellt, sollte der Arzt anhand allgemein gültiger Leitlinien eine medikamentöse Therapie einleiten. Sie besteht in der Regel aus einer Kombination von Tabletten und Injektionen und kann bei langfristiger sowie zuverlässiger Verabreichung die Häufigkeit von Knochenbrüchen reduzieren.
Teilweise Leistung der GKV (Vitamin D + Kalzium, Bisphosphonate, Kalzitonin: ja, Fluoride: nein)

Kortikosteroide

Das Hormon der Nebennierenrinde Cortison und verwandte Substanzen haben stark entzündungshemmende Wirkung und dämpfen »übertriebene« körpereigene Abwehrreaktionen, die zum Beispiel zu Rheuma führen.
Experten-Einschätzung: Die weit verbreitete Abneigung in der Bevölkerung gegenüber Cortison beruht teilweise auf einem Missverständnis: Cortison ist lebensnotwendig und wird vom Körper produziert. Nur die längerfristige und hochdosierte Gabe, beispielsweise bei Rheuma, birgt Gefahren.
Kurzfristig verabreichte Injektionen beseitigen rasch und zuverlässig Entzündungsherde. Dies gilt vor allem für schmerzhafte Gelenkergüsse bei der Knie-

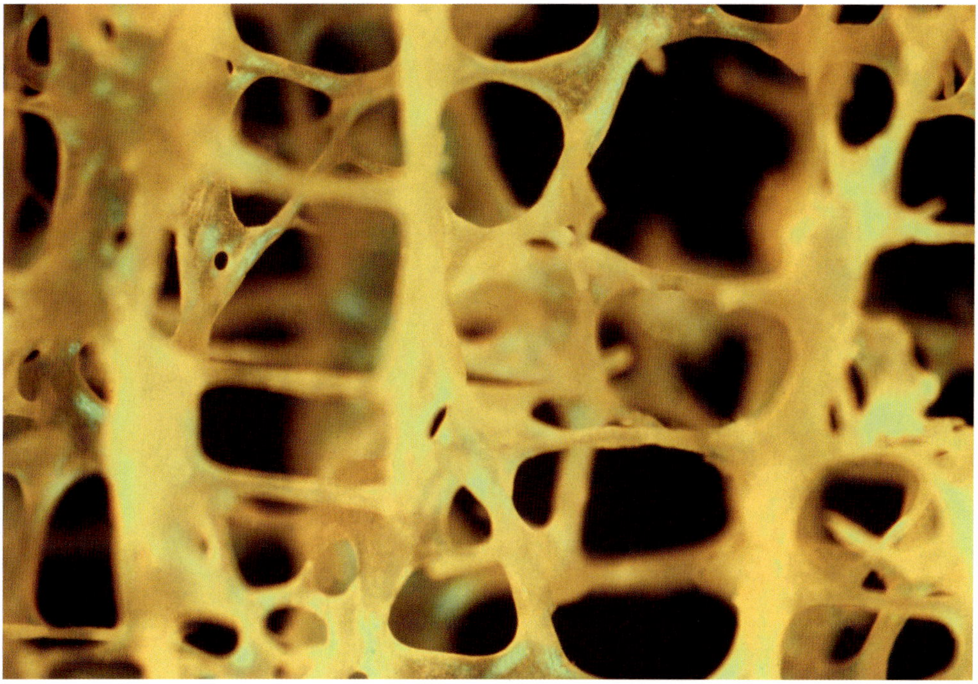

Ein brüchiger Lendenwirbel bei Osteoporose. Die Knochenkrankheit wird in erster Linie mit Kalziumpräparaten behandelt.

gelenkarthrose, wo Gelenkpunktion und Einspritzung eines Cortison-Präparates schnell Linderung schaffen können.
Leistung der GKV

Nahrungsergänzungsmittel

Zur »Revitalisierung«, zum »Aufbau« von Muskeln und Knochen- und Knorpelsubstanz oder zum Abbau von Entzündungen werden viele Nahrungsergänzungsmittel angeboten, die zum Beispiel Kollagene, Enzyme und andere Stoffe enthalten.
Experten-Einschätzung: Hier befinden sich Arzt und Patient in einem Dilemma: Dem gelegentlich empfundenen Eindruck, mit diversen Präparaten eine Leistungssteigerung zu erzielen, steht der fehlende Wirksamkeitsnachweis in wissenschaftlichen Untersuchungen gegenüber. Alle Substanzen, deren Wirksamkeit belegt ist, gelten nicht als »Nahrungsergänzung«, sondern als Arzneimittel und sind verschreibungspflichtig.
Patienten müssen Kosten selbst tragen

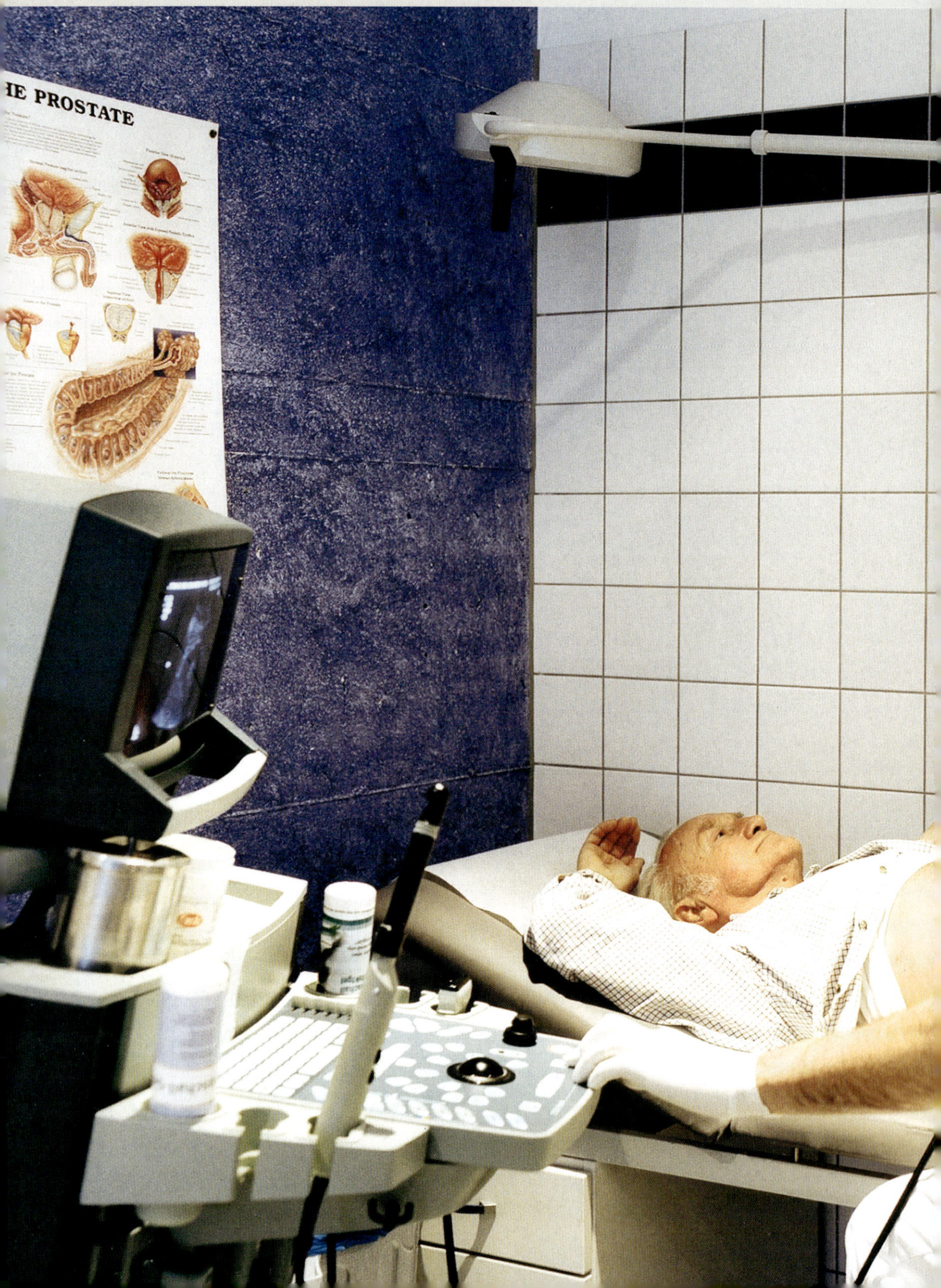
PROSTATE

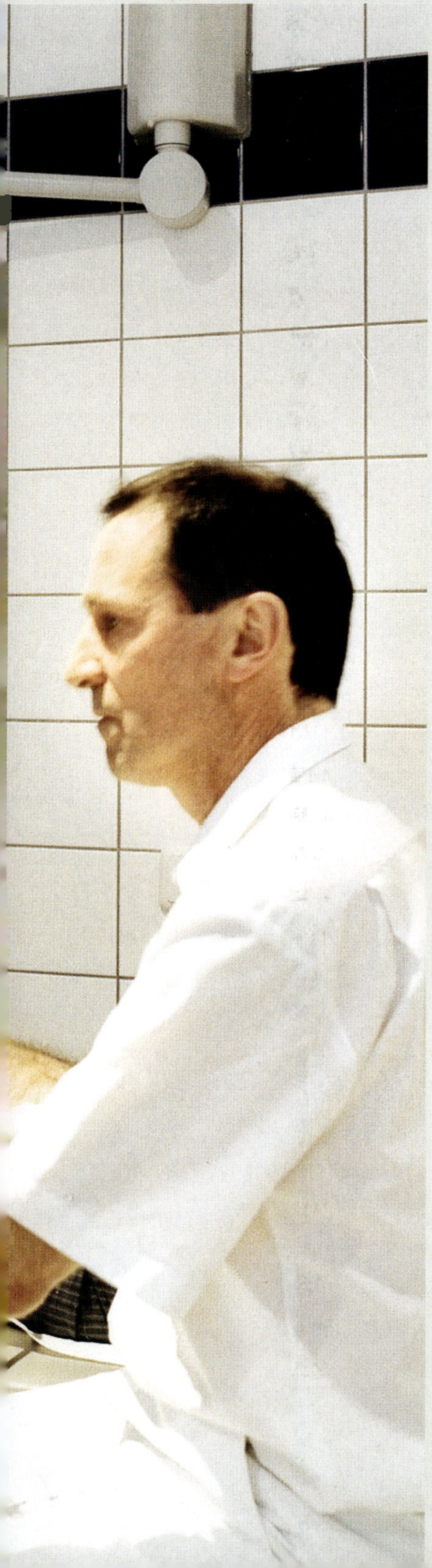

Ein delikates Handwerk

Der Urologe und Androloge gilt manchem als schlichter Kanalarbeiter – dabei muss er als Psychosomatiker die Seele seiner Patienten mit abtasten.

Der Freisinger Urologe Ullrich Schwarzer untersucht per Ultraschall seinen Patienten Joseph Betz, dem einige Tage zuvor Nierensteine mit dem Stoßwellengerät zertrümmert wurden.

Nein, an Sex könne er derzeit nicht mal denken, sagt Anton Tucher (Name geändert). Der 48-Jährige hat in seinem Sperma Blut entdeckt. Ob das Krebs bedeute, fragt er ängstlich und leise den Arzt, dem er gegenübersitzt. Der beruhigt, stellt dem Patienten eine Reihe von Fragen und hört zu.

Dann bittet Ullrich Schwarzer den Mann ins Nachbarzimmer auf eine Liege. Mit Ultraschall untersucht der Doktor die Organe im Unterbauch und die Geschlechtsorgane, tastet mit dem Finger durch den Enddarm die Prostata ab. »Krebs ist das auf keinen Fall«, sagt der Arzt, »mit größter Wahrscheinlichkeit haben Sie eine Prostataentzündung.« Die Blut- und Spermauntersuchung soll letzte Zweifel beseitigen. »So etwas entsteht durch Keime, die die Harnröhre hochwandern. Ich werde Ihnen ein Antibiotikum verschreiben, das wird Ihnen helfen.«

Ullrich Schwarzer ist Urologe und hat eine Professur an der medizinischen Fakultät der TU München. Mit seiner Kollegin Bärbel Mühlen betreibt er im bayerischen Freising eine Gemeinschaftspraxis. Sie sind zwei von knapp 2700 niedergelassenen Ärzten ihrer Fachrichtung hierzulande. Ein Trupp, der spezialisiert ist auf Erkrankungen aller Organe von Mann und Frau, die bei der Entstehung von Harn beteiligt sind. Außerdem ist er zuständig für die Geschlechtsorgane des Mannes.

Die Probleme der Patienten, die in der Sprechstunde des Duos Hilfe suchen, sind zahlreich. Da kommen Menschen, die von Harnwegsinfekten geplagt werden, von Blasensteinen, manche haben diffuse Schmerzen im Genitalbereich. Frauen suchen Rat, die nach der Geburt inkontinent geworden sind. Ein Viertel der Patienten in der Praxis ist weiblich.

Verbreitete Beschwerden

Längst nicht alle Leiden sind organisch dingfest zu machen. »Urologie ist zu einem großen Teil Psychosomatik«, sagt Schwarzer. Gerade deswegen legt er Wert auf ein ausführliches Gespräch mit dem Patienten – die Zeit nimmt er sich, auch wenn das Wartezimmer überquillt.

Ein Klassiker in der Freisinger Praxis: der Mann in den Sechzigern, der klagt, dauernd pinkeln zu müssen – Tag und Nacht, mit mickrigem Strahl. Oft leidet er zudem unter Harnwegsinfekten. Grund der Misere: die gutartige Prostatavergrößerung. Nach dem 50. Lebensjahr beginnt das Gewebe der Drüse, die einen Teil der Harnröhre umschließt, langsam zu wachsen. Ein ganz normaler Alterungsprozess, viele haben keinerlei Probleme damit. Durch Tasten und Ultraschall

stellt der Urologe die Größe des Organs fest und ob es schon zu Restharn-Stau in der Blase gekommen ist. Dann können sich Keime ansiedeln, in die Nieren wandern und gefährliche Entzündungen verursachen.
In diesem Fall verschreibt der Arzt Medikamente, sie lassen das Gewebe abschwellen und öffnen den Wasserweg. Wenn es jedoch immer wieder zum Stau kommt, bleibt nur die Operation. Schwarzer erledigt sie im Klinikum Freising. Unter Narkose wird ein Endoskop durch die Harnröhre geführt und das gewucherte Gewebe abgetragen. Allerdings mit Nebenwirkungen: Die meisten Männer verlieren dabei ihre natürliche Zeugungsfähigkeit. Denn in die Prostata münden die Samenleiter, und was aus ihnen beim Orgasmus schießt, geht nach dem Eingriff oft nach hinten in die Blase los. Die Potenz bleibt in der Regel erhalten. Nur in sehr seltenen Fällen kann es zu Beschädigungen des Schließmuskels kommen und damit zur Inkontinenz.
Ein anderer typischer Patient: der Mann, der Angst vor Prostatakrebs hat. Es ist derzeit der häufigste bösartige Tumor bei Männern. Knapp 50 000 erkranken hierzulande jedes Jahr daran, mehr als 11 000 sterben. Offenbar spielen Erbanlagen und Ernährung eine Rolle. Dicke leiden unter dem Krebs häufiger als Dünne.

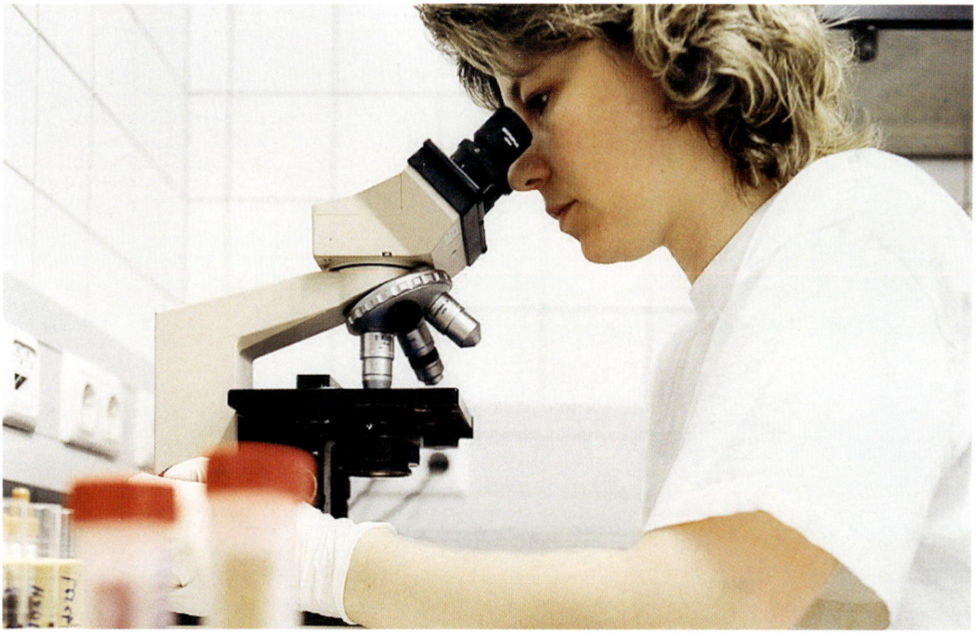

Im Labor von Schwarzers Gemeinschaftspraxis prüft seine Assistentin Christine Jocher eine Spermaprobe mit dem Lichtmikroskop.

Wie hoch ist das Risiko für Prostatakrebs?

Wenn Vater oder Bruder ihn haben, besteht erhöhte Gefahr; das Risiko steigt mit der Zahl der betroffenen Verwandten. Anfangs verursacht das Karzinom kaum Beschwerden oder ähnliche wie bei einer gutartigen Altersprostata. Meist bemerkt der Betroffene es sehr spät, wenn etwa Kreuz- oder Ischiasschmerzen ihn plagen - dann nagen oft schon Tochtergeschwülste in Wirbelsäule oder Becken. Nur wenn das Karzinom früh entdeckt wird, besteht die Chance auf Heilung. »Deshalb sollten alle Männer ab 45 zur Früherkennung, bei Prostatakrebs in der nahen Verwandtschaft schon mit 40«, rät Schwarzer. Der Mediziner tastet dabei mit dem Finger die Drüse durch den Enddarm nach Verhärtungen ab. Zusätzlich zapft er Blut - für einen Test. Denn das Organ schüttet einen speziellen Stoff aus, das prostataspezifische Antigen (PSA). Wenn dieses den Wert von vier erreicht oder überschreitet, gilt das als Warnzeichen. Bereits ein PSA von über drei kann bedeuten, dass etwas mit der Drüse nicht stimmt. Vor allem zählt, wie schnell sich der Wert im Laufe der Zeit verändert. »Leider kommen noch zu wenig Männer zur Früherkennung«, klagt Schwarzer, »nur knapp 20 Prozent.« Das liegt zum einen daran, dass der PSA-Test in diesem Fall keine Kassenleistung ist, sondern etwa 20 Euro kostet. Zum anderen ist der Test nicht hundertprozentig zuverlässig, schlägt gelegentlich auch ohne Karzinom Alarm. Außerdem, so der Einwand, verleite der Test zur Übertherapie. Denn wenn nach Biopsie das Karzinom als gesichert gilt, folgt in der Regel die Behandlung: Operation, Bestrahlung oder Hormongaben. Zwar hat selbst die radikale Entfernung der Prostata in Zentren mit modernen OP-Techniken inzwischen viel von ihrem Schrecken verloren, doch können in seltenen Fällen auch heute noch Impotenz und Inkontinenz die Folgen sein. Dabei gibt es einen relativ hohen Anteil von Krebstumoren, die nie gefährlich geworden wären, weil sie sehr langsam wachsen.

»Wir haben derzeit nichts Besseres als den PSA-Test«, sagt Schwarzer, »natürlich ist es wichtig, den Patienten über all die Wenns und Abers aufzuklären. Dann müssen wir eine individuelle Therapieentscheidung finden. Das kann auch bedeuten: beobachten und nichts tun.«

Schwarzer ist Urologe - mit einer Zusatzausbildung als Androloge. Er ist besonders geschult in allem, was mit der Potenz und Fruchtbarkeit des Mannes zusammenhängt. So führt er Spezialoperationen durch, etwa bei Penisverkrümmung, Krampfadern oder chronischen Hodenschmerzen. Und bei schwerwiegenden Erektionsstörungen setzt er auf Wunsch ein Schwellkörperimplantat ein.

Potenz und Zeugungsfähigkeit

Er verschreibt auch Potenzpillen wie Viagra und andere Marken, wenn sie nützen können. Und wenn seelische Störungen die Standfestigkeit erschüttern, hilft er mit der Adresse eines Psychotherapeuten weiter. Auch bei Störungen im Testosteronhaushalt weiß er Rat. »Viele Männer versprechen sich durch eine Substitution des im Alter zurückgehenden Hormons eine Art Jungbrunnen«, sagt Schwarzer, »doch da verabreiche ich im Gegensatz zu manchen Berufskollegen nicht einfach ein Testosteron-Gel, das man auf die Haut aufträgt. Ich erkläre den Patienten, wie man auch durch Abnehmen, richtige Ernährung und Sport seinen Testosteronspiegel wieder hochbekommt.« Nur bei strenger medizinischer Indikation wird substituiert. Etwa bei Hypogonadismus, einer Störung der Hodenfunktion. Denn eine künstliche Testosteronflut birgt Gefahr: Sie kann einen schlummernden Prostatakrebs zum Wachstum anregen.

Immer wieder kommen Männer, die sich sterilisieren lassen wollen – und solche, die das wieder rückgängig machen lassen möchten. Schwarzer kann beides.

Franz Huber (Name geändert) ist solch ein Kandidat. Der 39-Jährige sitzt mit seiner Partnerin im Sprechzimmer des Freisinger Doktors. Vor acht Jahren, erzählt er, habe er sich sterilisieren lassen, nachdem die Familienplanung mit seiner damaligen Frau abgeschlossen war. Die Ehe ist später in die Brüche gegangen – nun hat er mit Maria, der Neuen an seiner Seite, doch wieder einen Kinderwunsch. Ja, da ließe sich schon was machen, sagt der Arzt. In einem Eingriff kann er unter dem Mikroskop die Samenleiter wieder zusammennähen. »Wenn bei Ihnen ansonsten alles in Ordnung ist«, doziert der Doktor, »sind Sie dann mit 80-prozentiger Wahrscheinlichkeit wieder zeugungsfähig.«

Schwarzer will noch wissen, wie alt Maria ist. »40«, sagt sie. – »Das kann allerdings zum Problem werden«, warnt der Arzt, »immerhin sind Sie schon in einem Alter, in dem die Fruchtbarkeit der Frau abnimmt.« Da drängt Maria, als zähle nun jede Stunde: »Dann brauchen wir aber ganz schnell einen OP-Termin.«

MEHR INFORMATIONEN

Internet: Hier finden Sie Antworten auf urologische Fragen, medizinischen Rat und den Urologen in Ihrer Nähe: www.dgu.de.

Über Anatomie und Physiologie des Urogenitaltraktes, Beschwerden im Unterbauch und vieles mehr unterrichtet Sie www.medizinfo.de/urologie/start.html.

Reinigen und warten

Wie ein Kanalsystem durchziehen die Harnwege unseren Bauch – von den Nieren bis zur Blase, von dort durch die Harnröhre schließlich nach draußen. Steine und Wucherungen können den Weg versperren, auch Entzündungen und Blutungen führen zu Problemen. Mit welchen Geräten der Urologe all das genauer untersucht, ist hier zusammengestellt.

Messen

1 2 3 4 5

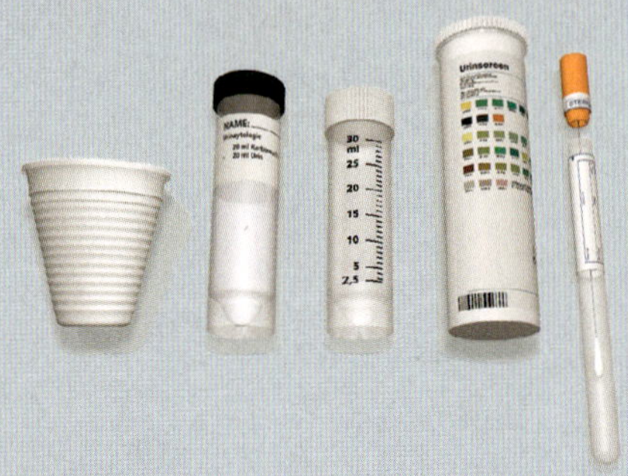

1 Urinbecher
Beim Wasserlassen wird damit eine Portion aufgefangen, um sie dann zu untersuchen.

2 Probenröhrchen für Zellen
Der Arzt untersucht eine Urinprobe auf darin enthaltene Zellen, zum Beispiel bei Verdacht auf bösartige Tumoren in den Harnwegen.

3 Probenröhrchen für Sperma
Der Patient ejakuliert in das Röhrchen, dann betrachtet der Urologe die Spermien unter dem Mikroskop und prüft Anzahl, Form und Beweglichkeit.

4 Teststreifen (in Dose)
Er wird in den Urin getaucht und zeigt an, ob darin Zucker, Eiweiß, Blut oder Gallenfarbstoffe enthalten sind. Außerdem misst er den Säuregrad (pH-Wert).

5 Probenröhrchen für Sekrete
Bei Verdacht auf eine Entzündung entnimmt der Arzt hiermit eine Probe und schickt sie ins Labor.

Messen

6

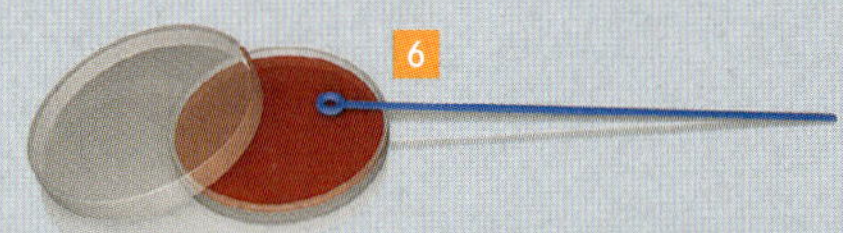

6 Petrischalen
Darauf werden Urin- oder Spermaproben ausgestrichen. Wachsen Bakterien oder Pilze auf den Nährböden, liegt eine Entzündung vor.

7 „Bunte Reihe“
Sind in den Petrischalen Bakterien gewachsen, wird eine Lösung hiervon in die kleinen Reagenzröhrchen, die „Bunte Reihe“, eingefüllt. Die Verfärbungen geben wichtige Hinweise, um welche Bakterien es sich handelt und welches Antibiotikum zur Behandlung sinnvoll ist.

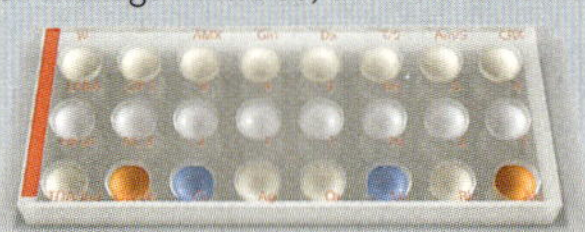

7

Untersuchen und behandeln

12 Starres Zystoskop
Mit diesem Apparat kann der Urologe in die Blase blicken.

13 Flexibles Zystoskop
Angenehmer ist die Blasenspiegelung für Männer mit diesem Instrument. Durch kleine Kanäle in beiden Geräten lassen sich z. B. Zangen vorschieben und Proben aus der Blasenwand entnehmen oder Steine entfernen.

14 Verweilkatheter
Er besteht aus Latex, Silikon oder Kunststoff und hat vorn einen Ballon, der in der Blase gegen das Herausrutschen aufgepumpt wird. Verweilkatheter werden immer dann eingesetzt, wenn Patienten über eine längere Zeit Probleme haben, Harn zu lassen oder zu halten.

15 Harnröhrensonde (Bougie à Boule)
Damit prüft der Urologe vorsichtig die Weite der Harnröhre bei Frauen.

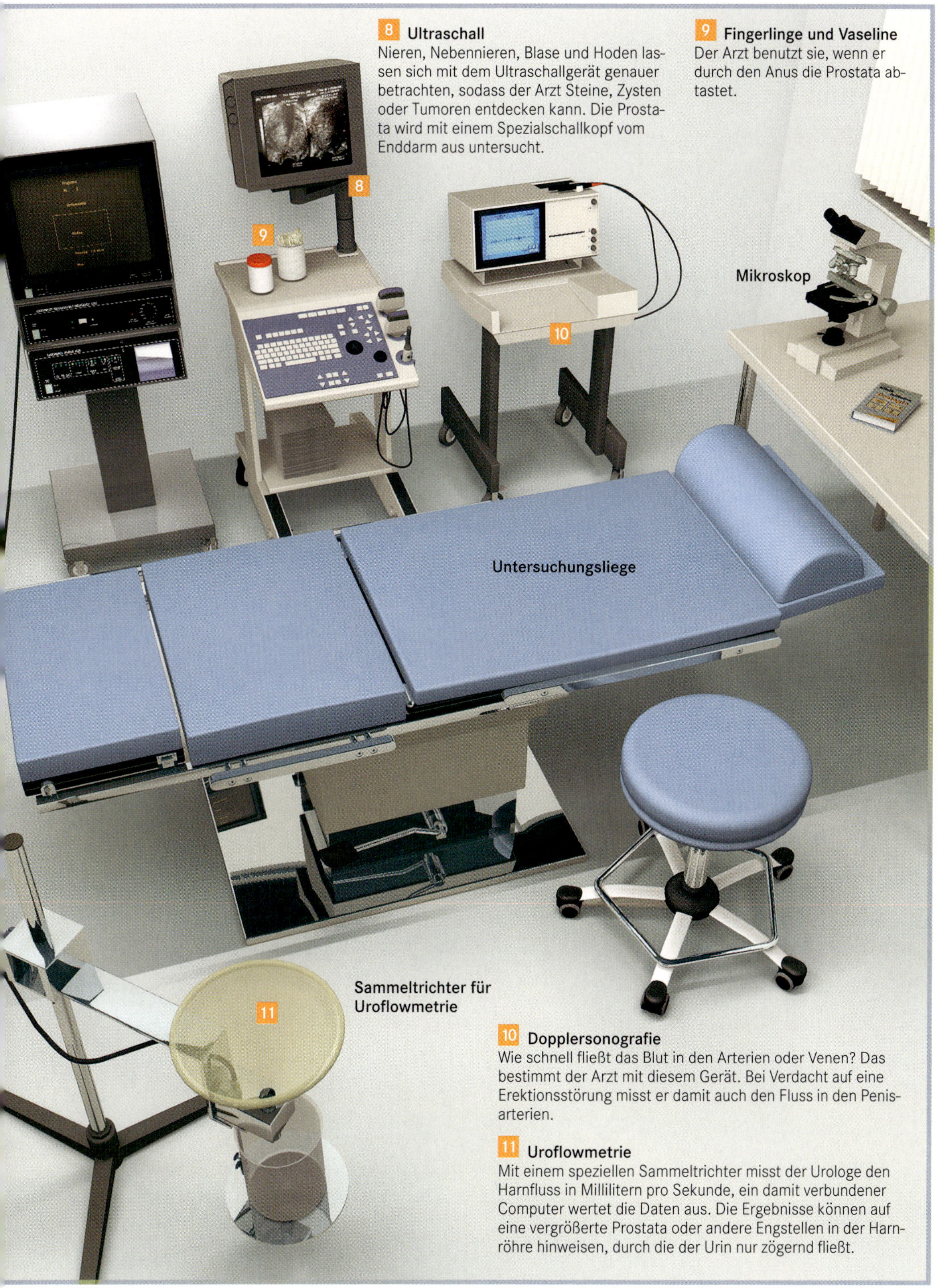

8 Ultraschall
Nieren, Nebennieren, Blase und Hoden lassen sich mit dem Ultraschallgerät genauer betrachten, sodass der Arzt Steine, Zysten oder Tumoren entdecken kann. Die Prostata wird mit einem Spezialschallkopf vom Enddarm aus untersucht.

9 Fingerlinge und Vaseline
Der Arzt benutzt sie, wenn er durch den Anus die Prostata abtastet.

10 Dopplersonografie
Wie schnell fließt das Blut in den Arterien oder Venen? Das bestimmt der Arzt mit diesem Gerät. Bei Verdacht auf eine Erektionsstörung misst er damit auch den Fluss in den Penisarterien.

11 Uroflowmetrie
Mit einem speziellen Sammeltrichter misst der Urologe den Harnfluss in Millilitern pro Sekunde, ein damit verbundener Computer wertet die Daten aus. Die Ergebnisse können auf eine vergrößerte Prostata oder andere Engstellen in der Harnröhre hinweisen, durch die der Urin nur zögernd fließt.

Methoden-Check: Urologie und Andrologie

Prof. Dr. Lothar Weißbach von der Euromed-Clinic Fürth hat die gängigen Diagnose- und Behandlungsverfahren der Urologie bewertet; Prof. Dr. Eberhard Nieschlag vom Universitätsklinikum Münster beurteilte die andrologischen Methoden.

Urologische Diagnosemethoden

Urintest

Der Harn wird auf rote und weiße Blutkörperchen, Bakterien, Pilze und andere krankhafte Bestandteile untersucht.

Experten-Einschätzung: In wenigen Minuten lässt sich eine Entzündung feststellen oder der Verdacht auf einen Tumor äußern. Bakterien können per Urinkultur in 24 Stunden nachgewiesen und ihre Empfindlichkeit auf Antibiotika geprüft werden. Zudem sind im Harn Stoffe wie Eiweiß, Zucker und Gallenfarbstoffe gelöst, die Rückschlüsse auf Stoffwechsel- oder Nierenstörungen ermöglichen.
Leistung der Gesetzlichen Krankenversicherung (GKV)

Ultraschall (Sonografie)

Mit ihm werden Nieren und Unterleibsorgane durchleuchtet. So lassen sich Steine, Verengungen und Verletzungen aufspüren.

Experten-Einschätzung: Einfaches, schmerzloses und ungefährliches Verfahren; einzige Methode, mit der ohne Strahlenbelastung kleine Nierentumoren entdeckt werden, die noch keine Krankheitszeichen verursachen und unter Erhaltung der Niere geheilt werden können. Nierensteine können in ihrer Größe bestimmt und lokalisiert werden; so lassen sich die richtigen Schritte der Therapie ableiten. Unverzichtbar ist die Sonografie ebenfalls, um Veränderungen der Prostata festzustellen. Damit man deren Größe und eventuelle frühe Tumorstadien genau erkennt, muss in diesem Fall die Untersuchung vom Darm aus (transrektal) vorgenommen werden. Das Einführen der Schallsonde ist unangenehm, aber nicht schmerzhaft.
Leistung der GKV

Digitaluntersuchung des Mastdarms

Mit dem Finger (lat. digitus) tastet der Arzt den Enddarm und durch die Darmwand die Prostata ab, um ihre Größe abzuschätzen und lokale Verhärtungen nachzuweisen, die Tumoren sein können.

Experten-Einschätzung: Der Fingertest ist einfach, doch relativ wertlos für eine Früherkennung von Prostatakrebs. Nur ein Drittel der vorhandenen Karzinome kann erfasst werden, leider erst in einem späten Stadium. Auffällige Befunde müssen durch weitere Diagnostik ergänzt werden.
Leistung der GKV

Blutuntersuchung

Dem Patienten wird Venenblut entnommen und die Menge spezieller Bestandteile bestimmt: Kreatinin gibt Auskunft über die Nierenleistung, Leukozyten und C-reaktives Protein können Entzündungen anzeigen. Das prostataspezifische Antigen (PSA) weist auf ein eventuell vorliegendes Prostatakarzinom hin.
Experten-Einschätzung: PSA ist der beste Tumormarker, den es in der Krebserkennung gibt. Er bietet die einzige Chance, einen Prostatakrebs sehr früh zu erkennen. Nach bisherigen Schätzungen kann der PSA-Test dessen Diagnose um viele Jahre vorverlegen.
Leistung der GKV, PSA-Messung nur bei klinischem Verdacht

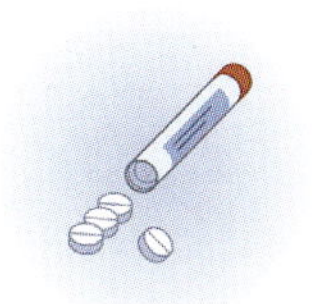

Urologische Medikamente

Blasenentleerungsmittel

Zwei Gruppen ganz unterschiedlicher Substanzen können die Blasenentleerung beim älteren Mann verbessern. Finasterid und Dutasterid bewirken nach drei- bis sechsmonatiger Einnahme eine Schrumpfung der vergrößerten Prostata und verbessern die Blasenentleerung. Alpharezeptorenblocker wie Tamsulosin oder Alfuzosin setzen die Spannung am Blasenhals herab.
Experten-Einschätzung: Diese Medikamente haben die Therapie revolutioniert. Sie haben in vielen Fällen wirkungslose homöopathische Substanzen ersetzt und Operationen überflüssig gemacht.
Leistung der GKV

Mittel gegen Blaseninkontinenz

Unwillkürlicher Urinabgang passiert entweder unbemerkt bei körperlicher Belastung (Stressinkontinenz) oder einhergehend mit einem heftigen Blasenkrampf (Dranginkontinenz). Für beide Indikationen werden Medikamente eingesetzt. Gegen die Stressinkontinenz Darifenacin, das zumindest bei leichteren Formen nach der Beckenbodengymnastik der nächste therapeutische Schritt ist. Bei der im Alter häufig auftretenden Dranginkontinenz steht eine ganze Palette unterschiedlicher Substanzgruppen zur Verfügung.

Experten-Einschätzung: Für die Stressinkontinenz gibt es ein ganzes Spektrum von Behandlungsangeboten, das auch die Tablette einschließt. Wenn sie versagt, bleibt noch die Operation. Bei Dranginkontinenz muss man mit viel Geduld das richtige Medikament aus vier chemisch unterschiedlichen Substanzgruppen sorgfältig auswählen, da sich ihre Nebenwirkungen deutlich unterscheiden.
Leistung der GKV

Prostatakrebs-Medikamente

Zur Behandlung des Prostatakarzinoms werden Medikamente mit den Wirkstoffen Leuprorelin, Buserelin, Goserelin, Bicalutamid eingesetzt.

Experten-Einschätzung: Diese Hormone hemmen Wachstum und Ausbreitung des Prostatakrebses und können für gewisse Zeit sogar Metastasen »zum Schmelzen« bringen. Sie sind unverzichtbarer Bestandteil der Behandlung eines von der Prostata ausgehenden Krebses, der die Organgrenzen überschritten hat.
Leistung der GKV

Harnsäuresenker

Mittel wie Allopurinol sollen erhöhte Harnsäurewerte reduzieren. Zu viel der Säure im Blut kann zu Gicht und Harnsteinbildung führen.

Experten-Einschätzung: Harnsäuresteine sind mit 20 Prozent unter allen diagnostizierten Steinerkrankungen vertreten. Um erhöhte Harnsäurewerte abzusenken, ist keine aufwendige Diät mehr nötig. Harnsäuresenker erzielen den gleichen Effekt und verhindern eine Wiederkehr der Steine.
Leistung der GKV

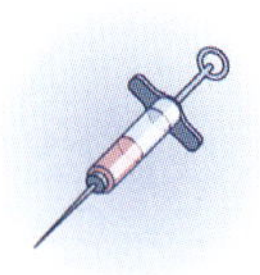

Urologische Eingriffe im Krankenhaus

Behandlung der gutartigen Prostata-Vergrößerung

Die gutartige Vergrößerung der Prostata wird operativ durch »Ausschälen« des Organs oder endoskopisch durch Gewebeabtrag oder -schrumpfung therapiert.

Experten-Einschätzung: Der goldene Standard für die Behandlung einer Prostatavergrößerung, die zu Beschwerden führt, ist die endoskopische Abtragung des Gewebes mit elektrischem Strom. Die Laserverfahren haben durch technische

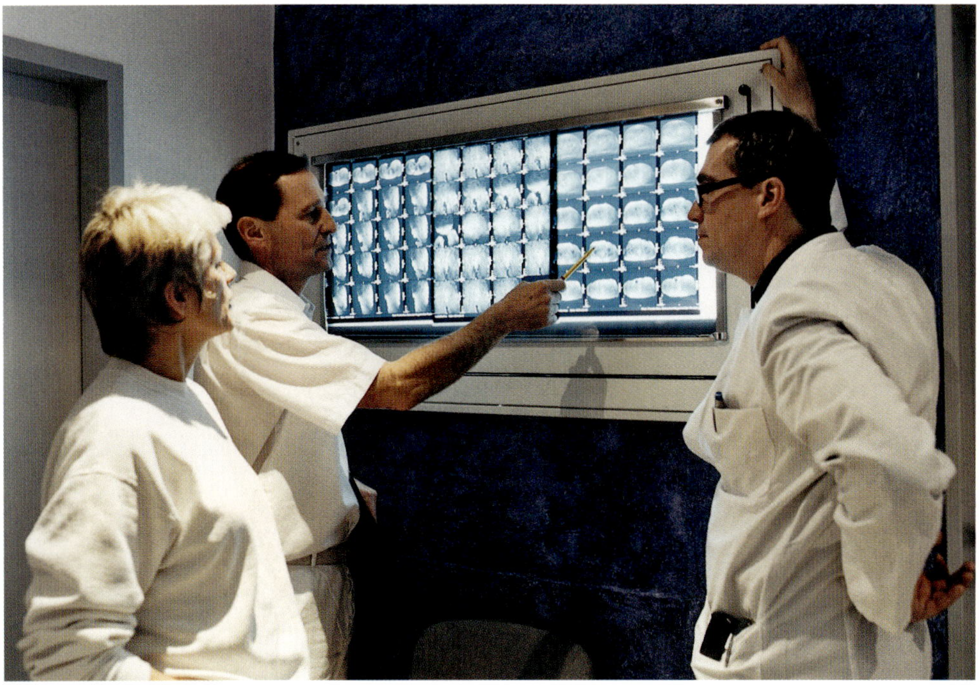

Bei einer Patientin Prof. Schwarzers ist ein Blasentumor entdeckt worden.

Verbesserungen fast vergleichbare Ergebnisse erreicht. Speziell der Greenlight-Laser zeigt gegenüber anderen Techniken einige Vorteile. Die Mikrowellentherapie setzt komplizierte Gerätetechnik voraus. Je nach Ausstattung wird niedrige Energie eingebracht, mit der in der Prostata Temperaturen bis 55 Grad erreicht werden. Die Symptomatik wird bei zwei Drittel der Patienten verbessert, der Harnfluss jedoch nur geringgradig. Werden hohe Energien verwendet, dann lassen sich über 55 Grad und sogar eine verbesserte Blasenentleerung erreichen. Ein Langzeiteffekt ist jedoch fraglich. Bei allen Methoden zur Behandlung einer vergrößerten Prostata kann es zu Impotenz und Inkontinenz kommen. Diese Risiken liegen unter zwei Prozent; allen Verfahren gemeinsam ist die Möglichkeit des Ejakulationsverlustes.
Abtragung mit Strom ist Leistung der GKV, Laser und Mikrowellen sind IGeL.

Behandlung des Prostatakarzinoms

Bei einem Prostatakarzinom wird das Organ operativ entfernt, bestrahlt oder der Körper mit Hormonen behandelt.

Experten-Einschätzung: Die Operation, die externe Bestrahlung und die Verabreichung von Seeds (Implantation kleiner Röntgenquellen) sind konkurrierende Verfahren – jedes kann zu einer Heilung führen. Die Wahl des geeigneten Verfahrens ist fast ebenso schwierig wie seine Durchführung.
Inkontinenz nach Bestrahlung beziehungsweise Seeds ist die Ausnahme; nach einer Operation kommt sie seltener vor als berichtet. Impotenz allerdings tritt häufiger auf, als von Arzt und Patient zugegeben wird; nach der Operation kann sie sofort eintreten, nach der Bestrahlung nach drei bis vier Jahren.
Leistung der GKV

Beseitigung von Steinen

Harnsteine können in Niere, Harnleiter oder der Blase zu finden sein. Sie werden heute meist mit Stoßwellen eines Spezialgerätes (»Lithotripter«) von außen zertrümmert, dann gehen die Einzelteile mit dem Urin ab. Können Stoßwellen den Stein nicht erreichen, wird ein endoskopisches Verfahren genutzt. Dabei geht man über die Harnröhre in die Blase und – wenn notwendig – in den Harnleiter

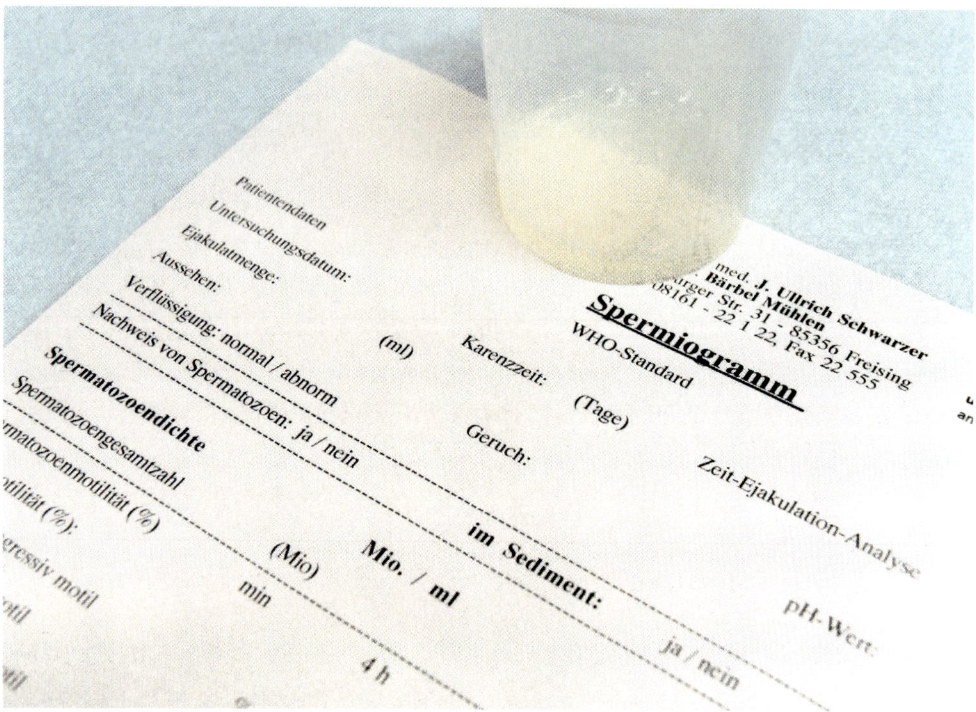

Das Spermiogramm fasst die Befunde einer frisch gewonnenen Probe zusammen.

und auch in die Niere. In Einzelfällen führt der Weg über die Flanke, indem man einen Nierenkelch mit Hilfe von Ultraschall punktiert, den Kanal erweitert und unter Sicht Ultraschall oder Laserenergie heranbringt oder den Stein mit speziellen Fasszangen entfernt. Die berühmte »Schlinge« wird kaum noch genutzt.

Experten-Einschätzung: Die in Deutschland entwickelte Stoßwellenzertrümmerung hat die gesamte Steinbehandlung revolutioniert und seit Anfang der 80er-Jahre unzähligen Patienten schmerzhafte Schnittoperationen erspart. Solange der Stein durch Ultraschall und Röntgenstrahlen geortet werden kann, besteht die Chance, ihn mit Stoßwellen zu zertrümmern. In den übrigen Fällen darf man auf die Präzision der Instrumente und das Geschick des Operateurs vertrauen, der endoskopisch den Stein aus jeder »Nische« des Harntrakts entfernen kann. Die Behandlung großer Steine kann viel Zeit erfordern, da in Einzelschritten behandelt wird.

Leistung der GKV

Andrologische Diagnosemethoden

Ultraschall

Mit speziellen Schallköpfen lassen sich die Hoden untersuchen oder anal die Prostata. Bei einer Erektionsstörung misst der Arzt mit dem so genannten Dopplerverfahren, wie gut das Blut in den Penisarterien fließt. Dazu hält er stiftähnliche Schallköpfe an die Penisseiten.

Experten-Einschätzung: Gehört in der Andrologie zur Basisdiagnostik. Die Hoden werden exakt ausgemessen. Sind sie zu klein oder ist das Hodengewebe unregelmäßig, weist das auf eine gestörte Samenbildung hin. Ultraschall kann Hodentumoren in einem frühen Stadium entdecken, bevor sie sich ertasten lassen. Die sonografisch bestimmte Größe und Beschaffenheit der Prostata ist vor allem bei Testosteronmangel und -behandlung ein wichtiges Kriterium.

Leistung der GKV

Spermiogramm

Der Arzt beurteilt die Ejakulatmenge, die Zahl der Spermien, ihre Beweglichkeit und Form. Normal sind zwei bis sechs Milliliter mit mindestens 20 Millionen Spermien pro Milliliter, davon sollte ein Viertel schnell beweglich sein.

Experten-Einschätzung: Wichtigste Laboruntersuchung zur Beurteilung der Zeugungsfähigkeit. Die Analyse muss nach standardisierten Kriterien und mög-

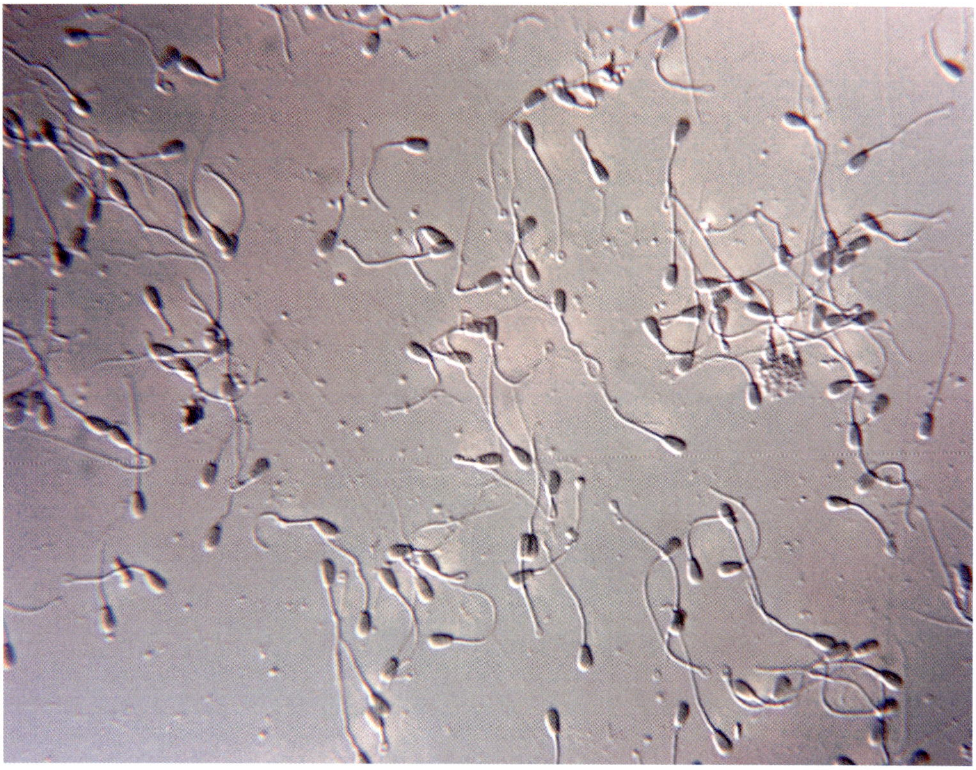

So stellen sich Spermien bei 200-facher Vergrößerung einer Probe unter dem Lichtmikroskop dar.

lichst unter Teilnahme an einem externen Qualitätskontrollprogramm durchgeführt werden. Da die Zahl der Spermien von der Frequenz der Ejakulationen abhängt, muss Enthaltsamkeit von 48 Stunden bis sieben Tagen eingehalten werden. Zusätzlich gibt die Bestimmung chemischer Substanzen in der Samenflüssigkeit Aufschluss über den Funktionszustand von Nebenhoden, Samenblasen und Prostata. Der Nachweis von Keimen in der Samenflüssigkeit kann Anlass für eine gezielte antibiotische Therapie geben.
Leistung der GKV

Hormonmessungen

Ein Speziallabor bestimmt aus einer Blutprobe vor allem das männliche Sexualhormon Testosteron und die Botenstoffe FSH (follikelstimulierendes Hormon), LH (luteinisierendes Hormon) sowie Prolaktin.

Experten-Einschätzung: Die Blutabnahme für die Testosteronbestimmung muss morgens erfolgen. Da LH und Testosteron aufeinander wirken, stützt ein erhöhtes LH die Diagnose eines Testosteronmangels. FSH zeigt den Zustand der Samenproduktion und erklärt eine erniedrigte Spermienzahl oder das vollständige Fehlen von Spermien in der Samenflüssigkeit (Azoospermie). Bei Testosteronmangel weist ein erhöhtes Prolaktin auf einen gutartigen Tumor der Hirnanhangdrüse hin, der heute meist medikamentös behandelt werden kann. Weitere Hormonbestimmungen sind nur bei speziellen Verdachtsdiagnosen angezeigt.
Leistung der GKV (bei klinischem Verdacht)

Schwellkörper-Injektionstest

Spezielle Medikamente werden in die Penis-Schwellkörper injiziert, um eine Erektion auszulösen.
Experten-Einschätzung: Tritt eine Erektion auf, kann der Arzt eine Störung der Venen oder der Schwellkörpergefäße weitgehend ausschließen. Oft liegt dann eine psychische oder nervliche Störung vor. Fällt der Test negativ aus, spricht das für ein Venenproblem. Seit es PDE-Inhibitoren (→ unten) gibt, wird der Test nur noch bei Patienten eingesetzt, die auf diese nicht reagieren.
Leistung der GKV

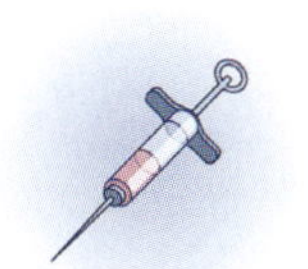

Andrologische Behandlungsmethoden

Phosphodiesterase-(PDE-)Inhibitoren

Sildenafil (Viagra), Tadalafil (Cialis) und Vardenafil (Levitra) unterstützen eine Erektion. Die Wirkung setzt nach etwa einer halben Stunde ein und hält je nach Wirkstoff bis zu 36 Stunden an: ein bestimmter Botenstoff wird langsamer abgebaut. Er lässt das Blut in die Schwellkörper strömen und sorgt so für eine Erektion. Nebenwirkungen können Kopfschmerzen, Hautrötung, Nasenschleimhautentzündungen oder verändertes Farbensehen sein (Blaustich). Verboten sind diese Mittel für Männer, die schwere Herz-Kreislauf-Erkrankungen haben oder gefäßerweiternde Medikamente (Nitrate, NO-Donatoren) einnehmen.
Experten-Einschätzung: Diese Wirkstoffe haben die Behandlung der Erektionsstörung revolutioniert und helfen vielen betroffenen Männern. Da die erektile Dysfunktion (ED) häufig ein Zeichen einer beginnenden Arteriosklerose ist, muss nach Risikofaktoren gefahndet werden (Rauchen, Blutfette, Zuckerkrankheit etc.). In Zweifelsfällen sollte ein Internist oder Kardiologe vor der Behandlung das

Herz-Kreislauf-System des Patienten untersuchen. Bei Männern, die auf PDE-Inhibitoren nicht ansprechen, kann Testosteronmangel vorliegen - dann empfiehlt sich eine Kombinationstherapie mit dem Hormon. Allerdings sollten Patienten mit ausgeprägtem Hormonmangel zunächst nur Testosterontherapie erhalten.
In der Regel müssen Patienten dies selbst zahlen.

Schwellkörper-Autoinjektionstherapie (SKAT)

Wie beim Injektionstest spritzt sich der Patient bestimmte Medikamente in die Schwellkörper. Sie lösen eine Erektion aus. Pro Woche maximal zwei Spritzen.
Experten-Einschätzung: Sie war vor den PDE-Inhibitoren die effektivste medikamentöse Therapie der ED und kann weiterhin angewandt werden, wenn der Patient die Selbstinjektion in den Penis nicht scheut. Der Patient muss in der Anwendung geschult werden und Disziplin üben: Eine Überdosierung kann zur schmerzhaften und schwer behandelbaren Dauererektion (Priapismus) führen. Gefürchtete Spätfolge der SKAT ist eine Verhärtung des Schwellkörpergewebes, die eine Erektion unmöglich macht.
In der Regel müssen Patienten dies selbst zahlen.

Prostaglandin E1

Mit Applikator führt der Patient gepressten Wirkstoff (Pellet) in die Harnröhre.
Experten-Einschätzung: Das Behandlungsprinzip ist dasselbe wie bei der SKAT-Behandlung. Prostaglandine werden über die Harnröhre im Schwellkörper aufgenommen und bewirken so eine effektive Erektion. Manche Patienten scheuen es, sich das Pellet vor dem Verkehr einzuführen, andere klagen über Brennen der Harnröhre und Schmerzen.
In der Regel müssen Patienten dies selbst zahlen.

Penis-Implantate

Hier gibt es eine Vielzahl an Modellen. Bei hydraulischen Prothesen zum Beispiel pumpt der Patient über eine Blase im Hodensack die Prothese auf. Um die Implantate einsetzen zu können, müssen in einer OP meist die Schwellkörper unwiederbringlich entfernt werden.
Experten-Einschätzung: Ein Penis-Implantat sollte nur nach Versagen aller anderen Verfahren eingesetzt werden. Vor allem bei jüngeren Patienten sollte man vorsichtig sein, da sie von künftigen Neuerungen auf diesem Gebiet sonst nicht

mehr profitieren könnten. Infektionen und Schmerzen im Penis sind die häufigsten Nebenwirkungen.
Nur im Einzelfall Leistung der GKV

Testosteron

Kann der Patient selbst nicht genügend Sexualhormon bilden, helfen Präparate.
Experten-Einschätzung: Zur Verfügung stehen Injektionen in den Muskel, Gele auf die Haut, Tabletten für die Mundschleimhaut und Kapseln. Bei jüngeren Männern können Depot-Injektionen mit etwa vier Spritzen pro Jahr angewendet werden, bei älteren eher Gele oder Tabletten, die bei Gegenanzeigen sofort abgesetzt werden können. Testosteron darf nicht eingesetzt werden, wenn der Patient einen Prostatakrebs hat. Daher muss der Arzt vor der Hormongabe die Prostata untersuchen – und auch regelmäßig während der Therapie, um sicherzugehen, dass sich die Prostata nicht in der Zwischenzeit verändert. Testosterongabe ist darüber hinaus auch nicht sinnvoll, wenn der Patient sich Kinder wünscht: Das Hormon unterdrückt die Samenbildung.
Bei nachgewiesenem Mangel Leistung der GKV

Therapien bei Unfruchtbarkeit

Die Ursachen sind vielfältig und damit auch die Therapien: Bei Entzündungen helfen Antibiotika, gegen Hodentumoren setzen Ärzte Operationen, Strahlen oder Chemotherapie ein. Sind die ableitenden Samenwege verschlossen, hilft ebenfalls ein Eingriff. Für eine künstliche Befruchtung kann der Arzt die Spermien auch über einen kleinen Schnitt aus Hoden oder Nebenhoden gewinnen.
Experten-Einschätzung: Bei Patienten mit sehr wenigen Spermien versagen die meisten anderen Therapien – hier hilft die Injektion eines Spermiums direkt in die Eizelle der Partnerin (ICSI). Etwa bei der Hälfte der so behandelten Paare kommt es zur Schwangerschaft. Da das Erbgut der Betroffenen häufig genetische Störungen aufweist, haben die so gezeugten Kinder eine etwas höhere Fehlbildungsrate. Daher sollte immer eine humangenetische Beratung vor der ICSI-Therapie erfolgen. Auch wenn die von ihnen gestellten Bedingungen erfüllt sind, zahlen die gesetzlichen Krankenkassen nur die Hälfte der anfallenden Kosten, und zwar nur für drei Zyklen. Wenn der Mann älter als 50 oder die Frau jünger als 25 Jahre ist, zahlt die GKV nicht.
Unter bestimmten Bedingungen Leistung der GKV

Machen Sie sich schlau

Zwei Experten erklären, wie Sie seriöse medizinische Informationen bekommen und sie richtig verstehen – vom Dialog mit dem Arzt bis zum Lesen wissenschaftlicher Studien.

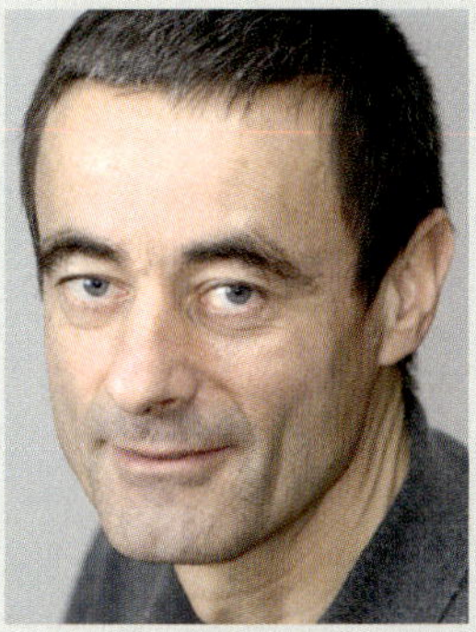

Prof. David Klemperer und Dr. Britta Lang sind Sprecher des Fachbereichs Patienteninformation und Patientenbeteiligung im Deutschen Netzwerk Evidenzbasierte Medizin e.V.

Das Gespräch mit dem Arzt: So nehmen Sie am meisten für sich mit

»Fragen Sie Ihren Arzt oder Apotheker«, heißt es in der Werbung. Aber leider zeigt eine Vielzahl von Untersuchungen, dass es mit der Kommunikation zwischen Medizinern und Patienten nicht zum Besten steht. Häufig erkennen Ärzte die Bedürfnisse der Ratsuchenden nicht und erklären ihnen weniger, als sie sich wünschen. Außerdem ist die Aufnahmefähigkeit der Patienten beschränkt: 40 bis 80 Prozent der medizinischen Informationen, die sie von Ärzten bekommen, vergessen sie auf der Stelle – je mehr Wissen der Doktor ausbreitet, desto mehr fällt dem Vergessen anheim. Von dem, was haften bleibt, hat der Patient überdies am Ende die Hälfte falsch verstanden.

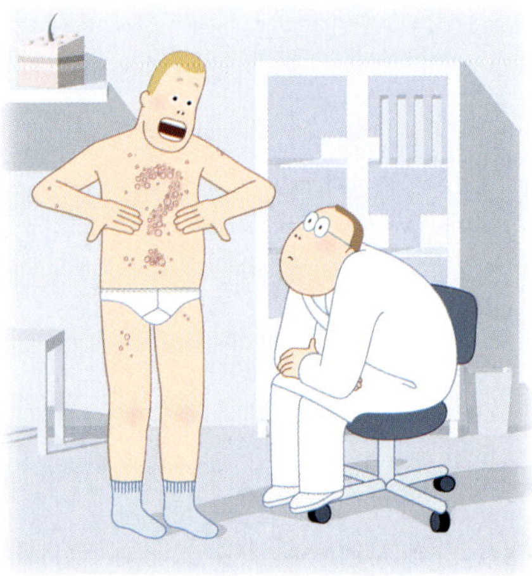

Bei den Gedächtnisproblemen spielen das Alter der Ratsuchenden und die situationsbedingte Anspannung eine Rolle. Außerdem klagen Ärzte zu Recht darüber, dass es unter den derzeitigen Arbeitsbedingungen in Krankenhaus und Praxis schwierig sei, ausführlich mit den Patienten zu sprechen. Trotzdem: Auch knappe Zeit lässt sich schlecht oder gut nutzen. Und der Patient selbst kann erheblich dazu beitragen, dass das Gespräch nutzbringend wird.

Die wichtigsten Regeln: Bereiten Sie den Besuch in der Praxis vor, und halten Sie das Besprochene fest, damit sie es noch einmal überdenken und sich gegebenenfalls mehr Informationen dazu beschaffen können. Notieren Sie also vorab, was Sie dem Arzt sagen möchten und was Sie von ihm wissen wollen. Machen Sie sich während des Gesprächs Stichpunkte. Fragen Sie nach, wenn Sie etwas nicht verstehen, und geben Sie wichtige Dinge mit eigenen Worten wieder – so kann der Arzt Missverständnisse erkennen und klären.

Manchmal ist es hilfreich, die Fragen vor dem Termin mit einer Vertrauensperson zu besprechen und diese auch mit zum Gespräch zu nehmen. Das beruhigt, und außerdem erinnern sich zwei Personen an mehr Details als eine. Wenn es um bedeutsame Fragen geht, hat sich sogar die Aufzeichnung (etwa mit einem Kassettenrecorder) bewährt – natürlich nur nach vorheriger Absprache mit dem Arzt.

Entscheidungen zur Behandlung sollte der Patient nach der Beratung mit dem Arzt gemeinsam oder eigenständig treffen – je nach Persönlichkeitstyp und Bedürfnis. Lassen Sie sich aber nicht drängen. Wenn Ihnen ein schneller Entschluss schwer fällt, ist es sinnvoll, eine Bedenkzeit zu vereinbaren.

Achten Sie darauf, Ihre Fragen so zu formulieren, dass Sie wirklich erfahren, was Sie wissen wollen. Wenn es etwa um die Beurteilung einer bestimmten Therapie geht, hilft es Ihnen wenig zu hören, ob der Arzt sie »gut« findet. Für Sie als Patient ist entscheidend, welchen Einfluss die Behandlung auf Ihre Lebensqualität und Lebenserwartung haben kann. Fragen Sie, welchen Nutzen und welchen Schaden Sie zu erwarten haben. Fragen Sie, wie hoch das Risiko von unerwünschten Wirkungen eines Medikaments/einer Operation ist. Oder wie hoch die Wahrscheinlichkeit ist, dass das Medikament/die Operation Ihr Leben verlängert. Bitten Sie Ihren Arzt, Ihnen absolute Zahlen zu nennen (etwa: »In einem von hundert Fällen kommt es zu dieser oder jener Nebenwirkung«). Und: Lassen Sie sich darüber informieren, was geschähe, wenn Sie sich dafür entscheiden würden, gar keine Behandlung vorzunehmen. Auch das ist oft eine vernünftige Option – manchmal sogar die beste.

Der Beipackzettel: Welche Rubriken besonders wichtig sind – und was sie bedeuten

Achtmal im Jahr bekommt der Durchschnittsdeutsche ein Medikament verordnet. Und wer nicht gerade chronisch krank ist und seine Arznei seit Jahren kennt, der wird wohl einen Blick auf den Beipackzettel werfen. Nach einer Untersuchung des Wissenschaftlichen Instituts der AOK ist die Packungsbeilage für Patienten die zweitwichtigste Informationsquelle nach dem Arzt, wenn es um verordnete Arzneien geht. Leider ergab die Studie auch, dass es mit der Nützlichkeit der Faltzettel nicht weit her ist: Ein Drittel der befragten Verbraucher gab an, von den Packungsbeilagen verunsichert zu werden, ebenfalls nahezu ein Drittel hatte schon einmal ein Medikament aufgrund der Beilage abgesetzt – oder es gar nicht erst genommen. Die Hauptkritikpunkte: Die Texte seien zu lang, sie seien unverständlich und überdies zu klein geschrieben.

Die Autoren der Untersuchung haben einen Beipackzettel entwickelt, wie er sein sollte: verhältnismäßig kurz und übersichtlich, in verständlicher Sprache und lesbarer Schrift. Aber auch wenn die Wissenschaftler mit ihrer Forderung nach besseren Verbraucherinformationen längst nicht allein stehen, dürfte es noch Jahre

dauern, bis alle Beipackzettel für Pillen, Säfte und Salben ihren abschreckenden Charakter verloren haben. Bis dahin gilt: Überwinden Sie sich, und lesen Sie sie trotzdem, notfalls mit Lupe!
Nachfolgend die für den Patienten wichtigsten Rubriken, was sich dahinter verbirgt und warum Sie darüber Bescheid wissen sollten.

Dosierungsanleitung, Art und Dauer der Anwendung: Es versteht sich von selbst, dass Über- oder Unterdosierungen von Medikamenten gefährlich sein können. Aber auch der Zeitpunkt und die Dauer der Einnahme sind wichtig. So ist es oft von Bedeutung, ob Medikamente vor, während oder nach den Mahlzeiten eingenommen werden. Denn der Großteil der Wirkstoffe wird erst im Dünndarm an den Blutkreislauf abgegeben. Schluckt man Tabletten zusammen mit dem Essen, bleiben sie länger im Magen, die Wirkung setzt erst später ein. Die Dauer der Anwendung ist vor allem bei Antibiotika von Bedeutung: Zwar klingen die Symptome meist nach ein bis zwei Tagen ab, trotzdem muss das Mittel wie verordnet weiter genommen werden. Sonst besteht die Gefahr, dass Keime überleben und die Infektion erneut aufflammt. Außerdem können sich bei den Erregern Resistenzen gegen die antibiotischen Wirkstoffe bilden.

Warnhinweise: Hier erfährt der Verbraucher, ob er womöglich durch das Präparat in seinen normalen Fähigkeiten beeinträchtigt wird, ob seine Konzentration etwa so weit nachlassen kann, dass Gefahren beim Autofahren oder beim Führen von Maschinen entstehen. Achtung: Wer einen Unfall verursacht, weil seine Reaktionsfähigkeit nachweislich durch ein Medikament verlangsamt war, kann von seiner Versicherung in Regress genommen werden.

Wechselwirkungen: Hier lesen Sie, wie andere Medikamente die Wirkung der Arznei beeinflussen können – oder ihrerseits in ihrer Wirkung beeinflusst werden. So kann es etwa zu einer Verstärkung der Effekte kommen, weil rund die Hälfte aller Medikamentenwirkstoffe über die gleiche Enzymfamilie in der Leber abgebaut wird. Ist diese durch die gleichzeitige Einnahme mehrerer Präparate stark in Anspruch genommen, kann ein regelrechter Abbau-Stau entstehen, die Arzneistoffe bleiben länger im Körper – und ihre Wirkung ist dadurch verstärkt. Umgekehrt kann der Effekt eines Präparats durch ein anderes reduziert werden – auch bei pflanzlichen Mitteln.

Gegenanzeigen: Hier steht, bei welchen Vorerkrankungen oder Allergien das Medikament nicht ohne Rücksprache mit dem Arzt angewandt werden sollte, und ob es auch für Schwangere und Stillende geeignet ist.

Nebenwirkungen: So werden die unerwünschten Effekte des Medikaments bezeichnet. Der Beipackzettel nennt die bekannten Nebenwirkungen und die Wahrscheinlichkeit ihres Auftretens - eine Auflistung, die viele stark verunsichert, weil sie keine genaue Vorstellung davon haben, wie häufig welche Folgen auftreten. Dabei ist genau definiert, was in diesem Zusammenhang unter »selten« oder »häufig« zu verstehen ist:
»Sehr häufig« ist eine Nebenwirkung, wenn sie bei mehr als einem von zehn Behandelten auftritt, »häufig«, wenn sie mehr als einen von 100 Behandelten trifft. »Gelegentlich« steht für ein Auftreten bei mehr als einem von 1000 Patienten, »selten« meint: mehr als einer von 10 000 Behandelten ist betroffen, und »sehr selten« steht für einen oder weniger als einen von 10 000 Patienten.
Ist ein Medikament neu auf dem Markt, liegen erst relativ wenige Daten zu den Nebenwirkungen vor, weil es meist nur an einigen hundert oder wenigen tausend Menschen erprobt wurde. Der Patient sollte dann besonders genau auf mögliche Verschlechterungen seines Zustands oder neu auftretende Symptome achten und sie seinem Arzt melden. In Großbritannien sind deshalb neue Arzneien sinnvollerweise mit einem schwarzen Dreieck besonders gekennzeichnet, hierzulande müssen Sie Ihren Arzt bitten, Sie darauf aufmerksam zu machen, wenn er Ihnen ein neues Präparat verordnet.

Unsere Tipps für alle, die mehr Informationen über Arzneien wollen, als die Beipackzettel hergeben: das »Handbuch Medikamente« und die Medikamentendatenbank der Stiftung Warentest (www.stiftung-warentest.de/medikamente), bei der man gegen Gebühr umfassende Informationen über Arzneien abrufen kann, außerdem die im Oktober 2005 erstmals erschienene Zeitschrift »Gute Pillen, schlechte Pillen« (www.gutepillen-schlechtepillen.de). Die erste Ausgabe gibt es als Gratis-Download.

Publikumsmedien: Zeitungen, Zeitschriften, Radio, TV und Bücher

Gesundheitsinformationen in den Medien boomen. Viele Zeitungen und Zeitschriften, Fernseh- und Radioprogramme präsentieren ihrem Publikum regelmäßig entsprechende Seiten oder Sendungen. Zusätzlich kämpfen Dutzende Gesundheitsmagazine um Aufmerksamkeit, und das Angebot auf dem Buchmarkt ist kaum mehr zu überblicken. Wer etwa beim Internetbuchhändler Amazon Lektüre zum Thema Depression sucht, kann und muss sich zwischen Hunderten von Büchern und mehreren Videos oder DVDs entscheiden.

Nach einer EU-weiten Umfrage aus dem Jahre 2003 war das Vertrauen der Bevölkerung in die Medien zwar geringer als etwa in Gesundheits-, Verbraucher- oder Umweltschutzorganisationen, aber immerhin kamen sie auf Platz sechs – und lagen damit noch vor den staatlichen Einrichtungen. Verdienen Gesundheitsinformationen in den Medien so viel Vertrauen? Pauschal sicher nicht, denn was in Deutschland gedruckt und gesendet wird, entsteht unter sehr unterschiedlichen Bedingungen. So kann ein Sendebeitrag, ein Artikel oder ein Buch zu einem Gesundheitsthema von einem studierten Mediziner auf der Grundlage aktueller Studien erarbeitet sein, ebenso gut aber auch von einem freien Allround-Journalisten, der dazu noch weniger Zeit und schlechteres Informationsmaterial hatte. In manchen Redaktionen werden alle Texte am Ende noch einmal auf sachliche Fehler hin geprüft, in anderen hofft man einfach, dass der Autor keine gemacht hat. Und schließlich ist nicht jede Redaktion und nicht jeder Autor unabhängig von den Interessen der Pharmaindustrie.

Was können Sie als Leser, Zuhörer oder Zuschauer tun, um die zuverlässige von der unzuverlässigen Information zu unterscheiden? Die Antwort ist nicht einfach. Bislang liegen keine sicheren Beurteilungskriterien vor, die es dem medizinischen Laien ermöglichen, die Spreu vom Weizen zu trennen. Fassen Sie die folgenden Punkte daher eher als persönliche Ratschläge auf.

1. Informieren Sie sich über das Print-Medium/die Sendung/den Buchverlag, von dem eine Gesundheitsinformation stammt - mit einem aufmerksamen Blick auf das Produkt selbst oder auf die entsprechende Homepage im Internet. Wenn auch das Angebot zu anderen Themen solide wirkt, dürfen Sie hoffen, nicht an der falschen Adresse zu sein. Wenn Sie hingegen irgendwo in einem Verlagsprogramm oder in einer Zeitung, Zeitschrift oder Sendung auf erkennbar Unseriöses stoßen, ist auch beim Gesundheitsangebot Skepsis angebracht. Bücher oder Ratgeber aus medizinischen Fachverlagen sind unserer Meinung nach eher vertrauenswürdig als andere, weil dort eine gewisse Qualität der Recherche und Auswertung erwartet werden kann.

2. Informieren Sie sich über den Autor. Wenn Sie bei einer Internetsuchmaschine den Namen eingeben, können Sie oft sehen, mit welchen Themen er sich sonst schon befasst hat, ob er also auf ein Feld spezialisiert ist. Manchmal können Sie so auch feststellen, was jemand studiert hat, welche Auszeichnungen er womöglich für seine Arbeit bekommen hat und ob er auch als PR-Schreiber aktiv ist.

3. Prüfen Sie den Artikel, den Beitrag oder das Buch selbst. Dabei gilt: Die zentralen Behauptungen sollten durch Studien belegt sein. Es sollte nicht nur eine Position zum Thema vorgestellt werden. Bei Büchern sollten zudem weiterführende Informationen und am besten auch Quellen angegeben sein.

4. Vergleichen Sie. Sehen Sie sich mehrere Publikationen zum Thema an, recherchieren Sie im Internet (mehr dazu auf den Seiten 269-273). Sehr hilfreich kann auch der Blick in das eine oder andere Übersichtsbuch sein. Unter der Vielzahl der angebotenen Gesundheitslexika erscheinen uns »Der Brockhaus Gesundheit« und »Das große Bertelsmann Gesundheitslexikon« gleichermaßen aktuell, seriös und empfehlenswert. Für sehr gut halten wir auch das »MSD Manual Handbuch Gesundheit - Ärztewissen für Patienten«. Hier handelt es sich nicht um ein Lexikon, sondern um ein umfassendes medizinisches Lehrbuch für Laien. Medizinische Wörterbücher richten sich eher an Fachleute, sind aber auch für ein breiteres Publikum nützlich. Die drei bekanntesten unter ihnen - Pschyrembel, Roche und Springer - halten wir für gleichwertig; die CD-ROM- bzw. DVD-Versionen bieten zusätzlichen Nutzen. Sehr empfehlenswert ist auch die Gesundheitsbuchreihe der Stiftung Warentest. Die beiden Bücher »Die Andere Medizin« über alternative Heilmethoden und »Untersuchungen zur Früherkennung Krebs – Nutzen und Risiken« setzen Standards für evidenzbasierte Patienteninformationen.

5. Sprechen Sie zunächst mit Ihrem Arzt, falls Sie im Begriff sind, aufgrund einer nicht genau einschätzbaren Gesundheitsinformation Ihre Lebensgewohnheiten, etwa Ihre Ernährung oder Ihre Selbstmedikation, zu ändern.

Selbsthilfegruppen: Wie Sie von den Erfahrungen anderer profitieren – und was Sie dabei beachten müssen

Experten schätzen, dass es in Deutschland zwischen 70 000 und 100 000 Selbsthilfegruppen mit etwa drei Millionen Mitgliedern gibt. Ein großer Teil von ihnen befasst sich mit Erkrankungen und ihren Auswirkungen auf das Leben der Betroffenen. Ob Bluthochdruck, Asthma, Sucht oder Depression – kaum ein ernst zu nehmendes Problem, zu dem sich kein Zirkel gebildet hätte. Und das ist erfreulich. Schließlich ist es das Ziel von Selbsthilfegruppen, Kranke, ihre Angehörigen und Freunde kompetenter zu machen und sie miteinander zu vernetzen – eine Idee, die sich vor allem aus der Gesundheitsbewegung der 1970er- und 1980er-Jahre entwickelt hat. Damals organisierten sich Patienten mit einer kritischen Haltung gegenüber Medizin, Ärzten und Gesundheitswesen, um neue, selbstbestimmte Wege zu finden, mit ihren Leiden umzugehen. Nach anfänglich großer Skepsis haben Ärzte und Politiker die Bedeutung der Selbsthilfe für die Betroffenen erkannt. Aus den einstigen Rebellen sind anerkannte Patienten-Vertreter geworden, die finanzielle Förderung der Selbsthilfe wurde auf eine gesetzliche Grundlage gestellt, ebenso wie ihre Beteiligung an Diskussionsprozessen im Gesundheitswesen. So sitzen ihre Vertreter heute etwa im Gemeinsamen Bundesausschuss, der darüber entscheidet, welche Untersuchungen und Medikamente von der Gesetzlichen Krankenversicherung erstattet werden.

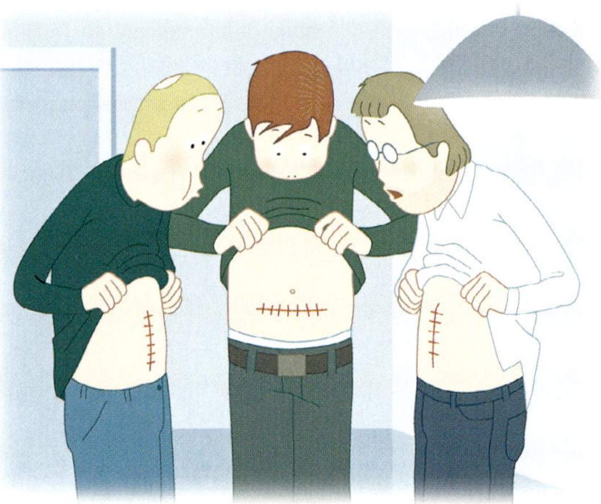

Die Aktivitäten der einzelnen Gruppen sind sehr unterschiedlich. Manche arbeiten bundesweit und bieten umfangreiche Informationen im Internet oder in Broschüren. Die meisten sind jedoch vor allem in ihrer Stadt oder Region aktiv. Sie wollen soziale Kontakte und die Weitergabe von Erfahrungen ermöglichen, ob es nun um den Alltag, um Behandlungs- und Rehabilitationsmöglichkeiten oder die Finanzierung von Pflege geht. All das ist wichtig für die Krankheitsbewältigung, heute noch mehr als vor 30 Jahren. Denn dank der Fortschritte der Medizin können viele Menschen heutzutage trotz Krankheit lange und deutlich besser leben als früher. Wer ein chronisches Leiden wie Diabetes, Rheuma oder auch Krebs hat, muss und kann lernen, sich damit zu arrangieren - auch mit der Hilfe anderer Betroffener.

Vertrauenswürdigkeit prüfen

Ein großer Teil der Deutschen findet die Selbsthilfe vertrauenswürdig. Bei einer Befragung gaben drei von vier Bürgern an, sich im Falle von Krankheit oder persönlicher Krise einer entsprechenden Gruppe anschließen zu wollen. Was Interessenten wissen sollten: Wenn Selbsthilfegruppen kontinuierlich und halbwegs professionell arbeiten wollen, stoßen sie manchmal mit den Geldern aus Spenden und Förderung an ihre Grenzen. Einige akzeptieren daher finanzielle Zuwendungen von pharmazeutischen Firmen - was dazu führen kann, dass die Bereitschaft sinkt, die Produkte und das Marketing der unterstützenden Firma kritisch zu bewerten. Es gibt sogar Gruppen, die unter der Bezeichnung »Selbsthilfe« firmieren, die in Wirklichkeit aber von der Industrie ins Leben gerufen wurden.
Besonders problematisch wird es, wenn diese so genannten Selbsthilfegruppen aufgrund ihrer besonderen finanziellen Ausstattung in der Öffentlichkeit stärker wahrgenommen werden und die Diskussion über die Behandlung von Krankheiten im Sinne der pharmazeutischen Industrie prägen.
Die »Deutsche Arbeitsgemeinschaft Selbsthilfegruppen e.V.« und die »Bundesarbeitsgemeinschaft Selbsthilfe von Menschen mit Behinderung und chronischer Erkrankung und ihren Angehörigen e.V.« haben daher Leitlinien zur Zusammenarbeit mit Wirtschaftsunternehmen verabschiedet, deren Ziel es ist, die Unabhängigkeit der Selbsthilfe zu bewahren.

Hier sind unsere Ratschläge für alle, die eine Selbsthilfegruppe suchen oder Informationen über Krankheiten und Behandlungen bei einer Selbsthilfegruppe einholen wollen:

1. Eine Gruppe finden: Am besten wenden Sie sich an eine der fast 300 örtlichen Koordinations- und Kontaktstellen für alle Selbsthilfegruppen. Deren Adressen sowie umfangreiche weitere Informationen finden sich auf der Webseite der »Nationalen Kontakt- und Informationsstelle zur Anregung und Unterstützung von Selbsthilfegruppen« (NAKOS): www.nakos.de. Zur Vertiefung empfehlen wir das Buch »Wegweiser Selbsthilfegruppen. Eine Einführung für Laien und Fachleute« von Jürgen Matzat. Die aktuelle Ausgabe ist 2004 im Psychosozial-Verlag, Gießen, erschienen und kostet 12,90 Euro.

2. Informationen überprüfen: Sie werden in Selbsthilfegruppen Menschen treffen, die sich über die eigenen Erfahrungen hinaus eine hohe medizinische Kompetenz erarbeitet haben. Aber nicht jeder muss sich gut auskennen. Wenn Sie sich etwa zwischen verschiedenen Therapieansätzen entscheiden müssen, sollten Sie sich nicht auf Erfahrungsberichte verlassen, sondern aussagekräftige Studien zu Rate ziehen. Wie Sie diese (und auch leichter verständliche Informationen) im Internet finden und bewerten, erfahren Sie auf den Seiten 269–273. Ehe Sie Entscheidungen über eine Veränderung Ihrer Lebensführung, Ernährung oder Behandlung treffen, sollten Sie in jedem Falle mit Ihrem Arzt sprechen.

3. Unabhängigkeit der Gruppe prüfen: Schauen Sie sich zunächst die Publikationen der Gruppe (Webseite, Broschüren) an. Im günstigen Fall findet sich z.B. auf der Startseite ein Impressum, in dem die Frage der Unabhängigkeit und Finanzierung angesprochen wird. Findet sich hier nichts, zögern Sie nicht, die Gruppe anzumailen oder anzurufen. Fragen Sie, ob sie Geld oder geldwerte Vorteile von der Industrie erhält und wenn ja, in welcher Höhe. Fragen Sie, wie die Gruppe mit dem Risiko eines Interessenkonflikts umgeht.

Seien Sie skeptisch, falls eine Gruppe bestimmte Behandlungen oder Untersuchungen unkritisch propagiert. Insbesondere sollten Sie aufmerken, wenn eine Selbsthilfegruppe sich vehement für die Erstattung eines neuen Medikaments durch die Gesetzliche Krankenversicherung einsetzt. Nicht selten wird sich der Hersteller des Medikaments auf der Liste der Sponsoren der Selbsthilfegruppe finden. Ein wirklich unabhängiges Urteil ist dann zumindest fraglich. Vergleichen Sie in jedem Falle die Empfehlungen einer Gruppe mit anderen Quellen (etwa aus dem Internet), fragen Sie nach, wenn Sie auf Widersprüche stoßen.

Internetsuchmaschinen: Welchen Online-Informationsquellen können Sie trauen?

Über die Hälfte der Bevölkerung war im Jahr 2004 bereits online. 16,6 Millionen Menschen surften täglich. Mittlerweile sind alle Altersgruppen vertreten; auch bei den über 50-Jährigen, die zumeist den größten Bedarf an medizinischer Information haben, wächst das Engagement.
Wer etwas wissen will, kann beispielsweise ein Portal nutzen – ein strukturiertes Tor zum Netz, in dem Links zu Gesundheitsinformationen thematisch vorsortiert präsentiert werden. Die Anbietervielfalt ist groß. Eine Linksammlung findet sich unter www.wdv.de/htm/portale.

Gezielt suchen

Bei den meisten Nutzern führt der Weg zu medizinischem Wissen jedoch über Suchmaschinen: 88 Prozent kennen Google. Wie keine andere Suchmaschine prägt sie den Surf-Alltag. Während früher der Zugang zu Fachinformation über Bücher und Bibliotheken führte, erhält der Suchende nun zu Hause mit geradezu unheimlicher Leichtigkeit und Schnelligkeit Trefferlisten für seine Anfrage. Ende Mai 2006 ergab etwa die Suche nach »Herzinfarkt« bei www.google.de rund 2,6 Millionen Treffer, darunter Informationen von Gesundheitsinstitutionen, Selbsthilfegruppen, Apotheken, der Pharmaindustrie, Krankenkassen, Patienten und kommerziellen Anbietern. Das »British Medical Journal« hat auf die mitunter beängstigenden Veränderungen der Medizin durch Google hingewiesen. Die enorme Trefferzahl sagt nichts über die Qualität und die Richtigkeit der aufgefundenen Informationen aus: Was ist evidenzbasiert – also auf zuverlässige Studien gegründet – und was nicht? Im Internet kann jeder mit wenig Aufwand und für wenig Geld alles publizieren. Eine Freiheit, die kreative und innovative Möglichkeiten schafft, aber eben auch Tür und Tor öffnet für Angebote, die keinerlei wissenschaftliche Basis haben oder mit versteckten kommerziellen, teilweise sogar betrügerischen Absichten erstellt werden. Deshalb möchten wir Ihnen Tipps zur

geschickten Eingrenzung Ihrer Suche und Hinweise zur Einschätzung der Qualität von Gesundheits-Webseiten geben.
Sie wollen etwas über das Verfahren der Thrombolyse (Gerinnselauflösung) bei einem Herzinfarkt wissen? Ihre Suche wird bei Google beinahe 24 000 Treffer ergeben. Deren Rangfolge richtet sich danach, wie häufig andere Webseiten auf die jeweilige Webseite verweisen. Diese Listung kann aber manipuliert werden und sagt über die Qualität der Inhalte nichts aus. Es gilt, die Suche weiter einzugrenzen. Sie können ein Feld neben der Suchmaske anklicken, das Funde auf Webseiten aus Deutschland oder in deutscher Sprache beschränkt. Um Patienteninformationen zum Herzinfarkt zu finden, grenzen Sie die Suche weiter ein, indem Sie die Suchworte »Herzinfarkt«, »Thrombolyse« und »Patienteninformation« eingeben. Das ergibt noch etwas über 100 Treffer. Google bietet auch einen Mechanismus an, mit dem man Seiten kommerzieller Anbieter ausschließen kann: Wenn Sie hinter dem Suchbegriff zum Beispiel site:info oder site:org angeben, wird Google nur Seiten suchen, die eine solche Endung in der Webadresse haben. Suchen Sie site:bund.de werden Seiten der Bundesregierung, beispielsweise des Bundesgesundheitsministeriums, gelistet.

Qualitätssiegel bieten keine Sicherheit

Um Webseiten zu bewerten, gibt es Hilfsmittel. Etwa Verhaltenskodizes, auf die sich Ersteller von Webseiten freiwillig verpflichten. Viele Seiten tragen ein Qualitätssiegel, das bezeugen soll, dass ihre Ersteller definierten Qualitätskriterien gefolgt sind. Dazu gehören Anforderungen an Verständlichkeit und Klarheit in der Gestaltung, die Offenlegung von Quellen, Autoren und Redakteuren, Finanzierung, Datenschutz, die Möglichkeit, mit den Erstellern in Kontakt zu treten, sowie eine klare Kennzeichnung und Trennung von Werbeangeboten und redaktionellen Inhalten. Wohl bekanntester Anbieter eines solchen Siegels ist die »Health on the Net Foundation« (www.hon.ch). In Deutschland hat das »Aktionsforum Gesundheitsinformationssysteme« (www.afgis.de) ein eigenes Qualitätssiegel entwickelt. Wenn Sie eine Webseite besuchen, die mit dem »HON«- oder »afgis«-Logo versehen ist, sollten Sie daraufklicken. Öffnet sich eine neue Seite mit dem Zertifikat, ist das Siegel gültig. Es sagt allerdings nichts darüber aus, welche wissenschaftlichen Belege zugrunde liegen. Das zu prüfen übersteigt die Möglichkeiten der Siegel-Geber. Anleitungen zur Bewertung der Informationen, meist als Fragebogen formuliert, finden Sie zum Beispiel bei www.discern.de und www.patien

teninformation.de (»Qualitätschecklisten für Patienten«). Anhand der dort zugrunde gelegten Kriterien können Sie die Informationsqualität einordnen.
Wir raten unbedingt davon ab, Informationen aus dem Internet als alleinige Grundlage für Entscheidungen über Ihre Gesundheit heranzuziehen. Nutzen Sie Ihre Funde als Grundlage oder Ergänzung Ihres Gesprächs mit Ihrem Arzt. Bedenken Sie immer, dass es für Ihren Arzt unmöglich ist, immer alle Informationsquellen zu Ihrem Problem zu kennen. Dem Arzt steht nur wenig Zeit zur Verfügung. Treffen Sie also eine gute Vorauswahl, um ihn nicht unnötig zu beanspruchen. Weitere Tipps zur Unterscheidung von mehr und weniger zuverlässigen Gesundheitswebseiten und evidenzbasierten Quellen für Patienten finden Sie auf den folgenden Seiten.

Webseiten: Gute Seiten, schlechte Seiten

Die Qualität von Gesundheitswebseiten reicht von hervorragend bis Schrott, alle Abstufungen dazwischen sind zu finden. Besonders hilfreich sind so genannte evidenzbasierte Patienteninformationen. Sie stützen sich auf den aktuellen Stand der wissenschaftlichen Erkenntnis, also auf die besten zur Verfügung stehenden Studien zu einem bestimmten Thema.

Unsere Favoriten

- Auf der Webseite www.gesundheitsinformation.de will das Institut für Qualität und Wirtschaftlichkeit im Gesundheitswesen (IQWiG) Bürgern umfassende, evidenzbasierte Gesundheitsinformationen zur Verfügung stellen – und zwar auf der Grundlage eines gesetzlichen Auftrags. Die Seite wurde am 14. Februar 2006 gestartet und wird noch ausgebaut. Sie könnte sich freilich zu einer der wichtigsten Anlaufstellen für interessierte Laien entwickeln.

- Evidenzbasierte Patienteninformationen zu einer Reihe von Krankheitsbildern stellt das medizinische Wissensnetzwerk der Universität Witten/Herdecke zur Verfügung (www.evidence.de).

- Das der evidenzbasierten Medizin verpflichtete Cochrane-Zentrum (www.cochrane.de) bietet für Bürger und Patienten Kurzfassungen der wissenschaftlichen Evidenzlage für eine große Zahl von Krankheitsbildern und Entscheidungssituationen – bislang leider nur in englischer Sprache, in naher Zukunft aber auch auf Deutsch.

- Beispielhaft für evidenzbasierte Informationen sind die Leitlinien für Ärzte mit den jeweiligen Patienteninformationen der Deutschen Gesellschaft für Allgemeinmedizin, etwa zum Vorgehen bei Kreuzschmerzen, Müdigkeit oder Ohrenschmerzen (www.degam.de/leitlinien.html).

- Das Angebot an hochwertigen Gesundheitsinformationen ist im englischsprachigen Bereich des Internets sehr viel größer als im deutschsprachigen. Ausdrücklich evidenzbasierte Patienteninformationen bieten www.ebandolier.com, www.cancer.gov/cancertopics/pdq sowie die Webseiten renommierter amerikanischer Kliniken wie z.B. der Mayo-Klinik (www.mayoclinic.com). Auf www.cochrane.org finden sich unter »Cochrane reviews« die Kurzfassungen systematischer Übersichtsarbeiten zu fast 2700 Fragestellungen, häufig mit einer Kurzfassung für Laien, dem so genannten »Plain language summary« oder »Consumer summary«.

- Die Erfahrungen von Patienten mit Untersuchungen und Behandlungen stehen im Mittelpunkt der englischsprachigen Webseite www.dipex.org (»Personal experiences of health and illness«) – eine hochinteressante zusätzliche Informationsquelle für anstehende Entscheidungen.

Webseiten von Behörden genügen nicht unbedingt den hohen Anforderungen der evidenzbasierten Medizin, dürfen aber in der Regel als neutral und vertrauenswürdig angesehen werden, ebenso wie die Angebote öffentlich finanzierter Einrichtungen und unabhängiger Stiftungen. Zwei Beispiele:

- Das Robert-Koch-Institut (www.rki.de) ist eine Bundesbehörde und für alle Fragen zu Infektionskrankheiten eine verlässliche Adresse.

- Ebenfalls eine Bundesbehörde ist das Deutsche Institut für Medizinische Dokumentation und Information, das seit Kurzem ein Gesundheitsportal für Ärzte und Patienten anbietet (www.dimdi.de/static/de/arztpatient/index.htm).

Weitere Anbieter, deren Seiten einen Besuch wert sein können

- Das Ärztliche Zentrum für Qualität in der Medizin stellt mit dem Portal www.patienten-information.de qualitätsgeprüfte Webseiten und Informationsmaterialien zur Verfügung – die Qualitätsprüfung bezieht sich allerdings nur auf die formale Erstellung und nicht auf die Inhalte.

- Krankenkassen: Alle großen Krankenkassen bieten Gesundheitsinformationen an. Während z.B. die Gmünder Ersatzkasse ihre lohnende Webseite weitgehend den Mitgliedern vorbehält, stellen die AOKs (www.aok.de – Stichwort »Gesundheitswissen«) ihre Gesundheitswebseiten der Allgemeinheit zur Verfügung.

- Kommerzielle Anbieter: Ihre Internetauftritte dienen der Gewinnerzielung und finanzieren sich durch Anzeigen und Sponsoring. Beispiele: www.netdoktor.de, www.onmeda.de, www.medizinforum.de. Keines der Angebote hat uns vollständig überzeugt, stets verbleibt die Aufgabe, Informationsspreu vom Weizen zu trennen.

- Pharmazeutische Firmen erstellen Webseiten zu bestimmten Krankheiten im Rahmen ihres Produktmarketings. Beispiele: www.diabetes.de von Novo Nordisk Pharma oder www.parkinson-web.de von GlaxoSmithKline oder www.osteoporose.com von SanofiAventis und Procter & Gamble. Diese Webseiten sind meist hochprofessionell und faktenreich. Unabhängige Informationen zu erwarten wäre jedoch naiv.

Achtung: Nicht immer zeigen die Anbieter offen ihre geschäftlichen Absichten. In manchen Fällen ist ein Blick ins Impressum erforderlich, um die Herkunft der Webseite zu erkennen.

Wenn Sie das untere Ende der Vertrauensskala von Gesundheitswebseiten ausloten wollen, geben Sie bei Google das Wort »Haifischknorpel« ein. Bei allen Seiten, die behaupten, dass entsprechende Präparate erwiesenermaßen gegen Gelenkschmerzen und diverse andere Bechwerden helfen, ist unseres Erachtens die Recherche vertane Zeit.

Fachpublikationen: Wie Sie wissenschaftliche Originalarbeiten finden und interpretieren

»Wundermittel gegen Krebs entdeckt!« – »Studie: Ananas lässt Pfunde schmelzen!« Schlagzeilen wie diese finden sich regelmäßig in Zeitungen und Werbeblättchen. Meist ist nicht viel dran an den Heilsversprechen. Aber einen wahren Kern haben sie häufig doch.

Denn hinter derartigen Artikeln stecken nicht selten durchaus seriöse Veröffentlichungen neuer Forschungserkenntnisse in einer der renommierten internationalen Wissenschafts- oder Medizin-Zeitschriften. Am einflussreichsten sind »Nature« (www.nature.com), »Science« (www.sciencemag.org), »The Lancet« (www.thelancet.com), das »New England Journal of Medicine« (www.nejm.org), das »Journal of the American Medical Association« (jama.ama-assn.org) und das »British Medical Journal« (www.bmj.com).

Nicht selten kommt es auf dem Weg einer dort publizierten Neuigkeit über Nachrichtenagenturen, elektronische und gedruckte Medien und über Sprachbarrieren hinweg zu einigen Verfremdungen des ursprünglichen Gehalts. Es lohnt sich also, das Original finden und nachlesen zu können.

Kann man wissenschaftlichen Studien trauen?

Wie gründlich aber wird eine Studie vor der Veröffentlichung in einem Fachjournal geprüft? Hat ein Team von Wissenschaftlern etwa die Wirkung eines neuen blutdrucksenkenden Medikamentes untersucht, reicht es seinen Bericht bei einer der weltweit über 4000 biomedizinischen Fachzeitschriften ein. Qualitätszeitschriften lassen diese Arbeit dann von mehreren Experten begutachten, den so genannten »peers« (Ebenbürtigen). Dieses »Peer Review« gewährleistet eine gewisse Seriosität, kann letztlich aber nur den Aufbau und die Methodik der Studie überprüfen. Hat ein Autor die zugrunde liegenden Daten vorsätzlich manipuliert, ist das für den Gutachter nicht unbedingt zu erkennen (auch die gefälschten Arbeiten des koreanischen Stammzellforschers Hwang Woo-suk waren in erstklassigen Fachzeitschriften erschienen).

Zudem gibt es durchaus Publikationen, die keine nennenswerten Qualitätsansprüche stellen – die Tatsache der Veröffentlichung einer Untersuchung sagt daher noch nichts Endgültiges über die Zuverlässigkeit der Ergebnisse aus. Bei den von uns genannten Quellen können Sie jedoch zumindest davon ausgehen, dass sorgfältige Prüfungen stattfinden.

Grundsätzlich sind in allen Journalen die Artikel gleich aufgebaut, was die zügige Erfassung der Inhalte erleichtert: Sie sind gegliedert in Einleitung, Hintergrund der Fragestellung, Ziele der Untersuchung, Methoden, Ergebnisse und Interpretation. Diese Struktur findet sich zumeist auch in der vorangestellten Zusammenfassung, dem so genannten »Abstract«, das es erlaubt, die Kernaussage der Arbeit schnell zu erfassen. So kann sich jeder einen Überblick über Studien zu für ihn interessanten Themen verschaffen. Die wichtigsten Angebote sind zurzeit allerdings nach wie vor nur in englischer Sprache verfügbar.

Englischsprachige Quellen

Wollen Sie sich über den Hintergrund eines aktuellen Gesundheitsthemas informieren, lohnt ein Blick auf einen Service des englischen Gesundheitsdienstes NHS, der sich »Hitting the Headlines« nennt. Dort werden regelmäßig Informationen zu aktuellen Gesundheitsthemen kritisch besprochen (www.nelh.nhs.uk). Suchen Sie Fachartikel zu einer bestimmten Erkrankung, helfen Internetdatenbanken weiter, in denen Angaben zu Autor, Titel und Erscheinungsort entsprechender Studien und oft auch das jeweilige Abstract zu finden sind. Die bekannteste und wohl auch größte Literaturdatenbank ist Pubmed (www.pubmed.gov), ein Service der National Library of Medicine (USA). Sie vereinigt Medline, eine rein medizinische Datenbank, mit weiteren naturwissenschaftlichen Datensammlungen und enthält über 16 Millionen Einträge, die bis in die 1950er-Jahre zurückreichen. Die Nutzung ist kostenlos. Für Laien besonders interessant ist die Trip Database (www.tripdatabase.com), die Suchergebnisse vorsortiert in Evidenzberichte, Leitlinien, systematische Übersichtsarbeiten und Patienteninformationen. Trip Database kann begrenzt kostenfrei genutzt werden. Biomed Central (www.biomedcentral.com) bietet Zugang zu einer großen Zahl wissenschaftlicher Zeitschriften sowie zur Literatursuche in verschiedenen Datenban-

ken. Über dieses Portal kann man auch auf das internationale Studienregister »Current Controlled Trials« (www.controlled-trials.com) zugreifen, in dem laufende Studien registriert sind.
Hier noch einige Tipps zur Suche in Pubmed: Im Feld »search« das gesuchte Wort eingeben (wie z. B. Alzheimer's, die englische Schreibweise). Wenn Sie den Reiter »Limits« anklicken, öffnet sich eine Maske, in der Sie Ihre Suche verfeinern können. Sie können sie auf Titel und Abstract von Artikeln einschränken, außerdem auf bestimmte Publikationsformen wie randomisierte, kontrollierte Studien. Der Publikationszeitraum kann eingegrenzt werden, etwa auf Veröffentlichungen des vergangenen Jahres. Wenn Sie auf die Fläche »go« klicken, wird im nächsten Fenster die Liste der Suchergebnisse angezeigt.

Studienarten: Wie sie gemacht werden, wie Sie sich beteiligen können

Schon Hippokrates wusste um die Gefahren unkritischen Urteils in der Medizin: »Die Erfahrung allein ist eine gefährliche Lehrmeisterin. Die durch sie bloß allein geleitet Arzneikunst treiben, stürzen die Kranken leicht ins Grab.« Jeder Mensch reagiert auf eine Behandlung anders, und Beobachtungen an einem Patienten lassen sich nicht uneingeschränkt auf andere übertragen. Erst die systematische Untersuchung einer ausreichend großen Zahl von Probanden in Studien kann zeigen, mit welcher Wahrscheinlichkeit erwünschte und unerwünschte Effekte einer Behandlung auftreten. Dieses Wissen aus der systematischen patientenorientierten Forschung ist eine notwendige Ergänzung zum Erfahrungswissen eines Arztes. Denn die allein aus ärztlicher Erfahrung abgeleiteten Meinungen haben allzu oft in die Irre geführt, wie etwa beim Aderlass, der mehr als 2000 Jahre lang als medizinisches Allheilmittel galt, der Bettruhe bei Rückenschmerzen oder der Gabe von weiblichen Geschlechtshormonen bei Frauen in den Wechseljahren zur Prävention des Herzinfarktes. Studien von guter

Qualität sorgen dafür, dass Patienten Behandlungen erhalten, von denen sie mehr Nutzen als Schaden erwarten können.

Welchen Weg geht ein neues Medikament, bis es in der Apotheke erhältlich ist? Erweist sich eine neue oder veränderte Substanz im Labor als vielversprechend, wird sie zunächst in so genannten Phase-I-Studien erstmals am Menschen erprobt, zumeist an 10 bis 100 gesunden jungen Menschen. In Phase-II-Studien setzt man den Wirkstoff bei 100 bis 300 Patienten ein. Für die Zulassung des Medikaments sind schließlich Phase-III-Studien erforderlich, vergleichende Studien an selten mehr als 3000 Patienten, in denen die positiven Ergebnisse bestätigt werden sollen. Zur Erfassung der Langzeitverträglichkeit sowie seltener Nebenwirkungen kann es zudem nach der Zulassung noch Phase-IV-Studien an einer großen Zahl von Patienten geben – diese sind aber nicht obligatorisch, und daher ist das Wissen um die Nutzen-Schaden-Bilanz vieler Arzneimittel unvollständig.

Klinische Studien werden nach einem internationalen Standard (»Good Clinical Practice«) durchgeführt, der etwa empfiehlt, dass die Probanden nach dem Zufallsprinzip in Vergleichsgruppen aufgeteilt werden. Bevor eine Studie zugelassen wird, muss sie von einer Ethik-Kommission genehmigt werden, die u. a. darüber befindet, ob die Patienten gefährdet werden könnten. Eine Teilnahme an einer zugelassenen Studie schließt aber nicht aus, dass es durch die Behandlung zu unvorhergesehenen Nebenwirkungen kommen kann.

Studienfinanzierung

Studien werden in immer geringerem Maße öffentlich finanziert, mittlerweile sind sie, wenn es um Medikamente geht, zu mehr als 80 Prozent von der Industrie gesponsert. Dieses Engagement ist sowohl lobenswert als auch problematisch – lobenswert wegen der Verbesserung der Behandlungsmöglichkeiten, problematisch, weil sich die Aufmerksamkeit der Industrie besonders auf Fragestellungen richtet, die für ihre Umsätze und Gewinne relevant sind. Erkrankungen, die wegen ihrer Seltenheit nur einen kleinen Absatzmarkt bieten oder Leiden, die überwiegend in armen Ländern auftreten und Menschen bzw. Bevölkerungen mit geringer Kaufkraft betreffen, treten in den Hintergrund. Nichtmedikamentöse Behandlungsformen, die ökonomisch nicht relevant sind, haben oft auch bei hoher Wirksamkeit keine ausreichend starke Lobby. Dieser Marktorientierung des Forschungsbetriebes kann nur mit einer Ausweitung der öffentlichen Studien-Förderung begegnet werden.

Was müssen Sie tun, wenn Sie sich als Patient an einer Studie beteiligen wollen? Die Aufnahme in eine Studie erfolgt über den durchführenden Arzt, der ein umfassendes Aufklärungsgespräch mit Ihnen führen muss.
Viele laufende Studien werden in Studienregistern verzeichnet. Leider gibt es viele uneinheitliche, unvollständige und nicht öffentliche Register, was es für interessierte Patienten schwierig macht, eine laufende Studie zu ihrer Erkrankung zu finden. Ein deutsches Register zu Krebsstudien bietet z.B. die Deutsche Krebsgesellschaft an (www.studien.de). Current Controlled Trials in England (www.controlled-trials.com) und ClinicalTrials.gov in den USA (www.clinicaltrials.gov) sind internationale Register, die beide auch Studien aus Deutschland registrieren. Auch manche Selbsthilfegruppen vermitteln Informationen zu laufenden Studien (z.B. www.mamazone.de).
In Zukunft könnte die Suche leichter werden: Derzeit wird eine Koordinierungsstelle für ein nationales deutsches Studienregister ausgeschrieben. Und die Weltgesundheitsorganisation bemüht sich um die Schaffung einer Struktur, in der die weltweit existierenden Register vernetzt werden sollen.
Unsere Tipps zur Vertiefung des Themas: Die Patientenbroschüre »Klinische Studien« (aus der Reihe »Die blauen Ratgeber«) der Deutschen Krebshilfe e.V., kostenfrei zu beziehen als PDF-Datei über www.krebshilfe.de. Sehr empfehlenswert ist auch die Internetseite des englischen Gesundheitsservice NHS (www.nelh.nhs.uk/clinicaltrials/).

Studiennutzung: Welche Forschungsergebnisse Patienten wirklich Nutzen bringen

Schützt die Einnahme von Präparaten mit weiblichen Geschlechtshormonen Frauen in den Wechseljahren vor Herzinfarkten? Zur Beantwortung einer Frage wie dieser ist die Durchführung einer klinischen Studie erforderlich. Im Idealfall, der randomisierten kontrollierten Studie, werden die Studienteilnehmer nach dem Zufallsprinzip in zwei Gruppen eingeteilt: die Behandlungsgruppe und die Kontrollgruppe. Die Zufallsauswahl (Fachausdruck: Randomisation) ist die beste Methode, um etwaige Unterschiede zwischen den Teilnehmern auszugleichen, die sich auf das Behandlungsergebnis auswirken könnten.
Die Behandlungsgruppe erhält die neue Therapie, die Kontrollgruppe das herkömmliche Verfahren. Gibt es bislang noch kein Standardverfahren, wird ein Scheinverfahren benutzt, das so genannte Placebo.

Hoffnung und Zuversicht wirken sich oft auf die Behandlungsergebnisse aus – daher erfahren Patienten nach Möglichkeit nicht, ob sie das neue oder das Standardverfahren bzw. Placebo erhalten (Verblindung). Von doppelter Verblindung oder auch von einer Doppelblindstudie spricht man, wenn dies auch dem behandelnden Arzt nicht bekannt ist. Zulässig sind vergleichende Studien nur, wenn es nachvollziehbare Gründe dafür gibt, dass die neue Methode sich als Verbesserung der Therapie erweisen kann, und wenn die Patienten nach umfassender Aufklärung über die Chancen und die Risiken ihr Einverständnis zur Teilnahme gegeben haben.

Eine Studie muss von der Fragestellung bis zur Auswertung sorgfältig geplant und gewissenhaft durchgeführt werden, andernfalls kann es zu verfälschten Ergebnissen kommen. Die Einschlusskriterien für die Studienteilnahme werden vorab festgelegt und können sich auf Alter, Geschlecht, Nationalität, ethnische Zugehörigkeit, Krankheitsschwere, bestehende Vor- oder Begleiterkrankung und viele andere Merkmale beziehen.
Auch als Laie können Sie eine grobe Abschätzung zur Verlässlichkeit einer Studie treffen. Die Ergebnisse einzelner Studien sollten Sie grundsätzlich mit großer Vorsicht bewerten und keinesfalls als alleinige Grundlage für Therapieentscheidungen nutzen. Lesen Sie die Studienpublikation mit folgenden drei Fragen im Hinterkopf:

Frage 1: Sind die Ergebnisse verlässlich?

Möchten Sie die Wirksamkeit einer Therapie beurteilen, sollten Sie darauf achten, dass diese in einer randomisierten kontrollierten Studie untersucht wurde. In den Publikationen sind diese meistens als RCT gekennzeichnet (Randomized Controlled Trial). Andere Studienformen, wie beispielsweise Kohortenstudien oder Fallserien, sind für Fragen der Therapie weit weniger verlässlich.

Frage 2: Wie groß sind die Therapieeffekte?

Die Studie sollte die Frage beantworten, ob die Behandlung zu einer Verbesserung der Lebenserwartung beziehungsweise der Lebensqualität führt – alle anderen Erfolgskriterien sind für Patienten von geringerer Bedeutung.
Beispiel: In einer Krebstherapiestudie sterben innerhalb von fünf Jahren 20 von 100 Patienten in der Kontrollgruppe sowie 15 von 100 Patienten in der Behandlungsgruppe. Die Sterblichkeit über diesen Zeitraum von fünf Jahren ist in der Behandlungsgruppe bei ansonsten gleichen Bedingungen also um fünf Fälle verringert, im Beispiel entspricht das genau fünf Prozent. 20 Patienten müssen daher behandelt werden, um statistisch einen Todesfall zu verhindern – dies wird in Fachpublikationen bezeichnet als eine »number needed to treat« von 20.

Frage 3: Sind die Ergebnisse auf mich übertragbar?

Die Ergebnisse gelten grundsätzlich für Personen, die den in der Studie beschriebenen Einschlusskriterien entsprechen. Bedenken Sie hierbei, dass die an 60- bis 80-jährigen Frauen erprobte Wirksamkeit eines Migränemittels nicht ohne Weiteres auf 14- bis 18-jährige männliche Jugendliche übertragbar ist. Sie sollten dies immer mit dem behandelnden Arzt diskutieren.

Die Beantwortung dieser drei Fragen erlaubt eine grobe Orientierung, kann aber keine letzte Sicherheit geben. Einige Enthüllungen aus der vergangenen Zeit zeigen leider, dass man Studienergebnisse grundsätzlich mit Vorsicht genießen muss: So weiß man, dass Studien, die von der pharmazeutischen Industrie finanziert wurden und Grundlage für die Entscheidungen der Zulassungsbehörden sind, das untersuchte Medikament oft im besten Licht erscheinen lassen – die erwünschten Wirkungen können übertrieben dargestellt, Nebenwirkungen verharmlost oder gar verschwiegen werden. So erweist sich die Euphorie über neue Medikamente in vielen Fällen als verfrüht. Die Überprüfung in nachfolgenden Studien fällt nicht selten ernüchternd aus und zeigt einen geringeren oder gar keinen Nutzen oder ein ungünstigeres Sicherheitsprofil.
Unser Tipp: Bewahren Sie sich ein gesundes Maß an Skepsis – nicht jede Neuerung ist eine Verbesserung. Häufig ist es am klügsten, eine bewährte Behandlung beizubehalten und weitere Studien abzuwarten, bevor man seine Therapie auf ein neues Medikament umstellt. Nutzen Sie die Möglichkeiten, sich schlau zu machen, die wir auf den vorhergehenden Seiten aufgezeigt haben. Denken Sie an die

beiden Schlüsselfragen bei Behandlungsentscheidungen: Wird die Therapie meine Lebenserwartung verbessern? Wird meine Lebensqualität gehoben?

Tücken der Statistik: Wie man mit denselben Daten völlig verschiedene Dinge sagen kann

Halb voll oder halb leer? Die Darstellung eines Sachverhalts aus unterschiedlichen Perspektiven kann zu völlig gegensätzlichen Entscheidungen führen. In einer Studie wurde einer Gruppe von Herzpatienten mitgeteilt: »99 Prozent der Patienten haben bei diesem Eingriff keine Komplikationen«, der anderen Gruppe: »Komplikationen treten bei diesem Eingriff bei einem von 100 Patienten auf«. In Gruppe eins entschieden sich 83 Prozent für den Eingriff, in Gruppe zwei 51 Prozent. Form und Rahmen der angebotenen Information sind also enorm wichtig.

Nun zeigen wir Ihnen zwei Möglichkeiten der Aufklärung zur Brustkrebs-Früherkennung:

Auswahl A

- Brustkrebs ist in Deutschland die häufigste Krebserkrankung bei Frauen: Jährlich gibt es etwa 50 000 Neuerkrankungen;
- jede zehnte Frau erkrankt an Brustkrebs;
- im Jahr 2004 starben 17 590 Frauen daran;
- Brustkrebs ist bei Frauen im Alter zwischen 35 und 55 Jahren die häufigste Todesursache;
- durch qualitätsgesicherte ärztliche Brustkrebs-Früherkennungsmaßnahmen und regelmäßige Selbstuntersuchung kann die Erkrankung in einem frühen Stadium erkannt werden;
- Brustkrebs ist heilbar, wenn er früh genug erkannt und richtig behandelt wird.

Auswahl B

- Die meisten Frauen, bei denen die Diagnose Brustkrebs gestellt wird, sterben nicht an Brustkrebs;
- im Jahr 2004 starben in Deutschland insgesamt 434 880 Frauen – 17 590 davon an Brustkrebs und 216 000 an einer Erkrankung des Kreislaufsystems. Also war Brustkrebs bei rund vier von 100 Frauen die Todesursache, Erkrankungen des Kreislaufsystems bei 50 von 100;

- dem Tumorregister München zufolge erkranken pro Jahr etwa zwei von 1000 Frauen zwischen 50 und 59 Jahren und etwa drei zwischen 60 und 69 Jahren an Brustkrebs. Das Risiko beträgt also 0,2 bis 0,3 Prozent;
- für Früherkennungsprogramme mit zweijährlichen Röntgenaufnahmen der Brust gilt nach einer viel zitierten schwedischen Studie auf zehn Jahre gerechnet Folgendes:
  - Von 1000 Frauen sterben drei an Brustkrebs - trotz Früherkennung. Eine Frau, die ohne Früherkennung gestorben wäre, überlebt. Diese eine Frau von 1000 profitiert von der Früherkennung. Sterben statt vier Frauen nur drei, ist die Sterblichkeit an Brustkrebs um 25 Prozent gesenkt. In der Fachsprache ausgedrückt, beträgt die relative Risikoreduktion durch die Früherkennung also 25 Prozent;
  - die Minderung des absoluten Sterberisikos für Brustkrebs beträgt 0,1 Prozent (eine Frau von 1000). Unterziehen sich 1000 Frauen der Früherkennung, wird statistisch gesehen einer Frau der Tod an Brustkrebs erspart - in der Fachsprache heißt das, die »number needed to screen« liegt bei 1000;
  - die Wahrscheinlichkeit, nicht an Brustkrebs zu sterben, beträgt ohne Mammografie-Screening 99,6 Prozent, mit Screening 99,7 Prozent;
  - dem steht gegenüber, dass in zehn Jahren bei 250 von 1000 Frauen im Röntgenbild ein Hinweis auf möglichen Brustkrebs festgestellt wird, der sich in weitergehenden Untersuchungen nicht bestätigt. 250 Frauen erleiden unnötige Ängste und lassen ihre Befunde weiter prüfen, 50 müssen sich Gewebe entnehmen lassen, um den Krebsverdacht auszuräumen - größtenteils in einem kleinen, ambulanten Eingriff, in einigen Fällen aber auch in einer Operation im Krankenhaus mit den dabei üblichen Risiken.

Hinterfragen Sie auch Ihren Arzt

Auswahl A lässt infolge der starken Betonung der Brustkrebsgefährdung und des Potenzials der Früherkennung keinen Raum für Zweifel an deren Nutzen. Auswahl B hingegen zeigt, dass die Aussicht auf Nutzen für die einzelne Frau eher gering ist und auch Risiken zu bedenken sind. Erst eine Gesamtschau beider Seiten unter Berücksichtigung sämtlicher persönlicher Risiken (etwa Alter und vorherige Brustkrebserkrankungen in der Familie) erlaubt eine informierte Entscheidung.

Patienten haben ein Anrecht auf objektive, unabhängige Informationen, damit sie die Nutzen-Risiko-Bilanz realistisch einschätzen und Entscheidungen treffen können, die ihren Bedürfnissen entsprechen. Es kann Ihnen aber hin und wieder passieren, dass Ihr Arzt Sie nur mit einseitigen Informationen versorgt, etwa um Ihnen Untersuchungen oder Behandlungen schmackhaft zu machen, an denen er gut verdient. Verkaufstraining für Ärzte ist heutzutage ein regelmäßiges Angebot auf der Ärztemesse Medica.

Unser Tipp: Suchen Sie nach klaren, ehrlichen und verständlichen Informationen. Nutzen Sie die Tipps aus unserem Kapitel »Grundkurs Medizin-Information«.

Informieren Sie sich stets über Nutzen und Risiken. Werden Sie misstrauisch, wenn Sie den Eindruck haben, dass der Nutzen sehr positiv dargestellt wird und die Risiken verharmlost werden.

Fragen Sie Ihren Arzt nach den Behandlungszielen und der Wahrscheinlichkeit, diese zu erreichen.

Wenn Ihnen die relative Risikoreduktion mitgeteilt wird (»Durch Früherkennung sterben 25 Prozent weniger Frauen an Brustkrebs«), fragen Sie nach der absoluten Risikoreduktion (»eine Frau von 1000«).

Bildnachweis

Fotos

Dr. Stephan Elleringmann: 12/13, 15, 16, 19, 21, 144/145, 147, 149, 150, 156, 161, 162, 166, 168/169, 170, 173, 175, 176, 181, 184, 191, 240/241, 243, 251, 252
Agentur Focus: Science Photo Library/Geoff Kidd (234), Science Photo Library/Alfred Pasieka (188), Bertram Solcher (106, 109)
Thorsten Futh: 40/41, 43, 44, 47, 48, 55, 59, 67, 92/93, 94, 97, 99, 101, 116/117, 119, 123, 124, 131, 134, 138, 194/195, 197 beide, 199, 206, 211, 212, 216/217, 218 beide, 221, 226, 232
Joker: Gudrun Petersen (27)
KES: Dr. Reinbacher (110, 115)
Okapia: Peter Arnold, Inc./Dr. M. Klein (239), Peter Arnold, Inc./Dr. C. E. Miller (192), H. Farkaschovsky (215), Dr. Gary Gangler (254), Pal Hermansen (142), Manfred P. Kage (56), Horst-Juergen Schunk (60), Jeffrey Telner (113, 200)
Photodisc: 128
Picture-alliance: Okapia/Claude Cortier (35)
Picture Press: Innerhofer Photodesign (38)
Anne Schönharting: 32, 68/69, 70, 73, 75, 77, 83, 85, 89
Verlagsgruppe Weltbild GmbH: 258/259
Visum: Ilja C. Hendel (63)

Illustrationen

Felix Reidenbach

Autoren, Fotografen und Infografiker

Allgemeinmediziner: »Mit wenig Gerät und viel Gefühl«

Autorin:	Dr. Anika Geisler
Fotograf:	Dr. Stephan Elleringmann
Wissenschaftlicher Autor:	Prof. Dr. Ferdinand Gerlach, Universität Frankfurt/Main
Infografik:	Franziska Lorenz und Jochen Stuhrmann Recherche: Dr. Anika Geisler und Dr. Arnd Schweitzer

Zahnärzte: »Vorbeugen statt nachbohren«

Autor:	Rüdiger Braun
Fotograf:	Thorsten Futh
Wissenschaftliche Autoren:	Prof. Dr. Jens Christoph Türp, Klinik für Rekonstruktive Zahnmedizin und Myoarthropathien, Universitätskliniken für Zahnmedizin, Basel Oberarzt Dr. Gabriel Krastl, Klinik für Paradontologie, Endodontologie und Kariologie, Universitätskliniken für Zahnmedizin, Basel Dr. Clemens Walter, Klinik für Paradontologie, Endodontologie und Kariologie, Universitätskliniken für Zahnmedizin, Basel Siegbert Witkowski, Zahntechnikermeister, Abteilung für Zahnärztliche Prothetik, Universitätsklinik für Zahn-, Mund- und Kieferheilkunde, Freiburg im Breisgau
Infografik:	Martin Freiling Recherche: York Pijahn und Dr. Arnd Schweitzer

Gynäkologen: »Eine ganz besondere Beziehung«

Autorin:	Katja Trippel
Fotografin:	Anne Schönharting
Wissenschaftliche Autorin:	Dr. Claudia Schumann, niedergelassene Frauenärztin und Mitglied im Arbeitskreis Frauengesundheit in Medizin, Psychotherapie und Gesellschaft e.V. (AKF)
Infografik:	Maria Steffen Recherche: Dr. Arnd Schweitzer

Gastroenterologen: »Mit dem Schlauch in den Bauch«

Autor:	Jan Schweitzer
Fotograf:	Thorsten Futh
Wissenschaftlicher Autor:	Prof. Dr. Yngve Falck-Ytter, Facharzt für Gastroenterologie an der Case Western Reserve University in Cleveland (Ohio), USA
Infografik:	infographic.de: Stefan Fichtel Recherche: Dr. Arnd Schweitzer

Kardiologen: »Die Wächter am Pumpwerk«

Autor:	Dirk Böttcher/Yamina Merabet
Fotograf:	Thorsten Futh
Wissenschaftlicher Autor:	Privatdozent Dr. Gerian Grönefeld, Leiter der Medizinischen Klinik I – Kardiologie, Asklepios-Klinik Barmbek, Hamburg
Infografik:	Franziska Lorenz, Jochen Stuhrmann Recherche: Dr. Arnd Schweitzer

Dermatologen: »Spurensuche auf der Haut«

Autorin:	Nicole Heißmann
Fotograf:	Dr. Stephan Elleringmann
Wissenschaftlicher Autor:	Prof. Dr. Thomas Diepgen, Dermatologe und Ärztlicher Direktor der Abteilung Klinische Sozialmedizin des Universitätsklinikums Heidelberg
Infografik:	Christian Eisenberg Recherche: Dr. Arnd Schweitzer

Neurologen und Psychiater: »Die den Menschen ins Hirn schauen«

Autorin:	Katharina Kluin
Fotograf:	Dr. Stephan Elleringmann
Wissenschaftliche Autoren:	Prof. Dr. Mathias Berger, Abteilung für Psychiatrie und Psychotherapie, Universitätsklinikum Freiburg Prof. Dr. Cornelius Weiller, Abteilung für Neurologie, Universitätsklinikum Freiburg Prof. Dr. Michael Hüll, Abteilung für Psychiatrie und Psychotherapie, Universitätsklinikum Freiburg
Infografik:	Jochen Stuhrmann Recherche: Dr. Arnd Schweitzer

Kinderärzte: »Die Entwicklungshelfer«

Autor:	Jan Schweitzer
Fotograf:	Thorsten Futh
Wissenschaftlicher Autor:	Prof. Dr. Johannes Forster, Chefarzt der Abteilung für Kinder- und Jugendmedizin am St. Josefkrankenhaus Freiburg

Infografik:	Franziska Lorenz Recherche: Dr. Arnd Schweitzer

Orthopäden: »Renken, richten und gerade rücken«

Autor:	Dr. Georg Wedemeyer
Fotograf:	Thorsten Futh
Wissenschaftlicher Autor:	Prof. Dr. Klaus-Peter Günther, Direktor der Orthopädischen Klinik, Universitätsklinikum Dresden
Infografik:	Martin Freiling Recherche: Dr. Arnd Schweitzer

Urologen und Andrologen: »Ein delikates Handwerk«

Autor:	Dr. Horst Güntheroth
Fotograf:	Dr. Stephan Elleringmann
Wissenschaftliche Autoren:	Prof. Dr. Lothar Weißbach (Urologie), Leiter der Belegabteilung der Urologie, Euromed-Clinic Fürth Prof. Dr. Eberhard Nieschlag (Andrologie), Direktor des Instituts für Reproduktionsmedizin des Universitätsklinikums Münster
Infografik:	Maria Steffen Recherche: Dr. Arnd Schweitzer

Grundkurs Medizin-Information

Wissenschaftliche Autoren:	Prof. Dr. David Klemperer, Internist und Sozialmediziner, Fachhochschule Regensburg, und Sprecher des Fachbereichs Patienteninformation und Patientenbeteiligung im Deutschen Netzwerk Evidenzbasierte Medizin e.V., www.davidklemperer.de, klemperer@klemperer.info Dr. Britta Lang, Wissenschaftliche Mitarbeiterin im Cochrane Zentrum Freiburg und Sprecherin des Fachbereichs Patienteninformation und Patientenbeteiligung im Deutschen Netzwerk Evidenzbasierte Medizin e.V., www.cochrane.de, lang@cochrane.de

Die Redaktion dankt den folgenden Ärzten, die für die Infografiken in diesem Buch ihre Türen geöffnet haben:
Dr. Ulrike Leugner, Dr. Andreas Buck, Internistische Praxis, Hannover
Dr. Lars Volkmann, Zahnärztliche Praxis, Hannover
Dr. Wolfgang Kauffels, Klinik für Frauenheilkunde und Geburtshilfe, Krankenhaus Großburgwedel
Dr. Andreas Winkler, Gastroenterologische Praxis, Hannover
Prof. Dr. Helmut Drexler, PD Dr. Bernhard Schieffer, Abteilung Kardiologie und Angiologie, Medizinische Hochschule Hannover
Dr. Tim Liekenbröcker, Hautärztliche Praxis, Hannover
Prof. Dr. Reinhard Dengler, PD Dr. Klaus Krampfl, Abteilung Neurologie, Medizinische Hochschule Hannover
PD Dr. Detlef Dietrich, Abteilung Klinische Psychiatrie und Psychotherapie, Medizinische Hochschule Hannover
Dr. Olaf Krupp, Kinderärztliche Praxis, Hannover
Dr. Herwig Lorenz, Orthopädische Praxis, Hamburg
Dr. Rolf Eichenauer, Urologische Praxis, Hamburg
Prof. Dr. Udo Jonas, Abteilung Urologie, Medizinische Hochschule Hannover

Sachregister